Eva Völler

Time School – Auf ewig dein

Weitere Titel der Autorin:

Kiss & Crime – Küss mich bei Tiffany
Kiss & Crime – Zeugenkussprogramm
Zeitenzauber – Die magische Gondel
Zeitenzauber – Die goldene Brücke
Zeitenzauber – Das verborgene Tor
Leg dich nicht mit Mutti an
Der Montagsmann/Hände weg oder wir heiraten
Wenn Frauen Männer buchen
Ich bin alt und brauche das Geld

Titel in der Regel auch als Hörbuch
und als E-Book erhältlich

Eva Völler

Auf ewig dein

Time School

one

Dieser Titel ist auch als Hörbuch und E-Book erschienen

MIX
Papier aus verantwortungsvollen Quellen
FSC® C014496

Originalausgabe

Lektorat: Anna Hahn, Trier
Umschlaggestaltung: Sandra Taufer, München, unter der Verwendung von © Collaboration JS/Arcangel Images sowie einer Collage aus Motiven von shutterstock.com: © Irena Kofman; Gl0ck; Shukaylova Zinaida; Gwoeii; anna42f; Eisfrei; fractal-an
Satz: Greiner & Reichel, Köln
Gesetzt aus der Minion Pro
Druck und Einband: GGP Media GmbH, Pößneck
Printed in Germany
ISBN 978-3-8466-0048-0

5 4 3 2 1

Sie finden uns im Internet unter www.one-verlag.de
Bitte beachten Sie auch www.luebbe.de

Ein verlagsneues Buch kostet in Deutschland und Österreich jeweils überall dasselbe.
Damit die kulturelle Vielfalt erhalten und für die Leser bezahlbar bleibt, gibt es die *gesetzliche Buchpreisbindung*. Ob im Internet, in der Großbuchhandlung, beim lokalen Buchhändler, im Dorf oder in der Großstadt – überall bekommen Sie Ihre verlagsneuen Bücher zum selben Preis.

Für Thea

Die Zeit ist aus den Fugen; Fluch der Pein,
Muss ich sie herzustell'n geboren sein! –
Nun kommt, lasst uns zusammen geh'n.

(William Shakespeare, Hamlet)

Teil 1

Wenn das mal gut geht«, murmelte ich, während ich mich anstrengte, einen Blick auf den Herrscher und seine Ehrengäste zu erhaschen. Es befanden sich einfach zu viele Leute hier. Das Gedränge in dem großen Saal war unbeschreiblich. Ich stand inmitten der Menge und reckte mich auf die Zehenspitzen, um die große Tafel auf dem Podest an der Stirnseite der Halle besser sehen zu können, aber mehr als ein paar wippende Federn auf hohen Hüten oder perlenbestickte Kappen edler Damen konnte ich beim besten Willen nicht erkennen.

Angeblich waren im sechzehnten Jahrhundert die meisten Menschen deutlich kleiner als die in der Gegenwart. Doch das nützte mir im Moment auch nicht viel, denn ich gehöre zu den Leuten, die etwas kleiner sind als der Durchschnitt. Somit war ich in diesem gewaltigen Festsaal genauso groß wie viele der anwesenden Frauen, aber dummerweise immer noch ein gutes Stück kleiner als die Mehrzahl der um mich herumwuselnden Männer.

»Ist Sebastiano hier irgendwo?«, fragte ich Ole, der rechts neben mir stand. Ole war über eins neunzig groß und damit für einen Wikinger aus dem zehnten Jahrhundert ein Riese. Hier in diesem Saal überragte er jedenfalls sämtliche Gäste um Haupteslänge und hatte daher die volle Übersicht.

»Nein«, antwortete er mit seiner tiefen Stimme. »Vor fünf Minuten habe ich ihn noch gesehen, aber jetzt kann ich ihn nirgendwo entdecken.«

»Ist er rausgegangen?«

»Mag sein. Wenn ja, habe ich es nicht bemerkt.«

»Und da vorn am Tisch des Königs? Kannst du da irgendwas erkennen?«, erkundigte ich mich.

»Ich sehe den ganzen Tisch.«

»Und was *genau* siehst du dort?«, fragte ich.

»Lauter edle Damen und Herren. Sie sind maskiert, wie die übrigen Gäste im Saal.«

»Ja, weil das hier ein *Masken*ball ist«, sagte ich um Geduld bemüht. Unwillkürlich berührte ich meine eigene Maske, ein hübsches Accessoire aus roter Seide und frei von jeglicher Magie. Kein Vergleich mit der schwarzen Katzenmaske, die mir auf meinen früheren Abenteuern schon nützliche Dienste geleistet hatte, ehe sie mir während eines Einsatzes abhandengekommen war. »Siehst du auch den König?« Ich musste lauter sprechen, weil oben auf der Galerie ein Orchester Stellung bezogen hatte, um mit Laute, Viola, Tamburin und Flötengedudel die Gäste zu erfreuen.

»Ich sehe den König«, bestätigte Ole. »Auch er trägt eine Maske. Aber kein Mensch könnte ihn aus dieser Entfernung verwechseln. Er ist fett wie ein Walross und frisst ohne Unterlass. Ein Wunder, dass sein Thron nicht unter ihm zusammenbricht.«

Ich blickte mich leicht erschrocken um. Das Schloss hatte wie jedes große Herrscherhaus der Renaissance Augen und Ohren, und Majestätsbeleidigung war sowieso in allen Zeiten ein Grund für drakonische Strafen gewesen. Wer hier den Mund zu voll nahm, konnte schnell den Kopf verlieren. Buchstäblich. Heinrich der Achte war dafür bekannt, dass er Leuten, die ihm gegen den Strich gingen, gern den Kopf abschlagen ließ.

»Du bringst uns mit deinem unvorsichtigen Gerede in Gefahr«, flüsterte ich.

Ole gab einen verächtlichen Laut von sich und reckte sich in Wikingermanier. »Ich sehe hier weit und breit niemanden, der es wagen würde, mich, den Sohn eines Jarls, in Eisen zu legen!«

Tatsächlich schien außer mir niemand Oles respektlose Bemerkung gehört zu haben. Was keineswegs selbstverständlich war, denn allein schon wegen seines Aussehens zog er eine Menge Aufmerksamkeit auf sich, vor allem weibliche. Genauer gesagt starrten die Frauen, die seinen Weg kreuzten, ihn an wie ein Fabelwesen, aber auch manche Männer konnten kaum ihren Blick von ihm wenden. Groß und breitschultrig wie ein nordischer Kriegsgott war Ole in der Tat eine ungewöhnlich männliche Erscheinung, daran vermochten auch die feinen Seidenstrümpfe und das taillierte Samtwams nichts zu ändern. Er selbst fand sich allerdings in diesen historischen Kleidungsstücken *tuntig* – eines der ersten Worte, die er in der Gegenwart gelernt hatte, nachdem Sebastiano und ich ihn aus dem zehnten ins einundzwanzigste Jahrhundert geholt und neu eingekleidet hatten. Die Trennung von seiner alten Fellweste und den abgeschabten Lederbreeches war ihm sichtlich schwergefallen. Aber natürlich musste er sich genau wie wir an die modischen Gepflogenheiten in den von uns besuchten Epochen halten, wenn er mit uns durch die Zeit reiste.

Stirnrunzelnd betrachtete ich die klobigen Stiefel, die er trug. Wo kamen die denn auf einmal her? Sie waren ein klarer Stilbruch. Hatten wir nicht elegante Lederschuhe mit Silberschnallen für ihn eingepackt? Ich hätte besser darauf achten müssen, was er zu diesem Fest anzog. Dass er so ehrfurchtgebietend groß und mit seinen zwanzig Jahren nicht viel jünger war als ich, ließ mich manchmal vergessen, dass er mein Schüler war. Ein Schüler, der noch viel lernen musste. Vor allem über die Sitten und Gebräuche der unterschiedlichen Jahrhunderte, die wir als Zeitwächter besuchten.

»Du musst genau aufpassen, was du sagst«, ermahnte ich ihn. »Du kannst nicht überall, wo du gehst und stehst, den Häuptlingssohn herauskehren. Du musst die Rolle spielen, die du für unseren Einsatz hier übernommen hast.«

»Ich verabscheue diese Rolle aber! Wieso kann nicht *ich* der Lord sein und Sebastiano der Pferdeknecht?«

Ich seufzte und fragte mich wieder mal, ob es wirklich eine so gute Idee gewesen war, mit Sebastiano zusammen diese Zeitreise-Schule aufzumachen. Bis jetzt hatten wir erst zwei Schüler, Ole und Fatima, aber das ganze Projekt war eine echte Herausforderung. Vor allem mein Job als Lehrerin. Manchmal kam ich mir vor wie das Fräulein Rottenmeier der Zeitreisenden. Es widerstrebte mir, den Besserwisser zu geben, auch wenn es oft nicht anders ging.

»Erstens bist du kein Pferdeknecht, sondern ein *Knappe*«, korrigierte ich Ole. Ich sprach mit gedämpfter Stimme, darauf bedacht, dass niemand sonst mithören konnte. »Ein Knappe ist viel edler als ein Knecht, nämlich so eine Art Ritter-Anwärter. Zweitens wäre eine umgekehrte Rollenverteilung gar nicht glaubhaft, denn du bist jünger als Sebastiano. Drittens bist du noch in der Ausbildung, und Sebastiano und ich sind deine Lehrer. Wir bestimmen, wie die Einsätze ablaufen. Ich dachte, das wäre klar. Es *ist* doch klar, oder?«

Ole gab ein widerstrebendes Grunzen von sich, das mit etwas Fantasie als Zustimmung durchging. Es war offensichtlich, dass ihm sein Part bei diesem Einsatz nicht behagte, aber wenn

Sebastiano und ich es nicht schafften, unseren Schülern das kleine und große Einmaleins der Zeitreise-Regeln beizubringen, konnte das für uns alle lebensgefährlich werden. »Was habe ich dir über die Wahrnehmung von Sprache in anderen Epochen erklärt?«, fuhr ich fort. Kleine praktische Übungen zwischendurch konnten schließlich nicht schaden, erst recht nicht, wenn sie sozusagen direkt vor Ort stattfanden, so wie auf diesem Maskenball am Hofe von Heinrich dem Achten im Jahr 1540.

»Dass alles, was wir in Hörweite von Menschen anderer Epochen in unserer Muttersprache aussprechen, von diesen Menschen in ihrer eigenen Muttersprache verstanden wird«, leierte Ole gelangweilt herunter. Er rückte seine Maske zurecht, die genauso flaschengrün war wie sein Wams. »Und wenn wir Dinge aus der Zukunft erwähnen, die es in der Vergangenheit noch nicht gibt, werden die betreffenden Worte von ganz allein in Begriffe umgewandelt, die besser zu der Epoche passen, damit es den Menschen beim Zuhören nicht seltsam vorkommt. Zum Beispiel das Wort … Ferrari.« Er sah sich herausfordernd um. Seine Worte waren in dem Stimmengewirr und der Musik um uns herum untergegangen. »Ferrari«, wiederholte er etwas lauter. Offensichtlich hatte es auch diesmal niemand mitbekommen, denn sonst wäre es automatisch in einen zur Epoche passenden Begriff umgewandelt worden. Und dann brüllte Ole plötzlich ohne jede Vorwarnung: »Achtspänner!«

Ich zuckte erschrocken zusammen. Diverse Köpfe fuhren zu uns herum. Ein Mann neben uns ließ seinen Trinkpokal fallen. Eine Frau stieß einen leisen Schreckensschrei aus und griff sich an die Brust. Keine Frage, diesmal hatten es alle mitgekriegt. Ole grinste zufrieden. Seine blauen Augen blitzten durch die

Sehschlitze der Maske. »Die Wortumwandlung hat funktioniert«, stellte er überflüssigerweise fest. Dann spähte er irritiert zur königlichen Tafel hinüber. »Ich sehe Fatima. Sie steht am Tisch von König Heinrich.«

»Wirklich?«, fragte ich besorgt. »Was tut sie da? Sie sollte sich doch im Hintergrund halten!« Kurzentschlossen schob ich mich durch das dichte Gedränge und kämpfte mich unter Einsatz meiner Ellbogen in Richtung des Königs vor. Die ersten Gäste hatten angefangen, sich zum Tanz zu formieren, wodurch sich die Menge ein wenig auflockerte. Heerscharen von Dienern servierten reihum Wein, den die Gäste sich hinter die Binde gossen, als gäbe es kein Morgen. Keine Frage, Heinrich verstand sich aufs Feiern, auch wenn er wegen seines Gesundheitszustands und extremen Übergewichts nicht mehr selbst das Tanzbein schwingen konnte und deshalb lieber zuschaute.

Halb entsetzt, halb mitleidsvoll sah ich beim Näherkommen, was Ole mit *Walross* gemeint hatte. Der König sah aus wie ein sitzender Fleischberg in Samt und Seide. Fettwülste quollen an den Rändern der Maske hervor, die seine Augenpartie bedeckte, und das Wams aus kostbarem Brokat spannte über seinem aufgedunsenen Oberkörper, obwohl es sicher von einem Meisterschneider genau nach Maß gefertigt worden war – Heinrich wuchs vermutlich schneller aus jedem neuen Outfit heraus, als man ihm die nächste Garnitur nähen konnte, weil er sich den ganzen Tag ohne Sinn und Verstand mit Essen vollstopfte.

So wie auf dieser Feier. Er futterte immer noch, während sein Hofstaat bereits die Tanzfläche bevölkerte. Gerade spießte er mit seinem Essdolch ein Stück Fasan auf, tunkte es in Soße und verschlang es, wobei ihm das Bratenfett in den Bart lief und vom Doppelkinn herab auf seine speckigen Finger tropfte. Ein Diener flitzte von der Seite heran und legte ihm sofort ein neues Stück Fleisch vor, diesmal ein Kotelett von der Größe eines Tischtennisschlägers. Heinrich machte sich unverzüglich darüber her.

Die Männer und Frauen, die mit ihm am Tisch saßen, hatten ebenfalls noch Essen auf ihren Speisebrettern liegen, aber sie pickten nur darin herum – wahrscheinlich aus reiner Höflichkeit und um ihren Herrscher nicht zu brüskieren, indem sie ihn allein vor sich hin mampfen ließen, während sie längst satt waren.

Fatima stand am Rand des Podests, direkt gegenüber vom König. Ohne Maske, mit offen herabwallenden schwarzen Locken und einem extrem weit ausgeschnittenen Kleid sah sie aus wie die personifizierte Sünde. Und als wäre das noch nicht genug, klimperte sie auch noch kokett mit den Wimpern. Ich war sofort in Alarmstimmung.

»Sag Uns, wer du bist, Mädchen«, hörte ich Heinrich mit vollen Backen zu Fatima sagen, als ich mich möglichst unauffällig von der Seite an sie heranschob.

»Ich bin nur eine bescheidene Zofe, Euer Majestät«, säuselte sie mit zuckersüßer Stimme.

»Wessen Zofe, du hübsches Kind?«

»Meine.« Ich trat drei Schritte vor und stellte mich vor Fatima, als könnte ich damit verhindern, dass der König sie anstarrte.

»Und wer seid Ihr, werte Dame?« Heinrich griff nach seinem schweren Pokal und trank ihn gluckernd leer. Er ließ einen dröhnenden Rülpser hören, ehe er weitersprach. »Verzeiht Uns, dass Wir Euch nicht erkennen. Gehört Ihr zu den fünfhundert Gästen oder zum Hofstaat?«

»Zu den Gästen, Euer Majestät. Ich bin Lady Anne, die Gattin von Lord Sebastian Foscary.« Bei diesen Worten versank ich in einen formvollendeten Hofknicks, richtete mich aber blitzartig wieder auf, um zu verhindern, dass Heinrich zu viel von Fatima zu sehen bekam. Mir war klar, dass sie exakt in sein Beuteschema fiel. Obwohl er nicht mehr der Jüngste war, ließ er nichts anbrennen.

»Hm, Foscary, das sagt Uns gar nichts«, erwiderte der König zerstreut, während er versuchte, um mich herumzusehen, um Fatima genauer in Augenschein nehmen zu können.

»Die Familie meines Gatten stammt aus Essex«, behauptete ich, inständig hoffend, dass Heinrich das nicht weiter hinterfragte. Sebastiano und ich hatten unsere Legende nicht besonders gut ausgearbeitet, denn für diesen Einsatz war nicht einkalkuliert worden, von dem König in ein Frage- und Antwort-Spiel verstrickt zu werden. Alles, was ich bisher über uns erzählt hatte, war erstunken und erlogen. Oder wenigstens zurechtgebogen. In Wahrheit war ich Anna Berg aus Frankfurt. Sebastiano hieß Foscari und war waschechter Venezianer, und verheiratet waren wir auch nicht. Jedenfalls *noch* nicht. Irgendwann demnächst würden wir das bestimmt nachholen. Sobald wir etwas zur Ruhe kamen und mehr Zeit für solche Dinge hatten.

Aber Heinrich interessierte sich gar nicht für meinen persönlichen Hintergrund. Wenn es nach ihm gegangen wäre, hätte ich auch einfach stumm durch die nächstbeste Tür verschwinden können. Seine gesamte Aufmerksamkeit richtete sich auf Fatima. Er verschlang sie geradezu mit seinen Blicken, und man brauchte nicht viel Fantasie, um zu erkennen, was ihm durch den Kopf ging. Er war gerade dabei, seine aktuelle Ehefrau auszusortieren, weil sie ihm zu verbraucht und zu hässlich war. Die arme Person – zufällig eine Namensvetterin von mir, sie hieß ebenfalls Anna – war gerade mal halb so alt wie er, nämlich fünfundzwanzig, und er würde sich in Kürze von ihr scheiden lassen. Als Nächstes würde er die siebzehnjährige Catherine Howard heiraten, eine Hofdame, die sicherlich auch irgendwo hier im Saal herumschwirrte.

Fatima war ebenfalls erst siebzehn. Ich konnte unmöglich zulassen, dass der König sie zu seinem Spielzeug machte. Oder, wenn man es realistisch betrachtete, sie ihn zu ihrem. Sie stammte aus dem fünfzehnten Jahrhundert und war die Favoritin eines mächtigen Sultans gewesen, bevor Sebastiano und ich sie aus dem Harem befreit und vom alten Konstantinopel in das Venedig der Gegenwart gebracht hatten. Nach unseren Rechtsvorstellungen war sie minderjährig und musste daher vor einem zudringlichen Lüstling wie Heinrich beschützt werden. Doch zugleich war sie als ehemalige Haremsdame mit allen Wassern gewaschen und hatte einen der mächtigsten Männer ihrer Zeit um den Finger gewickelt. Mir war es noch nicht so richtig gelungen, mit diesem seltsamen Widerspruch klarzukommen. Fatima hätte vom Alter her meine kleine Schwester sein können, und dementsprechend hatte ich oft das Gefühl, mich um sie kümmern und sie behüten zu müssen, aber gleichzeitig war sie mir in gewissen Belangen eindeutig voraus. Sie hatte bereits in ihrer frühen Jugend Haremserfahrungen gesammelt, über die ich gar nicht erst genauer nachdenken wollte. Wenn sie es darauf anlegte, wirkte sie auf Männer wie eine Fackel, an die nur jemand ein Streichholz halten musste, um sie lichterloh zum Brennen zu bringen. Mit dem Effekt, dass sie auf Typen aller Altersklassen eine geradezu magische Anziehungskraft ausübte.

»Woher stammst du, schönes Kind?«, wollte Heinrich von Fatima wissen. »Du hast aus Unserer Sicht mehr von einer orientalischen Orchidee als von einer englischen Rose.« Unvermittelt hörte er auf, von sich selbst im *Pluralis Majestatis* zu sprechen und wurde persönlicher. »Ich finde dich ausgesprochen liebreizend.«

Damit rannte er bei Fatima offene Türen ein. Sie ließ sich für ihr Leben gern Komplimente machen. Mit einem gekonnten Augenaufschlag blickte sie zu Heinrich auf. »Ich stamme tatsächlich aus dem Orient, Euer Majestät. Mein Vater war ein Kaufmann von der Schwarzmeerküste.«

»Wie hat es dich von dort in die Dienste von Lady Foscary verschlagen?«

»Meine Lady und mein Lord retteten mich einst aus den Fängen eines grausamen Sklavenhändlers.«

Das war nicht mal gelogen. Nachdem Fatima bei dem Sultan in Ungnade gefallen war, hatte er seinem Chef-Eunuchen befohlen, sie meistbietend als Konkubine zu verschachern. Sebastiano und ich hatten sie gerade noch davor bewahren können, an einen neuen Besitzer ausgeliefert zu werden, über den man sich in Konstantinopel wesentlich schlimmere Dinge erzählte als über ihren bisherigen Herrn.

Heinrichs Interesse an Fatima wuchs. Meine Besorgnis auch. Allmählich wurde ich nervös. Das Ganze entwickelte sich in eine sehr ungute Richtung. Wo um alles in der Welt blieb Sebastiano bloß? Auch wenn er mal dringend ein gewisses Örtchen hätte aufsuchen müssen, konnte er dafür doch unmöglich so lange brauchen! Vor allem nicht ausgerechnet jetzt! Er war schon seit mindestens zehn Minuten weg!

Ich kramte meine Taschenuhr aus den Tiefen meines Samtbeutels, den ich ganz nach Sitte der Tudorzeit am Gürtel trug. Die Uhr war ein wertvolles Stück aus dem Fundus unserer Requisiten, die uns für unsere Zeitreise-Einsätze zur Verfügung standen – ein Meisterwerk deutscher Handwerkskunst, eigenhändig gefertigt von Peter Henlein, dem berühmten Uhrmacher aus Nürnberg. Und sie ging sehr genau, davon hatte ich mich vor dem Einsatz überzeugt. Bloß noch fünf Minuten bis zum Attentat! Verschreckt sah ich mich um und registrierte nur noch am Rande, dass Heinrich gerade anfing, Fatima mit Komplimenten über ihre strahlenden Augen und ihre schönen Zähne zu überhäufen.

Was sollte ich denn um Himmels willen jetzt tun?

Vor lauter Nervosität biss ich mir auf die Fingerknöchel. Wir wussten nicht, wer der Attentäter war, also konnten wir bloß warten, bis er in Erscheinung trat. Irgendeiner von den Hunderten maskierten Männern hier im Saal musste es sein. Und praktisch jeder von ihnen kam in Frage. Immerhin waren wir im Bilde darüber, gegen wen sich der Anschlag richtete – nicht etwa gegen Heinrich (obwohl das nahegelegen hätte, denn es gab jede Menge Leute, die ihn nicht leiden konnten), sondern gegen einen seiner Berater, einen gewissen Lord Wykes.

Lord Wykes war ein freundlich wirkender, weißbärtiger älterer Herr. Er saß ziemlich weit außen am Tisch. Unser Auftrag lautete, ihn zu retten. Der Attentäter, wer immer es war, würde versuchen, ihn hinterrücks zu erstechen. Den Grund dafür kannten wir nicht, wir wussten nur, dass es passieren würde und dass der Lauf der Zeit dadurch ins Wanken geraten konnte. Das hatten wir in unserem magischen Spiegel gesehen, der den Beginn möglicher gefährlicher Kausalverläufe zeigte – gewissermaßen historische Knotenpunkte, an denen sich die Zeit aufspalten und eine falsche Richtung nehmen konnte. Manche dieser Ereignisse erschienen auf den ersten Blick unwichtig, aber sie konnten die Zukunft so nachhaltig verändern, dass sie instabil wurde – mit anderen Worten, die Welt, wie wir sie in unserer Gegenwart kannten, würde in dieser Form nicht mehr existieren. *Wir selbst* würden vielleicht nicht mehr existieren. Länder bekämen andere Grenzen, Völker andere Herrscher, die Geschichte nähme einen komplett anderen Verlauf, womöglich bis hin zur völligen Auflösung der Zeit selbst. Dieses bedrohliche finale Chaos nannte sich Entropie, und es war unser Job, das zu verhindern.

Das Attentat auf Lord Wykes war so ein Ereignis, das in eine Entropie münden konnte. Der Spiegel hatte es uns gezeigt. Dieser Einsatz war folglich *wirklich* wichtig. Und die einzige Stelle, an der wir laut der Vorhersage steuernd eingreifen konnten, war der Zeitpunkt des Angriffs. Nicht früher und nicht später, sondern – ich sah noch mal auf die Uhr – in exakt zweieinhalb Minuten.

Und Sebastiano war nicht da.

Während mir all das zusammenhanglos durch den Kopf schoss, drehte ich mich Hilfe suchend zu Ole um, der die ganze Zeit ein paar Meter entfernt von mir dagestanden und den König nicht aus den Augen gelassen hatte. Beinahe hatte ich den Eindruck, dass er Heinrich gern zu einem Zweikampf herausgefordert hätte. Am liebsten mit Schwertern. Oder genauer: mit dem großen, handgeschmiedeten Bidenhänder, der einzigen Waffe, die ein richtiger Mann seiner Meinung nach im Kampf benutzen sollte. Abgesehen vielleicht noch von der doppelten Streitaxt, messerscharf geschliffen und ebenso gut im Nahkampf wie als Wurfwaffe verwendbar. Aber natürlich hatte er auf diesem Einsatz nichts dergleichen dabei. Er trug nicht mal ein Kurzschwert oder einen Dolch am Gürtel. Sebastiano hatte gemeint, Ole sei noch nicht so weit. Nicht etwa, weil er mit diesen Waffen nicht umgehen könne, sondern weil er erst mal lernen müsse, in Krisensituationen einen kühlen Kopf zu bewahren. Jetzt *hatten* wir eine Krisensituation, und mir wäre sehr viel wohler gewesen, wenn Ole eine Waffe dabeigehabt hätte, ob mit oder ohne kühlen Kopf. So wie es aussah, konnte nämlich momentan außer ihm niemand Lord Wykes vor dem Messerstecher beschützen, der sich – ich blickte erneut auf die Taschenuhr – in knapp zwei Minuten auf sein Opfer stürzen würde.

Die Musiker stimmten ein schnelleres Stück an, zu dem die Leute eine Gaillarde tanzen konnten. In meinen Ohren klang die Renaissance-Musik immer ein bisschen eintönig, aber die Gäste im Saal fanden sie großartig, wie man an ihren erhitzten, fröhlichen Gesichtern und ihren schwungvollen Tanzbewegungen erkennen konnte.

Meine Panik steigerte sich, als ich beobachtete, wie Lord Wykes sich von seinem Platz erhob und mit einer Verneigung vor seinem Herrscher das Podest verließ. Nach ein paar Schritten schien ihm noch etwas einzufallen, und er ging zurück, um mit einem der Wachmänner zu sprechen, die im Hintergrund unweit des Durchgangs zu den Staatsgemächern postiert waren.

Es war so weit. Nur noch eine Minute. Wir hatten keine Zeit mehr, auf Sebastianos Auftauchen zu warten. Unauffällig bewegte ich mich in Lord Wykes' Richtung und gab Ole ein Zeichen, mir zu folgen. Irgendwie mussten wir das Problem gemeinsam lösen. Ole hatte den Ernst der Lage offenbar bereits begriffen und heftete sich unverzüglich an meine Fersen. Aus den Augenwinkeln sah ich, wie Fatima vor Heinrich alle Flirt-Register zog, und auf einmal ahnte ich, dass sie nicht zufällig dort vorn am Podest stand und sich von ihm angraben ließ – es schien eher so, als wollte sie den König von dem ablenken, was hier gleich passieren würde. Gutes Mädchen. Ich sollte ihr vielleicht künftig einfach mehr zutrauen!

»Ole«, flüsterte ich über die Schulter. »Fühlst du dich imstande, mit mir zusammen den Attentäter auch ohne Hieb- oder Stichwaffe unschädlich zu machen? Ich weiß, eigentlich wäre das Sebastianos Aufgabe. Schließlich hat er die beste Nahkampferfahrung, und du hast nur … äh, was *hast* du da?«

Ole hatte soeben mit der größten Selbstverständlichkeit einen gigantischen Dolch aus seinem Stiefel gezogen und verbarg ihn in den Falten der ausladenden Pumphose, die er über den Seidenstrümpfen trug, während er mit lockeren Schritten auf Lord Wykes zuging. »Besser, du stellst dich an die Wand da drüben, Weib«, sagte er leise zu mir. »Dann bist du mir nicht im Weg, wenn ich den Killer aufschlitze. Ah, jetzt geht es los!«

Bestürzt fuhr ich herum, doch ich sah auf den ersten Blick nur lauter beschwingt herumhopsende Höflinge. Ole musste jedoch von seiner erhöhten Warte aus irgendwas Verdächtiges in der Menge entdeckt haben. Und dann ging plötzlich alles drunter und drüber. Irgendwo zwischen den Tanzenden ertönte ein ohrenbetäubender Knall wie von einem Chinaböller. Gleich darauf merkte ich, dass es wohl genau das gewesen war – beißender Qualm stieg auf, begleitet von dem schwefligen Gestank nach Schwarzpulver.

Ein Ablenkungsmanöver!, dachte ich erschrocken, und dann stürzte auch schon mitten aus dem aufsteigenden Rauch eine dunkle Gestalt auf mich zu, ein Mann mit einer tief in die Stirn gezogenen Kappe und einer schwarzen Maske, die sein Gesicht bis zum Kinn verdeckte. Sein weit schwingender schwarzer Umhang reichte bis zum Knie, aber ich konnte trotzdem das Messer aufblitzen sehen, das er mit der rechten Hand umklammerte. Er rannte mit weiten Sprüngen an mir vorbei, und in dem Augenblick, als er sich mit mir auf einer Höhe befand, erfasste mich das absurde Gefühl, ihn von irgendwoher zu kennen. Ich dachte nicht weiter darüber nach, was zu tun war – ich streckte einfach aus einem spontanen Impuls heraus meinen Fuß vor und stellte ihm ein Bein. Der Attentäter fiel nicht hin, geriet aber ins Straucheln und ließ das Messer fallen. Um uns herum erhob sich wildes Geschrei. Ole hatte sich schützend vor Lord Wykes aufgebaut, den Dolch kampflustig vorgestreckt. Die Wachen stürzten zum König hin und umringten ihn. Im selben Augenblick krachte ein weiterer Böller, und der schwarz maskierte Mann war mit einem Mal von dicken weißen Rauchschwaden umgeben.

Noch ein Ablenkungsmanöver! Der Schwefelgestank verschlug mir den Atem, der Rauch vernebelte meine Sicht und ließ mir die Tränen in die Augen schießen. Es dauerte ein paar Herzschläge, bis ich wieder etwas erkennen konnte. Die Frauen in meiner unmittelbaren Umgebung waren kreischend zurückgewichen, einige klammerten sich in Todesangst aneinander. Weitere Wachen erschienen wie aus dem Nichts, mit drohend gereckten Spießen formierten sie sich und bildeten eine Barriere vor dem Thron des Herrschers. Der König wurde gerade wie ein riesiger Sack mit zwei nutzlos nachschleifenden Beinen von seinen Leibwachen in seine Gemächer geschleppt. Ein paar kühne Edelmänner kamen angerannt, offenbar in der Hoffnung, sich in einen Kampf stürzen zu können. Mit wildem Blick hielten sie nach dem Angreifer Ausschau. Ich blinzelte die

Tränen weg und sah mich ebenfalls nach ihm um. Doch der maskierte Mann, dessen schattenhafte Umrisse ich eben noch inmitten einer dichten Wolke aus stinkendem Pulverdampf gesehen hatte, war spurlos verschwunden.

Als das ganze Chaos sich gelegt hatte, stand ich wie betäubt einfach nur da und versuchte zu begreifen, was mir vorhin beim Anblick des Mannes durch den Kopf gegangen war. Ich hatte nur seine Gestalt gesehen, seine Bewegungen, die Linien seines Kinns unter der Maske, aber trotzdem hatte ich das untrügliche Gefühl gehabt, ihn zu kennen. Wenn ich nicht ohne jeden Zweifel gewusst hätte, dass es völlig unmöglich war, hätte ich darauf wetten mögen, es wäre … Sebastiano. Sofort schüttelte ich nachdrücklich über mich und meine blühende Fantasie den Kopf. Der Typ vorhin war einfach nur ein mordwütiger Attentäter gewesen, was sonst.

Inmitten der aufgeregt durcheinanderschnatternden Höflinge sammelte ich meine beiden Schützlinge ein.

»Das habt ihr gut gemacht«, lobte ich Fatima und Ole. »Ihr habt ein Menschenleben und die Zukunft gerettet!« Rasch schaute ich mich nach Lord Wykes um, aber er hatte den Saal zwischenzeitlich verlassen. Doch vor ein paar Sekunden hatte ich ihn noch gesehen, er war wohlauf und hatte den ganzen Tumult unbeschadet überstanden.

Ole machte einen unzufriedenen Eindruck. »Ich hatte ja gar keine Gelegenheit, irgendwas zu tun! Warum hast du ihm ein Bein gestellt, Anna?«

»Um ihn daran zu hindern, Lord Wykes zu töten.«

»Hättest du ihn einfach weiterlaufen lassen, hätte ich ihm mein Messer in sein schwarzes Herz gerammt! Dann wäre er jetzt tot statt auf der Flucht!«

»Schon klar«, stimmte ich zu. »Aber ganz ehrlich – wir ziehen es bei diesen Jobs immer vor, wenn keiner dabei sterben muss. Das solltest du dir merken, wenn du ein guter Beschützer werden willst.« Ich rieb mir die Augen, die immer noch von der Schwarzpulverexplosion brannten. »Woher hast du überhaupt den Dolch?«

Anstelle einer Antwort zuckte Ole mit den Schultern, dann sah er sich mit einem albernen kleinen Grinsen um. »Ein Mann ohne Waffe ist wie ein Ferrari ohne Gaspedal.« Er konnte es ungehindert aussprechen. Die Leute im Saal waren vollauf damit beschäftigt, sich in lärmender Aufregung über den Zwischenfall auszutauschen, keiner konzentrierte sich auf uns – der unkorrigierte Ferrari war der Beweis.

Mit halbem Ohr belauschte ich die Gespräche der Menschen um uns herum. Anscheinend kam die Mehrheit der Anwesenden gerade zu dem Schluss, dass der ganze Vorfall nur eine Art witziger Streich gewesen sein konnte. Womöglich vom König selbst inszeniert. Früher hätte er, so vernahm ich aus dem Gewirr der Bemerkungen ringsum, ein ausgesprochenes Faible für solche Narreteien gehabt, womöglich sei er gerade im Begriff, seinen alten Sinn für Humor neu zu entdecken.

»Es war sehr geistesgegenwärtig von dir, den König von mir und Ole abzulenken«, sagte ich zu Fatima, die mit geröteten Wangen und funkelnden Augen in die Runde blickte. Sie wirkte aufgekratzt und hatte ersichtlich gute Laune. Die Gefahr schien sie richtiggehend belebt zu haben.

»Ich habe nur das gemacht, was José mir aufgetragen hat«, sagte sie.

Ich war erstaunt. »José ist hier im Schloss?«

Fatima nickte. »Er winkte mich in den Gang hinaus und sagte, er habe eine wichtige Aufgabe für mich. Ich müsse dem König schöne Augen machen, damit ihm nicht auffällt, was sich an der anderen Seite des Saals tut.«

»Das ist dir gut gelungen.« Nachdenklich runzelte ich die Stirn. Keiner von uns hatte gewusst, dass José auch hier sein würde. Er war sozusagen unser oberster Chef und einer von den sogenannten Alten. Mit *alt* meine ich richtig alt, also mehrere tausend Jahre. José entstammte einer Art Sternenvolk, das so gut wie ausgestorben war – abgesehen von einigen wenigen, die durch die Zeit streiften und gelegentlich Unheil stifteten. Und uns damit eine Menge Arbeit bescherten, weil es unsere Aufgabe war, ihre zerstörerischen Spielchen zu durchkreuzen, unter Anleitung von José – er war einer von den Guten.

Er koordinierte unsere Zeitreisen. Außerdem kümmerte er sich in unserer neu gegründeten Zeitreise-Akademie in Venedig um den Bürokram und die historischen Archive, die Verwaltung und Beschaffung von Requisiten und die Planung unserer Einsätze. Nebenher beschäftigte er sich viel mit dem Feintuning und der Weiterentwicklung unserer erst vor Kurzem in Betrieb genommenen neuen Zeitmaschine, mit der wir wesentlich komfortabler durch die Epochen springen konnten als zuvor. Unterstützt wurde er dabei von unserem rothaarigen, sommersprossigen Physikgenie Jerry, mit dem unsere kleine Akademie komplett war.

»Oh, da ist die Königin!«, rief Fatima unvermittelt. »Ich muss unbedingt mit ihr reden!« Und schon lief sie los zu einer Gruppe vornehm gewandeter Damen, die an der Stirnseite des Saals tuschelnd die Köpfe zusammensteckten. Ich folgte Fatima und versuchte, das Schlimmste zu verhindern, doch ich kam zu spät: Fatima hatte schon losgelegt, als ich sie endlich eingeholt hatte.

»Eure hochwohlgeborene Majestät.« Fatima führte einen anmutigen Hofknicks vor, exakt so, wie ich es ihr beigebracht hatte. Auch die Anrede hätte nicht höfischer und eleganter ausfallen können. Aber damit hörte es auch schon auf.

»Ihr solltet einfach alles unterschreiben«, plapperte Fatima drauflos. »Dann kriegt Ihr die Vorzugsbehandlung bis an Euer Lebensende. Schlösser, Kleider, jede Menge Geld und so weiter. Die kleine Schlampe, die an Eurem Stuhl sägt, wird schon sehen, was sie davon hat.« Sie musterte die Hofdamen der Königin eine nach der anderen. »Ist es die da? Nein, die auf dem Bild sah anders aus. Aber egal. Unterschreibt einfach alles, dann passt es. Und geht nicht nach Deutschland zurück. In England habt ihr es viel besser. Alles klar so weit?«

Sie starrte die verstört wirkende Königin an, die stocksteif dastand und stumm zurückstarrte.

»Verzeiht, Euer Majestät, meine Zofe … Sie leidet manchmal an geistigen Aussetzern … schwere Kindheit … vom Pferd gefallen und mit dem Kopf aufgeschlagen …«, mischte ich mich stammelnd ein. Ich packte Fatima am Arm und zerrte sie hinter mir her. Sie ließ sich mitziehen, rief aber über die Schulter zurück: »Die Reihenfolge sagt alles! Geschieden, geköpft, gestorben, ge…«

An der Stelle versagte ihr gegen ihren Willen die Stimme. Sie brachte schlichtweg kein Wort mehr heraus. Das war einer der Fälle, in denen die Sprachumwandlung nicht funktionieren konnte, denn hier ging es nicht bloß um Bezeichnungen für Dinge, die es erst in der Zukunft geben würde, sondern um künftige *Ereignisse.* Kein Zeitreisender konnte uneingeweihte Menschen aus der Vergangenheit über Geschehnisse in der Zukunft informieren. Es funktionierte einfach nicht. Dieses natürliche Hindernis nannten wir *die Sperre.* Den Spruch *Geschieden, geköpft, gestorben, geschieden, geköpft, überlebt,* der auf ziemlich drastische Weise die Schicksale von Heinrichs sechs Ehefrauen zusammenfasste, hatte Fatima nur bis zur Nummer vier aufsagen können, weil alles Nachfolgende in der Zukunft lag.

»Na gut, ich kann's ihr nicht sagen«, meinte Fatima wegwerfend. »Aber das Wichtigste hat sie mitgekriegt. Wahrscheinlich will sie eh die Scheidung. Sicher hat sie sich schon selber alles so ausgerechnet, sonst hätte die Sperre sowieso verhindert, dass ich es ihr sage. Aber ich dachte mir, sicher ist sicher.«

Ich war außer mir vor Empörung. »Du bringst uns noch in Teufels Küche!«

»Ich wollte doch nur ihr Bestes«, verteidigte Fatima sich. Sie löste sich aus meinem Griff und rieb sich den Arm. Ihre großen dunklen Augen füllten sich mit Tränen. »Du weißt ja nicht, wie es ist, als hilfloses Mädchen einem hässlichen, alten, fetten, jähzornigen Tyrannen ausgeliefert zu sein! Wie kann ich da *nicht* versuchen, das arme Ding zu unterstützen!«

Ich war bestürzt. Natürlich, sie hatte ja ein ähnliches Schicksal erlitten wie die arme Königin. »Fatima, ich wollte dir wirklich nicht zu nahe treten. Ich weiß, dass du Schreckliches durchgemacht hast …«

»Sie tut doch nur so«, meinte Ole, während er sich wieder zu uns gesellte. Er hatte sich ein Stück Braten von der Speisetafel geholt und verzehrte es mit Genuss. Wenn es irgendwo was Leckeres zu essen gab, war er nicht zu halten, er verdrückte zu jeder Mahlzeit wahre Berge. Kauend fügte er hinzu: »Sie erprobt bloß ihre Schauspielkünste an dir.«

»Was weißt du schon, du großer Ochse«, sagte Fatima schnippisch. Der jämmerliche Ausdruck war wie auf Knopfdruck von ihrem Gesicht verschwunden. Ole hatte sie anscheinend besser durchschaut als ich.

Zutiefst entnervt wandte ich mich zum Gehen. »Stellt bitte mal für eine Viertelstunde keinen Blödsinn an, ja?«

Ich wollte endlich nachsehen, wo Sebastiano steckte. Und mit José sprechen, sofern er sich noch in der Nähe aufhielt. Es musste einen Grund geben, warum er uns auf diese Feier gefolgt war.

Von José war weit und breit nichts zu sehen, dafür lief ich im Durchgang zum Hof Sebastiano in die Arme.

Mir entfuhr ein Seufzer der Erleichterung. »Gott sei Dank! Da bist du ja!« Ich konnte nicht umhin, ihn voller Liebe anzusehen. Er sah einfach großartig aus in diesem azurblauen Wams. Es hatte genau die Farbe seiner Augen. Die eleganten Strümpfe betonten seine strammen Waden, und der weiße Kragen hob seine gesunde Bräune hervor. Wenn Shakespeare, der in gut zwei Jahrzehnten auf die Welt kommen würde, je eine reale Vorlage für seinen Romeo brauchte, musste es eindeutig ein Mann wie Sebastiano sein.

»Wo warst du die ganze Zeit?«, wollte ich wissen.

Er verzog schmerzvoll das Gesicht. »Im Großen Haus der Erleichterung.«

»Du warst auf dem Abtritt?«, fragte ich ungläubig. Eigentlich hatte ich *Klo* gesagt, aber irgendwer in der Nähe hörte unsere Unterhaltung mit, deshalb war der intergalaktische Translator angesprungen. (Natürlich war *intergalaktischer Translator* nur eine Fantasiebezeichnung, die ich mir schon vor Jahren für diesen seltsamen, allen Zeitreisen anhaftenden Umwandlungs- und Übersetzungseffekt ausgedacht hatte; einen richtigen Fachausdruck gab es gar nicht dafür.)

Die dumme Frage hätte ich mir auch sparen können, zumal sie ohnehin rein rhetorisch gewesen war. Ich *wusste* ja, dass es sich bei dem sogenannten Großen Haus der Erleichterung um das königliche Klo handelte. Hampton Court Palace – so hieß das Schloss, es war Heinrichs Lieblingsresidenz – verfügte über das ultimative Hygiene-Highlight dieser Epoche: richtige, wassergespülte Klosetts. Heinrich hatte an nichts gespart. Für seine Gäste nur das Beste. Der Nachteil war, dass es nur achtundzwanzig von diesen Toiletten gab – für einen Hofstaat von rund tausend Leuten zuzüglich ein paar hundert ständig wechselnder Gäste nicht gerade die Optimalausstattung, weshalb die meisten Schlossbewohner weiterhin mit ihren Nachttöpfen vorliebnehmen mussten.

»Hättest du nicht einfach diesen Stuhl mit dem Deckel bei uns auf dem Zimmer benutzen können?«, fragte ich, diesmal deutlich leiser, für den Fall, dass aufmerksame Zuhörer in der Nähe waren.

»Der war auf einmal nicht mehr da. Die Dienerschaft muss ihn weggeräumt haben. Also den Topf. Nicht den Stuhl, der stand noch da. Aber ohne Topf … Nun ja. Es war dringend, ich muss was Schlechtes gegessen oder getrunken haben. Außerdem wollte ich mir diese Wassertoiletten sowieso gerne mal ansehen. Ich konnte ja nicht ahnen, dass mir beim Verlassen des Örtchens jemand eins überziehen würde.«

»Du wurdest niedergeschlagen?«, rief ich entsetzt.

»Pst, nicht so laut, wer weiß, was für Gestalten sich hier herumtreiben!« Sebastiano sah sich nach allen Seiten um, dann legte er den Arm um mich und zog mich in einen Arkadengang, der einen von Fackeln erleuchteten Hof umschloss. »Erzähl mir erst mal rasch, wie es gelaufen ist. Seid ihr allein mit dem Attentäter fertiggeworden?«

»Ja, zum Glück. Ich konnte ihm ein Bein stellen, als er auf Lord Wykes losgehen wollte. Er zündete dann zur Ablenkung eine Ladung Schwarzpulver und haute ab, aber wenigstens ist Lord Wykes nichts passiert.« Voller Sorge blickte ich ihn an. »Wer hat dich niedergeschlagen? Und warum?«

»Keine Ahnung. Ich wünschte, ich wüsste es. Konntest du wenigstens sehen, wer der Attentäter war?«

»Nein, er trug eine Maske.« Zögernd fuhr ich fort: »Es hört sich jetzt sicher total verrückt an, aber für eine Sekunde dachte ich, du wärst es.«

Sebastiano sah mich erstaunt an, dann lachte er ungläubig. »Du meinst, der Kerl sah aus wie ich?«

»Ich dachte nicht, dass er *aussieht* wie du. Sondern dass du es selbst wärst. Dabei war wirklich kaum was von dem Mann zu sehen. Es war nur … so ein Eindruck. Also eher so ein *Gefühl.*« Ich schüttelte den Kopf. »Vergiss es. Es war einfach nur ein Typ von deiner Größe und Statur. Anscheinend habe ich ein bisschen überkompensiert, weil ich mir so intensiv gewünscht hatte, dass du endlich auftauchst.«

»Schöne Wunscherfüllung, wenn ich auf einmal in Gestalt des Attentäters erscheine«, meinte Sebastiano trocken. »Wobei nicht außer Acht gelassen werden sollte, dass ich die ganze Zeit über bewusstlos vor dem Großen Haus der Erleichterung auf dem Pflaster gelegen habe. Wo ich wahrscheinlich immer noch liegen würde, wenn mich nicht ein unfreundlicher Edelmann mit einem Tritt in die Seite geweckt hätte. Er dachte, ich hätte einen über den Durst getrunken. Jetzt weiß ich nicht, welche Prellung mir mehr wehtut. Die oder die hier.« Er rieb sich zuerst die Rippen und dann den Hinterkopf. Dabei verzog er erneut schmerzvoll das Gesicht. »Ich glaube, mein Schädel gewinnt. Ob sie drüben im Küchentrakt ein bisschen Eis zum Kühlen haben?«

In den Kellergewölben des Schlosses gab es sicher welches. Schon in frühen Jahrhunderten hatte man im Winter das Eis von Seen und Teichen gehackt und es dick mit Stroh umwickelt in kühlen Kellerräumen aufbewahrt, sogar bis in den Sommer hinein.

»Ich könnte mich rasch erkundigen«, schlug ich vor.

»Nein, das war nicht ernst gemeint.« Er grinste ein wenig kläglich. »Ich werd's schon überstehen, ist ja nicht die erste Beule.«

Damit hatte er leider recht. Bei unseren vorangegangenen Abenteuern hatte Sebastiano schon schlimme Verletzungen davongetragen. Vor nicht allzu langer Zeit war er während eines Einsatzes in London im Jahr 1813 während eines Duells angeschossen worden. Ich hatte ernstlich um sein Leben bangen müssen, weil Mr Fitzjohn – ein durchtriebener Erzschurke und ebenfalls einer von den Alten – sämtliche Zeitportale zerstört hatte und wir deswegen in der Vergangenheit festsaßen. Ohne Antibiotika und professionelle ärztliche Erstversorgung wurde in früheren Epochen unweigerlich aus jeder gefährlichen Wunde eine Angelegenheit auf Leben und Tod. Nicht mal José hatte uns in dieser Situation aus der Klemme helfen können.

Sebastiano beugte sich zu mir herunter und küsste mich auf die Nasenspitze. »Einen Penny für deine Gedanken.«

»Ich dachte gerade an José. Wusstest du, dass er hier ist?«

»Nein«, sagte Sebastiano überrascht. »Seit wann denn?«

»Keine Ahnung.« Verwundert hielt ich inne. »Oh, sieh nur, da ist er ja!« Ich blickte über Sebastianos Schulter hinweg. Am Ende des Arkadengangs stand José. Er nickte uns sorgenvoll zu, als wir näher kamen.

»Mit dir haben wir hier ehrlich gesagt nicht gerechnet«, meinte Sebastiano. »Ist irgendwas passiert?«

»Ach, bloß ein paar unvorhersehbare Turbulenzen in der Zeit«, erwiderte José vage. »Ich habe aber alles im Griff.«

Sein Gesicht mit der schwarzen Augenklappe wirkte im flackernden Schein der Fackeln beinahe dämonisch. Bei Tageslicht hätte ihn jeder einfach nur für einen einäugigen alten Mann gehalten, schmächtig und nicht besonders groß. Keiner wäre auf den Gedanken gekommen, dass er bereits länger lebte als jeder andere sterbliche Mensch. Zur Zeit der spanischen Inquisition hatte er sich einen klangvollen Namen zugelegt – er nannte sich José Marinero de la Embarcación.

Er hatte so seine Geheimnisse und erzählte uns längst nicht alles, was er wusste oder plante. Nach und nach war ich dahintergekommen, dass er uns nicht aus Schikane über manche Dinge im Unklaren ließ, sondern weil er damit gewährleisten wollte, dass wir unsere Aufgaben als Zeitwächter besser erfüllen konnten. Jerry, unser Physik- und Mathe-Genie, hatte uns erklärt, dass es irgendwelche hochkomplizierten Algorithmen gebe, nach denen der Erfolg einer Mission in manchen Fällen wahrscheinlicher sei, wenn die damit betrauten Zeitwächter nicht alle Risiken kannten. Jerry hatte mir sogar seine Berechnungen dazu gezeigt. Nicht, dass ich sie verstanden hätte – bei mir befand sich dort, wo andere Menschen ein natürliches Mindestmaß an mathematischem oder physikalischem Grundverständnis aufwiesen, nur so eine Art Schwarzes Loch. Es gibt sogar ein Fachwort dafür: Dyskalkulie.

In meiner Schulzeit war es mir peinlich gewesen, ständig mit schlechten Mathenoten nach Hause zu kommen – kein Wunder, meine Mutter war eine ziemlich bekannte Physikprofessorin und der Ansicht, dass sämtliche Gesetze der Genetik in meinem Fall versagt haben mussten, mit der Ausnahme, dass ich ihre hellen Haare und ihre zierliche Gestalt geerbt hatte. Mein Vater hatte das oft tröstend zu relativieren versucht, etwa mit dem Argument, dass meine Begabungen halt woanders lägen – unter anderem hätte ich doch immer sehr schöne Deutschaufsätze geschrieben und außerdem eine rasche Auffassungsgabe beim Erlernen von Fremdsprachen.

Davon abgesehen besaß ich noch andere Begabungen, von denen meine Eltern allerdings nie etwas erfahren würden. Dass ich ständig in die Vergangenheit reiste, um gefährliche Abweichungen im Kausalverlauf zu verhindern, konnte ich ihnen nicht erzählen – die Sperre verhinderte es ebenso zuverlässig, wie sie dafür sorgte, dass man uneingeweihten Menschen in der Vergangenheit nichts über die Zukunft verraten konnte. Und Sebastiano und ich konnten nicht etwa eigenmächtig bestimmen, wer zu den Eingeweihten gehörte, weil die Betreffenden dazu eine gewisse Veranlagung mitbringen mussten. Manche Menschen konnten durch die Zeit reisen oder die Zeitreisenden in den jeweiligen Epochen vor Ort unterstützen, doch wer sich für den Job als Zeitwächter oder Gehilfe eignete, blieb Josés Geheimnis. Er teilte uns lediglich mit, wen wir als Schüler für unsere Zeitreise-Akademie rekrutieren sollten, und er regelte auch, wer als Helfer an unseren jeweiligen Zielorten auf uns wartete und sich dort um Dinge wie Unterbringung, Begleitschutz und dergleichen kümmerte.

Nur eine Sache war sonnenklar: Die gefährlichen Störungen im Zeitgefüge kamen nur selten von allein zustande. Meist beruhten sie auf absichtlichen Manipulationen der Alten. Ein versprengtes Häuflein dieses prähistorischen Volkes aus einer längst zu Sternenstaub zerfallenen Galaxie hatte sich vor vielen Jahrhunderten auf der Erde angesiedelt und trieb sein Spiel mit der Zeit. Das war durchaus wörtlich zu verstehen – diese Alten betrachteten einzelne Epochen als ihre Beute und bewegten sich durch die Zeit wie auf einem unendlich großen Spielfeld. Immer wieder versuchte einer von ihnen, sich ein Stück der Zeit als Trophäe herauszuschneiden, ohne Rücksicht darauf, ob dabei das Große und Ganze in Gefahr geriet. Es war ihr Sport und ihr Hobby. Manche von ihnen wurden auch von unerbittlichen Feindschaften angetrieben, die sie untereinander hegten. Um ihre Fehden zu befeuern, scheuten sie sich nicht, rücksichtslos das Leben vieler Menschen sowie deren Zukunft aufs Spiel zu setzen – im wahrsten Sinne des Wortes.

»Ich wurde hinterrücks niedergeschlagen«, erklärte Sebastiano ohne Umschweife. »Außerdem denke ich, dass mir jemand ein Abführmittel ins Essen oder in den Wein gemischt und vorsorglich in Annas und meinem Gemach den Nachttopf weggeräumt hat, damit ich das Große Haus der Erleichterung aufsuche, wo der Betreffende mir dann auflauerte. Jemand wollte wohl sicherstellen, dass ich das Attentat nicht verhindere.«

José wirkte nicht sonderlich überrascht. »Ich sagte ja, es gab ein paar Turbulenzen in der Zeit«, sagte er.

»Hättest du denn nicht verhindern können, dass Sebastiano niedergeschlagen wird?«, wollte ich wissen.

»Ich tat das, was der Situation am angemessensten war«, meinte José nur lapidar. »Außerdem bin ich hier, um euch darüber zu informieren, dass es einen neuen Schüler gibt. Er heißt Walter, ist fünfzehn Jahre alt und der Enkel von Lord Wykes. Ihr habt bis morgen Vormittag Zeit, ihn auf seine neue Aufgabe vorzubereiten, dann geht es zurück in die Gegenwart. Gemeinsam mit Walter Wykes.«

»Hat dieser Walter Wykes denn schon eine Ahnung, was ihn erwartet?«, erkundigte ich mich vorsorglich.

»Du meinst, ob ich ihm gegenüber bereits angedeutet habe, dass er demnächst als Schüler einer Zeitreise-Akademie in der Zukunft leben wird?« José zwinkerte mit seinem gesunden Auge, er wirkte leicht amüsiert. »Ich fürchte, das werdet *ihr* ihm erklären müssen. Leider muss ich kurzfristig weiter. Ich hole euch morgen um elf Uhr Ortszeit mit der Zeitmaschine ab. Wir treffen uns an der Stelle wieder, wo ich euch heute abgesetzt habe.«

Und damit drehte er sich um und verschwand mit schnellen Schritten in den Schatten der Arkaden.

»Wir sollten diesen Walter Wykes suchen«, sagte ich. »Wenn er schon morgen früh mit uns kommen soll, bleibt uns nicht mehr viel Zeit, ihm alles zu erklären. Und ich muss dringend nach Fatima und Ole sehen, bevor die beiden wieder irgendwelchen Unfug anstellen.«

»Gleich«, sagte Sebastiano. »Vorher haben wir noch was Wichtiges zu erledigen.« Er fasste mich bei der Hand und zog mich tiefer in die Schatten hinein, dorthin, wo kein Fackellicht die dunklen Ecken des Hofs erhellte.

»Hier«, sagte er. »Das ist genau die richtige Stelle.«

»Wofür denn?«, fragte ich ein wenig verwirrt.

»Für das hier«, meinte er. Und dann zog er mich in seine Arme und küsste mich.

Unser Gehilfe vor Ort hieß Archibald Cuthbert und war die rechte Hand des Hofmarschalls. Er war um die vierzig und sah aus wie eine Kreuzung aus Bestattungsunternehmer und Severus Snape beziehungsweise dem Schauspieler, der Snape spielte. Sein strähniges dunkles Haar umrahmte ein düsteres Gesicht mit einer vorspringenden Nase, und die meiste Zeit machte er eine Miene, als würde er lieber sterben, als aus Versehen zu lächeln.

Trotz der ihn umgebenden Melancholie hatte er sich bisher als verlässlicher Helfer erwiesen. Er hatte uns als vermeintliche Adelsgäste bei Hofe eingeschleust und dafür gesorgt, dass wir strategisch günstig gelegene Gemächer erhielten. Ohne solche Gehilfen – wir nannten sie auch *Boten* – hätten wir es ziemlich schwer gehabt, in der Vergangenheit zurechtzukommen. Cuthbert war ein zuverlässiger und erfahrener Bote. Als Eingeweihter wusste er, dass wir Zeitreisende auf einer wichtigen Mission waren, auch wenn die Sperre verhinderte, dass wir ihm Details über die Zukunft verraten konnten. Wie fast alle unsere Gehilfen in früheren Epochen handelte er nicht nur aus reinem Idealismus, sondern verfolgte damit auch handfeste praktische Interessen – für seine loyale Unterstützung wurde er von José reichlich entlohnt, und sollten er oder seine Familie je in Not geraten, würde auch in diesem Fall für alles gesorgt.

»Über Walter Wykes gibt es nicht viel zu sagen«, erklärte

Cuthbert, als Sebastiano und ich ihn über den Jungen ausfragten, den wir als neuen Schüler rekrutieren sollten. »Es heißt, er liebt das Lesen. Bücher bedeuten ihm offenbar mehr als die Jagd.«

»Das klingt doch schon mal positiv«, meinte ich.

»Nun, in diesem Fall trifft diese Einschätzung zweifellos zu, denn auf der Jagd würde er gewiss vor Angst vom Pferd fallen und sich den Hals brechen. Walter gilt als ausgesprochener Hasenfuß.«

Das klang schon weniger gut. Ein Hauch von Sorge machte sich in mir breit. Ängstlichkeit war nicht unbedingt eine wünschenswerte Eigenschaft, wenn es ums Zeitreisen ging.

»Walters Großvater, Lord Arthur Wykes, ist einer der königlichen Berater«, fuhr Cuthbert fort. »Nicht der wichtigste, aber auch nicht so unwichtig wie manche andere. In der letzten Zeit hält der König ihn jedoch auf Abstand. Es steht außer Frage, dass Lord Wykes' Stern bei Hofe im Sinken begriffen ist, so ähnlich wie der von Cromwell. Ob und wann Wykes und Cromwell als Berater aber endgültig in Ungnade fallen, kann niemand sagen.« Er warf Sebastiano einen Blick zu. »Außer vielleicht Ihr, Mylord, da Ihr ja aus einer fernen Zukunft kommt und es wissen müsst.«

Darauf ging Sebastiano nicht ein, denn die Sperre hätte es sowieso nicht zugelassen. Und Cuthbert schien es auch gar nicht zu erwarten, denn er blickte nur auf seine gewohnt düstere Weise vor sich hin.

Als er den Namen *Cromwell* erwähnt hatte, war mir ein kleiner Gruselschauer über den Rücken gelaufen. Denn ich wusste ja, was besagtem Cromwell demnächst zustoßen würde – man würde dem armen Kerl, der dem König sein Leben lang treu gedient hatte, noch in diesem Sommer den Kopf abschlagen. Heinrich der Achte ließ nicht nur seine Ehefrauen köpfen, wenn er sauer auf sie war. Alle möglichen Leute, die sich bei ihm unbeliebt machten, fanden sich in Nullkommanichts auf dem Schafott wieder. Bis zum Ende seiner Regentschaft würde er es auf über siebzigtausend Hinrichtungen bringen. Seine blutrünstige und jähzornige Ader war auch ein Grund dafür, dass wir auf dieser Mission besonders gut auf uns aufpassen mussten. Heinrich war fast so cholerisch wie die Herzkönigin in *Alice im Wunderland*, die ständig »Kopf ab!« gerufen hatte, wenn ihr jemand nicht passte.

»Master Cuthbert, könnt Ihr es bewerkstelligen, dass wir den jungen Walter Wykes so schnell wie möglich sprechen?«, erkundigte Sebastiano sich. »Ich weiß, dass es sehr spät ist, aber es ist unaufschiebbar.«

»Selbstverständlich.« Cuthbert deutete eine Verbeugung an. »Ich werde ihn umgehend herholen.« Geräuschlos zog er sich zurück und verließ den Raum.

Es war schon nach Mitternacht. Das Feuer im Kamin unseres Gemachs war längst erloschen. Auf einem Wandbord brannte ein Leuchter mit acht Kerzen, die allerdings nicht besonders viel Licht spendeten und außerdem ziemlich penetrant qualmten und vor sich hin stanken. Im sechzehnten Jahrhundert war die Beleuchtung ein Kapitel für sich. Wenn man nicht ständig brennende Kerzen oder Fackeln dabeihatte, saß man schnell im Dunkeln.

Cuthbert hatte uns zwei Kammern zugewiesen. In der kleineren übernachtete Fatima, in der anderen schliefen Sebastiano und ich. Ole nächtigte auf einem Strohsack im Stall, was auch der Grund dafür war, dass mein Versuch, seine Stellung ihm gegenüber ein bisschen aufzuwerten, nicht wirklich überzeugend rübergekommen war. Ob er sich nun *Knappe* oder *Knecht* nannte – unterm Strich machte es kaum einen Unterschied, denn es war in diesen alten Zeiten einfach üblich, dass die Diener, die sich um die Pferde kümmerten, in deren unmittelbarer Nähe ihr Nachtlager aufschlugen, damit sie nicht so weite Wege hatten.

Dabei war es gar nicht die rustikale Umgebung, an der Ole sich störte; schließlich hatte er wie alle Wikinger im zehnten Jahrhundert in einem zugigen, dreckigen Langhaus zusammen mit Dutzenden ungewaschener Menschen auf einem Stapel flohverseuchter Felle geschlafen, nur durch ein paar Bretter von Kühen und sich im Schlamm suhlenden Schweinen getrennt. Ihm ging es bei der ganzen Sache eher darum, dass er auf keinen Fall irgendein sozialer Niemand sein wollte. Schließlich war er der Sohn eines Jarls, was hier bei Hofe so was wie ein Earl war, mindestens. Er fand daher, dass die Rolle, die er bei dieser Zeitreise innehatte, seinem Status nicht ausreichend gerecht wurde. Bevor wir uns vorhin eine gute Nacht gewünscht hatten, hatte er Sebastiano noch einmal trotzig seine Meinung mitgeteilt.

»Nicht genug, dass ich mir von einem Mädchen Befehle erteilen lassen muss, das mir kaum bis zur Schulter reicht und nur wenig älter ist als ich. Ich darf nicht einmal auf ehrenvolle Weise gegen einen Attentäter kämpfen.« Seine nächsten Worte hatten seine ganze Empörung zum Ausdruck gebracht. »Stattdessen muss ich zusehen, wie sie ihm *ein Bein stellt* und ihn damit vertreibt. Und anschließend muss ich wie hundert andere niedere Knechte im Heu nächtigen.« Nachdem er das losgeworden war, hatte er noch zusammenhanglos hinzugefügt: »Beim nächsten Einsatz will ich ein Ritter sein und meinen Bidenhänder tragen. Und eine Tapferkeitsmedaille an einem goldenen Band.«

Was sollte man darauf noch sagen? Ich hegte die schwache Befürchtung, dass wir uns mit dem Enkel von Lord Wykes möglicherweise einen ähnlich schwierigen und launischen Kandidaten einhandelten.

Sebastiano blätterte in einem der Folianten, die auf dem Wandbord standen – eine Rarität, die in diesen Jahren noch nicht häufig zu finden war: ein gedrucktes Buch.

»Spannend?«, fragte ich.

»Geht so. Ist ein Gedichtband. Stammt anscheinend vom König selber. Er hat ja früher viel gedichtet und komponiert.«

Ich setzte mich auf den Rand unseres großen, mit Seidenvorhängen abgehängten Pfostenbettes und unterdrückte ein Gähnen. Wir hatten es am Hofe von Heinrich dem Achten ziemlich komfortabel. Der König hatte vor Jahren den Palast, der früher einem Erzbischof gehört hatte, aufwändig ausgebaut und saniert. Hier in Hampton Court war alles vom Feinsten, und das galt auch für den Service. Die Laken waren frisch gewaschen und geplättet, die Federbetten mit Daunen gefüllt, und vor dem Fest hatten wir sogar ein Bad nehmen können, in einem funkelnagelneuen Holzzuber mit richtig heißem Wasser. Mehrere Hausknechte hatten in rascher Folge dutzendweise dampfende Eimer herangeschleppt, und die Zimmermädchen hatten für Handtücher und parfümierte Seife gesorgt. Personal gab es im Schloss in Hülle und Fülle. Hunderte von Dienstboten schwirrten ständig durch die Gänge und Gemächer und sorgten unermüdlich dafür, dass die Gäste und Höflinge des Königs es bequem hatten und nichts entbehren mussten.

Meine Aufmachung war der Umgebung mehr als angemessen. Ich trug ein traumhaft schönes Samtkleid und eine dazu passende perlenbestickte kleine Haube im französischen Stil sowie anschmiegsame Pantöffelchen mit weichen Ledersohlen. Die Mode der Tudorzeit hatte wirklich was, man fühlte sich wie eine Prinzessin.

Aber das Leben bei Hofe war auch gefährlich. Günstlingswirtschaft, Intrigen, Machtspiele – Heinrich war umgeben von ehrgeizigen, hinterhältigen Emporkömmlingen, die zu allem entschlossen waren, und er selbst war ein unberechenbarer Tyrann mit gefährlichen Stimmungsschwankungen. Kaum vorstellbar, dass dieser Fettkloß in seinen jüngeren Jahren ein attraktiver, sportlicher und vielseitig interessierter Mann gewesen war.

Sebastiano unterbrach meine Gedanken. »Ob Cuthbert lange braucht, um diesen Walter herzubringen?« Er kam zum Bett, setzte sich neben mich und streichelte meinen Nacken.

»Keine Ahnung.« Meine Stimme klang ein wenig atemlos, denn Sebastiano fing an, meinen Hals zu küssen.

»Wir könnten die Wartezeit ja sinnvoll nutzen«, schlug er vor, während er mir die Haube abnahm und mit geschickten Fingern die Flechtfrisur auflöste, die Fatima mir vor dem Fest gemacht hatte. Das Flechten und Frisieren hatte sie im Harem gelernt, ebenso wie das kunstvolle Bemalen der Hände mit Henna. Mit solchen Verschönerungsmaßnahmen hatten sie und die anderen Haremsdamen sich in Ermangelung anderweitiger Abwechslung stundenlang die Zeit vertrieben. Das Leben einer Konkubine bestand laut Fatima zum größten Teil aus gähnender Langeweile. Da hatte ein Mädchen aus unserer Zeit es entschieden besser.

Sebastiano schlang beide Arme um mich und zog mich an sich. Wie von allein gerieten wir in die Horizontale, und Sebastiano begann nach den Schnüren zu suchen, die mein Kleid zusammenhielten. Wir küssten uns voller Leidenschaft. Ich hatte das Gefühl, in seinen Armen zu Wachs zu zerfließen, und mein Herz fing an zu rasen. Obwohl wir nun schon so lange zusammen waren, konnte ich von seinen Zärtlichkeiten nie genug bekommen.

Da klopfte es an der Tür. Mit einem frustrierten Stöhnen stand Sebastiano auf, um zu öffnen – und prallte erschrocken zurück, als er sah, wer draußen stand. Anscheinend war es jemand, den er nicht erwartet hatte.

»Euer Majestät!«, brachte er stotternd heraus. Doch binnen eines Sekundenbruchteils hatte er sich gefangen und verneigte sich tief. »Was verschafft uns die Ehre?«

»Guten Abend, Foscary. Ihr seid doch Foscary, oder?« Der König betrat unser Gemach und blickte sich suchend um. »Ah, Lady Anne«, meinte er zerstreut, als er mich auf dem Bett sitzen sah. Ich sprang hastig auf und versank in einen tiefen Hofknicks.

»Euer Majestät.« Es klang wie das Piepsen einer Maus. Der König! Hier! In unserem Gemach! Ausgerechnet jetzt! Gleich würde Cuthbert hier auftauchen, mit dem jungen Walter Wykes im Schlepptau, und der König, der sowieso schon ständig unter paranoiden Anwandlungen litt und sich von Verschwörern umgeben glaubte, würde auf der Stelle Verrat wittern und uns alle in den Kerker werfen lassen! Vielleicht verdächtigte er uns schon. Oder er war dahintergekommen, dass es überhaupt keine Foscarys aus Essex gab! Aber wäre er dann wirklich persönlich hier aufgekreuzt, um uns zur Rede zu stellen? Nein, ganz sicher nicht. Schließlich war er der König.

Bei seinen nächsten Worten wurde klar, was er wollte. Er machte gar keinen Hehl daraus, warum er hier war.

»Man sagte mir, dies sei die Kammer Eurer kleinen orientalischen Zofe.«

»Oh, ach so. Fatima.« Ich rang mir ein ehrerbietiges Lächeln ab und deutete auf die Verbindungstür zum Nebenraum. »Sie schläft bereits.«

Nebenan fiel etwas zu Boden.

Der König hob die Brauen. »Es klingt, als sei sie noch wach.«

Die Tür zum Nebenraum öffnete sich, und Fatima erschien in einem Nichts von Nachtgewand. Die Brauen des Königs hoben sich noch höher. »Ah, da ist ja die orientalische Blume.«

Fatima knickste graziös. »Ich wurde von Eurer klangvollen männlichen Stimme wach, Euer Gnaden.«

Der König sah geschmeichelt, aber zugleich auch leicht angesäuert aus. Seine Miene sprach Bände. Er hatte eindeutig darauf spekuliert, dass er in diesem Raum niemand anderen als Fatima vorfinden würde. Stattdessen war er peinlicherweise im Schlafgemach ihrer Herrschaft gelandet. Doch er wäre nicht der König gewesen, wenn er die Situation nicht im Griff gehabt hätte. Man merkte es daran, dass er den Herrscher raushängen ließ und von sich selbst in der ersten Person Plural sprach.

»Morgen Vormittag reiten Wir zur Fasanenjagd aus. Es würde Uns gefallen, wenn Ihr Euch Uns anschließt, Foscary.« Er wandte sich in gebieterischer Haltung an mich. »Die Königin würde es zu schätzen wissen, wenn Ihr unterdessen an der Matinee teilnehmt, die sie morgen zu geben beabsichtigt.«

»Ich liebe Matineen«, behauptete ich.

»Ich liebe die Fasanenjagd«, erklärte Sebastiano gleichzeitig.

Der König machte einen zufriedenen Eindruck. Mir war klar, wie sein Plan aussah. Er hatte gar nicht vor, morgen früh auszureiten. Es ging ihm nur darum, Sebastiano mit der Jagdgesellschaft auf die Pirsch zu schicken, um ihn für eine Weile aus dem Haus zu haben. Und ich sollte währenddessen mit der Königin frühstücken, damit der König freie Bahn hatte, um Fatima für ein verschwiegenes Date in seine Gemächer holen zu lassen. Aber darauf konnte er lange warten. Wenn die Königin morgen frühstückte und die Jagdgesellschaft Fasanen aufscheuchte, würden wir schon längst wieder auf dem Weg ins einundzwanzigste Jahrhundert sein.

Mit einem letzten besitzergreifenden Blick auf Fatima wünschte der König uns eine gute Nacht und zog sich zurück. Keinen Augenblick zu früh – er war kaum gegangen, als auf dem Gang Schritte zu hören waren. Nur Sekunden später tauchte Cuthbert in der offenen Tür unseres Gemachs auf, einen bestürzten Ausdruck im Gesicht. »War das gerade der König? Was wollte er hier? Hat er etwa Verdacht geschöpft?«

»Der König begehrt mich«, teilte Fatima ihm mit. Sie stand immer noch in der offenen Verbindungstür. »Er war meinetwegen hier.«

Cuthbert sah sie streng an. »Hast du ihm etwa schöne Augen gemacht, du verruchtes Ding? Wolltest du ihn in deine Kammer locken?«

Fatima bedachte Cuthbert mit einem entrüsteten Blick. »Was fällt Euch ein? Glaubt Ihr etwa, ich habe ihn eingeladen? Diesen … Fettklops? Er könnte mein Großvater sein!«

Cuthbert verfiel wieder in seine übliche griesgrämige Art.

»Dieses Geschöpf wird Euch gewiss noch Ärger bescheren«, sagte er zu Sebastiano.

Ich hatte das Gefühl, Fatima in Schutz nehmen zu müssen. »Wenn sie nett zum König war, dann nur um unserer Sache willen. Fatima, was hältst du davon, wieder ins Bett zu gehen?«

Sie überhörte meinen Vorschlag einfach. »Wer ist das?« Neugierig blickte sie auf den Jungen, den Cuthbert soeben ins Zimmer zog.

»Das ist der junge Walter Wykes«, stellte er ihn vor, während er die Tür verriegelte. »Walter, begrüß die Herrschaften.«

Walter brachte kein Wort heraus. Er starrte Fatima an. Sogar im dürftigen Licht des Kerzenscheins war zu sehen, dass er glühend rot wurde.

»Ähm, Fatima?« Ich räusperte mich. »Dein Unterkleid ist ziemlich durchsichtig. Willst du dir nicht vielleicht was überziehen?«

Endlich kapierte sie es und verschwand nach nebenan, was uns Gelegenheit verschaffte, den Enkel von Lord Wykes genauer in Augenschein zu nehmen. Walter hatte lockiges braunes Haar, ein nettes, pausbäckiges Gesicht und aufgeweckte Augen. Er war klein für seine fünfzehn Jahre und ein bisschen zu pummelig. Bestimmt würde er es hassen, mit uns joggen gehen zu müssen. Aber dafür würde ihm das Essen im einundzwanzigsten Jahrhundert gefallen. Schokolade, Eis, Pommes, Pizza – kulinarisch würde unsere Zeit für ihn die reinste Offenbarung werden, in dem Punkt unterschied er sich garantiert kein bisschen von Ole und Fatima.

»Tritt näher, Walter«, sagte Sebastiano freundlich.

Walter stolperte über seine eigenen Füße, als Cuthbert ihn beim Kragen packte und in unsere Richtung schubste.

»Mylady und Mylord«, stotterte er. »Ich wünsche Euch einen guten Abend.«

»Gleichfalls, Walter«, sagte Sebastiano. »Du kannst uns mit Vornamen ansprechen. Ich bin Sebastiano. Und die Dame hier heißt Anna. Hat Master Cuthbert dir schon erklärt, warum wir dich sprechen wollen?«

»Ja. Er meinte, Ihr würdet mit mir in die Zukunft reisen, wo ich von Euch lernen soll, über die Zeitläufe zu wachen.«

»Das stimmt tatsächlich«, sagte Sebastiano. Fragend blickte er den Jungen an. »Hat es dich sehr schockiert?«

Zu meiner Überraschung schüttelte Walter den Kopf. »Nein, denn ich wusste es ja schon vorher.«

»Wirklich?«, fragte Sebastiano verblüfft. »Von wem?«

»Das kleine Mädchen hat es mir gesagt.«

»Welches kleine Mädchen?«, wollte ich wissen. Aus unerklärlichen Gründen hatte sich bei Walters Worten eine Gänsehaut auf meinen Armen gebildet.

»Sie hat mir ihren Namen nicht genannt.«

»Wie sah sie denn aus?«, fragte ich.

»So genau konnte ich sie nicht sehen, weil das Licht schlecht war. Aber ich schätze, sie war vielleicht vier oder fünf Jahre alt. Und sie hatte blondes Haar. Eines Abends vor drei Wochen stand sie plötzlich in meiner Kammer und sagte, Ihr würdet mich holen kommen, damit ich dabei helfen kann, die Zeit in ihrem vorgesehenen Lauf zu bewahren. Sie sagte, ich solle keine Angst haben und mit Euch gehen, da Ihr die wundervollsten Menschen auf Erden wärt.« Walter zuckte mit den Schultern. »Dann ging sie ohne ein weiteres Wort zur Tür hinaus. Ich folgte ihr sofort, aber als ich in den Gang schaute, war sie bereits verschwunden.«

»Ist sie danach noch einmal aufgetaucht?«, fragte Sebastiano.

Walter schüttelte den Kopf. »Rückblickend erscheint mir die Begegnung ohnehin mehr ein Traumgebilde als die Wirklichkeit gewesen zu sein.«

»Hast du mit irgendwem über sie gesprochen?«

»Nein, natürlich nicht. Ich wäre doch sofort in den Verdacht geraten, mit einer Hexe im Bunde zu sein. Der Tod auf dem Scheiterhaufen wäre mir gewiss gewesen.«

»Zweifellos war dieses kleine Mädchen keine Hexe, sondern ein Wesen aus der Zukunft«, befand Cuthbert.

»So muss es wohl sein«, stimmte Sebastiano geistesabwesend zu. Ich sah ihm an, dass seine Gedanken sich überschlugen. Mir selbst erging es nicht anders. Wer war dieses mysteriöse kleine Mädchen, das Sebastiano und mich für *die wundervollsten Menschen auf Erden* hielt? Meine Gänsehaut verstärkte sich und breitete sich über meinen gesamten Körper aus.

»Master Cuthbert, Ihr solltet uns nun allein lassen, denn es wird Zeit für Walters erste Unterweisung«, sagte Sebastiano. »Walter, du kannst da drüben in dem Sessel Platz nehmen. Anna und ich werden dir gleich erklären, was dich in der Zukunft erwartet.«

Walter warf Cuthbert einen fragenden Blick zu, und als der ihm zunickte, ging Walter zu dem Sessel und ließ sich zaghaft nieder.

Cuthbert wünschte uns eine gute Nacht und zog sich zurück. Sebastiano verriegelte sorgfältig die Tür hinter ihm, dann wandte er sich Walter zu.

Der Junge sah immer noch ziemlich eingeschüchtert aus, aber ihn umgab auch eine spürbare Entschlossenheit, als hätte er sich schon lange vorgenommen, diese neue Aufgabe, von der er noch so gut wie gar nichts wusste, mit vollem Einsatz zu übernehmen.

»Walter«, begann Sebastiano, »du bist einer der wenigen Menschen in dieser Epoche, mit denen wir über das Geheimnis, das uns hier zusammengeführt hat, überhaupt sprechen können. Das liegt daran, dass du einer von uns bist.«

»Und wer seid Ihr?«

Sebastiano lächelte ihn an. »Ich dachte, das wäre klar. Wir sind Zeitreisende. Und ab sofort bist du auch einer.«

Auf unsere Erklärungen und Beschreibungen reagierte er ganz ähnlich wie Fatima und Ole. Ungläubigkeit wechselte mit Erstaunen und Ehrfurcht, aber im Vordergrund stand seine brennende Neugier. Nachdem wir ihn mit den wichtigsten Fakten versorgt hatten, bombardierte er uns förmlich mit Fragen, die wir beantworteten, so gut es ging.

Nein, die großen Flugmaschinen wurden nicht durch einen Zauber in der Luft gehalten, sondern durch Physik und Benzin. Und die pferdelosen Kutschen, die wir Autos nannten, konnten nicht fliegen und nicht über das Wasser fahren. Ja, die Pest war in unserer Zeit heilbar, ebenso wie die Pocken und das Kindbettfieber und jede Menge anderer schlimmer Krankheiten. Doch ja, leider führten die Völker immer noch Kriege untereinander, schlimmere denn je. Und auch Hungersnöte kamen noch vor, wenn auch nicht mehr in Europa. Nein, England beherrschte nicht die Welt, auch wenn es zur Zeit seiner großen Kolonien dicht dran gewesen war.

In dem Stil ging es mindestens eine Stunde lang weiter. Es hatte sich als sinnvoll erwiesen, den neuen Schülern wenigstens im Schnelldurchlauf die wichtigsten Entwicklungen und Entdeckungen der noch kommenden Jahrhunderte zu erklären.

Walter nahm all unsere Schilderungen äußerst wissbegierig auf, auch wenn er die erste halbe Stunde ein wenig durch Fatimas Anwesenheit verwirrt war – sie hatte sich etwas übergezogen und sich zu uns gesetzt, warf jedoch ständig irgendwelche unpassenden Bemerkungen ein, vor allem an der Stelle, als wir versuchten, Walter das Internet zu erklären.

»Seht ihr seinen leeren Blick? Er wird es nie begreifen.«

Oder an der Stelle, als wir über den Wandel in der Mode sprachen.

»Ich sehe ihn schon ohnmächtig werden, wenn er die erste Frau mit Minirock und High-Heels sieht. Und wetten, dass er sich nicht mit Badehose ins Freie traut?«

Irgendwann wurde sie müde und verschwand gähnend wieder in ihrem Zimmer. Sebastiano und ich fuhren mit unseren Erklärungen fort und gingen dabei ziemlich ins Detail. Der Kulturschock würde für Walter trotzdem gewaltig sein. Ole und Fatima hatten wochenlang gebraucht, um in unserem Alltag anzukommen und sich einigermaßen zurechtzufinden.

Nach einer Weile merkten wir, dass der arme Junge nicht mehr aufnahmefähig war. Immer wieder fielen ihm die Augen zu. Mir erging es auch nicht viel anders. Ich hätte im Sitzen einschlafen können. Sebastiano machte zwar noch einen wachen und konzentrierten Eindruck (er war körperlich deutlich belastbarer als ich), aber das nützte ja nichts, wenn Walter zu müde war, um seine Erläuterungen zu begreifen.

Als Sebastiano anfing, ihm von den geheimnisumwobenen

Alten zu erzählen, von denen manche sich *Bewahrer* nannten, sackte Walters Kopf vornüber. Ich mischte mich ein.

»Sebastiano, wollen wir vielleicht lieber morgen weitermachen? Der Ritt bis zum Treffpunkt dauert über eine Stunde. Da bleibt uns noch genug Zeit vor dem Übertritt.«

»Klar. Sorry, ich hab mal wieder die Zeit vergessen.« Sebastiano lächelte mich an, dann wandte er sich besorgt an Walter. »Ich hoffe, es war nicht zu viel für dich.«

»Nein, es geht schon«, sagte Walter sofort – nur um gleich darauf mit einem gewaltigen Gähnen seine eigenen Worte Lügen zu strafen.

Damit beendeten wir unsere erste Unterredung mit unserem neuen Zögling. Wir besprachen noch, wo und wann wir uns am nächsten Morgen treffen wollten. Anschließend kehrte Walter in seine Kammer zurück, und Sebastiano und ich gingen zu Bett. Er zog mich in seine Arme, und ich legte meinen Kopf auf seine Brust, um das vertraute, beruhigende Geräusch seines Herzschlags zu hören.

Obwohl ich von den Anstrengungen des Tages völlig erledigt war, konnte ich nicht einschlafen. Das kleine Mädchen, von dem Walter erzählt hatte, ging mir einfach nicht aus dem Kopf.

»Ob sie jemand aus unserer Zukunft ist?«, fragte ich.

»Wer?«

»Das geheimnisvolle kleine Mädchen. Wie kann es sein, dass sie uns kennt?«

»Sie könnte eine Eingeweihte sein, die wir bei einem späteren Einsatz noch kennenlernen«, sagte Sebastiano.

»Du meinst, sie kennt uns schon, aber wir sie noch nicht? Geht das denn?«

Er strich mir sanft übers Haar. »Das lässt du dir vielleicht besser von Jerry erklären. Es fällt in den Bereich der Paradoxa.«

Das kam mit einem nachsichtigen Unterton, und ich verpasste ihm dafür einen kleinen Knuff mit dem Ellbogen. Denn seine Antwort war eine höfliche Umschreibung für *Du wirst es sowieso nicht verstehen*. Und damit hatte er leider recht (auch wenn ich es nicht gern aufs Butterbrot geschmiert bekam). Manche Aspekte des Zeitreisens würde ich nie begreifen, vor allem nicht die Sache mit den Paradoxa, denn die hatten mit Physik zu tun, und zwar nicht mit der Art von Physik, die man in der Schule lernte (ganz abgesehen davon, dass ich nicht mal die richtig kapiert hatte). Es war eher die Sorte Wissenschaft, mit der sich solche Leute wie meine Mutter beschäftigten. Die fuhr mindestens einmal im Jahr auf irgendwelche hochkarätigen internationalen Kongresse, wenn sie nicht gerade an allen möglichen Eliteuniversitäten der Welt als Gastprofessorin für Astro-, Atom- und sonstige Physik unterwegs war. Sie hatte sogar schon bahnbrechende Fachaufsätze über Paradoxa veröffentlicht. Jerry kannte sie alle und war begeistert, er war ein regelrechter Fan von meiner Mutter. Ich hatte versucht, die Aufsätze zu lesen, war aber immer schon nach zwei Sätzen von einer Art unheilbarem Gähnzwang erfasst worden. So wie jetzt auch gerade. Anscheinend war ich doch müder, als ich gedacht hatte.

Statt über das aktuelle Paradoxon nachzugrübeln, wandte ich mich in Gedanken wieder dem vereitelten Attentat zu.

»Warum dieser maskierte Kerl wohl den armen Lord Wykes umbringen wollte?«, murmelte ich schläfrig an Sebastianos Schulter.

»Vielleicht eine persönliche Fehde? Wer weiß das schon.« Sebastiano strich mir abermals übers Haar, dann küsste er sacht meine Schläfe. »Bist du eigentlich sehr müde?«

»Ziemlich. Wieso?«

»Ach, bloß so.« Eine seiner Hände begab sich unter der Bettdecke auf Wanderschaft. »Müdigkeit ist ja oft relativ. Das Schlafbedürfnis des Menschen wird manchmal überschätzt.«

»Oh.« Ich seufzte und schmiegte mich an ihn. Er hatte völlig recht. Schlafen konnten wir auch später noch. Zum Beispiel in ein paar hundert Jahren.

Bei Tagesanbruch brachen wir auf und schlichen uns in aller Stille aus dem Schloss. Abgesehen von einem verschlafenen Zimmermädchen und einem Hausknecht, der einen Sack Kohlen durch die Gänge schleppte, lief uns niemand über den Weg. Die beiden Nachtwächter am Tor hielten uns nicht auf – wir wollten ja hinaus, nicht hinein. Hinter den Turnierplätzen und Obstgärten wartete Cuthbert mit gesattelten Pferden auf uns. Er hatte sogar einen Korb mit Proviant mitgebracht, weil durch unseren eiligen Aufbruch keine Zeit mehr zum Frühstücken gewesen war.

Wir verabschiedeten uns von Cuthbert und saßen auf. Sebastiano ritt voraus. Hinter ihm folgten wir in Zweierreihen. Durch den dunstigen Frühnebel ging es in nördliche Richtung. In der Nähe wand sich grau und träge die Themse durch die Landschaft. Fröstelnd zog ich meinen pelzverbrämten Mantel fester um mich, denn an diesem frühen Morgen im Jahr 1540 war es ziemlich frisch hier draußen.

Neben mir ritt Ole. Er trug seine heiß geliebte Fellweste, aber das Hemd, das er darunter anhatte, war ziemlich dünn. Trotzdem machte er nicht den Eindruck, als würde er frieren. Er schien gegen die Kälte immun zu sein, ein echter Wikinger eben.

Ab und zu wandte er sich mit einer herablassenden Bemerkung zu Fatima um, die neben Walter ritt und vergeblich versuchte, dem Jungen zu erklären, was Filme waren.

»Ich glaube nicht, dass ich es verstehe«, sagte Walter niedergeschlagen.

»Ja, weil du *dumm* bist«, erwiderte Fatima. »Ich stamme aus einer Zeit, die viele Jahre vor dieser liegt, und ich habe bei Weitem nicht so viele Fragen gestellt wie du.«

»Du tust so, als hättest du es selber gleich beim ersten Mal verstanden«, sagte Ole. »Aber ich kann mich gut erinnern, was für einen Wutanfall du bei *Drei Haselnüsse für Aschenbrödel* bekommen hast, weil die böse Stiefmutter so gemein zu dem armen Aschenbrödel war.« Er grinste hinterhältig. »Du wolltest sie sogar aufspüren und auspeitschen lassen.«

»Ach ja?«, versetzte Fatima süßlich. »Und wer hat bei *Alien* seine Axt geholt, um gegen *diese Fremdlinge* gewappnet zu sein?«

»Ihr habt euch *Alien* angesehen?«, fragte ich erschrocken. »Das war ganz sicher keiner von den Filmen, die ich euch gegeben hatte! Die sind doch schrecklich blutrünstig! Da kann man die Hälfte der Zeit ja gar nicht hinsehen!«

»Ich schon«, meinte Ole. »Am besten fand ich Teil drei. Aber *Alien vs. Predator* ist auch nicht übel.« Zu Walter sagte er: »Stell dir einen Film wie eine Theateraufführung vor. Nur mit mehr Blut und Aufschlitzen.«

»Darf ich diese … Filme auch sehen?«, wollte Walter wissen.

»Nein«, antwortete ich mit fester Stimme. »Jedenfalls nicht in nächster Zeit.« An Fatima gewandt fügte ich hinzu: »Wenn du ihm unseren Alltag erklären willst, fang doch lieber mit den einfachen Dingen an. Zum Beispiel damit, dass man zum Essen in unserer Zeit nicht nur Messer, sondern auch Gabeln benutzt. Und dass man in der Öffentlichkeit nicht rülpst, weil das schlechtes Benehmen ist.«

»Aber sogar der König rülpst«, wandte Walter ein.

»Andere Zeiten, andere Sitten«, sagte ich. »Außerdem dürfen Könige sich mehr erlauben als normale Leute.«

Walter nickte niedergeschlagen. »Das ist wohl wahr. Man sollte sich hüten, die Gnade und das Wohlwollen des Königs zu verspielen. Nicht einmal dann, wenn man es nur gut meint.«

Ich wurde hellhörig. »Was willst du damit sagen, Walter?«

Er druckste ein bisschen herum, anscheinend fiel es ihm nicht leicht, irgendwas Negatives über seinen Herrscher zu sagen. »Es wird gemunkelt, dass Großvater verhaftet und wegen Hochverrats angeklagt werden soll. Ich habe Master Cuthbert gesagt, dass ich nicht mit Euch in Eure Zeit reisen kann, weil ich Großvater nicht im Stich lassen will. Aber er sagte, ich müsse mit Euch gehen, denn wenn irgendjemand das Schicksal beeinflussen könne, dann nur Ihr, Lady und Lord Foscary.«

»Du sollst uns doch Anna und Sebastiano nennen«, sagte ich geistesabwesend. Du liebe Zeit, der arme Walter! Sein alter Großvater unter Anklage! Was Lord Wykes wohl verbrochen hatte?

Ole formulierte die Frage etwas drastischer. »Womit hat der alte Knabe sich denn bei dem Fettsack unbeliebt gemacht?«, erkundigte er sich bei Walter.

Der schaute leicht gequält drein. »Du solltest nicht so respektlos über den König sprechen!«

»Na, du bist mir einer! Der fette Heinrich will deinen Großvater absägen, und du nimmst ihn noch in Schutz!«

Walter erkannte dieses Dilemma und ließ stumm den Kopf hängen. Schließlich meinte er leise: »Ich weiß nicht genau, wodurch er sich den Unwillen des Königs zugezogen hat. Vielleicht liegt es an dem Bild von der Königin.«

»An welchem Bild?«, fragte Fatima neugierig.

»Großvater hat den Hofmaler angewiesen, ein besonders schönes Bildnis von der Königin zu malen. Das hat den König sehr verärgert.«

»Wieso?«, wollte Ole wissen. »War das Bildnis nicht schön genug?«

»Kein Maler schafft es, von dieser mondgesichtigen Person ein liebreizendes Abbild zu erschaffen«, kommentierte Fatima mitleidlos.

»Meister Holbein schon«, meinte Walter. »Er ist ein sehr berühmter Maler. Jedenfalls in dieser Zeit.«

Ich versuchte es mit einer Erklärung, denn ich kannte die ganze Story ja aus den Geschichtsbüchern. »Die Sache mit dem Bild war so: Die Königin stammt aus Deutschland, sie galt als gute Partie, vor allem politisch. Heinrich hatte sie allerdings vorher noch nie gesehen. Also schickte er seinen Hofmaler Hans Holbein los, damit der ein Porträt von ihr anfertigte. Und das tat er dann auch. Der König fand seine künftige Braut darauf sehr hübsch. Das Gemälde existiert in unserem Jahrhundert übrigens immer noch.«

»Ah, ich verstehe«, sagte Fatima. »Dieser Holbein hat sie *zu* schön gemalt.

Ole schnaubte. »Dann hätte der König den Maler in den Kerker werfen müssen.«

»Meister Holbein sagte, ein Bote von Lord Wykes habe ihm kurz vor seinem Aufbruch nach Deutschland den Befehl überbracht, die Braut möglichst schmeichelhaft zu malen«, erklärte Walter. »Großvater meinte, so einen Befehl habe er nie erteilt. Doch der König glaubt ihm nicht.« Bedrückt hielt er inne.

Es kam mir so vor, als hätte er noch nicht alles erzählt. »Warum hat der König Lord Wykes nicht geglaubt?«, wollte ich wissen.

Walter seufzte. »Weil Großvater zu jenen Beratern gehörte, die dem König zu dieser Ehe besonders geraten haben. Der König glaubte, die Braut sei hübsch, aber als sie dann bei Hofe eintraf, fand er sie … hässlich.«

»Also denkt der König, seine Berater haben ihn mit dem schönen Bild getäuscht«, schlussfolgerte Ole. Er zog die Stirn kraus. »Zu meiner Zeit wäre das kein Problem gewesen. Er hätte sich einfach noch ein Weib nehmen können. Oder sogar mehrere. Ganz rechtmäßig und gleichzeitig.«

»Zu meiner Zeit auch«, sagte Fatima. »Ich selbst wäre beispielsweise um ein Haar die vierte Ehefrau eines Sultans geworden. Doch seine zweite Ehefrau war damit nicht einverstanden und dichtete mir schlimme Missetaten an.«

»Wirklich?«, fragte Walter mit großen Augen. »Welche denn?«

»Ach, da war diese Sache mit der Giftschlange … Und mit so einem Kerl, der eines Nachts den Eunuchen in die Arme lief und behauptete, er sei mein Liebhaber …«

»Was ist ein Eunuch?«, fragte Walter.

»Das kannst du ihm später erklären«, unterbrach Sebastiano

die Unterhaltung. Wir ritten gerade um eine Wegbiegung, und er hatte sein Pferd an meine Seite gelenkt. Die Nebel hatten sich gelichtet, und trotz des wolkenverhangenen Himmels zeichnete sich das Wäldchen, das vor uns lag, scharf umrissen gegen den Horizont ab. Das nächste Dorf war mindestens eine halbe Stunde Fußmarsch entfernt, weit und breit gab es keine menschlichen Behausungen. Um diese Tageszeit würde sich kaum ein Mensch hierher verirren. Und das war auch gut so, denn in diesem kleinen Wald würde gleich etwas geschehen, das nicht für die Augen Normalsterblicher bestimmt war.

Ich zog meine Nürnberger Taschenuhr heraus. Alles lief nach Plan, wir lagen prima in der Zeit. Noch eine gute Viertelstunde, und wir waren wieder zu Hause. Venedig ... Der Canal Grande im Sonnenlicht ... Und ein großer Caffè Latte.

Ich spürte die Ankunft der Zeitmaschine mehr, als dass ich sie sah. Ein schwacher Schauer auf der Haut, ein Gefühl zunehmender Kälte, wie ein eisiger Wind, der plötzlich aus dem Nichts kommt, begleitet von einem schwachen Summen, das die uns umgebende Luft aufzuladen schien. Man spürte, dass sich etwas verändert hatte. Genau genommen spürten es nur Zeitreisende wie wir – jemand anders hätte es gar nicht wahrgenommen. Sie hätten die Zeitmaschine wohl gesehen, aber alles, was damit zusammenhing, sofort wieder vergessen. Auch wenn sie zufällig beobachtet hätten, wie wir sie benutzten, wäre der Vorgang im selben Moment wieder aus ihrer Erinnerung herausgefallen wie ein Tropfen Wasser aus einem Sieb.

José hatte die neue Maschine mithilfe eines findigen Ingenieurs namens Stephenson entwickelt, als Sebastiano und ich während unseres Abenteuers im London des Jahres 1813 in einer Art Zeitblase festgesessen hatten. Ursprünglich hatte die

Maschine die Form einer altertümlichen Dampflok besessen, mit allem Drum und Dran, einschließlich des großen Ofens, der unablässig mit Kohle vollgeschaufelt werden musste, damit der Kessel genug Druck aufbaute und die Kolben anfingen zu rattern. Dass das Ding nicht nur massenweise heißen Dampf erzeugte, sondern auch Leute quer durch die Zeit schicken konnte, war ihm rein äußerlich nicht anzusehen.

Mittlerweile hatte José unter Mitwirkung von Jerry die Maschine nicht nur technisch weiterentwickelt, sondern ihr auch eine andere Optik verpasst. Sie sah nicht mehr aus wie eine Dampflok, sondern – jedenfalls von außen – wie ein baufälliger Schuppen. Er hätte in jeder Epoche herumstehen können, ohne besonders aufzufallen.

José stand vor besagter Hütte und erwartete uns. Zwischen den Ritzen der Holzverschalung glommen weißblaue Lichteffekte auf. Das Summen wurde intensiver. Die Maschine war bereits startklar.

»Was wird aus den Pferden?«, fragte Ole, während wir absaßen. »Nehmen wir sie mit? Es sind gute Reittiere.«

»Du sagtest doch, du willst kein Pferdeknecht mehr sein«, stichelte Fatima. »Und was dachtest du, was wir mit diesen großen, haarigen Biestern in Venedig machen? Mit ihnen durch die Kanäle schwimmen?«

Ole warf ihr einen erzürnten Blick zu. Sebastiano mischte sich ein. »Sie bleiben natürlich hier. Da drüben ist ein Bachlauf, und genug frisches Grün gibt es hier auch. Jemand wird sie finden und sich um sie kümmern.«

»Wird Master Cuthbert keinen Ärger bekommen, wenn im Stall des Königs gute Pferde fehlen?«, fragte Walter besorgt.

»Es sind nicht die Pferde des Königs. Master Cuthbert hat

sie von einem durchziehenden Pferdehändler gekauft«, erklärte Sebastiano.

»Von unserem Geld«, warf ich ein.

»Streng genommen war es mein Geld«, korrigierte José mich.

»Das ist übrigens José«, sagte ich zu Walter. »Mit vollem Namen heißt er José Marinero de la Embarcación. Er ist so was wie unser Vorgesetzter.«

Walter verneigte sich höflich. »Sir ... äh, Marinero de la Emba... Embarca...«

»Lass die Förmlichkeiten. Nenn mich José. Herzlich willkommen bei der Zeitwächter-Gilde, mein Junge. Du kannst dich jederzeit mit Fragen an mich wenden.«

»Aber stell dich darauf ein, nicht immer eine Antwort zu kriegen.« Diese kleine Spitze konnte ich mir nicht verkneifen.

José quittierte meine Worte lediglich mit einem Zwinkern seines gesunden Auges.

»Trotzdem ist es eine unnötige Verschwendung, dass wir die Pferde hier zurücklassen müssen«, meinte Ole, während er in die Hütte trat. »Vielleicht könnten wir wenigstens eins mitnehmen. Zum Beispiel diesen Rappen, auf dem Sebastiano geritten ist. Er scheint von gutem Geblüt zu sein.«

»Auch wenn dieses Ross der König aller Pferde ist – es bleibt hier«, sagte Fatima mit Bestimmtheit. Sie folgte Ole in den Schuppen, umflossen von dem weißblau aufglühenden Licht, das von überallher zu kommen schien. »Es würde gar nicht durch die Tür passen. Oder es keilt aus und macht die Maschine kaputt. Am Ende bleiben wir alle in der Zeit stecken.« Das war beim Übertritt immer ihre größte Sorge – irgendwo mitten im raum- und zeitlosen Nichts stecken zu bleiben, eine Furcht, die ich ihr sehr gut nachfühlen konnte. Denn ich hatte so einen Zustand bereits erlebt – wenn auch zum Glück bisher nur in meinen Träumen.

»Du kannst ruhig reingehen«, sagte ich aufmunternd zu Walter, der vor der offenen Tür des Schuppens stehen geblieben war.

»Muss ich die Luft anhalten?«, fragte er, bemüht, seine Ängstlichkeit zu überspielen.

»Nur die ersten hundert Jahre«, sagte Fatima.

Walter sah sie entsetzt an, aber dann erkannte er, dass sie sich über ihn lustig gemacht hatte.

»Mach dir keine Sorgen, es ist nicht schlimm«, meinte Sebastiano. »Jeder nimmt es anders wahr. Dir könnte etwas kalt werden, und dieses flackernde Licht wird sehr hell. Vielleicht hörst du ein Dröhnen und dann einen Knall. Aber das geht schnell vorbei, und es tut nicht weh.«

»Jetzt sei nicht so ein Angsthase«, ließ sich Ole aus dem Inneren des Schuppens vernehmen. »Sonst stehen wir morgen früh noch hier herum.«

José trat zu uns in den Raum. Er zog die Tür hinter sich zu und löste am Bedienfeld der Maschine den Mechanismus aus, der die Zeitreise in Gang setzte.

Sebastiano schlang beide Arme um mich, und ich drückte meinen Kopf an seine Brust. Er wusste, wie sehr ich diese Augenblicke vor dem Zeitsprung hasste. Die Furcht davor ließ nie nach, obwohl ich die Prozedur schon oft mitgemacht hatte. Bis jetzt war es immer gut gegangen, aber ein tiefes Wissen, das ich nicht kontrollieren konnte, wisperte mir zu, dass es für alles ein erstes Mal gab. Auch dafür, von dunklen Mächten aus dem Zeitstrom gerissen und für immer in den schwärzesten aller Abgründe gezogen zu werden, wo das schlimmste nur denkbare Ungeheuer auf mich lauerte. Ich hatte es in meinen Träumen gesehen und wusste, dass es irgendwo war, ganz egal, wie sehr ich mir jeden Gedanken daran verbot. Mit fest zusammengekniffenen Augen drängte ich mich in Sebastianos schützende Umarmung. Am liebsten hätte ich mir auch die Ohren zugehalten, aber das hätte nichts genützt, denn die Geräusche, die sich während des Übertritts von allen Seiten erhoben und auf mich einstürmten, schienen nicht nur von außen, sondern auch aus meinem Inneren zu kommen. Sie waren überall, genauso wie das Licht. Zuerst war es nur eine flimmernde dünne Linie rund um den schwarzen, seltsam konturlos wirkenden Block, der den eigentlichen Kern dieser als Hütte getarnten Maschine bildete, dann wuchs es zu einem gleißenden Strahlen an wie von einem gigantischen Scheinwerfer, viel heller als alles, was das menschliche Auge überhaupt erfassen konnte. Das Summen verdichtete sich zu einem alles durchdringenden Dröhnen, die ganze Umgebung vibrierte und schien sich zugleich in ewiges Eis zu verwandeln, so unvorstellbar kalt, dass die Seele darin für immer erfror.

Und am Ende gab es diesen alles zerschmetternden Knall, der das ganze Universum zerbersten ließ.

Einen Moment und knapp fünf Jahrhunderte später war auch schon alles wieder vorbei. Das gleißende Licht war erloschen, der unheimliche schwarze Würfel sah aus wie immer, wenn er nicht in Betrieb war – wie ein unbehauener Marmorblock ohne besondere Eigenschaften. Doch darin schlummerten unglaubliche Kräfte, wie wir gerade eben wieder erlebt hatten. Im Gegensatz zu den früher von uns verwendeten Portalen ermöglichte uns die weiterentwickelte Maschine, nicht nur in eine bestimmte Zeit, sondern auch an einen festgelegten Ort zu springen – in dem Fall direkt zu unserer Ausgangsbasis Venedig. Das ersparte uns eine Menge Zeit und Aufwand für die An- und Abreise zu unseren jeweiligen Einsatzorten.

»Sind wir jetzt in der Zukunft?«, fragte Walter. »In eurer Zeit?« Seine Stimme zitterte ein wenig. Er bemühte sich, tapfer zu sein, aber es fiel ihm schwer. Ich erinnerte mich an meine eigene erste Zeitreise – an den Schock, die Kopfschmerzen, die Angst. Walter hatte zwar (im Gegensatz zu mir damals) vorher gewusst, dass er durch die Zeit springen würde, doch das änderte nichts daran, dass er sich jetzt in einer für ihn völlig fremden Welt befand.

»Ja«, sagte Sebastiano. »Wir sind da. Willkommen im einundzwanzigsten Jahrhundert.«

José stieß die Tür des Schuppens auf, und ich atmete tief die frische Luft ein, während wir der Reihe nach ins Freie traten. Die Zeitmaschine war jetzt wieder einfach nur ein Holzhäuschen, fensterlos und scheinbar so nachlässig zusammengezimmert, als könnte es beim nächsten Sturm wegfliegen. Es stand in der äußersten Ecke des kleinen Gartens, der zu unserem Haus gehörte. Umgeben von meterhohen Mauern war er von außen nicht einzusehen. Wilder Wein und eine Wand aus immergrünem Liguster schirmten diesen geheimen Platz zusätzlich vor fremden Blicken ab.

In Venedig gibt es viele solcher verborgenen Gärten, jedenfalls mehr, als die meisten Besucher der Stadt auf den ersten Blick erahnen können. Bei ihren Besichtigungen und Streifzügen durch die Stadt sehen sie nur die vielen Kanäle und das weitverzweigte Gewirr aus Gassen, Brücken und Plätzen. Dass sich hinter manchen dieser hohen alten Mauern kleine grüne Oasen verstecken, wissen die Wenigsten.

Ich deutete einladend auf die Rückseite unseres Hauses. »Das ist unser Palazzo«, sagte ich.

Walter wirkte leicht irritiert. »Wo?«

»Na, hier.« Ich ging voraus zur Hintertür.

»Das ist kein Palast«, befand Walter.

»Jetzt stellt er auch noch Ansprüche«, bemerkte Fatima spitz. »Was dachtest du denn, wo wir wohnen? Im Dogenpalast?«

»Ach, das hätten wir dir erklären müssen«, sagte ich an Walter gewandt. »In Venedig heißen diese klassischen Patrizierhäuser *Palazzo*. Einige davon sind wirklich prächtig, vor allem die am Canal Grande. In Wahrheit sind es aber natürlich keine Paläste im herkömmlichen Sinne. Unser Palazzo hier ist eher … ähm, schlicht.«

»Er ist sehr hübsch«, sagte Walter höflich.

In Wahrheit sah das Gebäude von außen nicht sonderlich einnehmend aus, jedenfalls nicht für jemanden, der bis vor ein paar Stunden noch in einem echten, funkelnagelneuen Königsschloss gelebt hatte. Unser Palazzo besaß nicht einmal eine marmorverzierte Fassade, sondern bestand aus dem für Venedig so typischen verwitterten Backsteinmauerwerk. Er wirkte von außen sogar ein bisschen schäbig und heruntergekommen, aber für mich gehörte das einfach dazu – in meinen Augen machte es den Charakter dieses alten Hauses aus, seinen leicht morbiden Charme, überhaucht von jener verstaubten historischen Patina, die durch allzu aufdringliche Modernisierungen nur für immer verloren gehen würde.

Vom Garten aus führte eine Steintreppe zu einer Balustrade, von der aus man in das Hauptgeschoss des Gebäudes gelangte. Auf dem Weg ins Haus umklammerte Walter seine schmale Ledertasche, die sein ganzes Gepäck darstellte. Wir hatten ihm eingeschärft, nur das Wichtigste mitzunehmen, da er hier alles haben würde, was er benötigte. Der arme Junge sah sich immer wieder verstört nach allen Seiten um, als könnte ihn jederzeit irgendwas anspringen, das er nicht kannte, obwohl auf den ersten Blick alles sehr nett und altertümlich wirkte – abgesehen von den Stromkabeln, der Satellitenschüssel und der Hantelbank stach in dem an den Garten angrenzenden gepflasterten Hinterhof kein Gegenstand ins Auge, der auf Walter utopisch wirken musste.

Unser Palazzo lag an einem stillen Seitenkanal im *Sestiere* Castello und stammte aus dem sechzehnten Jahrhundert. Mit dem Bau war ungefähr um die Zeit begonnen worden, als Heinrich der Achte sich in England zum unumschränkten Herrscher aufschwang. Seitdem war das Gebäude im Laufe der Jahrhunderte natürlich häufig umgebaut und saniert worden, aber die typische Architektur war unverändert erhalten und entsprach der klassischen Aufteilung, wie man sie in der Spätrenaissance bevorzugt hatte. Es besaß sogar noch ein altes Wassertor, sodass man von dem Kanal aus direkt mit dem Boot ins Untergeschoss des Hauses fahren konnte – eine eigene Anlegestelle in Form eines Wassersaals, der *Andron* genannt wurde. Darüber befand sich das *Mezzanin*, ein Zwischengeschoss, in dem sich unsere Archive und Kostümräume befanden. Darüber wiederum lag das eigentliche Hauptstockwerk des Gebäudes, das sogenannte *Piano nobile*, mit einem langgestreckten, repräsentativen Saal als Mittelpunkt.

»Diese Wohnhalle nennen die Venezianer *Portego*«, erklärte

ich, als wir von der Gartenbalustrade aus den Saal betraten. »Es ist der größte Raum des Hauses und zugleich unser Treffpunkt. Hier essen wir gemeinsam, spielen, lernen, sehen zusammen fern.« Ich deutete auf den großen, von Stühlen umgebenen Esstisch, die Sitzgruppe mit dem Fernseher, den Computerarbeitsplatz sowie die Unterrichtsecke mit den Schultischen und der altmodischen Wandtafel.

Die Pracht früherer Jahrhunderte ließ sich dank der hohen, von Säulen getragenen Decken und der Weitläufigkeit der Räume noch erahnen, aber so luxuriös wie einst war es natürlich nicht mehr – kein Mensch konnte sich heutzutage noch mit Goldquarz gesprenkelte Terrazzoböden leisten, die in monatelanger aufwändiger Handarbeit entstanden. Oder endlose Meter Wandbespannung aus edelstem Leder, für die eine ganze Herde Kühe gestorben war. Oder gigantische Kronleuchter, die verschwenderisch mit Kerzenhaltern aus mundgeblasenem Glas verziert waren.

Im Portego hingen zwar immer noch Kronleuchter, aber sie stammten nicht von Murano, sondern von Ikea, genau wie die übrige Einrichtung. Trotzdem war der Gesamteindruck schon wegen der Größe der Räumlichkeiten ziemlich umwerfend. Für eine Schule sah alles jedenfalls sehr beeindruckend aus, und auch nach außen hin wirkte es absolut seriös und glaubhaft – wir firmierten offiziell als kleine, feine Theaterakademie mit Schwerpunkt auf historischem Rollenstudium.

»Guck mal«, sagte Fatima. Sie schnappte sich Walters rechten Zeigefinger und drückte damit ein paarmal auf den Lichtschalter. »An. Aus. An. Aus. Das nennt man Strom. Oder Elektrizität. Den Unterschied weiß ich auch nicht so genau. Aber krass, oder?«

»Ja«, flüsterte Walter. Ehrfürchtig starrte er die Deckenlampen an.

Vom Portego gingen rechts und links ein paar Nebenräume ab – eine Bibliothek mit vollgestopften Bücherregalen und mehreren Schreibtischen, ein Fitness- und Trainingsraum, die offen gestaltete Küche nebst Vorratskammer. Walter staunte die Küchengeräte an und prallte erschrocken zurück, als Fatima den Gasherd anwarf, um ihm die hochzischenden Kochflammen zu zeigen.

»Keine Angst, das ist kein eingesperrter Drache«, rief Ole. »Bloß Technik.« Er riss die Kühlschranktür auf. »Da war doch noch … Ah, ja.« Im nächsten Moment war ein gigantisches Stück Salami zwischen seinen Zähnen verschwunden. »Walter, das ist ein Kühlschrank«, erklärte er mit vollen Backen kauend. »Man kann darin Sachen kalt stellen. Zum Beispiel Wurst und Getränke.« Er hielt inne. »Das Bier gehört mir. Wenn du es trinkst, schneide ich dir den Kopf ab.« Er dachte kurz nach. »Hm, das ginge wohl etwas zu weit für den Anfang. Ich würde dich vielleicht erst mal nur in den Kanal werfen.«

»Ich trinke kein Bier«, murmelte Walter verschreckt.

»Ole macht nur Witze«, beruhigte ich ihn, obwohl ich in diesem Punkt nicht wirklich sicher war. In mancher Beziehung war Ole einfach zu sehr Wikinger, vor allem, wenn es um den Gebrauch von Waffen ging.

»Walter, am besten lässt du dich jetzt von Ole auf dein Zimmer bringen. Du kannst dich umziehen und hinterher wieder runterkommen. Es gibt was Leckeres zu essen, und außerdem müssen wir dir noch Jerry vorstellen. Er freut sich schon darauf, dich kennenzulernen. Ole, du kannst Walter erklären, wie alles funktioniert. Dusche, Föhn und so weiter. Aber bitte bemühe dich, ihm keine Angst einzujagen, egal womit. Denk dran, wie du dich an deinem ersten Tag in der neuen Zeit gefühlt hast. Lass es langsam angehen, ja?«

Ole ließ einen Rülpser hören. »Komm mit und lerne, du armer Waisenknabe.« Er schlug Walter gutmütig zwischen die Schulterblätter, was den Jungen zum Taumeln brachte.

Eine Treppe höher gab es noch ein Stockwerk, fast ebenso hoch und weitläufig wie das *Piano nobile*. Dort befanden sich unsere Schlafräume.

Fatima hatte sich bereits nach oben verzogen.

Ich ging nach unten ins Mezzanin, wo Sebastiano mit José und Jerry eine kurze Lagebesprechung abhielt. Ich sehnte mich nach einer Dusche und einem großen Caffè latte, aber mein plötzliches Bedürfnis nach Sebastianos Nähe war stärker. Und natürlich wollte ich José fragen, ob er etwas über dieses kleine Mädchen wusste, von dem Walter erzählt hatte. Irgendein Gefühl sagte mir, dass er Informationen darüber besaß. Und diesmal würde ich nicht lockerlassen, bis er damit herausrückte. Er *musste* uns sagen, was er wusste, sonst … Ja, was? Ein schwaches Frösteln überlief mich, als hätte mich ein Geist berührt. Es kam wie aus dem Nichts, genauso wie diese dunkle Ahnung, die mich plötzlich erfüllte. Eine Ahnung von kommenden Ereignissen, die unser aller Leben auf den Kopf stellten, bis nichts mehr so sein würde, wie es mal war.

Als ich nach unten kam, war von José nichts zu sehen. Dafür war Sebastiano da. Er schaute Jerry über die Schulter, der an einem technischen Gerät herumschraubte. Ich trat zu Sebastiano und schlang beide Arme um ihn. Er gab mir einen Kuss und musterte mich forschend.

»Alles gut?«

Ich nickte mechanisch. »Hi, Jerry«, sagte ich. »Bei dir auch alles klar?«

»Sicher.« Eine widerspenstige rote Locke fiel ihm in die Stirn, und sein sommersprossiges Gesicht verzog sich zu dem für ihn typischen verschmitzten Grinsen. Obwohl er schon seit gut drei Jahren in unserer Zeit lebte, sah er immer noch aus wie der halbwüchsige Junge, den wir im Jahr 1813 kennengelernt hatten.

Ich blickte mich suchend um. »Wo ist eigentlich José?«

»Er ist gleich nach unserer Ankunft noch mal los«, sagte Sebastiano. »Mit der Maschine.«

»Warum? Oder genauer: In welche Zeit?«

»Das hat er nicht verraten. Er meinte nur, er müsse noch was Wichtiges erledigen.« Es schien ihn nicht weiter zu beunruhigen. Schließlich kam es öfter vor, dass José sich allein mit der Zeitmaschine auf die Socken machte, oft sogar ohne Vorankündigung. Es gab Gegenden und Epochen, in die er uns einfach nicht mitnahm. Beispielsweise in die Zukunft. José hatte lapidar behauptet, sie sei uns verschlossen. Was natürlich die Frage aufwarf, wieso Jerry und unsere Schüler sich in Jahrhunderten lange nach ihrer eigenen Zeit aufhalten durften, aber Sebastiano und ich nicht, obwohl es zumindest theoretisch möglich war. Doch in dem Punkt ließ José nicht mit sich reden.

Davon abgesehen waren ihm nicht mal die kleinsten Informationen über unsere eigene Zukunft zu entlocken. Er begründete das damit, dass es unserem eigenen Schutz diene. Jerry war derselben Meinung, was mich ein wenig verdross, aber er sagte, die Wissenschaft sei auf seiner Seite. Er hatte alle möglichen theoretischen Berechnungen dazu angestellt, bei denen es um Paradoxa, *self-fulfilling-prophecy*-Phänomene, schädliche emotional-psychologische Einflüsse und – um was sonst – Entropie ging. Dabei hatte er ermittelt, dass die Unkenntnis über die eigene Zukunft sich nach den Regeln der Wahrscheinlichkeit günstiger auf den eigenen Lebensverlauf auswirkte als zu viel Vorauswissen. Nachdem er mir seine gesammelten Formeln gezeigt hatte, fand ich es dann irgendwann sinnvoller, nicht ständig über diese Fragen nachzudenken.

Doch die Sache mit dem kleinen Mädchen ließ mich nicht los. Ich hatte gehofft, von José vielleicht mehr zu erfahren. Bemüht, mir meine Enttäuschung über seine Abwesenheit nicht anmerken zu lassen, wandte ich mich an Jerry.

»Was ist das für ein Ding, an dem du da herumschraubst?«, erkundigte ich mich.

»Das ist ein Kalibrierungstool«, erwiderte er.

»Ach so«, sagte ich höflich, obwohl ich nur Bahnhof verstand.

Jerry war ein wahres Naturtalent auf dem Gebiet der Physik, und auch sonst war seine Auffassungsgabe einmalig. Als Enkel eines hochgebildeten Buchhändlers hatte er bereits ein für seine Zeit recht umfangreiches Allgemeinwissen mitgebracht, aber er hatte nicht lange gebraucht, sich auch alle möglichen modernen Kenntnisse anzueignen. Nichts war für ihn zu schwer, er lernte Höhere Mathematik und Quantenphysik wie andere Leute das kleine Einmaleins. José hatte ein bisschen herumgetrickst, um Jerry die nötigen Zeugnisse fürs Studium zu verschaffen, doch nachdem er erst mal an der Uni angenommen worden war, hatte er binnen kürzester Zeit sämtliche Mitstudenten in den Schatten gestellt. Aus ihm würde sicher mal ein legendärer Wissenschaftler werden. Ständig erfand er irgendwelche praktischen Messgeräte oder sorgte gemeinsam mit José fortlaufend für Optimierungen an der Zeitmaschine.

»Damit kann man die Bildvorschauen im Spiegel besser auflösen und die Ereignisse exakter darstellen«, erläuterte Sebastiano. »Mit anderen Worten: Wir kriegen ein schärferes Bild.«

»Und eine bessere Perspektive«, ergänzte Jerry. Stolz klopfte er mit dem Schraubenzieher auf das metallene Teil, das entfernte Ähnlichkeit mit einer Kartoffelpresse hatte.

»Ach, wirklich?« Jetzt war ich tatsächlich interessiert an Jerrys neuer Erfindung, schließlich betraf sie unmittelbar unseren Job als Zeitwächter. Mir war zwar nicht ganz klar, ob die Funktion des Spiegels wirklich was mit Magie zu tun hatte – Jerry behauptete immer, es sei einfach bloß eine besondere Art von Physik –, aber vom Effekt her lief es meiner Ansicht nach aufs Selbe hinaus. In einem Moment wirkte der Spiegel nämlich wie eine staubige, vom langen Herumstehen blind gewordene Antiquität, und im nächsten Augenblick füllte er sich mit wolkigen, bewegten Effekten und beängstigenden Bildern, auf denen die Zukunft zu sehen war. Genauer der Teil davon, wo wir eingreifen und die Abläufe korrigieren mussten. Und manchmal zeigte er ganz einfach nur, was geschehen würde, wenn man der Zeit ihren Lauf ließ.

»Könnten wir uns mit diesem Kalibrierdings auch noch mal das Attentat auf Lord Wykes ansehen?«, fragte ich.

Am besten in Zeitlupe, fügte ich in Gedanken hinzu. Vielleicht kam ich so dahinter, warum ich den Attentäter mit Sebastiano verwechselt hatte.

Jerry schüttelte bedauernd den Kopf. »Leider kann man damit keine Vorschauen wiederholen oder aufzeichnen. Aber daran arbeite ich noch. Momentan ist der Prototyp noch in der Entwicklung, aber irgendwann hoffe ich, ihn zum Einsatz bringen zu können.«

»Cool«, sagte ich voller ehrlicher Bewunderung.

Jerry legte den Schraubenzieher weg und streckte sich. »Gibt's schon Essen? Ich hätte ein bisschen Hunger.«

Das war die Untertreibung des Jahrhunderts. Er hatte nie nur *ein bisschen Hunger*, sondern den Appetit eines Löwen, und zwar ständig. Darin unterschied er sich nicht von Ole.

»Renata ist noch nicht da, aber sie müsste jeden Augenblick kommen.«

»Oh, gut. Ich hoffe, sie macht wieder diese Hackbällchen in Tomatensoße. Die sind einfach der Hammer.«

Renata war eine kleine Person undefinierbaren Alters, die das Haus putzte und außerdem für unser leibliches Wohl zuständig war. Als Reinigungskraft hätte ich sie niemandem weiterempfohlen, denn sie ließ ziemlich viel Staub liegen, aber als Köchin wussten wir sie zu schätzen. Sie besorgte alle Zutaten und bereitete uns daraus die leckersten Gerichte zu. An sechs Tagen in der Woche kam sie vormittags vorbei und nahm die Küche in Beschlag. Sie verstand ihr Handwerk und brachte das Essen schnell auf den Tisch. Kaum hatte sie angefangen zu werkeln, war sie auch schon fertig. Wo immer sie kochen gelernt hatte – sie erledigte es in professionellem Tempo.

Und sie schien die Diskretion in Person zu sein, jedenfalls hatte sie uns noch nie mit Fragen behelligt. Falls sie irgendetwas an uns oder unseren Aktivitäten seltsam fand, sprach sie es nicht an. Genau genommen sprach sie überhaupt nicht, zumindest nicht mit uns. Abgesehen von einem gelegentlichen kleinen Kichern gab sie höchst selten etwas von sich. Manchmal summte oder murmelte sie auch vor sich hin, aber eine Aussage war diesen Tönen nicht zu entnehmen.

Ole hielt sie für ein Trollwesen, egal wie oft wir ihm erklärten, dass Trolle nur in Märchen und abergläubischen Fantasien vorkamen. Fatima war der Ansicht, Renata sei von einem *Dschinn* besessen, was in etwa so viel hieß wie Dämon. Sie glaubte mit derselben Inbrunst an Dämonen wie Ole an Trolle, wobei der Unterschied vermutlich sowieso nur folkloristischer Natur war, denn auch Trolle waren ja eine Art Dämonenwesen.

Jerry fand Renata *etwas seltsam*, während Sebastiano und ich davon überzeugt waren, dass sie an einem Tourette-Syndrom litt; zumindest war das eine Erklärung für das unmotivierte Kichern, mit dem sie uns manchmal erschreckte. Außerdem musste sie extrem schwerhörig sein, denn sie schien oft gar nicht mitzukriegen, wenn man irgendwas von ihr wollte. Beharrte man auf einer Antwort, beschränkte sich ihre Reaktion auf ein kurzes Nicken oder Kopfschütteln, egal wie die Frage gelautet hatte.

Wir hatten uns bei José erkundigt, in welcher Zeit er Renata aufgestöbert hatte, worauf er sehr erstaunt erklärt hatte, selbstverständlich in der Gegenwart; sie habe früher in einem beliebten Lokal in Cannaregio gekocht. Mehr wussten wir nicht über sie, und sie schien auch nicht mehr über uns erfahren zu wollen. Was zufällig ganz gut passte, weil unsere kleine Akademie nur im Schatten der Verschwiegenheit gedeihen konnte.

»Steht dir übrigens gut, dieses altmodische Tudorkleid«, sagte Jerry.

»Danke.«

»Der Ausschnitt ist ziemlich grenzwertig«, befand Sebastiano.

»Ich finde ihn nicht zu tief«, sagte Jerry.

»Das kannst du nicht beurteilen«, behauptete Sebastiano. Er selbst sah mich gern in tief ausgeschnittenen Kleidern, aber nur solange mir keine anderen Männer ins Dekolleté guckten. In dem Punkt war er ein bisschen altmodisch. Oder besser gesagt: auf altmodische Art eifersüchtig.

»Das trug man damals halt so«, sagte ich diplomatisch. »Andere Zeiten, andere Sitten.«

»Und wie ist Heinrich der Achte so?«, wollte Jerry wissen.

»Fett«, antwortete Sebastiano. »Und hinter den Frauen her. Wir mussten Fatima vor ihm verstecken.«

»Ich geh mich dann mal umziehen«, sagte ich.

Neben der Werkstatt befand sich unser Requisitenraum. Dort hingen auf langen Kleiderstangen jede Menge historischer Gewänder aus allen möglichen Epochen. Sie reichten bis ins vierte Jahrhundert zurück. Tiefer in die Vergangenheit konnten wir nicht reisen, das war eine der Schranken, die uns auferlegt waren. José und die anderen Alten waren damals auf die Erde gekommen und hatten angefangen, Zeitportale zu errichten, aber diese konnten nur einen begrenzten Teil der Vergangenheit erfassen. Auch die Zeitmaschine, die José mit einem Ingenieur entwickelt und mit Jerrys Hilfe optimiert hatte, konnte diese Schranke nicht durchbrechen. Jedenfalls bisher nicht. Jerry hatte mit der ihm eigenen Dickköpfigkeit behauptet, daran würde er noch arbeiten.

Und es gab noch eine weitere Schranke – man konnte nicht in eine Zeit zurückspringen, in der man selbst bereits gelebt hatte. Denn sonst hätte man sich selbst begegnen können, was laut Jerry eine physikalische Unmöglichkeit war. Wer es trotzdem versuchte, musste damit rechnen, sich in Luft aufzulösen. Buchstäblich und unwiderruflich.

Ich zog mein Tudorkleid aus und hängte es zwischen eine spitzenbesetzte Ballrobe aus dem siebzehnten und eine Seidentunika aus dem vierzehnten Jahrhundert. Alle Gewänder in diesem Fundus waren Originale, das heißt, sie stammten tatsächlich aus der betreffenden Epoche. Wenn man nämlich versuchte, Gegenstände aus modernen Materialien in die Vergangenheit zu befördern, konnte es gut sein, dass sie sich bei der Ankunft in Nichts auflösten. Auf diese Weise hatte ich aus Versehen schon ein paar sehr nützliche Dinge verloren, angefangen von einem nagelneuen iPod auf meiner allerersten Zeitreise bis hin zu kompletten Outfits inklusive Unterwäsche, was mich schon in wirklich peinliche Situationen gebracht hatte.

Seit ich das Zeitreisen gemeinsam mit Sebastiano und José professionell betrieb, achtete ich darauf, immer nur in Originalgewändern zu reisen, deshalb besaß ich einige davon. An jedem Kleid, das sich hier im Fundus befand, hingen Erinnerungen an aufregende, manchmal auch gefährliche Abenteuer. Dasselbe galt für die Accessoires – Täschchen, Spangen, Tücher, Hüte, Schuhe … Alles war hochwertige und teils uralte Handarbeit, auch wenn es meist wie neu aussah, weil wir es ja direkt vor Ort besorgt und mit hergebracht hatten. Das Gleiche galt für die Männerkleidung. Vom spätrömischen Harnisch über zipflige mittelalterliche Kapuzenumhänge bis hin zu elegant bestickten Seidenwesten aus dem Rokoko war alles vertreten. Stiefel und Schnürschuhe, Gamaschen und Schärpen, Zylinder und Barette – aus allen möglichen Zeiten und Stilrichtungen war was dabei. Außerdem gab es noch ein großes Regal voller Waffen.

Eine alte Arkebuse aus der Zeit des Dreißigjährigen Kriegs – die hatten wir eher zufällig mitgenommen, weil wir überstürzt von einer Mission aus dem Jahr 1632 hatten fliehen müssen –, ein paar sehr scharfe Krummdolche aus osmanischer Zeit und natürlich jede Menge Schwerter, Degen, Florette und Säbel. Fechten war Sebastianos Hobby, er war ein wahrer Meister darin. Ein paarmal hatte er diese Fähigkeit auch schon im Ernstfall anwenden müssen – zum Glück war es bisher immer gut ausgegangen.

Ich nahm meinen Bademantel von einem Wandhaken und schlüpfte hinein, ehe ich wieder nach oben ging. Nach einer gründlichen Dusche sah ich in der Küche nach dem Rechten, wo Renata gerade mit den letzten Vorbereitungen für das Mittagessen beschäftigt war. Es gab Pasta mit Fleischragout, und Renata verteilte summend alles in Schüsseln. Bei meinem Anblick kicherte sie kurz, als hätte ich ihr soeben etwas wirklich Witziges erzählt.

»Daran werde ich mich nie gewöhnen«, murmelte ich, aber wie üblich hörte sie es nicht.

Die hungrige Meute hatte sich schon um den großen Esstisch im Portego versammelt. Alle hatten sich frisch gemacht und umgezogen, auch Walter, der sich in der modernen Kleidung ein wenig unbehaglich zu fühlen schien. Er zupfte immer wieder an den Ärmeln seines Sweatshirts herum und rieb die Sohlen seiner Chucks gegeneinander.

»Alles in Ordnung?«, fragte ich ihn. »Hat Ole dir alles gezeigt? Hast du dich mit Jerry bekannt gemacht? Passen dir seine Sachen? Du bekommst natürlich noch eigene Kleidung, gleich morgen gehen wir für dich einkaufen.«

Walter nickte stumm. Anscheinend hatte er sich noch nicht von dem Kulturschock erholt.

»Ole hat sogar schon eine Runde *DayZ* mit ihm gespielt«, verriet Fatima. »Ich war dagegen, aber bei ihm redet man gegen Wände.«

Ich sah Ole an, der betont unschuldig meinen Blick erwiderte. »Das Spiel fördert die Koordinationsfähigkeit«, behauptete er.

»Welche?«, wollte Sebastiano wissen, der soeben dazukam und sich neben mich setzte. »Deine oder seine?«

»Natürlich seine. Meine ist gut genug.«

»Vielleicht beim Schleudern deiner Axt, aber nicht beim Schreiben«, bemerkte Fatima. »Deine Buchstaben sehen aus wie die Spuren eines betrunkenen Stelzvogels im Schlamm.«

Unwillkürlich warf ich ihr einen bewundernden Blick zu. Sie hatte manchmal so eine wunderbar blumige Art, sich auszudrücken! Ich wusste selbstverständlich, dass das nur dem intergalaktischen Translator zu verdanken war, der ihre Worte übersetzte, aber sie musste es in ihrer angestammten Sprache ähnlich formuliert haben. Sie sprach Arabisch mit uns, auch wenn es sich für uns kein bisschen fremd anhörte – für mich klang es wie Deutsch, für Sebastiano wie Italienisch, für Ole wie Altnorwegisch, für Jerry wie Englisch.

Der automatische Übersetzungseffekt funktionierte praktischerweise auch bei geschriebenen Texten, allerdings nur, wenn man schreiben und lesen konnte. Ole und Fatima waren Analphabeten, ein ganz normaler Zustand für die Epochen, aus denen sie stammten, aber beide waren fleißig dabei, sich auf dem Gebiet weiterzubilden. Ich gab mein Bestes, ihnen Lesen und Schreiben beizubringen, auch wenn ich oft an meinen didaktischen Fähigkeiten zweifelte – mich selbst hatte für diesen Job ja niemand wirklich ausgebildet. Aber dafür klappte es meist recht gut. Von den ersten gekrakelten Buchstaben waren wir schon längst zu ganzen Sätzen übergegangen. Meist benutzten wir als Unterrichtsmaterial Bilderbücher oder bunte Comics mit Sprechblasen, daran hatten sie mehr Spaß als an schlichten Texten. Und Ole lernte auch ziemlich viel bei Jerrys Computerspielen, da konnte man gegen die Dinger sagen, was man wollte.

Die zwei machten wirklich gute Fortschritte, denn in einem ganz besonderen Punkt hatten beide sich der Gegenwart überraschend schnell angepasst: Sie wollten genau das haben, was alle anderen Teenies in ihrem Alter auch besaßen – ein Smartphone. Ich hatte ihnen eins versprochen, doch sie würden es erst kriegen, wenn Ole mir eine zusammenhängende Seite aus *Asterix und die Normannen* und Fatima eine aus *Asterix im Morgenland* vorlesen konnte.

»Schöne Buchstaben retten dir in der Schlacht nicht den Hals«, meinte Ole ungerührt. Er häufte sich einen Riesenberg Pasta auf den Teller und kippte direkt aus der Schüssel Berge von Ragout darüber, ehe er sich die Gabel schnappte und sich das Essen in den Mund schaufelte, das Gesicht dicht überm Teller.

»Ähm, Ole«, sagte ich vorsichtig.

»Was?«

Ich überlegte, wie ich es ihm sagen sollte, ohne ihn zu kränken. Sebastiano kam mir zu Hilfe.

»Ole, solltest du mit dem Essen nicht warten, bis alle anfangen?«

»Wieso?«, fragte Ole mit vollen Backen. »Heiß schmeckt es mir besser.«

»Mir auch«, sagte Fatima. Sie riss die Schüssel an sich, bevor sie jemand anders nehmen konnte. »Und wer schneller fertig ist, kriegt mehr Nachschlag.«

Sebastiano und ich tauschten ratlose Blicke. Er zuckte mit den Schultern, was so viel besagte wie: *Das ist dein Job. Tu, was du für richtig hältst.*

Ich beschloss, bei nächster Gelegenheit noch eine vertiefende Lektion Tischmanieren einzuschieben. Wir hatten das Ganze zwar schon mal geübt, aber abgesehen davon, dass Ole und Fatima gelernt hatten, wie man mit neuzeitlichem Essbesteck umgeht (Ole konnte sogar sehr flink mit einer Hand Spaghetti auf die Gabel rollen), war anscheinend nicht viel bei ihnen hängen geblieben. Ole schlürfte zwar mittlerweile leiser und hatte sich das Rülpsen bei Tisch abgewöhnt, und Fatima leckte nur noch selten ihren Teller oder ihre Finger ab, aber ein bisschen Feinschliff war wohl dringend nötig.

Walter hingegen, kaum zwei Stunden in der Gegenwart, schien deutlich weniger Schwierigkeiten zu haben, sich anzupassen. Im Gegenteil, er brachte bereits erstklassige Manieren mit.

»Mylady ... ähm, Anna, darf ich Euch ... ähm, dir von diesem Essen auftun?«, fragte er schüchtern.

Ole hörte auf zu schlingen und starrte Walter an. Fatima ließ ihre Gabel sinken und machte große Augen.

»Wow«, sagte Jerry. »Ein echter Gentleman.«

»War das nicht richtig?«, stammelte Walter errötend. »Habe ich etwas Falsches gesagt?«

Ich achtete nicht auf die anderen und lächelte Walter strahlend an. »Nein, das war großartig! So höflich! Und wohlerzogen!«

Seine Hände zitterten ein wenig, als er mir mit dem Spaghettilöffel eine Portion Pasta auf den Teller lud. Es klappte leider nicht besonders gut. Die klebrigen langen Nudeln pappten überall fest, am Schüsselrand, am Löffel, auf der Tischplatte und zuletzt an Walters Händen, als er versuchte, die ganze Unordnung zu entwirren.

Ole streckte seinen langen Arm aus. Er hatte einen enormen blinkenden Dolch in der Hand. Walter zuckte mit einem Aufschrei zurück, doch Ole durchschnitt ohne mit der Wimper zu zucken die widerspenstigen Nudeln und schippte die Reste mit der Klinge auf meinen Teller. Dann nahm er die Schüssel mit dem Ragout und kippte eine großzügig bemessene Ladung davon über meine Nudeln. »Ich kann mich auch gut benehmen«, erläuterte er.

Fatima hielt ihm ihren Teller hin, und kommentarlos schüttete er auch über ihre Nudeln eine Portion von dem Ragout.

»Darf ich dir etwas Käse über deine Pasta reiben, Liebes?«, fragte Sebastiano mich schmunzelnd.

»Untersteh dich.« Ich unterdrückte ein Lächeln, während ich mich an Walter wandte. »Wir nehmen uns hier am Tisch das Essen immer selbst, weißt du. Das macht es einfacher. Wir sind ja nicht bei Hofe, wo die Herren den Damen vorlegen. Aber trotzdem war es sehr galant von dir. Frauen wissen es zu würdigen, wenn Herren sich gut benehmen. Etwa indem sie der Dame die Tür aufhalten. Oder den Stuhl zurechtrücken. Oder ihr aus dem Mantel helfen. Viele halten es vielleicht für altmodisch, aber ich nicht. Ich finde, es gibt einer Frau ein Gefühl von Wertschätzung.«

Sebastiano räusperte sich. »Handkuss, Verbeugung und Kratzfuß sind aber mittlerweile abgeschafft. Das benutzen wir nur noch auf unseren Missionen in der Vergangenheit.«

»Bei den Wikingern müssen die Frauen den Männern aus dem Mantel helfen«, teilte Ole uns ungefragt mit. »Sie müssen ihnen sogar die Mäntel *nähen.*«

»Ja klar«, meinte Fatima spöttisch. »Aus Fell, das sie vorher noch gerben müssen.«

»Ganz recht. Und zwar in Gruben, die sie mit ihrem Urin füllen und in denen sie dann so lange auf dem darin eingeweichten Fell herumstampfen, bis es schön weich ist.«

»Bäh! Wieso erzählst du so einen Mist?« Fatima spuckte einen Mundvoll Nudeln aus.

Ole runzelte die Stirn. »Wieso? Es ist doch wahr.«

Sie funkelte ihn an. »Hier essen gerade zufällig Leute!«

Ole zuckte nur verständnislos mit den Schultern. Er schnappte sich stumm den Parmesan und säbelte sich mit dem Dolch ein paar Schnitze über seine Nudeln. Dann wandte er sich unvermittelt an Sebastiano. »Ich will einen Orden«, erklärte er.

»Was für einen Orden?«, wollte Sebastiano verblüfft wissen.

»So einen wie in dem Film.«

»Welcher Film?«

»*Eine Frage der Ehre* mit Tom Cruise«, warf Jerry ein. »Den haben wir letztens zusammen gesehen. Er war ganz ohne Gemetzel«, fügte er vorsorglich hinzu. »Ole haben die weißen Uniformen gefallen. Und die Orden natürlich.«

»Das sind Marineuniformen«, sagte Sebastiano. »Die gibt es nur bei den Offizieren der U. S. Navy.« Er sah, wie Oles Miene sich verdüsterte und fügte hinzu: »Ich kann dir aber gerne so einen Orden beschaffen, wenn du willst.«

»Ja. Und ich will eine Pumpgun.«

Sebastiano grinste. »Keine Chance. Vergiss es.«

»Wir haben nämlich nur Waffen im Arsenal, die wir in die Vergangenheit mitnehmen können«, erklärte ich Walter. »Und weil wir die letzten hundert Jahre nicht bereisen können, dürfen es nur ältere Waffen sein, die es davor schon gab. Eine Pumpgun ist ein modernes Schießgewehr. Eine sehr hässliche und völlig überflüssige Waffe.«

»Das ist nicht wahr«, sagte Ole. »Sie tötet sehr effektiv. Fast so gut wie eine Laserpistole.«

»Es gibt keine Laserpistolen«, informierte ich ihn. »Dein Problem ist, dass du zu viele sinnfreie Actionfilme siehst. Von den bescheuerten Ego-Shooter-Spielen ganz zu schweigen.« Diese Ansage verband ich mit einem vorwurfsvollen Blick in Jerrys Richtung. Der besaß wenigstens den Anstand, leicht zu erröten, während er sich mit möglichst unbeteiligtem Gesichtsausdruck seine Nudeln einverleibte.

»Warum könnt ihr die letzten hundert Jahre nicht bereisen?«, erkundigte Walter sich.

»Weil diese Zeit für uns blockiert ist. Das dient der Vermeidung von Paradoxa.« Tröstend fügte ich hinzu: »Das alles ist sehr schwer zu begreifen, aber Jerry kann dir sicher erklären, was ein Paradoxon ist.«

»Ich weiß, was ein Paradoxon ist«, sagte Walter zu meiner Überraschung.

»Äh – wirklich?«, vergewisserte Jerry sich.

Walter tupfte sich den Mund mit seiner Serviette ab. »Ja, beispielsweise das Pfeil-Paradoxon von Zenon.«

»Na so was«, meinte Jerry. Ein bewundernder Ausdruck trat auf sein Gesicht. »Du bist offensichtlich mit der griechischen Philosophie vertraut?«

»Philosophie war eines meiner Pflichtfächer«, sagte Walter

bescheiden. »Neben Latein, Theologie und Mathematik natürlich.«

»Natürlich«, äffte Fatima ihn nach. Es klang leicht angefressen. Sie wandte sich mit misstrauischer Miene an mich. »Er kriegt aber jetzt kein Handy, bloß weil er zufällig schon lesen kann, oder? Das fände ich total ungerecht!«

»Was für ein Pfeil?«, wollte Ole wissen. »Und was ist dieser Zenon für ein Kerl?«

Ich wollte schon einwerfen, dass ich das auch gern wissen würde, aber diese Demonstration von Unwissenheit verkniff ich mir gerade noch rechtzeitig. Es war schlimm genug, dass ich die Sache mit den Paradoxa bis heute nicht richtig begriffen hatte. Ich musste nicht auch noch heraushängen lassen, was für eine Null ich auf diesem Gebiet war.

Während Jerry in möglichst einfachen Worten das Pfeil-Paradoxon von Zenon für Ole und Fatima erklärte – und zufällig auch für mich, weil ich vorher noch nie davon gehört hatte (es ging dabei darum, dass ein fliegender Pfeil irgendwie nur so aussieht, als würde er fliegen, während er sich eigentlich in jedem einzelnen Augenblick seines Flugs in Ruhe befindet), räumte Renata den Tisch ab und brachte den Nachtisch.

»Pudding«, sagte Ole zufrieden.

Renata kicherte zusammenhanglos.

»Eines Tages drehe ich dir den Hals um, du Trollweib«, verkündete Ole.

Renata hatte zum Glück ein miserables Gehör. Oder es war ihr egal. Summend verschwand sie wieder in der Küche.

»Die Paradoxa, mit denen wir beim Zeitreisen zu tun haben, sind natürlich andere«, schloss Jerry. Er hinderte Ole daran, sich gleich den größten Teil des Schokoladenpuddings ins

Schälchen zu häufen, indem er ihm kurzerhand den Löffel wegnahm und sich selbst bediente.

»Ja, und am gefährlichsten sind die, bei denen man sich selbst begegnen könnte«, erzählte Fatima, anscheinend von dem Bedürfnis erfüllt, nicht als das Dummchen vom Dienst dazustehen. »Das wäre nämlich ein Verstoß gegen das Anti-Paradoxon-Gesetz, wonach dieselbe Person nicht doppelt zur selben Zeit existieren kann.«

»Hm.« Walter runzelte nachdenklich die Stirn. »Dann kann ich also nicht ins Jahr 1540 zurück?«

»Doch, das kannst du. Aber nur, weil du nicht mehr da bist.«

»Was meinst du damit?«

Fatima rollte ungeduldig mit den Augen. »Na, was ich sage. Du bist dort verschwunden. Aus deiner früheren Zeit herausgelöscht. Es ist so, als hätte es dich da nie gegeben. Du wärst für jeden dort ein Fremder. Keiner kann sich da mehr an dich erinnern. Du kannst nicht mal versuchen, es den Leuten zu erklären, denn dann würde dir das Wort im Hals stecken bleiben.«

»Das nennt man *Sperre*«, ergänzte Ole. »Du musst es mal versuchen. Es ist lustig.«

»Deine einzige Zeitbasis ist jetzt hier, Walter«, warf Sebastiano ein. »In dein altes Leben kannst du nicht zurück. Das hatten wir dir aber vorher erklärt, oder?«

Walter nickte. »Ja, das habt ihr, und ich hatte es auch so verstanden. Ich wollte nur sichergehen.«

»Du bereust es doch nicht etwa, dass du mit uns gekommen bist, um ein Zeitwächter zu werden?«, erkundigte ich mich besorgt.

»Nein, denn ich weiß, dass ich vom Schicksal für diese Aufgabe ausersehen wurde.«

Das kleine Mädchen. Ein schwaches Frösteln erfasste mich. Ich musste dieser Sache noch auf den Grund gehen!

»Außerdem gibt es dort niemanden, dem ich etwas bedeute«, fuhr Walter fort. »Außer natürlich Großvater, aber der wollte ja immer, dass ich in die Welt hinausgehe, das hat er mir sehr oft gesagt. Es war sein größter Wunsch, dass ich ferne Länder bereise und ein Entdecker werde. Sein Steckenpferd ist die Geografie, er besitzt viele alte Karten und Atlanten. Sogar einen großen Globus nennt er sein Eigen, das ist sein ganzer Stolz.« Walters Miene trübte sich. »*War* sein Stolz, muss ich jetzt wohl sagen. Denn er ist ja nun bereits seit Hunderten von Jahren tot.«

»Von dieser Sichtweise musst du dich lösen«, forderte Jerry ihn auf. »Stell dir einfach vor, dein Großvater lebt um die Ecke. So halte ich es mit meinem Großvater auch. Und auf gewisse Weise stimmt es sogar. Ich besuche ihn manchmal.«

»Kann er sich denn an dich erinnern?«

»Nun ja, das kann er tatsächlich, aber das liegt daran, dass er ein Eingeweihter ist. Alle anderen haben mich vergessen, für die habe ich nie existiert. Nur die Eingeweihten können sich an die Zeitreisenden erinnern.«

»So wie Master Cuthbert im Jahr 1540? Könnte der sich an mich erinnern, wenn ich zurückkäme? Nicht, dass ich Wert darauf legen würde. Ich will es nur wissen.«

»Das könnte er«, bestätigte Sebastiano. »Aber das ist eine rein akademische Frage. Denn es besteht ja gar keine Notwendigkeit für uns, ins Jahr 1540 zurückzukehren. Alles, was es da zu tun gibt, haben wir gestern erledigt.«

In der Küche kicherte Renata plötzlich durchdringend schrill, viel lauter als sonst. Abermals überlief mich ein Frösteln, als hätte mich eisige Zugluft gestreift.

»*Dschinn*«, murmelte Fatima, und Walter machte mit einer raschen Handbewegung das Zeichen gegen den bösen Blick, so wie er es im sechzehnten Jahrhundert wahrscheinlich zahllose Male bei anderen Leuten gesehen hatte. Damals hatten die Menschen in ständiger Furcht vor Hexen und bösen Verwünschungen gelebt.

»Ich kann sie für immer zum Schweigen bringen«, bot Ole an. »Sie müsste auch nicht dabei leiden, ich würde es ganz schmerzlos machen.«

»Und wer soll dann für uns kochen, du Idiot?«, fragte Jerry mit spöttisch hochgezogenen Brauen.

Ole starrte ein wenig ratlos seinen Löffel an, ehe er damit die letzten Reste Schokoladenpudding aus der Schüssel kratzte. »Kochen kann die Trollfrau wirklich gut«, räumte er ein.

»Oh Mann, gewöhnt euch doch bitte diesen dummen Aberglauben ab«, sagte Sebastiano leicht verärgert. »Es gibt keine Trolle oder Dämonen. Leute, die an solchen Quatsch glauben, brauchen ganz sicher keine Handys.«

Fatima verschränkte bockig die Arme. Walter blickte beschämt vor sich hin. Ole schabte unbeeindruckt weiter die Schüssel leer.

»Na gut, dann hätten wir das ja geklärt«, sagte ich fröhlich. »Ich schlage vor, wir gehen jetzt direkt rüber in unsere Lernecke. Habt ihr schon auf den Stundenplan geguckt? Heute nehmen wir ein bisschen was vom Spätbarock durch, das hatten wir noch nicht. Walter, das wird dir sicher gefallen! Damals wurde beispielsweise in England die Royal Society gegründet, eine Akademie der Wissenschaft …«

»Was gab es da für Waffen?«, unterbrach Ole mich. »Hatten sie in diesem Barock schon Schießeisen?«

»Waffenkunde habt ihr später bei mir«, sagte Sebastiano. »Anna erzählt euch was über Kunst, Musik und Mode.« Er zwinkerte mir zu.

Ich unterdrückte ein Grinsen, denn die Aufteilung unserer Unterrichtsfächer war tatsächlich ein bisschen klischeehaft – Pistolen für die Jungs und hübsche Kleider für die Mädchen. Aber die Tatsachen sprachen nun mal für sich. Schon als kleines Mädchen hatte ich die Prinzessinnen-Barbie viel lieber gehabt als die Cowgirl-Barbie (und nicht mal die hatte eine Waffe getragen). »Die Leute im Barock hatten wirklich Stil«, warb ich für meine Fachrichtung.

»Ich werde keine weiteren albernen Tänze erlernen«, sagte Ole mit fester Stimme.

»Tanzen ist nicht albern, sondern Kunst in höchster Vollendung«, widersprach Fatima. Sie senkte die Wimpern. »Ich könnte dir meinen Schleiertanz vorführen, damit bringe ich jeden Mann um den Verstand.«

»Meinetwegen«, sagte Ole. »Hauptsache, ich muss nicht mittanzen.«

Nach den Aufregungen unseres Abstechers ins Jahr 1540 war der Tag nach unserer Rückkehr bereits wieder von der üblichen Routine bestimmt. Unsere kleine Zeitreise-Akademie brachte eine Menge Verpflichtungen und Verantwortung mit sich. Langeweile kam dabei gar nicht erst auf. Neben den Unterrichtsstunden gab es immer irgendwas zu erledigen, viel Freizeit blieb Sebastiano und mir nicht.

Doch bei aller Geschäftigkeit spürte ich, dass sich Veränderungen anbahnten. Mehrmals überkam mich wie aus dem Nichts das bedrückende Gefühl, dass Sebastiano plötzlich nicht mehr da wäre. Einmal musste ich deshalb mitten im Unterricht innehalten und ihm eine Handynachricht schreiben, um mich zu vergewissern, dass er sich in der Nähe aufhielt.

Ich war froh, als der Abend kam und wir beide uns in unsere gemeinsamen Räume zurückziehen konnten. Erst in seiner Gegenwart verschwand dieses seltsame Gefühl von Verlust und Verlorenheit.

Sebastiano und ich bewohnten zwei schöne große Zimmer im Stockwerk über dem Portego. Unser Schlafzimmer wies zum Kanal hinaus. In den Nächten hörten wir es bei offenem Fenster unten gluckern, und wenn bei Hochwasser die Wellen etwas stärker waren als sonst, war auch das leise Schaben aus dem Andron zu vernehmen, der durch ein schmiedeeisernes Gittertor zum Kanal hin verschlossen war. Dort unten im Wassersaal lag unsere Gondel, und das Schaben rührte daher, dass ihre Planken sich durch vermehrt eindringendes Wasser an der Backsteineinfassung des Liegeplatzes rieben.

Es war ein unheimliches Geräusch, in meinen Ohren klang es manchmal wie ein Seufzen, als wäre die Gondel von eigenem Leben beseelt. Vielleicht war sie das ja tatsächlich, schließlich handelte es sich dabei nicht einfach um irgendeine beliebige Gondel, wie es sie überall in den Kanälen der Stadt gab. Ganz abgesehen davon, dass sie nicht wie alle übrigen Gondeln schwarz lackiert war, sondern in einem leuchtenden Rot, war sie von einer unsichtbaren Macht erfüllt, denn wenn man damit aufs Wasser hinausfuhr, brachte sie einen in die Vergangenheit. Die rote Gondel war neben unserer neuen Zeitmaschine das einzige uns bekannte bewegliche Portal für Reisen in der Zeit; alle anderen Durchgänge, von denen wir bisher wussten, befanden sich an bestimmten geheimen Orten, die es überall verstreut auf der Welt gab. Manche waren so mächtig, dass man sie in aller Öffentlichkeit benutzen konnte, denn sie waren so konstruiert, dass zufällig anwesende Beobachter das Verschwinden und Auftauchen von Zeitreisenden nicht bewusst wahrnehmen konnten. Andere Portale waren schwächer, weshalb wir sie nicht Tore, sondern Fenster nannten – sie waren gut versteckt und funktionierten nur, wenn keine Beobachter in der Nähe waren. Auch der Stand des Mondes spielte dabei eine wichtige Rolle, da manche Portale nur bei einem Mondwechsel passierbar waren.

Und dann gab es natürlich noch die Katzenmaske, die ich einst von einer uralten Bewahrerin namens Esperanza bekommen hatte. Mit der Maske hatte ich mich durch die Zeit bewegen können, ohne dafür die Gondel oder andere Portale benutzen zu müssen, denn diese Katzenmaske war ein Talisman voller mächtiger Magie (und in dem Fall war es *wirklich* Magie, das glaubte sogar der physikbesessene Jerry) – leider war sie mir bei einem unserer letzten Abenteuer abhandengekommen. Ein Widerling namens Reginald hatte sie mir weggenommen und anschließend versucht, mich zu erwürgen. Ich hatte gerade noch hervorstoßen können, er möge sich zum Teufel scheren. Worauf er schlagartig in einem Zeitloch verschwunden war. Ich fragte mich immer noch, wo er wohl gelandet war. Um ihn tat es mir nicht leid, wohl aber um die Maske.

Sebastiano war allerdings ganz froh über das Verschwinden der Maske, denn er hatte häufig befürchtet, dass ich mich aus Versehen selbst mit dem Ding in irgendwelche dunklen Zeitabgründe verbannen und nie wieder herausfinden könnte.

In dieser Nacht stand der Mond hoch am Himmel und tauchte die engen Häuserschluchten entlang des Kanals in ein gespenstisch bleiches Licht.

Ich saß mit angezogenen Knien auf der im Mauerwerk eingelassenen Wandbank und schaute durch das offene Fenster unseres Schlafzimmers zum mondhellen Himmel hinauf. Tief unter mir plätscherte der Kanal.

Hinter mir raschelte es im Bett. »Was machst du da?«, fragte Sebastiano schläfrig.

»Nichts Bestimmtes. Nachdenken.«

»Worüber?«

»Ach, über alles Mögliche.«

»Dich beschäftigt doch irgendwas. Du warst den ganzen Abend so still. Was ist los mit dir?«

»Keine Ahnung. Es ist so … diffus. Eine Art von Beklemmung. Ich kann's schlecht erklären.«

»Versuch es«, sagte Sebastiano ruhig.

»Heute kam es mir ein paarmal so vor, als wärst du … fort.«

»Ich bin aber hier. Komm her, und ich beweise es dir.«

Das war eine wirklich gute Idee. Ich stieg von der Bank und ging zum Bett. Im Zimmer war es dunkel, nur der Schein des Mondes fiel herein und überzog mattsilbern die Wände. Ich wollte gerade zu Sebastiano unter die Decke kriechen, als ich mitten in der Bewegung erstarrte. Unwillkürlich fasste ich mir in den Nacken.

Sebastiano sah es und richtete sich sofort auf. »Was ist los? Juckt es?«

Ich nickte leicht verstört. Dieses Jucken in meinem Nacken tauchte immer auf, wenn mir oder Menschen, die mir nahestanden, Gefahr drohte. Es war jedes Mal ein Vorbote schlimmer Ereignisse. Schon als Kind hatte ich auf diese Weise alle möglichen unerfreulichen Begebenheiten vorausgeahnt. Woher diese seltsame Fähigkeit stammte, hatte ich bis heute nicht mit letzter Sicherheit ergründet. Einmal hatte ich geträumt, dass die alte Esperanza und José mich besucht und mir diese Gabe verliehen hatten, als ich noch ein kleines Mädchen gewesen war. José hatte sich nicht dazu äußern wollen, aber ausgeschlossen war es nicht, denn meine Mutter hatte mir berichtet, dass ich mich als kleines Kind vor einem einäugigen Piraten gefürchtet hatte. Jedenfalls trat seit jener Zeit besagtes Jucken auf, sobald es brenzlig wurde.

Nachdem ich irgendwann begriffen hatte, wie dieses Jucken einzuordnen war, hatte ich ziemlich viele hässliche Vorfälle verhindern können. Manche allerdings auch nicht, denn das Jucken half nicht immer, rechtzeitig vorzubeugen. Es war leider auch schon vorgekommen, dass es zeitgleich mit dem Problem auftrat, sodass es für Vorsichtsmaßnahmen zu spät war.

Aus dem Treppenhaus war ein Geräusch zu hören. Ein dumpfes Poltern, als sei irgendwas heruntergefallen.

Sebastiano war bereits aus dem Bett gesprungen. Im schwachen Licht des Mondes sah ich etwas in seiner Hand glitzern. Himmel, ein Dolch! Wo hatte er den denn so schnell her?

»Hattest du dieses Messer etwa unterm Kopfkissen?«, fragte ich erschrocken.

»Pst, sei still! Bleib, wo du bist. Ich gehe nachsehen, was das war.«

Er schlich barfuß zur Tür, nackt bis auf seine Boxershorts. Trotz des schwachen Lichts war zu sehen, wie die Muskeln an seinem Rücken sich anspannten. Plötzlich hatte ich schreckliche Angst um ihn.

»Bestimmt ist es einer von den Jungs«, sagte ich leise, verzweifelt bemüht, ihn zurückzuhalten. Was, wenn die Gefahr, die da draußen lauerte, ihm galt? »Wahrscheinlich ist es Walter, der da rumgeistert«, setzte ich hastig hinzu. »Womöglich hat er Albträume nach diesem aufregenden ersten Tag. Oder Ole hat mal wieder mitten in der Nacht Hunger.« Doch ich wusste genauso gut wie Sebastiano, dass das nicht stimmen konnte. Denn wenn es einer der Jungs gewesen wäre, hätte mein Nacken nicht gejuckt. Ich rieb die Haut unter meinem Haaransatz heftig, doch die Ahnung nahender Gefahr ließ sich nicht wegrubbeln.

Sebastiano öffnete die Tür und horchte hinaus.

»Bleib hier«, flüsterte ich. »Geh nicht da raus! Wenn es ein Einbrecher ist, wird er sicher gleich verschwinden!«

»Schsch. Rühr dich nicht von der Stelle, ich kümmere mich darum.« Er verschwand im Treppenhaus und machte leise die Tür hinter sich zu.

Ich hielt ängstlich die Luft an und zählte bis zehn. Dann wollte ich wieder atmen, aber ich konnte nicht. Jemand hielt mir von hinten den Mund zu. Vor Schreck verlor ich fast das Bewusstsein. Nachdem ich den ersten Schock überwunden hatte, bemühte ich mich panisch, dem Angreifer in die Hand zu beißen. Gleichzeitig versuchte ich mich daran zu erinnern, wie das noch mal mit dieser dämlichen Selbstverteidigung bei einem Angriff von hinten ablief. Was kam zuerst, das Treten auf den Fuß oder der Ellbogenstoß in die Rippen?

»Ich bin's«, flüsterte Sebastiano mir von hinten ins Ohr. Vor Erleichterung sackte ich in seinen Armen zusammen.

»Wo kommst du denn auf einmal her?«

»Das spielt keine Rolle.« Er ließ mich los, und ich fuhr zu ihm herum. Erstaunt sah ich, dass er sich was übergezogen hatte.

»Echt jetzt? Wie geht *das* denn? Ich meine, eben warst du noch im Treppenhaus und hattest nur Boxershorts an, und auf einmal …« Ich verstummte. Dass er plötzlich angezogen war, war nicht die einzige Veränderung, das war sogar im Mondlicht nicht zu übersehen. Sein Bart war länger, und zwar ein ganzes Stück. Vorhin hatte er noch einen Dreitagebart gehabt, so wie er ihn gern trug und wie ich es am liebsten bei ihm mochte. Jetzt sah er aus, als hätte er sich mindestens ein halbes Jahr nicht rasiert. Sein Bart konnte unmöglich in einer Minute so schnell gewachsen sein.

Während mir diese chaotischen Gedanken durch den Kopf schossen, presste ich beide Hände vor den Mund. Oh mein Gott, es war nicht derselbe Sebastiano, der eben durch diese Tür verschwunden war! Das Jucken in meinem Nacken war zu einem Brennen geworden, jede Faser meines Inneren signalisierte Gefahr.

Und diese Gefahr ging von ihm aus, von dem Mann, der hier vor mir stand.

»Wie … Was …«, stammelte ich verstört.

Er umfasste meine Hände. »Hör mich an. Mir bleibt nicht viel Zeit. Du musst einige wichtige Dinge wissen. Erstens, du musst diese Beziehung beenden.«

»W…welche Beziehung?«, stotterte ich.

»Die mit ihm natürlich.« Er hielt inne. »Mit *mir*«, korrigierte er sich. Seine Stimme klang verzweifelt. »Du darfst auf gar keinen Fall mehr … also ihr müsst damit aufhören …« Er deutete mit dem Kinn aufs Bett. »Du darfst ihn … *mich* nicht mehr an dich heranlassen. Das ist von überlebenswichtiger Bedeutung. Hörst du?«

»Warum?«, stieß ich hervor, außerstande, einen klaren Gedanken zu fassen. »Wie bist du … wie kommst du hierher? Du kommst doch aus der Zukunft, oder? Wie weit … Wie lange …?« Ich stockte, denn ich war nicht mal in der Lage, eine zusammenhängende Frage zu stellen.

»Drei Jahre«, sagte er. Auf seinem Gesicht stand ein Ausdruck tiefer Qual. »Versprich mir, dass du dich von ihm fernhältst!« Sein Griff um meine Hände wurde fester. »Und noch etwas muss getan werden. Ihr müsst zurück ins Jahr 1540 und Lord Wykes töten. Koste es, was es wolle!«

»Aber … *Was?* Walters Großvater? Warum das denn?«

»Weil es sein muss. Denn dein Leben hängt davon ab. Du musst dafür sorgen, dass er stirbt. Es ist unsere einzige Chance!«

»Das geht doch nicht«, widersprach ich mit zitternder Stimme. »Ich kann keinen Menschen ermorden.«

»Dann sorg dafür, dass *er* es tut.«

»Wer?«

»Mein jüngeres Ich. Oder Ole, der hat damit bestimmt kein Problem. Es *muss* getan werden!«

»Aber …«

»Anna«, flüsterte er rau. »Du kannst dir nicht vorstellen, was es mir bedeutet, dich noch dieses eine Mal wiederzusehen. Bei Gott, wenn ich doch nur …« Er brach ab und hob lauschend den Kopf, dann riss er mich unvermittelt in seine Arme und presste verlangend seinen Mund auf meine Lippen. Sein Kuss war von verzehrender Leidenschaft und gleichzeitig so herzzerreißend vertraut und voller Liebe, dass ich es bis in die Tiefen meiner Seele spürte. Im nächsten Augenblick war er verschwunden.

Das Jucken hatte schlagartig aufgehört, die Gefahr, worin auch immer sie bestanden hatte, war vorbei. Gerade hatte ich noch die Wärme seiner Haut gespürt, seinen Bart an meiner Wange, und plötzlich war er fort, als hätte er sich in Luft aufgelöst. Ich war allein, doch nur eine Millisekunde lang, dann ging die Tür auf und Sebastiano kam herein. Diesmal der andere, der in Boxershorts, der vorhin noch im Bett gelegen hatte.

»War wohl doch falscher Alarm«, meinte er. »Da war niemand.«

Mit einem Schluchzen warf ich mich in seine Arme und umklammerte ihn so fest, wie ich nur konnte.

»Oh Gott, Sebastiano!«, weinte ich. »Ich hatte solche Angst, du könntest … Du wärst vielleicht …« Ich konnte nicht weitersprechen, denn in dem ganzen Chaos meiner Gedanken wollten sich die passenden Worte nicht zusammenfügen, mit denen ich den Vorfall hätte schildern können. Es dauerte eine ganze Weile, bis ich mich so weit beruhigt hatte, dass ich Sebastiano erklären konnte, was hier soeben passiert war.

Mit versteinerter Miene hörte er mir zu und reichte mir zwischendurch Papiertaschentücher, damit ich mir die Nase putzen konnte.

»Drei Jahre?«, murmelte er. »Hat er wirklich *drei Jahre* gesagt?«

»Nicht er. Du. *Du* hast das gesagt.«

»Und er war ganz bestimmt real? Vielleicht war es nur eine Art … Projektion. So wie du sie schon mal von Esperanza gesehen hast.«

»Nein.« Ich schniefte und schüttelte entschieden den Kopf. »Du hast meine Hände gehalten. Und du hast mich … äh, geküsst.«

Sebastiano fuhr auf. »Er hat *was*? Dieser Mistkerl!«

»Das warst doch du selber!«, beschwor ich ihn.

»Ich würde dir ganz bestimmt nicht einreden, dass du nicht mehr mit mir zusammen sein darfst«, erklärte er. Seine Stimme klang zutiefst aufgewühlt.

»Das würdest du wohl, wenn es um Leben und Tod geht«, widersprach ich. »Und anscheinend ging es genau darum, jedenfalls hat er ... hast du es gesagt. Dass mein Leben davon abhängt.« Ich verstummte und dachte fieberhaft nach. »Du hast es bereits versucht«, stellte ich nach einer Weile verstört fest.

»Was meinst du?«

»Lord Wykes umzubringen. Auf dem Ball. Der Attentäter – das warst tatsächlich du!« Mein Gefühl dort hatte mich also nicht getrogen. Sebastiano, also die ältere Version von ihm, hatte dort Lord Wykes töten wollen, aber es war ihm nicht gelungen, weil wir es verhindert hatten.

Sebastiano zog die Brauen zusammen und nickte langsam. »Dann muss *er* es gewesen sein, der mich davon abgehalten hat, im Ballsaal zu erscheinen, damit er dort das Attentat begehen konnte!« Voller Unruhe sprang er auf und tigerte in unserem Schlafzimmer hin und her. »Verflucht, was für eine schräge Nummer läuft hier ab?«

Das hätte ich auch gern gewusst. Wenn nur José endlich zurückkäme, dann hätten wir ihn fragen können! Doch seit seinem Aufbruch hatte er sich nicht blicken lassen. Ich drückte die Fingerspitzen gegen die Schläfen. Es bahnten sich Kopfschmerzen an, wie ich sie sonst höchstens nach einem Zeitsprung bekam.

»Was könnte in den kommenden drei Jahren denn um Himmels willen passiert sein?« Meine Stimme war nur ein hilfloses

Flüstern. »Wieso will er … willst *du* unbedingt, dass Lord Wykes stirbt?«

»Glaub mir, wenn ich es wüsste, würde ich es dir sagen.« Sebastiano ging immer noch rastlos auf und ab.

Ich betrachtete ihn beklommen. »Wie konntest du überhaupt aus der Zukunft herkommen? Hierher, an einen Ort und in eine Zeit, in der du schon existierst? Verstößt das nicht gegen das Anti-Paradoxon-Gesetz?«

Sebastiano zuckte mit den Schultern. »Keine Ahnung, aber anscheinend ist es möglich. Allerdings sind wir, also er und ich, ja nicht aufeinandergetroffen. Weder im Tanzsaal von Hampton Court noch gerade eben, als er hier auftauchte. Zwischen ihm und mir gab es zumindest einen räumlichen Abstand.« Er hielt inne. »Verdammt, ich kriege es einfach nicht auf die Kette, ihn als mich selbst zu betrachten. Es fühlt sich so an, als wäre er jemand anderer.«

Ich holte mir im Bad eine Kopfschmerztablette und schluckte sie mit reichlich Wasser.

Sebastiano war mir gefolgt und stand in der offenen Tür des Badezimmers. »Wie fühlst du dich?«, fragte er besorgt. »Du bist so blass.«

»Geht schon.« In Wahrheit fühlte ich mich miserabel. Sebastianos älteres Ich hatte so unglaublich verzweifelt gewirkt, so verbittert und … einsam. So, als hätte er alles verloren, was ihm lieb und teuer war.

»Sebastiano«, sagte ich leise. »Ich habe Angst.«

»Das musst du nicht«, erklärte er sofort. Er trat zu mir und nahm mich in die Arme. »Solange ich bei dir bin, beschütze ich dich mit meinem Leben.«

Vielleicht war genau das der Punkt. Er konnte nicht jede

Sekunde des Tages bei mir sein, und nicht alle Gefahren waren von der Art, die man im Kampf Mann gegen Mann aus der Welt schaffen konnte. Ich wusste plötzlich mit unverrückbarer Sicherheit, was der Sebastiano aus der Zukunft mir hatte mitteilen wollen. Er hatte nicht offen ausgesprochen, was mit mir passiert war, aber es war mir auch so klar, worauf es hinauslief. Es gab nur einen Grund, warum er aus der Zukunft zu mir gekommen war.

Ich war gestorben.

Teil 2

En garde«, kommandierte Sebastiano, während er sich mit seinem Degen in Positur stellte. Es sah sehr elegant aus. Und gefährlich, vor allem, wenn seine Augen so funkelten und seine Muskeln sich so anspannten wie in diesem Moment. Außerdem war es … ziemlich sexy, denn er hatte vor fünf Minuten sein Hemd ausgezogen. Es war Hochsommer, und die Klimaanlage war mal wieder ausgefallen. Ich starrte ihn gebannt an und fuhr mir mit der Zunge über die Lippen. Vor lauter Verlangen zog sich alles in mir zusammen. Das Bedürfnis, ihn zu berühren, ließ sich von Tag zu Tag schlechter beherrschen. Seit dem Besuch seines zukünftigen Ichs gingen wir einander aus dem Weg – genauer: Wir schliefen schon seit fast vier Wochen in getrennten Betten und vermieden es auch sonst nach Kräften, allzu oft miteinander allein zu sein.

Die Angst vor der Zukunft – oder vor *irgendeiner* Zukunft, in der es mich nicht mehr gäbe, wenn wir die Anweisungen des zukünftigen Sebastiano nicht befolgten – überschattete unser Leben wie eine dunkle Wolke. Ich sagte mir ständig, dass ja noch nichts entschieden sei, denn noch war alles in der Schwebe. Ich versuchte mich mit Arbeit abzulenken und benahm mich nach außen hin wie die alte fröhliche Anna, doch gegen meine innere Unruhe half das nicht im Geringsten. Und schon gar nicht gegen meine wachsende Sehnsucht nach Sebastianos Nähe.

Ein Bündel Sonnenstrahlen fiel durch eines der vergitterten Fenster in den Trainingsraum und erzeugte blitzende Lichtreflexe auf der schlanken Degenklinge, als Sebastiano zu einem Vorstoß ansetzte. Sein Oberkörper glänzte vor Schweiß, seine schwarzen Locken fielen ihm feucht in die Stirn, und seine Augen leuchteten in grimmigem Blau. Man spürte seine explosive Stimmung in jeder einzelnen Bewegung seines Körpers.

Ole gab sich redliche Mühe, den Angriff vorschriftsmäßig zu parieren, aber Sebastiano wich seiner Riposte mit geschmeidiger Eleganz aus. Im nächsten Moment zitterte die Spitze seines Degens dicht vor Oles Kehle. Ich hielt die Luft an. In solchen Augenblicken vergaß man als Zuschauer leicht, dass die Männer nur mit Übungswaffen kämpften.

»Du bist tot«, kommentierte Sebastiano kühl.

Ole ließ ein wütendes Brummen hören und stieß Sebastianos Klinge mit der Hand zur Seite, bevor er zur nächsten Attacke ansetzte. Er hieb wie ein Berserker auf Sebastiano ein, aber der wich dem Angriff mühelos aus und trat Ole die Waffe aus der Hand. Gleichzeitig berührte er mit der stumpfen Spitze seines Degens Oles Brust, exakt in Höhe des Herzens.

»Schon wieder tot«, sagte Sebastiano gelassen.

Ole starrte ihn wutentbrannt an. Er ballte beide Hände zu Fäusten. Zu *großen* Fäusten. Es knackte vernehmlich. »Du willst es wohl wissen, was? Soll ich dir zeigen, wie ein Wikinger ohne Waffen kämpft?«

»Klar«, versetzte Sebastiano grinsend. Nachlässig warf er den Degen zur Seite.

»Aus seinen Augen leuchtet die Mordlust«, flüsterte Walter neben mir. Es klang ängstlich.

»Aus wessen Augen?«, wollte Fatima wissen. Sie stand mit mir und Walter am Rand des Übungsraums und verfolgte das Spektakel mit sichtlicher Begeisterung.

»Aus Oles«, antwortete Walter. Der Übungskampf schien ihn in Schrecken zu versetzen, offenbar befürchtete er, Sebastiano und Ole könnten einander wirklich wehtun. Was, wenn man sich die beiden in diesem Augenblick ansah, vielleicht gar nicht so fernlag.

Ole stürzte sich mit erhobenen Fäusten auf Sebastiano, doch er hatte keine Chance. Sebastiano reagierte so schnell, dass man mit bloßem Auge kaum erkennen konnte, was er genau tat. Das, was mit Ole passierte, sah man dafür umso deutlicher – er segelte durch die Luft und landete mit einem dumpfen Aufprall auf der Matte.

Mit grollender Miene rappelte er sich wieder hoch. »Fürwahr, du bedienst dich der Listen von Loki, dem Meister der Finten und der Täuschung!«

»Wie hat Sebastiano das gemacht?«, erkundigte sich Walter.

»Man nennt es Judo«, sagte Fatima. »Er hätte Ole auch die Nase und ein paar Rippen brechen können, dann wäre es Karate.« Sie sah Sebastiano bewundernd an. In ihren Augen stand ein gewisses Glitzern, das ich gar nicht mochte. Jedenfalls nicht im Zusammenhang mit Sebastiano. Ich hätte ihr am liebsten einen Ellbogen in die Seite gestoßen, damit sie woanders hinschaute.

»Kann ich so ein Judo auch lernen?«, fragte Walter. Hastig setzte er hinzu: »Nicht, dass ich es anwenden will. Ich fände es nur praktisch, zu wissen, wie man es macht.«

»Dafür müsstest du öfter an den Sportstunden teilnehmen«, erklärte ich. »Ausdauer und Kraft sind die Grundvoraussetzungen für alle Kampfsportarten.« Ich gab mir Mühe, es nicht wie einen Vorwurf klingen zu lassen. Schließlich drückte ich mich selbst ebenfalls gern vor regelmäßigen Fitnessübungen. Ich ging ab und zu auf den Stepper und drehte manchmal ein paar Runden auf dem Sportplatz, aber mit ausgedehntem Krafttraining hatte ich es nicht so. Die wichtigsten Grundlagen waffenloser Selbstverteidigung hatte ich mittlerweile zumindest in der Theorie drauf, aber ich hatte mich nie dazu überwinden können, schießen oder fechten zu lernen. Dafür beherrschte ich dank YouTube alle möglichen historischen Gesellschaftstänze, ganz egal, aus welcher Epoche. Ich wusste, wie man einen Reifrock oder eine dieser turmhohen Perücken aus dem Rokoko anlegte, ich konnte recht flott auf dem Spinett spielen, und ich bewegte mich mit graziöser Anmut auf königlichen Bällen und Banketten. Jedenfalls meistens.

Und ich hatte mich zur professionellen Ersthelferin weitergebildet. In einer Reihe von Kursen (nicht digital, sondern bei echten Rettungssanitätern) hatte ich gelernt, wie man Platzwunden versorgte, Aderklemmen anbrachte, gebrochene Knochen schiente oder unter erschwerten Bedingungen mit provisorischen Mitteln einen Luftröhrenschnitt setzte.

Ole ging erneut auf Sebastiano los, der genau eine Sekunde brauchte, um ihn abermals auf die Matte zu schicken.

Ole sprang sofort wieder auf. »Kämpf endlich wie ein Mann!«

»Du meinst, ich soll dich k. o. schlagen?«, erkundigte Sebastiano sich spöttisch.

Ole hieb sich mit der Faust in die offene Handfläche. »Versuch's doch!«

»Ja!«, rief Fatima mit leuchtenden Augen. »Schlag ihn k. o.! Lass sein Blut fließen!«

»Untersteh dich, Sebastiano!«, mischte ich mich ein. »Ich finde, es reicht für heute.«

Ole warf mir einen strengen Blick zu. »Weib, das hier ist eine Männersache, halt dich da raus.«

Ich stemmte entrüstet die Hände in die Hüften. »Nenn mich noch einmal *Weib*, und du wirst mich kennenlernen.«

»Ach«, sagte Ole. »Was tust du denn dann – *Weib*?«

»Ich sorge dafür, dass du mindestens für eine Woche keinen Nachtisch kriegst«, trumpfte ich auf. Dann hielt ich inne. Er hatte schon wieder *Weib* gesagt! Ich richtete mich zu meiner vollen Größe auf und ignorierte, dass ich trotzdem den Kopf in den Nacken legen musste, um ihm ins Gesicht blicken zu können. »Wenn du es noch mal sagst, werden es zwei Wochen. Und du kennst mich. Ich stoße keine leeren Drohungen aus.«

Ole schnaubte verächtlich. Fatima kicherte.

Sebastiano grinste. Und sah dabei so verstörend anziehend aus, dass es mir regelrecht die Luft abschnürte. Himmel, das Zusammensein mit ihm fehlte mir so!

Meine kleine Debatte mit Ole hatte immerhin dafür gesorgt, dass die Stimmung jetzt wieder deutlich friedfertiger war. Oles Angriffslust war verflogen. Er strich sich mit beiden Händen die goldenen Wikingerlocken zurück und warf sich dabei ein bisschen in die Brust, als wollte er den Blick darauf lenken, dass er an Muskelmasse mindestens so viel aufzubieten hatte wie Sebastiano.

Er hatte zum Trainieren ebenfalls das Hemd abgelegt, von seiner beachtlichen Statur blieb nicht viel der Fantasie überlassen. Seine Jeans waren eine Handbreit über den Knien abgeschnitten und entblößten seine strammen Beine. Ich bemühte mich, nicht zu genau hinzuschauen, aber das war nicht leicht, weil Ole wirklich wie eine jüngere Ausgabe von Chris Hemsworth in *Thor* aussah. Und wenn er mit seiner Streitaxt hantierte, konnte man sich tatsächlich gut vorstellen, dass er den Zauberhammer Mjöllnir schwang.

Anders als bei irgendwelchen Filmhelden wies sein Körper jedoch die Spuren zahlreicher echter Kämpfe auf. Ole trug seine Narben – und es waren nicht wenige – mit sichtlichem Stolz zur Schau, als wären es wertvolle Andenken. Wahrscheinlich waren sie das für ihn tatsächlich.

Sebastiano hatte schon häufiger versucht, ihm zu erklären, dass für uns Zeitwächter das Kämpfen und das Benutzen von Waffen kein Selbstzweck sei (nicht umsonst nannten wir uns auch *Beschützer*), doch bei Ole schienen solche Ermahnungen zum einen Ohr hinein- und zum anderen wieder hinauszugehen. Was mich allerdings nicht sehr verwunderte, denn Sebastiano untergrub oft genug seine eigene Autorität, indem er selbst in diesen archaischen Mann-gegen-Mann-Modus verfiel. So wie gerade eben wieder – und das nicht zum ersten Mal in den vergangenen Wochen. Seine Übungskämpfe mit Ole wurden immer rabiater, allmählich machte ich mir echte Sorgen.

Fatima hingegen schien es zu gefallen, aber sie legte auch andere Maßstäbe an als ich. Es hätte sie vermutlich kein bisschen gestört, wenn Sebastiano Ole wirklich die Nase gebrochen hätte. Ole selbst hätte sich wohl auch nicht viel daraus gemacht – erst in der vergangenen Woche hatte Sebastiano ihm aus Versehen ein blaues Auge verpasst, doch Ole hatte darüber nur gelacht. An diesen Dingen merkte man, dass Fatima und Ole aus einer frühen und wirklich rauen Zeit stammten.

Fatima war mit Feuereifer bei der Sache, wenn es um das Erlernen von Kampftechniken ging, ob mit Waffe oder ohne. Besonders gern übte sie mit Messern. Zum Glück nicht im Nahkampf, sondern auf Distanz – sie *warf* die Dinger. Und zwar mit einer erstaunlichen Geschicklichkeit. Sebastiano hatte im Übungsraum extra eine Zielscheibe für sie aufgehängt. Ich fand das etwas übertrieben, aber Sebastiano wollte ihr Talent unbedingt fördern.

»Sie ist richtig gut mit dem Wurfdolch. Lass sie doch üben. Man weiß nie, wann man das mal braucht.«

Hoffentlich nie, dachte ich nur. Mir lag Walters Einstellung entschieden mehr. Er machte sich nicht viel aus Waffen, geschweige denn aus Schieß- oder Fechtübungen. Seine Domäne waren die Bücher. Er las wie ein Verrückter. Seit er festgestellt hatte, dass unser Jahrhundert einen nahezu unerschöpflichen Vorrat an spannender Unterhaltungsliteratur bereithielt, gab es für ihn kein Halten mehr. Er hatte bereits alle *Harry-Potter*-Bände durch, außerdem die *Eragon*-Reihe und *Die Tribute von Panem*, und allein in der letzten Woche hatte er *Der Herr der Ringe* und die ersten drei Bände von *Das Lied von Eis und Feuer* verschlungen. Außerdem hatte er in Josés Bibliothek diverse philosophische Schriften entdeckt und sich darin vertieft. Dagegen kamen Filme und Internetspiele anscheinend kaum an. Lieber setzte Walter sich mit Jerry zusammen und ließ sich von ihm die Grundzüge moderner Physik erklären. Oder die Entwicklung der Mathematik in den letzten vierhundert Jahren. Walter saugte all das neue Wissen begierig in sich auf wie ein Schwamm mit unendlichem Fassungsvermögen. Laut Jerry verstand er das Meiste auf Anhieb. Anscheinend hatten sich da zwei Genies gesucht und gefunden.

Sebastiano zog sich sein T-Shirt über, klaubte die Übungsdegen vom Boden auf und verschwand damit nach nebenan. Der Anflug von Heiterkeit, der ihm vorhin noch ein Lächeln entlockt hatte, war wieder dem bitteren Ernst gewichen, der uns seit Wochen beherrschte. Angst und Sorge waren zu unseren ständigen Begleitern geworden. Unser ganzes Leben war aus den Fugen geraten. Sosehr wir auch versuchten, die tägliche Routine aufrechtzuerhalten und mit dem Unterricht in der Akademie weiterzumachen wie bisher, waren wir uns jeden Augenblick der Tatsache bewusst, dass nichts mehr so war wie zuvor. Und offenbar konnten wir nicht das Geringste dagegen tun.

In den ersten Tagen nach dem nächtlichen Vorfall hatten wir manchmal stundenlang zusammengesessen und diskutiert, hatten hin und her überlegt, was der zukünftige Sebastiano erlebt haben mochte – und vor allem, was *mir* widerfahren war. Wir hatten gemeinsam gegrübelt, wie es ihm wohl gelungen war, in unsere Zeit zurückzukommen, obwohl sein früheres Ich doch hier lebte. Was sich durch Lord Wykes Tod ändern würde und wie sich dadurch die Zukunft beeinflussen ließe. Wir hatten uns die Köpfe darüber heißgeredet, nur um hinterher festzustellen, dass wir noch mehr offene Fragen hatten als vorher.

Doch in einem Punkt konnten wir kein Risiko eingehen, also verzichteten wir auf jegliche körperliche Nähe. Mit dem Ergebnis, dass es mir jedes Mal das Herz zerriss, wenn ich mit Sebastiano in einem Raum war und nicht wusste, ob er mich je wieder in die Arme nehmen würde.

Und als wäre das nicht schon belastend genug gewesen, hatten vor ein paar Tagen Albträume bei mir eingesetzt, die seither fast jede Nacht wiederkehrten. Ich wagte nicht, mit Sebastiano darüber zu sprechen, weil ich Angst hatte, unser Elend damit nur zu verschlimmern.

Die wachsende Anspannung wurde noch dadurch verstärkt, dass José nach wie vor verschwunden war. Er war seit dem Tag von Walters Ankunft nicht mehr aufgetaucht. Es gab nicht das geringste Zeichen von ihm, der Himmel allein wusste, wo oder in welcher Zeit er gerade steckte. Es war schon früher vorgekommen, dass er für eine Weile verschwand, manchmal sogar für mehrere Wochen. Aber noch nie zuvor hatten wir so verzweifelt seine Erklärungen gebraucht wie jetzt.

Fatima schnappte sich ein paar Wurfdolche aus dem Waffenregal und schleuderte sie nacheinander auf die Zielscheibe. Ole sah ihr mit hochgezogenen Brauen dabei zu.

»Du wärst noch besser, wenn du deine Füße anders stellst. Sieh mal, so.« Er trat hinter sie, umfasste ihre Hüften und schob ihren rechten Fuß mit seinem nach vorn.

Wie aus einem unkontrollierbaren Reflex heraus hämmerte Fatima ihre Ferse auf Oles Zehen. Wenn sie statt Flip-Flops richtige Schuhe getragen hätte, wäre es bestimmt sehr schmerzhaft gewesen, aber auch so war der Tritt nicht ohne, denn Ole fluchte unterdrückt.

»Was soll das, dummes Weib?«

»Die zwei Wochen ohne Nachtisch gelten auch für Beleidigungen gegenüber Dritten«, teilte ich ihm vorsorglich mit.

Er hörte gar nicht hin. »Warum hast du mich getreten?«, wollte er von Fatima wissen.

»Weil du mich angefasst hast.«

Ole musterte sie mit verengten Augen. »Bist du nicht schon von unzähligen Männern angefasst worden?«

»Es waren nicht unzählige, denn ich kenne ihre Zahl genau.«

»Dennoch waren es sicher sehr viele.«

»Ganz recht«, sagte Fatima einfach. »Doch wir befinden uns jetzt in einer Zeit, in der eine Frau es nicht dulden muss, dass Männer sie anfassen. Es sei denn, sie erlaubt es. Habe ich es dir etwa erlaubt?«

Stumm schüttelte Ole den Kopf.

»Er hat es doch nicht böse gemeint«, warf Walter zaghaft ein.

»Davon verstehst du nichts«, erklärte Fatima von oben herab.

Walter wurde rot und zog den Kopf ein. Ole ging schweigend in die Ecke, wo seine Sachen lagen, und streifte sein Hemd über. Immer noch wortlos hängte er sich anschließend den Orden um den Hals, den Sebastiano ihm besorgt hatte und der tatsächlich wie eine echte *Medal of Honor* der Navy aussah. Es war nur eine Karnevalsrequisite, aber das wusste Ole natürlich nicht. Er trug das Ding voller Stolz. Bisher hatte ich es nicht übers Herz gebracht, ihn über das Wesen von Tapferkeitsmedaillen aufzuklären. Irgendwann würde er von allein begreifen, dass man sich richtige Orden verdienen musste. Sollte er doch bis dahin seinen Spaß mit dem blöden Teil haben und sich damit ein bisschen besser und selbstsicherer fühlen.

Er verzog sich nach oben, und Fatima warf weiter ihre Dolche auf die Zielscheibe, einen verbissenen Ausdruck im Gesicht. Walter trat unschlüssig von einem Fuß auf den anderen. Dann verdrückte er sich ebenfalls in Richtung Treppe.

»In einer halben Stunde treffen wir uns zum Unterricht«, rief ich ihm gespielt gut gelaunt nach. »Sag den anderen Bescheid, ja? Jerry soll schon mal den Beamer aufbauen!«

Während im Hintergrund die dumpfen Einschlaggeräusche von Fatimas Dolchen nachhallten, machte ich mich auf die Suche nach Sebastiano. Ich fand ihn draußen im Garten auf der Hantelbank beim Training. Er stemmte die Gewichte, als gelte es sein Leben.

»Du solltest das nicht ohne Ole machen«, sagte ich. »Dir könnte die Hantelstange aufs Gesicht knallen.«

Er blieb die Antwort schuldig. An seinem Hals spannten sich die Muskeln wie dicke Stricke, und der Schweiß lief ihm in

Strömen über das Gesicht. Mein Verlangen, ihn zu berühren, wurde fast übermächtig. Ihm wenigstens kurz das Haar aus der Stirn streichen, mit den Fingerspitzen seine kratzige Wange berühren … Ich streckte impulsiv die Hand aus, zuckte aber sofort wieder zurück, weil er ruckartig die Stange in die Halterung hängte und hochfuhr.

»So geht es nicht weiter, Anna«, brach es aus ihm heraus. Er sprang auf und blieb dicht vor mir stehen, verschwitzt, das Gesicht rot vor Anstrengung. In seinem Blick stand ein Ausdruck von Qual und Auflehnung. »Ich halte es nicht länger aus. Auf die eine Sache im Bett kann ich verzichten, ich bin ja kein Tier und kann meine Triebe beherrschen. Aber dich nicht mehr umarmen zu dürfen, deine Nähe nicht mehr zu spüren …« Er fuhr sich mit beiden Händen in die Haare und schüttelte dann ruckartig den Kopf, als müsste er sich von lästigen Fesseln befreien. »Verflucht, Anna, du fehlst mir so. Ich fühle mich, als hätte mir jemand die Seele rausgeschnitten!«

Ich fing an zu weinen. »Genauso geht es mir auch. Was sollen wir denn nur machen, Sebastiano?« Die nächsten Worte fielen mir schwerer als alles, was ich je ausgesprochen hatte. »Vielleicht wäre es besser, wenn ich wegziehe. Ich könnte zurück nach Frankfurt gehen.«

Er sah aus, als hätte ich ihn geschlagen. »Du willst dich von mir trennen?«

»Nein, natürlich nicht! Aber dein zukünftiges Ich will es!« Ich schrie es fast. Leicht erschrocken sah ich mich um, ob jemand es gehört hatte, doch es war niemand zu sehen. Wir hatten unsere Misere vor den anderen geheim gehalten. Es war schlimm genug, dass *wir* uns mit diesem rätselhaften Besuch aus der Zukunft auseinandersetzen mussten.

»Es kann nur einen Grund geben, warum er uns auseinanderbringen wollte«, sagte Sebastiano. »Blanke Eifersucht.«

Verblüfft blinzelte ich den Tränenschleier vor meinen Augen weg. »Echt jetzt? Wie kommst du denn um Himmels willen *darauf*?«

»Weil es die einzig plausible Erklärung für seine hirnrissige Forderung ist.«

»Für *deine* hirnrissige Forderung«, verbesserte ich automatisch. »Vergiss nicht – du bist er. Oder er du.«

»Hör auf, mich mit diesem Kerl aus der Zukunft in einen Topf zu werfen«, wehrte Sebastiano ab. »Er muss aus einem sehr abgelegenen und extrem unwahrscheinlichen Seitenarm der Zeit stammen. Ich würde nie von dir verlangen, mir fernzubleiben. Dieses andere Ich von mir muss den Verstand verloren haben.«

Ja, dachte ich. *Vor Schmerz und Verzweiflung*. Ich überlegte, ob ich mit Sebastiano über meine Albträume sprechen sollte, doch ich entschied mich dagegen. Es hätte keinem von uns beiden geholfen.

Ich hörte auf zu weinen und wischte mir mit dem Handrücken die Tränen ab. »Wie kommst du darauf, dass er – dass dein zukünftiges Ich – eifersüchtig auf unsere Beziehung sein könnte?«, erkundigte ich mich mit aufrichtigem Interesse. Mir war jede Erklärung recht, die besser war als meine eigene. Hauptsache, sie war gut genug, meine Albträume als dummes, weit hergeholtes Produkt meines ängstlichen Unterbewusstseins einzuordnen.

»Ganz einfach. Du hast dich aus irgendwelchen Gründen von ihm getrennt, und jetzt kann er es nicht ertragen, dass du mit einem anderen rummachst.«

Konsterniert ließ ich diese These auf mich wirken. »Das ist idiotisch. Ich habe doch gar keinen anderen.«

»Doch«, sagte er triumphierend. »Mich!«

»Okaaay«, gab ich gedehnt zurück. Der Zweifel in meiner Stimme war nicht zu überhören. »Wenn du es sagst.«

Sebastiano versuchte, mich zu überzeugen. »Er hat irgendeinen Weg gefunden, das Anti-Paradoxon-Gesetz zu überwinden und in unsere Zeit zurückzuspringen. Und weil er selbst dich nicht mehr haben kann, will er verhindern, dass ich mit dir glücklich werde.«

»Und deshalb behauptet er, mein Leben hänge davon ab.« Ich gab mir keine Mühe, meine Skepsis zu verbergen.

Sebastiano nickte. »Genau. Er schreckt vor keiner Niedertracht zurück, weil er es nicht erträgt, dass du mit einem anderen zusammen bist.«

Ich betrachtete ihn nachdenklich. »Du glaubst das wirklich, oder?«

»Natürlich«, erwiderte er überrascht. »Warum denn auch nicht?«

»Hm. Kannst du mir eine Frage beantworten?«

»Sicher. Welche?«

»Die Antwort muss aber sofort kommen. Spontan und ehrlich. Ohne dass du darüber nachdenkst.«

»Gut. Stell die Frage.«

»Was hättest du in seiner Lage getan?«, fragte ich.

»*Das* auf jeden Fall nicht«, gab er ohne zu zögern zurück. »Ich fände es furchtbar, wenn wir nicht mehr zusammen wären. Aber ich wäre ganz sicher nicht so ein Schwein, uns aus purem Neid unsere Liebe zu vermasseln. Im Gegenteil – ich würde alles daransetzen, dass es dir gut geht und dass du glücklich bist.«

Ich seufzte. »Dann war genau das der Grund.«

»Was war der Grund wofür?«

»Du bist nicht aus Eifersucht oder Missgunst zurückgekommen, sondern weil du wolltest, dass es mir gut geht.«

»Und zu diesem Zweck wollte er einen Keil zwischen uns treiben?«, fragte Sebastiano aufgebracht.

»Nein. Ich glaube, es geht darum, dass wir kein Kind bekommen sollen.«

Und dann erzählte ich ihm doch von meinen Träumen.

Ich spazierte am Ufer eines goldenen Flusses entlang. Die Silhouette der Häuser, die dort standen, war mir fremd, gleichzeitig fühlte es sich jedoch auf seltsame Weise vertraut an, hier zu sein. Der Wind fächelte durch das Blattwerk dichter Bäume, die den Weg säumten. Von Zeit zu Zeit begegneten mir Menschen, ich merkte, dass sie mir entgegenkamen, aber ich konnte sie nicht sehen, weil mein Blick geradeaus gerichtet war. Aus demselben Grund war es mir auch nicht möglich, die Umgebung genauer zu betrachten. Ich sah nur den goldschimmernden Fluss und die vagen Umrisse von Gebäuden. Immer, wenn ich versuchte, einen anderen Blickwinkel einzunehmen oder die Gegend genauer zu fokussieren, wurde mein Blick wieder auf den Weg oder den Fluss gelenkt.

Und ich war nicht allein. Neben mir ging ein kleines Mädchen. Auch sie konnte ich nicht ansehen, aber ich spürte ihre Gegenwart. Und ich konnte ihre Stimme hören. Sie hatte einen so süßen Klang, dass ich meinte, innerlich schmelzen zu müssen. Alles in mir zog mich zu dieser Stimme und diesem Kind hin. Etwas in mir wollte verzweifelt dagegen aufbegehren, dass ich sie nicht sehen konnte. Es machte mir Angst.

»Du musst dich nicht fürchten«, sagte sie. »Ich bin ja bei dir.«

»Wo sind wir? Was ist das für ein Ort?«

»Überall und nirgends«, antwortete sie vage. »Wir waren woanders, aber wir beide sind von dort weggegangen.«

»Können wir wieder zurück?«

»Vielleicht eines Tages, wenn du den Schlüssel findest.«

»Einen Schlüssel? Aber wie kann ich ihn finden, wenn ich nicht weiß, wo ich nach ihm suchen soll?«

»Er ist schon da und wartet auf dich. Du wirst es wissen, wenn du dich dafür entscheidest.«

Dann war das kleine Mädchen auf einmal weg, und ich war wieder selbst ein kleines Mädchen. Erinnerungen und Träume mischten sich im Fluss der Zeiten, ich wusste, dass dies nur ein Traum war, und zugleich war nicht auszuschließen, dass ich es vor vielen Jahren so erlebt hatte. Ich saß im hohen Gras und versuchte, ausgerissene Blumen zu einem Kranz zu flechten. Dann tauchten José und Esperanza auf. Die alte Frau beugte sich über mich und berührte meinen Nacken. »Du hast nun eine Gabe«, sagte sie.

»Nutze sie gut«, fügte José hinzu.

Im nächsten Moment war ich siebzehn und in Venedig, in diesem winzigen, verstaubten Laden irgendwo hinter der Markusbasilika. Esperanza war wieder da und gab mir die Katzenmaske. Noch mehr Magie für mich, doch es war auch große Gefahr damit verbunden. Man konnte für immer in den Tiefen der Zeit stranden, wenn man unvorsichtig war. Die Maske … Ich besaß sie nicht mehr. War *sie* vielleicht der Schlüssel?

Hatte das kleine Mädchen die Katzenmaske gemeint? Musste ich sie finden, um wieder hier herauszukommen? Ich war in der Zeit verloren, denn alles um mich herum begann sich bereits aufzulösen und zu einem grauen, konturlosen Nichts zu verschwimmen. Bald würde ich nirgendwo mehr Halt haben und in bodenlose Dunkelheit fallen, wo es nichts gab außer der Angst und der Einsamkeit. Eisige Schwärze umfing mich, und ich wusste, ich würde die Maske niemals finden. Es war zu spät, für alles.

Dann tauchte aus der Dunkelheit plötzlich Substanz auf, ich war wieder in einer Welt, wie sie sein sollte. Ich wanderte mit nackten Füßen durch sonnenwarmen Sand. Neben mir rauschte das Meer in schäumenden Wellen an den Strand. Die Wasserfläche erstreckte sich bis zum Horizont, wo sie sich mit dem Himmel zu einer schimmernden Linie verband. Ich war glücklich, denn Sebastiano war bei mir. Er hielt meine Hand, und auch ohne ihn anzusehen, wusste ich, dass unsere Herzen im selben Takt schlugen. Unser gemeinsamer Herzschlag wurde von einem dritten untermalt, der schneller war als unserer, wie eine spielerische, quecksilberhelle Melodie, die uns begleitete und uns umschwebte, wo immer wir auch gerade sein mochten. Ich legte die Hand auf meinen gewölbten Bauch und spürte versunken dem Herzschlag unseres ungeborenen Kindes nach. Es war nur ein Traum, aber gleichzeitig war es so real, so echt, dass ich vor lauter Glück weinen wollte.

Dann war der Strand verschwunden, es gab keinen Herzschlag mehr. Das Gefühl des Verlustes traf mich mit solcher Wucht, dass ich aufschrie.

Sebastiano rief nach mir, er war irgendwo in der Dunkelheit, doch ich konnte ihn nicht finden.

Jemand beugte sich über mich und berührte mich mit eisigen Händen. »Gib mir den Schlüssel.«

»Nein!«, schrie ich. »Geh weg!«

»Du hast verloren, Anna. Es ist vorbei. Du weißt, dass du sterben wirst, nicht wahr?«

Mit einem schluchzenden Aufschrei fuhr ich hoch und schlug um mich. »Geh weg!«, schrie ich erneut. »Geh weg!«

»Anna, um Gottes willen! Ich bin's! Es war bloß ein Traum! Hörst du? Du hast nur geträumt!«

Es war Sebastiano. Er hielt mich bei den Schultern und schüttelte mich. Laut aufweinend sank ich an seiner Brust zusammen. Er umschlang mich fest mit beiden Armen und drückte mich an sich. »Schschsch«, murmelte er. »Ist ja gut. Ist schon gut. Ich bin hier.«

Es dauerte lange, bis ich mich wieder beruhigte. Sebastiano hielt mich fest und strich mir über den Kopf, bis ich aufhörte zu weinen.

»Tut mir leid, dass ich so eine Heulsuse bin«, sagte ich schniefend, während ich mir mit einem Zipfel des Bettlakens das Gesicht abwischte.

Sebastiano knipste die Nachttischlampe an und betrachtete mich forschend. »War es schon wieder derselbe Traum?«

Ich nickte stumm.

»Wir müssen was dagegen unternehmen.«

»Und was?«

»Das, was mein zukünftiges Ich dir geraten hat.«

»Einander fernbleiben? Das tun wir doch schon.«

»Das ist die Frage.«

»Was meinst du damit?«

»Wer weiß, ob es ausreicht, dass wir nicht mehr … na ja, du

weißt schon. Vermeiden, dass du ein Kind bekommst. Dafür gibt es neben der Enthaltsamkeit genug andere Methoden.«

»Von denen aber keine absolut sicher ist«, gab ich zu bedenken.

Er runzelte nachdenklich die Stirn. »Stimmt. Doch letztlich wissen wir nicht, worauf seine … *meine* Warnung sich bezog. Es könnte um mehr gehen als darum, ob du ein Kind bekommst oder nicht. Vielleicht bedeutet unsere gesamte Beziehung Unheil für dich.«

»Das würde dann aber bedeuten, dass wir uns *richtig* trennen müssten.« Mir wurde schon schlecht, wenn ich nur daran dachte. »Dann sterbe ich lieber, ganz ehrlich.«

»Das lasse ich nicht zu.«

»Dann würdest du dich wirklich von mir trennen wollen?«, fragte ich beklommen.

»Das ist für mich nur dann eine Lösung, wenn die nächstliegende versagt.«

»Welches wäre die nächstliegende?«

»Die andere Sache zu tun, die er … die *ich* von dir wollte.«

»Walters Großvater zu töten? Kommt nicht infrage.«

»Und wenn er der Unbekannte aus deinem Traum ist?«

»Er ist es nicht«, sagte ich. Immerhin das wusste ich ganz sicher. »Das war jemand anders. Ich weiß zwar nicht wer, aber es war nicht Walters Großvater.«

Damit war das Thema für mich erledigt.

Aber nur vorläufig, denn die Ereignisse des nächsten Tages änderten alles.

Jerry rief mich und Sebastiano ins Kellerarchiv und zeigte uns den Spiegel. Die matte Oberfläche war von feinen spinnennetzartigen Sprüngen durchzogen. »So sah er heute Morgen aus. Keine Ahnung, wie das passiert ist. Der Raum war abgeschlossen.«

Sebastiano betrachtete den Spiegel genauer. »Die Risse sind nicht im Glas, sondern irgendwie … dahinter. Als wäre die Zeit selbst in Fragmente zersprungen.«

»Das ist vermutlich kein gutes Zeichen«, sagte Jerry. Es klang besorgt. »Dann ist das, was ich vorhin außerdem noch entdeckt habe, womöglich auch in diesem Zusammenhang einzuordnen.« Er reichte uns ein Blatt Papier mit kryptisch aussehenden Notizen. »Das ist von José, er benutzt für seine Aufzeichnungen manchmal Symbole und Schriften, mit denen ich nichts anfangen kann. Ebenso gut könnte er in babylonischer Keilschrift oder keltischen Runenzeichen schreiben – kein Mensch kann das lesen. Ist vielleicht irgendeine interstellare Schriftart, wer weiß. Interessant ist aber auf jeden Fall das Textfragment da unten, denn das lässt sich entziffern. Seht ihr?« Jerry deutete mit dem Finger auf die Stelle, und Sebastiano und ich beugten uns über das Papier, während Jerry vorlas. »Der Schlüssel muss gefunden werden. Hampton Court. S. und A. müssen zurück.«

»Damit meint er uns«, sagte Sebastiano zu mir. »Dich und mich. Wir müssen zurück ins Jahr 1540. Wir sorgen dafür, dass er für immer verschwindet. Dann bist du sicher, und mein künftiges Ich wird niemals Grund haben, uns zu warnen. Wir werden heiraten und dieses Baby bekommen, von dem du geträumt hast, und alles wird gut.«

»Äh – könntet ihr mir vielleicht mal erklären, worum es hier geht?«, wollte Jerry wissen.

Ich hörte gar nicht hin. »Wir können ihn doch nicht einfach ermorden«, widersprach ich Sebastiano entsetzt. »Die Zeit könnte kollabieren, wenn du ihn tötest! Der Spiegel hat es uns gezeigt! Hast du vergessen, dass wir ihn genau aus diesem Grund vor dem Attentat bewahrt haben? Außerdem war er nicht der Mann in meinem Traum, das sagte ich dir doch schon!«

»Redet ihr zufällig von Lord Wykes?«, fragte Jerry.

Sebastiano überging seine Frage und antwortete stattdessen auf meinen Einwand. »Die Situation hat sich grundlegend geändert. Sieh dir doch den Spiegel an – er zeigt uns, was geschieht, wenn wir nichts tun: Alles wird auseinanderbrechen.«

»Aber das wissen wir doch gar nicht!«

»Nun ja, das könnte der Zustand des Spiegels durchaus aussagen«, mischte Jerry sich ein.

»Da hörst du es«, sagte Sebastiano. »Wenn es um deine persönliche Sicherheit geht, bin ich nicht zu Kompromissen bereit. Ich werde nicht tatenlos herumsitzen und darauf warten, dass dir etwas zustößt. Jeder, der dir nach dem Leben trachtet, wird von meiner Hand sterben.« Sebastiano wandte sich an Jerry. »Lässt du uns mal für eine Minute allein?«

»Klar.« Jerry zog sich höflich zurück, obwohl ihm die Neugier auf die Stirn geschrieben stand.

Sebastiano schloss mich in die Arme und sah mich ernst an. Seine Gesichtszüge wirkten wie in Stein gemeißelt. In seinen Augen stand dunkler Zorn. »Ich will unsere Liebe zurückhaben, Anna. Ich will *dich* zurückhaben.« Er hielt inne, dann fragte er abrupt: »Diese Träume – sie werden schlimmer, oder?«

Ich nickte stumm. Er kannte mich zu gut. Die Träume fühlten sich von Mal zu Mal realistischer an. So, als würden sie eines nicht allzu fernen Tages das dünne Gewebe zwischen Schlaf und Wirklichkeit durchstoßen und mich holen.

»Worauf wollen wir warten? Darauf, dass deine Träume real

werden?« Sein Blick wurde auf eine gefährliche Art bezwingend. Plötzlich sah er fast so aus wie der Sebastiano, der aus der Zukunft zu mir gekommen war. »Wykes muss irgendwas damit zu tun haben, Anna. Ich *muss* ihn aufhalten. Und du musst mit mir kommen. Josés Anweisung könnte in dem Punkt gar nicht klarer sein.«

Ich holte tief Luft. »Ich kann nicht zulassen, dass du meinetwegen kaltblütig einen Menschen tötest. Und wenn er der allerschlimmste Verbrecher der Welt wäre.«

»Ich verspreche dir, keine vorschnellen Entscheidungen zu fällen«, sagte Sebastiano. Es klang beiläufig. »Was hältst du davon, wenn wir einfach nur ins Jahr 1540 gehen und herausfinden, was Wykes im Schilde führt?«

Ich wusste, was das bedeutete. Wir würden das Schicksal herausfordern. Vielleicht sogar erst das Szenario erschaffen, das ich in meinem Traum gesehen hatte. Diese Schwelle zu überschreiten konnte tödlich sein. Für mich, für andere, für … das Kind.

Aber ebenso deutlich spürte ich, dass die Zeit zum Handeln gekommen war, auch ohne Josés rätselhafte Notizen.

»Wie soll das praktisch funktionieren, ohne Josés Hilfe und ohne die Zeitmaschine?«, fragte ich. »Etwa mit der roten Gondel? Weißt du, wie umständlich es ist, im sechzehnten Jahrhundert von Venedig nach England zu reisen? Wir würden wochenlang brauchen, um überhaupt von hier bis nach Hampton Court zu kommen!«

Sebastianos angespannte Gesichtszüge lockerten sich ein wenig, er wirkte beinahe erleichtert. Die erste Hürde hatte er genommen – ich stand seinem Vorschlag aufgeschlossen gegenüber.

»Wir springen nicht hier in Venedig zurück, sondern fliegen nach London und gehen durch das Portal auf dem Trafalgar Square«, erklärte er. »Jerry hat gesagt, es funktioniert wieder. Sogar besser als früher. Wir können es ohne Josés Hilfe benutzen.«

»Du hast Jerry schon deswegen gefragt«, stellte ich fest.

»Ich habe sogar bereits die Flüge gebucht«, sagte er ruhig. »Übermorgen ist Vollmond. Jerry meint, das Portal funktioniert auch außerhalb des Mondwechsels, aber sicher ist sicher. Deshalb sollten wir keine Zeit verlieren.«

»Sebastiano …«

Er legte mir sanft den Finger auf die Lippen und brachte mich zum Schweigen. »Du weißt, dass wir dorthin müssen.«

»Aber wie stellst du dir das vor? Wir können nicht einfach abhauen und die anderen allein im Haus lassen, die würden unfassbaren Blödsinn anstellen. Wenn wir zurückkommen, hätten sie womöglich Renata im Kanal ertränkt. Und Jerry hat garantiert keine Lust, den Aufpasser zu spielen. Außerdem würde Ole sich sowieso nichts von ihm sagen lassen.«

»Alles kein Problem«, sagte Sebastiano. »Sie kommen natürlich mit uns.«

»Bei allen Göttern«, keuchte Ole. Er packte meine Hand und drückte sie so fest, dass ich aufquietschte. »Dieser Vogel bockt so wild wie Odins Ross Sleipnir!«

»Keine Sorge«, sagte ich beruhigend. »Das war nur eine Turbulenz.«

»Ist das ein Luftungeheuer?«

»Nein, eine Sturmbö.«

»Es fühlte sich an wie ein Angriff.«

»Das kommt dir nur so vor. Siehst du, es hat schon wieder aufgehört.«

»Wir stürzen nicht ab?«

»Nein. Flugzeuge stürzen nur selten ab. *Sehr* selten«, betonte ich, als ich Walters grünliche Nasenspitze bemerkte. Er saß neben mir, an der Seite zum Gang hin. Den Fensterplatz hatte er gern Ole überlassen, denn das Einzige, wofür er bisher einen Hauch von Interesse aufgebracht hatte, war die Spucktüte. Sie lag griffbereit auf seinem Schoß. Ab und zu murmelte er irgendwelche Stoßgebete. Jerry, der in der Reihe hinter uns saß, hatte ihm vorhin eine Beruhigungstablette aufgedrängt, aber die Wirkung hatte noch nicht eingesetzt.

Ich löste meine Hand aus Oles Pranke und massierte mir die schmerzenden Finger. Er war sich seiner Kraft oft gar nicht bewusst. Ebenso wenig seines attraktiven Äußeren, wie ich während des Flugs mehrfach feststellen konnte. Die Stewardessen überschlugen sich förmlich vor Service-Freundlichkeit und himmelten ihn an wie einen Rockstar. Er schien es gar nicht richtig mitzukriegen, denn er war vollauf damit beschäftigt, sich die Wolkendecke von oben anzuschauen. Es war sein erster Flug, und für ihn war es ein großes Abenteuer. »Das sieht aus wie weiche Daunenkissen«, bemerkte er. »Wie es sich wohl anfühlt, wenn ich aus diesem Vogel springe und mich hineinfallen lasse?«

»Wie kalter Nebel«, sagte ich. »Du würdest einfach hindurchstürzen.«

»Hast du es schon ausprobiert? Mit einem dieser … Wie nennt man es?«

»Du meinst einen Fallschirm? Nein.«

»Warum nicht?«

»Weil ich ein Angsthase bin.«

Ole musterte mich. »Das ist nicht wahr.«

Ich lächelte ihn überrascht an. »Nicht?«

Ole schüttelte den Kopf. »Nein. Für ein Mädchen hast du viel Mut.«

»Findest du das wirklich?«

»Gewiss. Weißt du, viele Leute verwechseln Mut mit Tollkühnheit, aber es ist nicht dasselbe. Echter Mut zeigt sich nicht darin, dass man sich freiwillig einem Wagnis aussetzt. Sondern darin, wie man sich in einer unerwarteten Gefahr behauptet.«

»Da ist was dran«, sagte ich, erstaunt von der ungewohnten Abgeklärtheit seiner Worte. »Und du denkst, das kriege ich hin? Also in unerwarteter Gefahr das Richtige zu tun?«

»Mhm«, brummte er. Er schwieg ein paar Takte lang, dann fragte er: »Du und Sebastiano – ist es aus zwischen euch?«

»Was? Wie kommst du denn darauf?«, fragte ich zurück, bemüht, mir mein Erschrecken nicht anmerken zu lassen. Anscheinend hatte Ole mehr mitbekommen als gedacht.

»Nun, es ist schwer zu übersehen. Zumindest, seit Fatima mich darauf hingewiesen hat. Seit Wochen berührt er dich nicht mehr. Und du ihn auch nicht. Keine Umarmungen, keine Küsse, keine heißen Blicke. Sonst habt ihr immer geturtelt wie zwei liebeskranke Tauben. Fatima sagt, er schläft nicht mehr in deinem Bett, sondern auf dem Sofa im Nebenzimmer. Bist du nicht mehr sein Weib?«

»Was für ein Unsinn!« Ich lachte gekünstelt. »Wir gehören zusammen wie … Pech und Schwefel. Butter und Brot. Fisch und Chips. Piña und Colada …« Mir wären noch mehr tolle Vergleiche eingefallen, aber Ole unterbrach mich.

»Eine Frau wie du sollte nicht allein schlafen. Ich wollte dir nur sagen, dass ich bereitstehe, diese Lücke zu füllen, falls du es wünschst. Meine Manneskraft lässt nichts zu wünschen übrig.«

Hinter ihm erschien Sebastianos Kopf über der Rückenlehne. »Sobald du versuchst, sie mit deiner *Manneskraft* zu beglücken, bist du tot. Aber vorher kastriere ich dich.«

Ole nickte verständnisvoll. »Gut. Ich sehe, dass sie noch dein Weib ist. Ich wollte es ja nur angeboten haben. Aus Freundlichkeit. Und aus Dankbarkeit, weil sie mich das Lesen und Schreiben lehrt.«

Sebastiano ließ sich schnaubend wieder zurück auf seinen Sitz sinken. Dafür erschien nun Fatimas Kopf über der Lehne. Sie sah ziemlich angesäuert aus.

»Warum bietest du Anna an, mit ihr das Bett zu teilen, mir aber nicht?«

Ole wirkte restlos verblüfft. »Hä?«

»Verstehst du eine einfache Frage nicht?«, wollte Fatima wissen. Ihre schönen dunklen Augen hatten sich gefährlich verengt. »Findest du mich reizlos?«

»Was?« Ole errötete ein wenig. »Verflucht, nein.«

»Ach? Und warum fragst du dann sie, aber nicht mich?«

»Äh … gut, dann frage ich dich eben. Soll ich mit dir das Bett teilen?« Ole schien sich schlagartig für diese Option zu erwärmen. »Ich täte es sogar sehr gern!«

»Träum weiter, du großer, dämlicher Ochse!«, fauchte Fatima ihn an, ehe auch sie wieder hinter der Lehne verschwand.

Ole sah mich ratlos an. »Was war das denn? Ist sie verrückt?«

»Das ist nicht die richtige Frage.« Jetzt hatte Jerry sich von seinem Platz hinter uns erhoben und lugte über die Lehne. Sein verstrubbeltes rotes Haar stand in allen Richtungen ab.

»Wie lautet denn die richtige Frage?«, wollte Ole wissen.

»Die richtige Frage lautet: Was mache ich falsch?«

»Wieso du? Du hast doch überhaupt nichts gesagt.«

Jerry verdrehte die Augen. »Ich meine ja auch nicht mich, sondern dich. Du musst *dich* fragen, was *du* falsch machst.«

Ole sandte ihm einen grimmigen Blick zu. »Was mache ich denn falsch?«

»Im Zusammenhang mit Frauen?« Ein breites Grinsen überzog Jerrys sommersprossiges Gesicht. »So ungefähr alles.«

In London buchten wir zwei Zimmer in einem günstigen Hotel – eins für Fatima und mich, das andere für die Jungs. Da wir die Zimmer nicht zum Schlafen, sondern nur zur Aufbewahrung unseres Krams und zum Umziehen benötigten, gab es keinen Grund, hier über die Stränge zu schlagen. Die Zeitreise-Akademie hatte zwar ein eigenes Geschäftskonto, und Sebastiano und ich konnten mit Kreditkarten darauf zugreifen, aber schon die Flüge waren richtig ins Geld gegangen. Wenn José zurückkam, sollte es nicht so aussehen, als hätten wir auf Firmenkosten im Luxus geschwelgt. Wir lebten nach der Devise, dass wir nichts ausgaben, was wir uns nicht auch von unserem eigenen Geld gegönnt hätten. Sebastiano und ich bezogen zwar so eine Art Gehalt – schließlich arbeiteten wir für José, auch wenn es ein absolut ungewöhnlicher Job war –, doch das waren ziemlich überschaubare Einnahmen, von denen zudem alles Mögliche abging, unter anderem auch Steuern und Versicherungen, wie jeder Mensch sie bezahlen musste, der regelmäßig

Geld verdiente. Immerhin konnten wir den Rest fast komplett auf die hohe Kante legen, weil wir Kost und Logis frei hatten, das war natürlich auch einiges wert.

Nachdem wir in dem Hotel eingecheckt hatten, entschlossen wir uns zu einem kleinen Streifzug durch die Stadt, denn wir wollten erst nach Einbruch der Dunkelheit in die Vergangenheit reisen, und bis dahin war noch Zeit. Es tat mir gut, unterwegs zu sein und mich damit von all den drückenden Zukunftsängsten abzulenken. Die wimmelnde, lärmende Großstadtkulisse war die reinste Wohltat nach den düsteren Wochen, die hinter uns lagen. Ich hatte den Eindruck, endlich wieder was *tun* zu können, statt abgeschottet hinter den Mauern unseres Palazzos zu sitzen und mich dem Schicksal ausgeliefert zu fühlen. Sebastiano hatte recht – wir mussten die Initiative ergreifen.

Und bei der Gelegenheit konnten wir unseren Schülern auch gleich ein bisschen was Neues zeigen, nämlich eine der schönsten Städte der Welt. Jerry kannte das moderne London inzwischen wie seine Westentasche, schließlich hatte er hier studiert, doch für Fatima, Ole und Walter war das Flair einer Millionenmetropole ungewohnt und aufregend. Venedig war im Vergleich zu London ein Dörfchen, das man innerhalb kürzester Zeit zu Fuß durchqueren konnte, ohne Hochhäuser und vor allem ohne Straßenverkehr.

Walter staunte mit offenem Mund die vorbeibrausenden Autos und Busse an. Fatima und Ole gaben sich betont lässig, obwohl man ihnen anmerkte, dass sie sich nicht sattsehen konnten. Mit den beiden hatten wir schon Ausflüge in Städte unternommen – einmal waren wir nach Mailand gefahren, ein anderes Mal nach Florenz –, aber London war natürlich von einem ganz anderen Kaliber.

Sebastiano wollte mit Ole und Walter zum London Dungeon, und ich ging mit Fatima shoppen. Wir fingen bei Harrods an.

»Mir gefällt dieses glitzernde Halsband«, sagte Fatima vor einer der Schmuckvitrinen.

»Mir auch«, stimmte ich zu. »Es sind Brillanten.«

»Kannst du mir das kaufen?«

»Nein, leider nicht. Es kostet fast vierzigtausend Pfund.«

»Ist das viel?«

»Sehr viel. Ungefähr hundertmal so viel, wie wir ausgeben wollen.«

»Und dieser Ring?«

»Vierzehntausendachthundert.«

»Das klingt günstiger.« Sie sah meinen Gesichtsausdruck und seufzte. »Es ist immer noch zu viel, oder? All diese langen Zahlen! Wie soll ich erkennen, was du mir kaufen kannst und was nicht?«

Wir hatten in der Akademie gerade erst angefangen, mit zweistelligen Zahlen zu rechnen. Als wir Fatima aus dem Harem befreit und in die Gegenwart gebracht hatten, war die Welt der Zahlen ein Buch mit sieben Siegeln für sie gewesen. Sie hatte alles an ihren Fingern abgezählt, und wenn die nicht mehr reichten, wurde es schon schwierig. Mittlerweile machte sie Fortschritte, aber ich sah ein, dass sie mit den Preisen bei Harrods überfordert war. *Jeder* war damit überfordert, der nicht zufällig tausend Pfund für ein Paar Schuhe ausgeben wollte.

»Je kürzer die Zahlen, desto besser«, erklärte ich. »Am besten nur zweistellige.«

Davon gab es hier nicht allzu viele, also zogen wir weiter nach Covent Garden. Da fanden sich viele Schnäppchen, und manches konnten wir sogar noch billiger abstauben, weil Fatima das Verhältnis zwischen Ware und Wert schnell durchschaute und jedes Mal feilschte wie auf einem orientalischen Basar. Am Ende waren wir mit diversen Tüten beladen, und meine Füße signalisierten mir, dass es allmählich reichte. Aus den dreihundert, die ich mir als Limit gesetzt hatte, waren locker fünfhundert geworden, aber der Einkauf hatte eine Menge Spaß gemacht. Nachdem Fatima die Sache mit den Preisen begriffen hatte, fand sie zielsicher alles, was sich innerhalb unseres Rahmens bewegte. Dabei wollte sie jedoch keineswegs wahllos alles kaufen – sie suchte nur Teile aus, die zusammen mit allem Übrigen, das sie schon besaß, ihren bevorzugten Look unterstrichen: ein bisschen Vintage, ein bisschen Punk, ein bisschen lässiger Retroschick. Bei ihr passte eine Rüschenbluse vom Straßenmarkt perfekt zu Leggins und kantigen Boots, oder eine übergroße, abgeschabte Jeansjacke zum eleganten Bleistiftrock. Ich sah ihr zu, wie sie alles anprobierte und sich begeistert im Spiegel betrachtete.

»Du hast einen richtig coolen Style«, sagte ich.

Sie strahlte mich geschmeichelt an. »Ob ich Sebastiano in den Sachen auch gefalle?«

Mir sank die Kinnlade herab. »Wie kommst du denn jetzt darauf?«

»Na, wenn er nicht mehr dein Mann sein darf, kann er doch meiner sein. Ich finde ihn heiß.«

»Denk nicht mal dran«, empfahl ich ihr.

»Es macht mir nichts aus, ihn mit dir zu teilen.«

»Mir aber.« Ich merkte, wie ich wütend wurde. Dass man in ihrem angestammten Kulturkreis locker mit solchen Themen umgegangen war, interessierte mich in diesem Fall kein bisschen.

»Wir könnten ihn fragen, ob er vielleicht zwei Frauen haben möchte. Viele Männer wollen das.«

»*Ich* will aber nicht, dass er zwei Frauen hat. Und mein Wille ist in diesem Punkt ausschlaggebend.«

»Und wenn er doch eine Zweitfrau will, zum Beispiel mich?«

»Dann müsste ich dich leider töten.«

Fatimas Augen weiteten sich. »Wirklich?«

Ich verkniff mir ein Grinsen. »Nein, das war natürlich ein Scherz.« Dann wurde ich wieder ernst und schloss mit äußerstem Nachdruck: »Sebastiano ist wirklich nicht der Typ für Zweitfrauen, glaub's mir einfach.«

Fatima nickte nachdenklich und wechselte zum Glück das Thema, als wir an einem Primark vorbeikamen.

»Oh, sieh nur! Lauter kleine Zahlen!«

»Na gut«, sagte ich. »Das ist aber dann der letzte Laden für heute. Und versuch nicht zu feilschen, billiger machen die es bestimmt nicht mehr.«

»London ist großartig!«, sagte sie, als wir anschließend in ein Taxi stiegen, um zum Hotel zurückzufahren. »Am liebsten würde ich immer hier leben!«

»Wer weiß, was die Zukunft für dich bringt. Wenn du mit der Akademie fertig bist, gibt es ja hier vielleicht Arbeit für dich als Zeitwächterin. Jobs sind in allen Zeiten und allen großen Städten zu erledigen.«

»Und warum arbeitet Jerry dann nicht hier? Er hat doch hier studiert, oder?«

»Schon. Aber er arbeitet lieber mit uns in Venedig zusammen. José und er sind ein hervorragendes Team.«

Fatima schwieg eine Weile, dann fragte sie rundheraus: »Ist José für immer fort?«

Ich sah den besorgten Ausdruck in ihren Augen. Offenbar war ihr genauso wenig wie den anderen entgangen, dass Josés lange Abwesenheit alles andere als normal war, obwohl Sebastiano und ich auf ihre Fragen hin wiederholt behauptet hatten, es sei alles in bester Ordnung.

Dasselbe tat ich jetzt auch. Fatima war noch ein halbes Kind, und es gab wirklich keinen Grund, sie wegen José zusätzlich zu beunruhigen.

»Natürlich kommt er zurück. Wahrscheinlich ist er längst wieder da, wenn wir aus dem Jahr 1540 heimkehren.«

»Und warum dürfen wir nichts über den Auftrag erfahren, den wir dort haben?«

»Den *wir* dort haben«, korrigierte ich sie. »Sebastiano und ich. Ihr kommt nur mit, weil wir euch nicht allein zu Hause lassen wollen.«

»Wieso ist der Auftrag geheim?«

»Er ist es eben. Und jetzt ist Schluss mit der Fragerei, mehr erfährst du nicht von mir.«

Ihre Augen funkelten. »Willst du mir nicht vielleicht einen klitzekleinen Tipp geben, worum es geht?«

»Nein.«

»Ich sage es auch nicht weiter, versprochen!«

»Vergiss es.«

Ihr Blick wurde berechnend. »Ich kriege es sowieso raus. Es hat noch keiner geschafft, ein Geheimnis vor mir zu bewahren. Ich werde einfach so lange fragen, bis du es mir erzählst. Und wenn du es mir nicht verrätst, werde ich Sebastiano fragen.«

»Der wird es dir auch nicht sagen.«

»Dann Jerry. Er weiß es bestimmt.«

Er wusste tatsächlich, dass wir Lord Wykes ausspionieren

wollten, auch wenn wir ihn nicht in alle Hintergründe eingeweiht hatten.

Na toll. Jetzt würde das kleine Biest uns so lange löchern, bis sie es einem von uns am Ende wirklich aus der Nase gezogen hatte. Das hätte uns noch gefehlt.

»Okay«, sagte ich, widerstrebende Bereitwilligkeit heuchelnd. »Ich werde es dir anvertrauen. Aber nur unter dem Siegel der Verschwiegenheit. Du musst schwören, es keinem weiterzusagen. Außerdem musst du schwören, keine Fragen mehr zu stellen, denn je mehr du weißt, desto schlimmer kann sich das auf den Zeitstrom auswirken.«

»Ich schwöre«, gelobte sie aufgeregt. »Ich schweige wie ein Grab und stelle keine Fragen!«

Ich beugte mich zu ihrem Ohr und flüsterte: »Jemand will den König vergiften. Wir wissen nicht wer und auch nicht wo und wann, aber es passiert in den nächsten Tagen, wenn wir es nicht verhindern.«

»Oh!« Fatima kaufte mir die Lüge glatt ab. Sie sah mich wie elektrisiert an. »Das ist aber ein spannender Auftrag! Gift! Darüber weiß ich viel, im Harem musste man ständig aufpassen, dass heimtückische Konkurrentinnen einem nichts ins Essen mischten. Ob wir …«

Ich hob die Hand. »Keine Fragen. Du hast es geschworen.«

Ihr war anzusehen, dass sie diesen Schwur bereits sehr bereute, aber aus der Nummer kam sie jetzt nicht wieder raus.

Für die restliche Taxifahrt hatte ich immerhin meine Ruhe.

Bevor wir in die Vergangenheit aufbrachen, gingen wir rasch noch bei McDonald's was essen. Die anderen veranstalteten eine wahre Burger-und-Fritten-Orgie, vor allem Ole zog sich eine Riesenportion rein, aber ich bekam nicht viel herunter. Meine Aufregung wuchs von Minute zu Minute, und im Stillen betete ich, dass unsere Reise ein gutes Ende nahm. Und natürlich einen reibungslosen Anfang. Seit José gemeinsam mit Mr Stephenson im Jahr 1813 die neue Zeitmaschine entwickelt hatte, waren wir nicht mehr durch die alten Portale gereist. José hatte erst vor ein paar Monaten begonnen, die von seinem Todfeind Mr Fitzjohn zerstörten Tore nach und nach wieder neu einzurichten, was laut Jerry eine komplizierte und langwierige Prozedur war, weshalb auch noch nicht alle wieder in Betrieb waren. Immerhin funktionierte das Londoner Hauptportal am Trafalgar Square wieder so, dass wir es mit Jerrys Hilfe benutzen konnten.

»Ich würde noch so eine Apfeltasche nehmen«, sagte Ole, während er sich geräuschvoll die Finger ableckte. »Noch jemand?«

»Gern«, meldete Walter sich schüchtern. »Diese Köche hier verstehen es fürwahr, unfassbar schnell ein köstliches Mahl zu bereiten!«

Fatima kicherte, und ich warf ihr einen strafenden Blick zu, bevor ich Walter das Prinzip von Fastfood erklärte.

»Mach dir nichts draus«, sagte Ole tröstend, nachdem er für sich und Walter Apfeltaschen-Nachschub besorgt hatte. »Ich selbst hielt anfangs die Mikrowelle für einen Zauberkasten.«

»Ganz zu schweigen davon, dass du unseren Pürierstab für eine tödliche Waffe hieltest und ihn am Gürtel tragen wolltest«, ergänzte Sebastiano. Er blickte auf die Uhr. »Es wird allmählich Zeit.«

Wir gingen uns umziehen, verstauten ein bisschen Handgepäck in original historischen Reisesäcken und machten uns auf den Weg zum Trafalgar Square.

Da wir allesamt Gewänder aus der Tudorzeit trugen, erweckten wir einige Aufmerksamkeit, aber längst nicht so viel, wie man hätte meinen können – die Engländer waren nicht nur ein in jeder Beziehung tolerantes Völkchen, sondern auch an historisch kostümierte Gestalten gewöhnt, vor allem an solchen geschichtsträchtigen Orten wie diesem. Auf dem Trafalgar Square traten häufig Künstler auf, beispielsweise als Shakespeare-Figuren oder lebende historische Statuen. Ab und zu fanden sich auch kleine Theaterensembles zu einer Freiluftdarbietung zusammen. Allzu sehr fielen wir also nicht aus dem Rahmen.

Der gerade aufgegangene Vollmond zeigte sich als milchigblasse Scheibe über Nelson's Column. In der Abenddämmerung waren noch jede Menge Touristen unterwegs. Sie strömten in Scharen über den Platz und bevölkerten die Stufen vor der National Gallery.

Wir bezogen Aufstellung neben der Säule, wo sich das unsichtbare Portal befand. Einige Touristen, die sich in der Nähe aufhielten und die großen Bronzelöwen am Fuß der Statue bewunderten, sahen uns neugierig an, offenbar in Erwartung einer unterhaltsamen Vorführung. Ein paar von ihnen zückten ihre Handys und Kameras und knipsten uns. Was sie wohl später im Speicher finden würden, wenn sie im Moment unseres Verschwindens den Auslöser gedrückt hatten? Vermutlich nichts, jedenfalls keine Leute in historischen Kostümen. Und es würde ihnen nicht mal komisch vorkommen, denn sie würden sich an nichts erinnern können, auch nicht daran, dass wir uns direkt vor ihren Augen in Luft aufgelöst hatten.

Jerry gab uns das Zeichen, und ich hielt unwillkürlich den Atem an, während er die Hand bewegte, als würde er einen verborgenen Schalter umlegen – genau das tat er nämlich. Ein Flimmern breitete sich von dort aus und umgab uns nur einen Augenblick später von allen Seiten. Ich warf Sebastiano einen Hilfe suchenden Blick zu, und er verstand sofort. Rasch zog er mich in seine Arme und drückte mich an sich. Der Boden vibrierte unter unseren Füßen, die Luft war wie aufgeladen von einem Dröhnen, das eher zu spüren als zu hören war. Eisige Kälte durchdrang mich. Ich schmiegte mich an Sebastiano und verbarg mein Gesicht an seiner Brust. Egal, was Ole darüber gesagt hatte – so wirklich mutig war ich nicht. Vor jeder Zeitreise verwandelte sich mein Inneres in Wackelpudding. Meine Angst war stets dieselbe – von Sebastiano fortgerissen zu werden und mutterseelenallein in der Zeit zu stranden, ohne die Möglichkeit, je wieder zurückzufinden.

Doch der Durchtritt verlief wie immer. Das Dröhnen mündete abrupt in einer Art Donnerknall, der uns in absolute Dunkelheit warf. Und als es vorbei war, hielt Sebastiano mich immer noch in seinen Armen.

Gelandet waren wir in einer Art Garten. Jedenfalls standen wir auf einer Wiese und waren von Bäumen umgeben, deren Blattwerk im Mondlicht silbern schimmerte. Ein wenig abseits verlief eine Straße. Sebastiano hielt mich immer noch fest umschlungen. Er beugte sich zu mir herab und küsste mich innig. Im ersten Überschwang erwiderte ich seinen Kuss voller Inbrunst, doch dann schrak ich zurück. »Das dürfen wir nicht!«

»Betrachte es als vorläufigen Abschiedskuss. Ich habe beschlossen, meinem zukünftigen Ich zu vertrauen. Ich werde in deiner Nähe bleiben, aber auf unverfängliche Art. Deine Sicherheit geht mir über alles.«

»Vielleicht solltet ihr später darüber reden«, sagte Jerry leise. Er stand in wachsamer Haltung ein paar Schritte von uns entfernt und spähte in die Dunkelheit. »Ich glaube nämlich, diese Wachen da drüben haben uns gesehen. Und sie kommen näher und sehen sehr bedrohlich aus.«

»Es sind nur drei«, sagte Ole gelassen. Er ließ seine Finger vernehmlich knacken.

»Aber sie haben Waffen«, meinte Jerry nervös. »Wir nicht.«

Tatsächlich hatten wir die Reise unbewaffnet angetreten, schon aus dem einfachen Grund, weil wir sonst nie durch die Sicherheitskontrolle am Flughafen gekommen wären, nicht mal als das Hobby-Shakespeare-Ensemble, für das wir uns ausgegeben hatten. Um uns in London noch mit historischen Waffen einzudecken, hätte die Zeit nicht gereicht, zumal wir dafür ein Museum hätten ausrauben müssen. Was schon deswegen völlig unnötig war, weil Master Cuthbert für die Zeitwächtergilde ein kleines Waffenarsenal bereithielt; das gehörte zu seinen Aufgaben. Allerdings befand er sich in Hampton Court, und wir waren hier. Während drei bewaffnete Wachmänner im Anmarsch waren.

»Ich nehme die beiden rechten, du den linken«, sagte Ole zu Sebastiano.

»Dazu müsstest du erst mal rechts und links auseinanderhalten können«, lästerte Fatima.

»Ich kümmere mich um alle drei«, sagte Sebastiano. »Und ihr rührt euch nicht von der Stelle, bis ich zurückkomme.«

Mit Riesenschritten ging er auf die Wachen zu.

Mir wurde ganz übel vor Angst. Er konnte doch unmöglich drei Männer im Nahkampf besiegen!

»Da bin ich jetzt aber gespannt«, meinte Ole und ließ wieder seine Finger knacken. »Drei gegen einen – das will ich sehen.«

Sebastiano blieb vor den Wachen stehen. Einer der Männer trug eine Laterne, in deren Licht zu erkennen war, dass die Typen tatsächlich schwer bewaffnet waren. Sie trugen Harnische und Helme und hatten Schwerter umgegürtet. Außerdem hatten sie endlos lange Spieße dabei. Immerhin machte keiner von ihnen Anstalten, damit auf Sebastiano loszugehen. Er sagte etwas zu ihnen, das man wegen der Entfernung nicht hören konnte, worauf die Männer lachten.

Sie *lachten*! Erleichtert atmete ich auf.

»Anscheinend will er sie mit Witzen besiegen«, sagte Ole leicht verächtlich.

»Humor kann eine gute Taktik sein«, warf Walter ein.

»Vor allem, wenn man in der Unterzahl ist«, pflichtete ich ihm bei.

Die Wachen entfernten sich wieder. Sebastiano kam zu uns zurück. »Alles klar. Ich habe uns einen fahrbaren Untersatz organisiert.«

»Diese Wachen haben sich bereit erklärt, dir ein Fuhrwerk zu beschaffen?«, wollte Ole ungläubig wissen. »Das muss wahrhaftig ein guter Witz gewesen sein!«

»Der Witz war eher flach, aber ein paar Silbermünzen haben ihn rausgerissen. Ich habe ihnen erzählt, dass wir nach Hampton Court unterwegs waren und Räubern in die Hände gefallen sind, die uns Kutsche und Pferde abgenommen haben, worauf einer von ihnen sofort anbot, uns eine Mitfahrgelegenheit zu besorgen. Gegen Bares natürlich.«

Egal, was Sebastiano für diese Mitfahrgelegenheit gezahlt hatte – es war eindeutig zu viel. Der rumpelnde Leiterwagen, der nach einer Weile um die Ecke gebogen kam, hatte nach Fisch riechende Fässer geladen, und der Kutscher machte im unsteten Licht seiner Wagenlaterne auch keinen besonders entgegenkommenden Eindruck. Wenigstens hielt er lange genug an, damit wir alle aufsteigen und uns irgendwo zwischen den Fässern einen Platz suchen konnten, ehe es weiterging.

Ole schlug vor, die Fässer vom Wagen zu werfen und den Kutscher, falls er dagegen protestierte, gleich hinterher, dann würde es schneller gehen und nicht mehr so stinken, doch Sebastiano war für solche Pläne nicht zu haben. Und so zockelte das Fuhrwerk in gemächlichem Tempo durch die Nacht. Schon bald tat uns alles weh von der holprigen Fahrt. Zu allem Überfluss setzte nach einer Stunde lästiger Nieselregen ein, der alles noch ungemütlicher machte. Irgendwann hatte Sebastiano ein Einsehen.

»He, Kutscher!«, rief er. »Was kosten all diese Fässer hier hinten?«

Der Kutscher hatte utopische Preisvorstellungen, worauf Fatima sofort reflexartig anfing, mit ihm zu feilschen. Schließlich gab er sich mit der Hälfte zufrieden, und wir machten kurz Rast, um die Fässer am Wegesrand abzuladen. Wenn der Händler wieder nach London zurückfuhr, würde vermutlich keines davon mehr hier stehen, aber er konnte sich ja neue kaufen, frischen Fisch inklusive.

Danach ging die Fahrt tatsächlich wesentlich flotter vonstatten, das Pferd schnaufte nun deutlich leiser.

Trotzdem graute bereits der Morgen, als endlich in der Ferne die Umrisse von Hampton Court auftauchten.

»Hier ist die Fahrt für uns zu Ende«, rief Sebastiano dem Kutscher zu. Wir stiegen von der Ladefläche des Fuhrwerks, und Sebastiano entlohnte den Kutscher, der anschließend umgehend wendete und in Richtung London zurückfuhr.

»Wieso fahren wir nicht direkt bis zum Schloss?«, wollte Fatima wissen. »Die Gegend hier ist unglaublich matschig. Ich werde mir die schönen Schuhe ruinieren.«

»Ich will zuerst die Lage sondieren und mit Master Cuthbert sprechen«, erklärte Sebastiano. »Besser schmutzige Schuhe, als gleich bei der Ankunft verhaftet und in den Kerker gesteckt zu werden.« Er legte mir die Hand auf die Schulter. »Alles wird gut«, versprach er mir.

Ich wollte ihm gern glauben. Doch als er über den matschigen Weg in Richtung Schloss davonging, sah ich ihm voller Sorgen nach.

Zu meiner grenzenlosen Erleichterung gelangten wir problemlos ins Schloss. Master Cuthbert hatte alles im Griff. Diskret und kompetent sorgte er für unsere Unterbringung. Sebastiano und ich erhielten sogar dasselbe, aus zwei Schlafkammern bestehende Gemach wie bei unserem letzten Besuch. Ole, Jerry und Walter wies Master Cuthbert Schlafplätze in den Gesindekammern zu. Ole hatte sich schlichtweg geweigert, wieder im Stroh bei den Pferden zu schlafen. Seine Stimmung war sowieso nicht die beste, seit er festgestellt hatte, dass sein schöner Orden sich beim Übertritt ins Jahr 1540 in Luft aufgelöst hatte. In der Tudorzeit gab es nun mal keine U. S. Navy. Die Portale sortierten gnadenlos alles aus, was nicht in die Epoche gehörte.

Nur die von José und Mr Stephenson erbaute Zeitmaschine ließ winzige Ausnahmen zu, wobei *winzig* im Wortsinn zu verstehen war – die Gegenstände durften nicht größer sein als ein paar Zentimeter, und zudem durften sie nicht aus Materialien bestehen, die in der Vergangenheit nicht existierten oder nur industriell hergestellt werden konnten wie etwa Kunststoff oder bestimmte Legierungen. Bei manchen zu Pulver zerstoßenen Schmerztabletten funktionierte es, außerdem konnten wir schon auf erfolgreiche Transporte einer Nuss und einer Weintraube zurückblicken. Bei größeren Gegenständen hatte es bisher nicht geklappt; ab und zu nahmen wir Dinge mit, um es auszuprobieren – natürlich nur solche, deren Verlust wir verschmerzen konnten: einen Apfel, ein Schinkensandwich, einen Wollschal. Es war alles verschwunden, sei es, weil es zu groß war oder aus anderen Gründen nicht zeitreisekompatibel. Jerry hatte angekündigt, das Problem erforschen zu wollen, meinte aber, es könne lange dauern. Und José hatte sich wie üblich zu dem Thema ausgeschwiegen. Jetzt war er weg, mitsamt der Maschine, weshalb wir wieder auf die Portale angewiesen waren, sodass sich die Frage nach irgendwelchen Mitbringseln aus unserer eigenen Zeit gar nicht stellte.

Ich belegte zusammen mit Fatima den größeren Schlafraum mit dem breiten Pfostenbett, während Sebastiano mit dem benachbarten Zofenkämmerchen vorliebnahm. Fatima stellte zum Glück keine lästigen Fragen. Ich fand die ganze Situation auch so schon schlimm genug und verfluchte im Stillen das Schicksal, das meine Liebe zu Sebastiano in eine Art Hindernislauf verwandelt hatte. Zugleich tröstete ich mich mit der inständigen Hoffnung, dass wir die Zukunft in unserem Sinne umgestalten konnten, sofern wir das Richtige taten. Und was immer auch das Richtige war – wir waren hier, um es herauszufinden.

Sebastiano zog los, um mit Master Cuthbert wichtige Einzelheiten zu besprechen und sich mit ein paar nützlichen Utensilien einzudecken. Ohne Degen oder Dolch fühlte er sich in der Vergangenheit nicht richtig angezogen.

Ich verdrängte meine Befürchtungen, dass er vielleicht in Bezug auf Lord Wykes zu einer Kurzschlussreaktion neigen könnte. Stattdessen hoffte ich, dass er ihm nicht so schnell über den Weg lief. Das Schloss war gigantisch, es bot Hunderten von Menschen Platz, folglich standen die Chancen gut, dass Sebastiano vorerst nicht mit Lord Wykes zusammentraf – es sei denn, er suchte nach ihm. Doch er hatte mir versprochen, damit zu warten, bis wir alle richtig angekommen waren und mehr herausgefunden hatten.

Es klopfte an der Tür, und auf mein *Herein!* steckte Walter den Kopf ins Zimmer. Er war blass bis in die Haarspitzen.

»Darf ich eintreten, Mylady?«

»Anna«, berichtigte ich ihn.

Er sah sich um. »Es könnte jemand in der Nähe sein. Deshalb habe ich die geziemende Anrede gewählt.«

»Du hast recht. Sicher ist sicher.«

Offiziell gehörte Walter genau wie Jerry, Ole und Fatima zum Tross unserer Bediensteten. Sebastiano und ich waren wieder Lord und Lady Foscary aus Essex. Unser letzter Besuch lag zwar erst vier Wochen zurück, aber hier im Schloss würde uns niemand wiedererkennen. Alle, denen wir beim letzten Mal begegnet waren, hatten – außer Master Cuthbert, der als Eingeweihter eine Sonderstellung einnahm – keine Erinnerung mehr an uns, was schon deshalb beruhigend war, weil das nächste Zusammentreffen mit dem König sonst sehr peinlich hätte ausfallen können.

»Komm herein und schließ die Tür«, sagte ich zu Walter.

Er gehorchte und schob den Riegel vor, ehe er sich zu mir und Fatima umwandte.

»Ich bin meinem Großvater begegnet.«

Mitleid überkam mich, als ich sah, wie aufgewühlt er war. »Lieber Himmel, du bist ja ganz durcheinander. Hat es dich sehr traurig gemacht, dass er sich nun nicht mehr an dich erinnern kann?« Ich hatte schon befürchtet, dass ihm das zusetzen würde, aber Walter hatte erklärt, er werde damit klarkommen. Anscheinend hatte er sich geirrt. »Es tut mir so leid, Walter.«

Er winkte ab. »Nein, nein, es war nicht in *diesem* Sinne schlimm. Also, es war schon schlimm, aber anders, als ihr denkt.«

»Walter spricht in Rätseln«, kommentierte Fatima. Sie saß in einem hauchdünnen Nichts von Nachthemd auf der Bettkante und polierte sich die Fingernägel.

Walter versuchte standhaft, nicht in ihre Richtung zu schauen. »Ich kann alles erklären.«

»Tu das«, sagte ich. »Am besten von Anfang an.«

»Ich ging in den Flügel des Schlosses, wo sich seine Gemächer befinden.«

»Du wolltest ihn treffen«, stellte ich fest. »Um zu sehen, wie es ihm geht.«

Walter zog den Kopf ein. »Ich wollte eigentlich nur nach meinen Sachen sehen. Bevor ich in eure Zeit kam, hatte ich dort auch eine Kammer. Sie war nicht groß, und im Winter habe ich immer gefroren, aber ich durfte sie ganz allein benutzen, statt in einem Schlafsaal mit anderen Jungen zu nächtigen.« Entschuldigend sah Walter mich an. »Ich durfte ja nur sehr wenig mitnehmen. Master Cuthbert hat mir verboten, zu viel einzupacken. Deshalb musste ich einiges zurücklassen. Darunter mehrere Bücher. Und ein Paar sehr gute Stiefel. Und ein Ölgemälde von einer Seeschlacht, das ich von meinem Vater geerbt habe.«

»Wenn du wüsstest, was *ich* alles zurücklassen musste«, warf Fatima ein. »Unter anderem einen Käfig voller erstklassiger Singvögel. Und einen Sack Weihrauch, der ein Vermögen wert war.«

»Die Vögel wären auf der Zeitreise verschwunden«, sagte ich. »Und Weihrauch ist bei uns schon lange aus der Mode, außer in der Kirche.«

Walter machte ein betrübtes Gesicht. »Ich besaß keinen Weihrauch. Um den wär's mir auch nicht schade gewesen, denn mir wird immer schwindlig von dem Geruch. Aber auf die Stiefel war ich sehr stolz. Es waren hohe Stiefel aus weichem Leder.« Eilig fügte er hinzu: »Die Chucks, die ich von euch bekommen habe, sind aber ausgezeichnet und genügen mir vollkommen!«

»Wir können dir auch Stiefel besorgen«, schlug ich spontan vor. »Wenn dein Herz so dran hängt.«

»Ich kann dir aber gleich sagen, dass du dann tuntig aussiehst«, informierte Fatima ihn. »Höchstens Frauen tragen noch hohe Stiefel. Und Reiter. Und vielleicht noch Transen.«

»Was sind Transen?«, fragte Walter.

»Das erkläre ich dir später«, sagte ich. »Zuerst möchte ich deinen Bericht über die Begegnung mit deinem Großvater hören.«

»Ja, die hat mir Angst gemacht.« Walter runzelte verwirrt die Stirn. »Ich hatte gerade einen Blick in meine frühere Kammer geworfen und gesehen, dass alles verändert war. Es war das Zimmer einer Frau, vielleicht das einer Hofdame. Ihre Sachen lagen überall herum. Das Bett war keine schmale Liege, wie ich sie hatte, sondern breiter und mit Schnitzereien verziert. An den Wänden hingen bestickte Tücher. Alles wirkte so, als würde diese Frau dort schon seit Jahren wohnen.«

»Möglicherweise trifft das zu«, sagte ich. »Du selbst bist ja rückwirkend aus deiner alten Zeit herausgelöscht worden. Und damit auch dein gesamter Besitz.«

Walter seufzte. »Ich weiß. So habt ihr es mir ja auch erklärt, du und Sebastiano.«

»Aber du hast es nicht recht geglaubt«, resümierte ich.

Er nickte beschämt. »Ich wollte mich vergewissern. Als ich die veränderte Kammer sah, habe ich endgültig begriffen, dass es mich hier niemals gab. Aber dann tauchte plötzlich Großvater auf.«

»Wie lief das ab?«, wollte ich wissen.

»Ja, komm endlich zur Sache«, forderte Fatima ihn auf. »Und mach dich mal locker.«

Ich überlegte, was das wohl auf Alt-Arabisch hieß. Der intergalaktische Translator war zu erstaunlichen Umwandlungen in der Lage und baute auch Fortschritte beim Erlernen ungewohnter Ausdrucksformen mit ein.

Walter zog an seinem gestärkten Rüschenkragen, der um den Hals herum ziemlich eng anlag. Es war kaum zu übersehen, dass Fatima ihn verunsicherte. »Großvater kam aus seinem Gemach, das auf demselben Gang liegt wie meine frühere Kammer. Und dann geschah etwas völlig Unglaubliches.«

Fatima hörte auf, ihre Nägel zu polieren und beugte sich gespannt vor.

»Großvater klopfte mir im Vorbeigehen auf die Schulter und sagte zu mir: ›Walter, mein Junge, was machen deine Übungen auf dem Turnierplatz? Bist du in der letzten Zeit oft vom Pferd gefallen?‹ Ich stammelte irgendeine Antwort, aber er achtete gar nicht weiter darauf, denn er war in Eile. Am Ende des Gangs wartete der neue Hofnarr auf ihn, mit dem er sogleich eine Unterhaltung begann, worauf ich die Gelegenheit nutzte, schleunigst zu verschwinden und hierherzukommen.«

»Das ist alles?«, meinte Fatima. »Er hat dich bloß gefragt, ob du für Turniere übst und dabei vom Pferd gefallen bist?«

»Darum geht es nicht«, erklärte Walter. »Sondern darum, dass er mich überhaupt irgendwas gefragt hat. Denn wenn die Zeitreisegesetze stimmen, wie Anna und Sebastiano sie uns erklärt haben, hätte er mich gar nicht erkennen dürfen.«

Ich war schockiert. »Er hat dich *wiedererkannt*? Obwohl er kein Eingeweihter ist?«

Walter nickte. »Außerdem … irgendwas stimmte nicht mit ihm. Er sah aus wie Großvater und sprach auch so, doch gleichzeitig kam er mir auf seltsame Weise anders vor. Und die Art, wie er sich mit dem Hofnarren unterhielt … In meinen Augen hatte das etwas … Verschwörerisches. Ich konnte nichts verstehen, weil sie leise redeten, aber ich sah, wie Großvater lächelte. So hat er vorher nie gelächelt, das weiß ich ganz sicher.«

»Wie hat er denn gelächelt?«, fragte ich.

Walter schluckte mühsam, es fiel ihm schwer, die nächsten Worte auszusprechen. »Sein Lächeln … Es war böse.«

Am nächsten Tag versuchten wir auf unterschiedlichen Wegen, genauere Erkundigungen einzuholen, was sich allerdings ziemlich schwierig anließ. Master Cuthbert, unsere einzige echte Informationsquelle in Hampton Court, war schwer erkältet. Schon bei unserer Ankunft hatte er unentwegt niesen und husten müssen, und mittlerweile konnte er sich vor Schwäche kaum noch auf den Beinen halten. Immerhin wusste er zu berichten, dass Lord Wykes am frühen Morgen zu einer Reise nach London aufgebrochen war, wo er geschäftlich zu tun hatte. Seine Rückkehr wurde in drei oder vier Tagen erwartet. Bei diesen Worten explodierte er förmlich in einer Niesattacke. Ich hoffte nur, dass wir uns nicht bei ihm ansteckten. Erkältungen hatten in früheren Jahrhunderten die unangenehme Eigenschaft, sich häufig zu Schlimmerem auszuwachsen, zum Beispiel zu einer Lungenentzündung. Gegen so was konnte man im Jahr 1540 nicht viel ausrichten.

Dass Lord Wykes auf Geschäftsreise in London war, beruhigte mich in gewisser Weise, denn so konnte Sebastiano nicht auf dumme Gedanken kommen. Mir stand immer noch vor Augen, mit welcher Entschlossenheit sein zukünftiges Ich auf dem Ball versucht hatte, Lord Wykes zu töten, ehe er in einer Wolke aus Schwarzpulverdampf entkommen war. Master Cuthbert konnte sich sehr gut an das Ereignis erinnern, das einen Monat zurücklag. Genau wie die Gäste auf dem Ball hielt er die stinkenden Explosionen für den missratenen Einfall eines Spaßvogels. Der König war darüber nicht erbaut gewesen. Er hatte den Hofnarren als Urheber der Aktion verdächtigt und ihn umgehend durch einen neuen ersetzt. Unsere Frage, was aus dem bisherigen Hofnarren geworden sei, hatte Master Cuthbert bloß mit *Er ward nicht mehr gesehen* beantwortet.

»Wenn dieser neue Hofnarr gemeinsam mit Wykes eine Verschwörung anzettelt, ist ganz klar, auf wen wir uns als Nächstes konzentrieren müssen«, sagte Sebastiano, während wir uns für den abendlichen Ball umzogen.

»Ja, das wäre dann wohl der Hofnarr«, stellte ich fest.

»Exakt. Ich habe schon einiges über ihn herausgefunden. Er heißt Barnaby und trinkt für sein Leben gern Wein. Wenn er genug davon intus hat, wird er redselig. Das ist unsere Chance, ihn auszufragen. Vor allem über Wykes und seine Pläne.«

Sebastiano sprach ziemlich laut, denn er befand sich im Nebenzimmer, während ich im großen Schlafgemach war. Wir unterhielten uns durch die offene Verbindungstür.

Fatima stand hinter mir und kämpfte mit den Schnüren meines Gewandes. Ab und zu ließ sie einen wenig damenhaften Fluch hören, der vom intergalaktischen Translator wahrscheinlich nicht immer adäquat übersetzt wurde. Manches klang nämlich ausgesprochen merkwürdig, so wie das hier:

»Diese Mutter eines Kamels ist rutschiger als eine Pfütze Lampenöl!«, rief sie verärgert aus.

»Ja«, sagte ich seufzend. »Ich finde es auch umständlich, diese Tudorkleider anzuziehen. Obwohl man darin sehr elegant aussieht, da gibt es nichts.«

Die Damenmode zur Zeit von Heinrich dem Achten war eine Mischung aus streng und frivol. Streng war die Linie des Zuschnitts der Kleider, angefangen vom eckigen Ausschnitt bis zu der flachen Gestaltung des Oberteils, unter dem jede Rundung verschwand, während das tief angesetzte Dekolleté und die Auspolsterungen um die Hüften (passenderweise hießen sie *Weiberspeck*) eher aufreizend wirkten. Jedenfalls musste man sich, um als Frau auf einem Ball glänzen zu können, mit ziemlich viel Stoff behängen. Ein mit Weidenruten und Rosshaar verstärktes Unterkleid sorgte für eine kegelförmig ausladende Silhouette und das darüber drapierte Oberkleid für den prachtvollen Look. In meinem Fall war das Kleid aus schwerem bernsteingelben Samt. Der Ausschnitt war mit echten Perlen eingefasst, für die ein Tagelöhner in dieser Epoche ungefähr hundert Jahre hätte arbeiten müssen. Die französische Haube sah genauso aus wie die von Scarlett Johansson in *Die Schwester der Königin* – aus perlenverziertem Goldbrokat, Ton in Ton passend zu dem Kleid. Die Haare trug ich offen und wellig (für den Engellook hatte ich mir vorher das frisch gewaschene Haar zu Zöpfen geflochten und dann wieder aufgelöst, als es trocken war), und vervollständigt wurde das höfische Outfit durch eine mehrreihige Perlenkette und einen Gürtel aus feingehämmerten Goldplättchen, an dem ein kostbares kleines Accessoire hing – eine edelsteinbesetzte Gewürzbüchse. Darin befand sich zufällig ein Stückchen Weihrauch, das – genau wie in dem Jahrhundert, aus dem Fatima stammte – in dieser Epoche sehr viel wert war, weil es mühselig und auf gefährlichen Wegen von Afrika oder Arabien nach Europa geschafft werden musste.

Über die Geruchsnote konnte man streiten, jedenfalls gemessen an solchen Errungenschaften wie denen von Joop und Calvin Klein, aber was die Duftvorlieben der Menschen aus der Tudorzeit anging, toppte Weihrauch fast alles. Das lag unter anderem daran, dass es ziemlich aufdringlich roch, sodass es nicht so auffiel, wenn man selber gerade ein bisschen vor sich hin miefte. Was auf die meisten Leute bei Hofe leider zutraf, weil das Baden nicht gerade zu ihren Lieblingsbeschäftigungen gehörte. Man hielt es für ungesund, deshalb tat man es nur dann, wenn es sich wirklich nicht mehr vermeiden ließ. Stattdessen zündete man ein bisschen Weihrauch an und räucherte sich damit ein. Auch Kräuter wurden gern in die kleinen Gewürzbüchsen gestopft – man glaubte daran, dass sie Krankheiten fernhielten. Und von denen gab es wirklich reichlich in dieser Zeit. Pest, Pocken, Schweißfieber – ständig konnte einen irgendwas anfliegen, woran man ein paar Tage später unweigerlich starb. Unsere ganze Zeitwächtermannschaft war umfassend geimpft, aber ein Restrisiko gab es immer.

»Fertig«, sagte Fatima. »Ich weiß nicht, ob ich diese verfluchten Schnüre nach dem Ball wieder aufkriege, notfalls muss ich dafür das Messer nehmen. Aber jetzt halten sie.«

»Vielen Dank für deine Hilfe.« Ich drehte mich vor dem venezianischen Spiegel hin und her.

»Wow«, sagte Sebastiano. Er stand in der offenen Verbindungstür und betrachtete mich gründlich. »Du siehst hammermäßig aus.«

»Ich wäre in so einem Kleid auch der Hammer«, erklärte Fatima. »Aber ich bin ja nur die Zofe.« Sie zog eine Schnute.

»Wenn du jetzt eine Diskussion darüber anfangen möchtest, wer von euch beiden als Zofe und wer als Lady besser rüberkommt – vergiss es«, sagte Sebastiano. »Wir haben für unsere Einsätze eine klare Rollenverteilung. Ich weiß überhaupt nicht, wieso ich euch das so oft erklären muss.«

»Außerdem siehst du wirklich entzückend aus, so wie du bist«, fügte ich hinzu.

»Wirklich?« Fatima wandte sich zu Sebastiano um und warf ihm unter halb gesenkten Lidern einen Blick zu. »Findest du das auch?«

»Hm, ja«, brummte er. Er klang zerstreut, als würde er sehr intensiv über völlig andere Dinge nachdenken. Was wohl auch zutraf, denn seine nächste Bemerkung befasste sich wieder mit dem neuen Hofnarren des Königs. »Mit diesem Barnaby stimmt irgendwas nicht, das habe ich in der Nase. Etwas an dem Kerl ist seltsam, und ich werde herausfinden, was es ist. Wir brauchen nur eine Strategie, um mit ihm ins Gespräch zu kommen, ohne dass er sofort merkt, worum es uns geht.«

»Ich könnte ihm schöne Augen machen«, schlug Fatima vor. »Und so tun, als fände ich ihn männlich und anziehend.«

»Nein, das würde er dir nicht abkaufen. Er ist rein optisch betrachtet nicht die Sorte Mann, auf die Frauen fliegen.«

»Das ist der König auch nicht. Und trotzdem konnte ich ihn glauben machen, dass er mich betört hat.«

»Er ist der König, bereits das allein betört viele Frauen.«

»Und in seiner Jugend hat er wirklich super ausgesehen«, führte ich aus.

»Was man von diesem Barnaby auf keinen Fall sagen kann«, meinte Sebastiano. »Er ist so unvorstellbar hässlich, dass man schon fast Mitleid haben muss. Na ja, ihr werdet es ja gleich auf dem Ball selber sehen.«

Jeder unserer Schüler erhielt eine bestimmte Aufgabe, die er während des Balls erfüllen sollte. Sebastiano und ich hatten beschlossen, bei dieser Mission den Ausbildungsaspekt miteinzubeziehen und gleichzeitig das Potenzial unserer Schüler zu nutzen. So konnten sie uns bei der Erkundung der Lage wertvolle Dienste leisten und dabei noch was lernen.

Walter hatte die Anweisung, sich unter den Dienstboten umzuhören, ob ihnen in der letzten Zeit irgendwas an Lord Wykes aufgefallen sei. Natürlich sollte er sie nicht einfach bloß über Lord Wykes ausfragen, das wäre viel zu auffällig gewesen und hätte Verdacht erweckt. Er sollte vorgeben, sich um eine Anstellung als Kammerdiener bewerben zu wollen, vorzugsweise bei einem der weisen Berater des Königs, und dabei sollte er wie zufällig die Rede auf Lord Wykes bringen, um auf diese Weise das Thema einzugrenzen. Walter war sehr aufgeregt gewesen, bevor er losgezogen war, um sich seiner Aufgabe zu stellen. Ich hatte ihm beruhigend erklärt, dass es kein Unglück sei, wenn er weniger herausfand als erhofft. Er hatte versprochen, sein Bestes zu geben.

Ole sollte sich – ebenso unauffällig – bei den Wachen und der Leibgarde des Königs umhören, ob es verstärkte Sicherheitsmaßnahmen oder gezielte Anweisungen gab, die sich auf bestimmte Personen im Umfeld des Königs bezogen. Wenn bei Hofe wirklich eine Verschwörung im Gange war, lag es nahe, dass sie sich gegen Heinrich richtete. Er hatte sich viele Leute zum Feind gemacht. Aber er war auch ein Meister darin, alle Intriganten im Auge zu behalten und mögliche Machenschaften schon im Ansatz zu ersticken. Nicht von ungefähr waren bereits viele seiner einstigen Gefolgsleute in den Tower gewandert.

Fatima war von uns instruiert worden, einen der anderen Berater des Königs in eine lockere Unterhaltung zu verstricken, bei der sie herausfinden sollte, wie der König zu Lord Wykes stand. Bei unserem letzten Besuch hatte es geheißen, Lord Wykes sei im Begriff, beim König in Ungnade zu fallen. Wenn dem so war, fragte es sich, ob Lord Wykes' Stellung bei Hofe nun noch mehr wackelte als beim letzten Mal. War das vielleicht der

Grund, warum er verreist war? Oder war es ihm gelungen, sich wieder beim König einzuschmeicheln und dabei im Geheimen trotzdem umstürzlerische Pläne zu verfolgen?

Jerry hatte keine spezielle Aufgabe – außer, dass er unsere Schüler überwachen und ihnen notfalls hilfreich zur Seite stehen sollte, falls es Schwierigkeiten gab.

Sebastiano und ich hatten uns den wichtigsten Part des Abends vorgenommen – das Ausspionieren des Hofnarren. Der Einfachheit halber mischten wir uns zunächst unter die Ballgäste.

»Ach du meine Güte«, flüsterte ich, während ich auf der Tanzfläche ein paar Hopserschritte tat. »Ich glaube, ich habe ihn gerade gesehen. Da drüben an der Wand. Direkt neben dem Typen mit den Bommeln am Hut. Oh mein Gott, er ist *wirklich* hässlich. Also nicht der mit den Bommeln, sondern Barnaby.«

»Sag ich doch.« Sebastiano machte ebenfalls ein paar Hopser, er bewegte sich geschmeidig im Takt der Musik. Bei einem anderen Mann hätte es affig ausgesehen (bei den meisten Männern auf der Tanzfläche *sah* es affig aus), aber bei ihm wirkte es einfach nur sexy. Mühsam riss ich meinen Blick von seinen strammen, in engen Strumpfhosen steckenden Beinen los und blickte wieder zu dem Hofnarren hinüber. Ständig tanzten irgendwelche Leute vor meiner Nase herum, ich verlor ihn immer wieder aus den Augen, was auch damit zu tun hatte, dass er so klein war, sogar im Vergleich zu jemandem meiner Größe. Wahrscheinlich reichte er mir kaum bis zur Schulter. Er war von Kopf bis Fuß in grünen Samt gekleidet. Auch der Hut mit der überlangen Feder war grün. Seine ausgesprochen krummen Beine steckten in langen Stulpenstiefeln. Im Verhältnis zu seinem spillerigen Körper waren seine Füße riesig. Mit großen Glubschaugen musterte er das Geschehen auf der Tanzfläche und klopfte dabei den Takt mit der Stiefelspitze mit.

»Er erinnert mich an irgendjemanden, aber ich komme nicht drauf, an wen«, meinte ich nachdenklich.

»Das kann ich dir sagen. Er sieht aus wie Gollum. Nur mit mehr Warzen im Gesicht.«

»Du hast recht. Oh Gott, er hat wirklich einen Buckel! Armer Kerl. Er hatte bestimmt eine schreckliche Kindheit.«

»Das ist die klassische Entschuldigung aller möglichen Psychopathen. Seine Kindheit spielt für uns keine Rolle, sondern nur das, was er aktuell im Schilde führt. Und das könnte etwas sehr Schlimmes sein.«

Sebastiano hüpfte elegant in Barnabys Richtung, und ich folgte ihm mit möglichst schwungvollen Bewegungen, um diesen Seitenwechsel ganz natürlich aussehen zu lassen. Wir bemühten uns beide, die vorschriftsmäßige Schrittfolge beizubehalten und uns dabei gleichzeitig durch den Saal zu arbeiten, ohne die übrigen Tanzenden anzurempeln. Hüpf, hüpf, vor und zurück, zur Seite, auseinander, wieder nach vorn und dann Hand in Hand im Kreis herum.

Ich stolperte ein paarmal, weil es kaum zu schaffen war, die Schritte im Kopf zu behalten und gleichzeitig darauf zu achten, wo der Hofnarr stand.

»Mist«, schnaufte ich. »Jetzt ist er weg. Ist er rausgegangen?«

»Nein, er ist noch da. Gerade ist er rüber auf die andere Seite des Saals. Ich sehe ihn. Er holt sich was zu trinken. Komm, hinterher.«

Also tanzten wir hopsend quer durch den Ballsaal zur gegenüberliegenden Seite, wo der Hofnarr sich gerade einen enorm großen Trinkpokal an den Hals setzte und ziemlich viel auf einmal runterkippte.

»Jetzt«, raunte Sebastiano mir zu.

Ich nickte, griff an meinen Gürtel und machte unauffällig die Schließe auf. Die kleine Gewürzbüchse hätte sich eigentlich lösen und zu Boden fallen sollen, am besten direkt vor die Füße von Barnaby, was uns ganz zwanglos Gelegenheit verschafft hätte, mit ihm ins Gespräch zu kommen, aber das blöde Ding verhakte sich und hing fest.

Ich zog ein paarmal daran, doch es ging nicht ab.

Sebastiano bemerkte es. Er ergriff meine Hand, führte mich hopsend im Kreis herum und raunte mir zu: »Überlass das mir. Ich improvisiere.«

Während ich noch überlegte, was er wohl fallen lassen würde – vielleicht eine dieser goldenen Troddeln, mit denen sein Wams verziert war? –, stellte er mir ein Bein. Einen Sekundenbruchteil war ich ziemlich erschrocken, aber dann reagierte ich so, wie es die Situation erforderte. Ich stolperte und musste mich an Barnaby festklammern, um nicht gegen die Wand zu knallen. Meine Haube blieb an seinem Trinkpokal hängen, etwas von dem Wein floss über mein Haar.

Ich gab mich gebührend erschrocken. »Du lieber Himmel, da habe ich wohl nicht aufgepasst!«, rief ich.

»Nein, das war meine Schuld«, sagte Sebastiano. »Ich habe einen falschen Schritt gemacht.« Er fasste mich bei den Schultern und betrachtete mich besorgt. »Dir ist doch nichts geschehen, mein Herz? Es tut mir so leid! Was bin ich doch für ein Tollpatsch!«

Seine reumütige Fürsorglichkeit erfüllte mich mit Wärme. Voller Dankbarkeit und Liebe schaute ich zu ihm auf. Es dauerte ein paar Augenblicke, bis ich begriff, dass es ja nur gespielt war. Schließlich hatte er mir ein Bein gestellt.

Ich wandte mich Barnaby zu. »Sir, hoffentlich habe ich Euch mit meiner Ungeschicklichkeit nicht zu sehr erschreckt.«

»Ich fürchte doch«, ächzte er. Zu meinem Entsetzen lief er bläulich an und griff sich ans Herz. Japsend rang er nach Luft. Es hörte sich an wie ein löchriger Blasebalg.

»Oh mein Gott«, stieß ich hervor. »Sir, nicht doch!«

Barnaby sackte gegen die Wand und zog mit fiependen Geräuschen den Atem ein. In meiner Hilflosigkeit schnappte ich mir meine Haube, die immer noch an seinem Weinkelch hing, und fächelte ihm damit hektisch Luft zu.

»Sebastiano, ich glaube, er hat einen Herzinfarkt!«

Es kam in der englischen Sprechweise heraus, *Sebääästschen*, und statt *Herzinfarkt* hatte ich *Herzanfall* gesagt, weil der Intergalaktische Translator bemerkt hatte, dass sich mittlerweile die ersten Gäste um uns geschart hatten und sensationslüstern darauf warteten, was als Nächstes geschah.

»Bist du sicher?«, fragte Sebastiano.

»Ziemlich. Ich befürchte, er braucht Schlagen mit Faust auf Herz. Und Atmen in Mund.« In Wahrheit hatte ich *Herzmassage* und *Mund-zu-Mund-Beatmung* gesagt, aber natürlich kannte man diese Erste-Hilfe-Maßnahmen hier noch nicht, weshalb der Translator es zwar möglichst anschaulich, aber dafür auch ziemlich holprig übersetzt hatte.

Sebastiano trat einen Schritt näher. »Für Schlagen auf Herz und Atmen in Mund ist er noch zu lebendig. Er atmet ja noch selber, und ich wette, sein Herz schlägt tadellos.«

Ich fächelte und fächelte und konnte nicht fassen, dass Sebastiano so herzlos reagierte.

Doch auf einmal nahm Barnaby mir die Haube aus der Hand und richtete sich zu seiner vollen Größe auf (er reichte mir tatsächlich nur bis zur Schulter). »Mylady, Eure liebevolle Anteilnahme gereicht Euch zur Ehre, aber wie es scheint, hat Euer Gemahl völlig recht. Mein Herzanfall war einzig und allein Eurer Schönheit geschuldet. Und der Notwendigkeit, selbige noch für eine Weile aus der Nähe bewundern zu dürfen. Ihr seid wahrlich eine Augenweide. Die Haut wie Milch, das Haar wie Honig. Doch nein, das Haar ist eher wie Wein, oder?« Er griff nach einer meiner von Rotwein durchtränkten Haarsträhnen und drückte ein paar Tropfen heraus. Dabei grinste er breit und entblößte dabei kreuz und quer durcheinandergewachsene Zähne. Die Umstehenden lachten, anscheinend fanden sie ihn witzig. Mit einer tiefen Verneigung schwang er meine Haube wie einen zum Gruß gezogenen Dreispitz.

»Darf ich mich vorstellen? Mein Name ist Barnaby. Barnaby Eusebius Hezekiel, um genau zu sein. Ich bin der neue Hofnarr des Königs.«

»Angenehm«, sagte ich, ganz schwach vor Erleichterung. Ich war viel zu froh über die vermeintliche Spontanheilung, um ihm böse zu sein. Außerdem war er aus der Nähe noch viel hässlicher, weshalb ich automatisch noch mehr Mitleid mit ihm empfand. Falls er wirklich ein Psychopath war, hatte er dazu allen Grund der Welt. Wahrscheinlich hatte er als Kind keinen Schritt vor die Tür tun können, ohne vom Rest der englischen Bevölkerung gehänselt zu werden. Sei es wegen der dicken Warzen auf seiner Nase (die übrigens auf bestürzende Weise dem Rüssel eines Schweins ähnelte), sei es wegen dieser glubschenden Augen, sei es wegen seiner gigantischen Füße. Von den schiefen Zähnen, den knotigen Pranken von Händen und den unfassbar großen, abstehenden Ohren ganz zu schweigen. Aber anstatt zu verzweifeln, hatte er dem Leben die Stirn geboten und lachte sein Schicksal einfach aus. Er hatte aus der Not eine Tugend gemacht, wie man so schön sagte, und war Hofnarr geworden. Hofnarren durften so hässlich sein, wie sie wollten, Hauptsache, sie waren lustig und konnten die Leute unterhalten. Und das schien auf Barnaby zuzutreffen, denn er kicherte haltlos in sich hinein und schien es sehr komisch zu finden, dass ich mir solche Sorgen um ihn gemacht hatte.

»Sebastian Foscary«, stellte Sebastiano sich vor. »Und das ist meine Gemahlin, Lady Anne.«

»Es freut mich über alle Maßen, Eure Bekanntschaft zu machen«, sagte Barnaby mit einer erneuten Verbeugung. Er reichte mir meine Haube. »Eure Kopfbedeckung, Mylady. Besser, Ihr bändigt damit Euer Haar als einen dummen Narren. Obwohl es sich damit trefflich Wind um nichts machen lässt.«

Anscheinend war das ebenfalls komisch, denn die Leute, die immer noch um uns herumstanden, lachten erneut. Ich rang mir ebenfalls ein höfliches Grinsen ab. Möglicherweise fehlte mir der Bezug zum historischen Wortwitz dieser Zeit.

Barnaby sah mich mit neugierigen Glubschaugen an. »Gestattet mir die Frage: Seid Ihr schon lange bei Hofe? Ich sah Euch bisher nie.«

»Heute angekommen«, sagte Sebastiano.

»Aus Essex«, fügte ich hinzu.

»Ist das ein großes Land?«

»Äh – nein, eigentlich gehört es zu England«, erwiderte ich, leicht erstaunt, weil er das nicht wusste. Er drückte sich höchst gebildet aus, fast gelehrt, wie hatte ihm da entgehen können, dass Essex eine Grafschaft des Königreichs war?

»Vergebt mir meine Unwissenheit«, sagte Barnaby. Es klang traurig. »Ihr müsst wissen, dass ich in großer Abgeschiedenheit aufgewachsen bin, weit weg von hier. Dort weiß man nichts von England.«

»Wenn man Euch reden hört, würde man nie vermuten, dass Ihr außerhalb von England aufgewachsen seid«, meinte Sebastiano.

Barnaby nickte trübselig. »Die Sprache habe ich wohl erlernt, denn das gehört zu meinen besonderen Begabungen. So wie das Späßemachen. Aber nie hörte ich von Essex. Sagt mir, ist es schön dort?«

Gute Frage. Ich hatte noch nie dort vorbeigeschaut.

»Äh, ja«, sagte ich lahm. »Sehr schön. Viel Gras und eine Menge Hügel. Ländlich. *Sehr* ländlich. Pferde, Kühe, Schweine, all das.«

»Wo genau seid Ihr aufgewachsen?«, erkundigte Sebastiano sich bei Barnaby.

»In einem fernen Land.«

»Könnt Ihr mir sagen, wie es heißt?«

»Das würde ich gern, aber es ist mir nicht möglich.«

»Warum nicht?«

»Ich bin mit einem Fluch geschlagen – sobald ich versuche, es auszusprechen, weigert sich meine Zunge, die Silben zu formen.«

»Wirklich?« Ich starrte ihn mit neu erwachtem Interesse an. Das war ja fast genauso wie bei uns! Auch wir konnten wegen der Sperre manche Dinge nicht aussprechen. Ich musste mich zwingen, mich nicht aufgeregt zu Sebastiano umzuwenden, sondern die Unterhaltung mit Barnaby fortzuführen. »Was glaubt Ihr – woher kommt dieser Fluch?«

»Den haben dämonische Mächte über mich verhängt«, erklärte Barnaby niedergeschlagen.

»Das ist natürlich sehr unangenehm«, sagte Sebastiano glatt. Sein Tonfall sprach Bände – er hielt Barnaby für leicht gestört. Aber das hinderte ihn nicht daran, unserer Aufgabe nachzukommen und ihn weiter auszufragen. »Wie seid Ihr denn von Eurer fernen Heimat nach England gelangt?«, erkundigte er sich.

»Ein edler Herr hat mich mit hierhergenommen.«

»Etwa Lord Wykes?«

»Wie habt Ihr das erraten?«, fragte Barnaby erstaunt.

»Ach, jemand erzählte mir, Ihr würdet Euch prächtig mit ihm verstehen.«

»Tatsächlich?« Barnaby wirkte mit einem Mal wachsam. »Wer hat das behauptet?«

»Es ist mir entfallen«, log Sebastiano. »Ist es denn nicht wahr?«

»Ich bin Lord Wykes' treuer Diener«, sagte Barnaby. In seiner Stimme lag ein Grollen, als würde ihm dieser Zustand nicht sonderlich behagen. Plötzlich wusste ich, dass er sich nicht wirklich gut mit Lord Wykes verstand.

»Kennt Ihr Lord Wykes schon lange?«, wollte ich wissen.

»Erst seit Kurzem. Seit er mich mit an den Hof brachte.« Es klang ausweichend.

»Wo Ihr sofort zum obersten Spaßmacher seiner Majestät aufgestiegen seid«, merkte Sebastiano beiläufig an. »Aber trotzdem seid Ihr Lord Wykes' Diener. Soll das heißen, dass Ihr zwei Herren dient? Wie passt das zusammen?«

Barnaby kicherte. »Ihr ahnt ja nicht, wie vielen Herren man gleichzeitig dienen kann!« Unvermittelt wurde er wieder ernst.

»Wichtig ist nur, immer daran zu denken, wer der oberste Herr ist.«

»Damit meint Ihr sicher den König«, warf ich ein.

Er bedachte mich mit einem langen Blick aus seinen Glubschaugen. Eine Antwort erhielt ich jedoch nicht. Stattdessen wechselte er abrupt das Thema. »Ihr ähnelt einem Kind, das ich neulich sah. Einem kleinen blonden Mädchen. Könnte es vielleicht Eures sein?«

Es war wie ein Hieb in den Magen. Mein Herzschlag verlangsamte sich und setzte einen Takt aus. »Wo habt Ihr dieses Mädchen gesehen?«

»Es war nur ein Traumbild, ich sah es nicht in der Wirklichkeit. Ich träumte, es hier im Schloss zu sehen, es streifte durch die Gänge.«

»Wann war das?«

»Neulich. Vor ein paar Tagen, vielleicht vor einer Woche.«

»Was hat es gesagt?«

Barnaby zuckte mit den verwachsenen Schultern. »Es hat mir einen guten Tag gewünscht und mich angelächelt.«

»Sonst hat es nichts gesagt?«

»Nein. Und es war ja auch nur ein Traum.« Mit einem Mal wurde seine Aufmerksamkeit abgelenkt. »Oh, der König und seine Gemahlin betreten soeben den Festsaal! Mein Einsatz ist gefragt! Verzeiht, Mylady und Mylord! Wir sehen uns sicher ein andermal wieder!«

Und schon tänzelte er auf seinen krummen Beinen davon, ein buckliger, kleinwüchsiger Kerl mit zu vielen Warzen und ein paar Geheimnissen, die er nicht mit uns teilen wollte. Wie vom Donner gerührt blickte ich ihm nach.

»Da läuft irgendeine absolut abgefahrene Sache«, stellte Sebastiano grimmig fest. »Und Wykes und dieser kurzbeinige Gnom stecken mittendrin.«

Ich war immer noch verstört über Barnabys Bemerkung. Er hatte das kleine Mädchen im Traum gesehen, genau wie Walter! Eine Welle der Verzweiflung überrollte mich. Was war das für ein Kind? Handelte es sich um dasselbe Mädchen, das ich in meinen Träumen gesehen hatte? Konnte es wirklich meine Tochter sein, die ich irgendwann in der Zukunft bekommen würde? Würde ich deswegen sterben müssen?

Sebastiano spürte, wie elend ich mich fühlte. Tröstend ergriff er meine Hand. »Wir kriegen alles raus. Ich verspreche es. Niemand kann dir was tun.«

Doch ich sah die Angst in seinen Augen. Dem Sebastiano aus der Zukunft war es nicht gelungen, mich zu beschützen, also hatte er das einzig Mögliche versucht, das ihm noch blieb: Er hatte verhindern wollen, dass es überhaupt erst geschah. Er hatte seine eigene Vergangenheit ändern wollen, um mich zu retten.

Sebastiano erriet meine Gedanken. »Es gibt immer unterschiedliche Wege. Nichts ist fest vorherbestimmt. Die Zukunft, aus der mein anderes Ich kam, war nur einer von mehreren möglichen Kausalverläufen. Eine unselige Abzweigung in der Zeit. Ein Ast, den wir abschneiden, bevor er überhaupt erst wachsen kann. Diesen Mann, der da mitten in der Nacht bei dir auftauchte – den wird es in unserer *richtigen* gemeinsamen Zukunft nicht geben. Dafür sorge ich.«

Ich nickte und versuchte, etwas Zuversicht vorzugeben, obwohl ich mich furchtbar fühlte.

An der Stirnseite des großen Saals hatten der König und die Königin Platz genommen. Heinrich sah schlecht gelaunt und gelangweilt aus. Er würdigte seine Frau keines Blickes. Anna von Kleve machte einen zutiefst unglücklichen Eindruck.

Dafür schien der Rest der Gesellschaft sich gut zu amüsieren. Auf der Tanzfläche herrschte reger Betrieb, es war ein richtiggehendes Gewimmel in Samt und Seide, und die Musiker oben auf der Empore spielten voller Inbrunst auf. Diener schleppten Getränke heran, damit keiner der Gäste auf dem Trockenen saß, und an den Wänden standen die Leute mit ihren Weinpokalen und gossen sich einen hinter die Binde. Dem König hatte man wieder ein paar Snacks hingestellt – gebratenes Fleisch, Wurst, Pasteten, Süßigkeiten. Nur für den Fall, dass er Appetit hatte, wovon auszugehen war, weil er bereits kräftig zulangte. Barnaby stand in seiner Nähe und machte allerlei Faxen. Er zog Grimassen, gestikulierte wild herum und schien auch ein paar gute Witze zum Besten zu geben, denn die Leute um ihn herum lachten fröhlich. Nur der König ließ sich nicht beeindrucken. Mehr als ein angeödetes Lächeln konnte Barnaby ihm nicht entlocken.

Mit einem Mal juckte mein Nacken. Ich fasste instinktiv unter mein offen herabhängendes Haar und rieb die Stelle ganz dicht über dem letzten Nackenwirbel, doch es hörte nicht auf.

Sebastiano betrachtete mich beunruhigt. »Ist es schlimm?«

»So mäßig bis mittel würde ich sagen.« Das bedeutete, es bestand keine akute Gefahr, aber die Situation hatte sich auf jeden Fall zum Schlechten hin verändert. Es war so ein *Schau ab und zu mal hinter dich, es könnte jemand herumlungern, der es nicht gut mit dir meint*-Jucken.

»Sieh mal an«, sagte Sebastiano. »Da ist gerade jemand reingekommen, den wir kennen.«

Ich reckte mich auf die Zehenspitzen. »Wer denn?«

»Lord Wykes höchstpersönlich. Diese Geschäftsreise war ja schnell vorbei.« Sebastianos Miene war eiskalt. Er legte eine Hand auf seinen Waffengurt.

Tatsächlich, da vorn tauchte Lord Wykes zwischen den Feiernden auf. Er gesellte sich wie selbstverständlich zum Gefolge des Königs. Der blickte auf und winkte Wykes zu sich heran. Die beiden besprachen irgendwas miteinander, und plötzlich schien Heinrichs Laune sich deutlich zu verbessern. Er lachte sogar laut auf.

Das Jucken in meinem Nacken wurde schlimmer. Ich griff nach Sebastianos Hand. »Lass uns gehen. Jetzt sofort. Sonst könnte was passieren.«

Ich spürte, dass es ihm widerstrebte, den Ballsaal zu verlassen, aber dann gab er nach. Er wusste genau, dass mit meinem Gefahrensensor nicht zu spaßen war. Wenn aus dem Jucken erst ein Brennen wurde, war oft bereits alles zu spät. Wir schoben uns durch das Gedränge der Höflinge und eilten durch den rückwärtigen Ausgang hinaus.

Dort erwartete uns ein Drama, mit dem wir nicht gerechnet hatten. In einer der lauschigen Ecken des Wandelgangs sahen wir Fatima. Sie wurde von einem korpulenten älteren Herrn bedrängt. Er stand dicht vor ihr und versuchte, ihr in den Ausschnitt zu fassen. Sie stieß einen spitzen Schrei aus und lehnte sich hilflos gegen die Wand.

»Verdammt«, fluchte Sebastiano. »Das ist Lord Howard.«

Lord Howard war der königliche Berater, auf den wir Fatima angesetzt hatten, um zusätzliche Informationen über Lord Wykes herauszubekommen. Anscheinend war dieses Unternehmen in die Hose gegangen. Oder genauer: in den Ausschnitt. Der Typ hörte nicht auf, seine Hand in ihr Dekolleté zu stecken.

Sebastiano ließ einen weiteren Fluch hören. »Jerry sollte doch auf sie aufpassen! Wo ist der Kerl, wenn man ihn braucht?« Und schon marschierte er mit Riesenschritten los. Ich hatte Mühe, ihm zu folgen. Um schneller aufzuholen, raffte ich meine Röcke und fing an zu rennen. In meinem Nacken juckte es immer noch, und es wurde stärker, das war ein ganz schlechtes Zeichen. Vielleicht war gar nicht Lord Wykes der Auslöser gewesen, sondern die Gefahr, die Fatima von diesem Lustmolch drohte!

»Wartet«, rief jemand leise hinter mir.

Ich blickte über die Schulter zurück und sah zu meiner Verblüffung Jerrys roten Schopf hinter einer Säule hervorlugen. Zögernd blieb ich stehen.

»Es ist alles in Ordnung«, sagte er. »Ich habe die Lage unter Kontrolle.«

»Aber der Kerl will doch …«

»Das gehört zu ihrer Masche.«

Wessen Masche es auch immer war – Sebastiano ließ sich nicht mehr aufhalten, sein Beschützerinstinkt brach sich Bahn. Er hatte Jerry weder gesehen noch gehört. Lord Howard hatte keine Chance. Sebastiano packte ihn bei seinem vielfach gefältelten blütenweißen Rundkragen und riss ihn von Fatima weg. Lord Howard schrie quiekend auf und versuchte sich zu wehren, aber da war er bei Sebastiano an den Falschen geraten. Er kassierte einen Faustschlag auf die Nase und torkelte rücklings gegen die nächstbeste Säule, wo er sich blutend und stöhnend abstützte und vorsichtig sein Gesicht betastete.

»Himmel, meine Nase ist gebrochen!«

»Selber schuld«, teilte Sebastiano ihm zornig mit. »Was fummelst du auch an unserer Zofe herum, du brünstiger Mistkerl!«

»Äh, das ist jetzt glaube ich ein Missverständnis«, sagte Fatima. Ihre Miene zeigte eine Mischung aus Überraschung und Schreck. »Meine Güte, das blutet aber!«

Das brachte Lord Howard dazu, noch lauter zu stöhnen, ehe er mit erstickter Stimme nach den Wachen rief. Die erschienen dann auch sofort auf der Bildfläche, drei Mann, die bis an die Zähne bewaffnet waren.

»Legt diesen Rüpel in Eisen«, befahl Lord Howard mit nasaler, jedoch sehr entschlossener Stimme. »Ab in den Kerker mit ihm!«

Entsetzt mussten wir zusehen, wie sie Sebastiano in Gewahrsam nahmen und wegschleppten. Klugerweise wehrte er sich nicht, auch wenn er es vielleicht geschafft hätte, mit den drei Männern fertigzuwerden – binnen weniger Sekunden wären weitere Wachen aufgetaucht, im Schloss liefen genug von ihnen herum, um den König und seine wichtigsten Würdenträger vor möglichen Attentätern zu schützen. Er hätte keine Chance gehabt, sie alle zu überwinden.

»Was geschieht jetzt mit ihm?«, wollte ich von Lord Howard wissen.

Der tupfte sich das Blut mit einem Tuch ab. »Er kommt ins Verlies.«

»Muss er da lange bleiben?«

»Nein, nur bis zur Vollstreckung des Urteils.«

»Was für ein Urteil?«

Lord Howard hielt sich das Tuch vor die blutende Nase.

»Dasselbe, was alle Aufständischen zu erwarten haben. Ihm wird eine gerechte Strafe zuteil.«

»Was ist denn die gerechte Strafe für einen Aufstand?«, fragte ich von einer bösen Vorahnung erfüllt.

»Natürlich das Schafott.«

Ich war schockiert. »Aber das war doch gerade gar kein Aufstand. Es war bloß … ein Missverständnis!«

Lord Howard ignorierte mich und eilte von dannen.

Ich schürzte mein Kleid und lief neben ihm her. »Er wollte nur meine Zofe beschützen!«

Er sah mich drohend an, und plötzlich verwandelte sich das Jucken in meinem Nacken in ein scheußliches Brennen. In einer Aufwallung von Furcht wich ich zurück. Lord Howard war die Gefahr! Von ihm ging die wahre Bedrohung aus!

»Hebt Euch hinfort, Weib, oder ich sorge dafür, dass Ihr ebenfalls wegen Aufstands angeklagt werdet!«

Ich wollte widersprechen, besann mich dann aber. Das Jucken war der Beweis – der Mann würde Ernst machen. Wenn ich nicht achtgab, würde ich neben Sebastiano angekettet, damit wäre keinem von uns beiden geholfen. Solange ich noch frei herumlaufen konnte, war ich vielleicht in der Lage, ihn da rauszuholen.

Fragte sich nur, wie.

Niedergeschmettert blieb ich stehen und sah Lord Howard nach. Mein Nacken fühlte sich wieder normal an, die unmittelbare Gefahr war gebannt. Aber davon konnte ich mir in dieser Lage auch nichts kaufen.

Ich hätte mich am liebsten mit einem Heulkrampf irgendwo verkrochen, doch damit hätte ich nur wertvolle Zeit vergeudet, also riss ich mich zusammen und steckte alle Kraft in das Projekt *Befreiung aus dem Kerker*. Noch in derselben Nacht hielten wir Kriegsrat in unserem Gemach. Jerry hatte alle zusammengetrommelt, und wir trafen uns wie in einem Spionagethriller um Mitternacht in meiner und Fatimas gemeinsamer Schlafkammer. Walter hatte sogar Master Cuthbert aus dem Bett geworfen und hergeschleppt, was mehr oder weniger wörtlich zu verstehen war, denn aufgrund seiner Grippe war der arme Mann kaum noch in der Lage, aus eigener Kraft zu laufen. Er hustete wie ein kaputter Blasebalg, mal klang es pfeifend, mal ziehend, und kaum hatten sich seine malträtierten Lungen beruhigt, entwichen ihm explosionsartige Nieser. Er war eine wandelnde Virenschleuder und würde uns garantiert alle anstecken. Die Lage sah nicht gut für uns aus. Dabei war eine Grippe nur das kleinere Übel. Genauso gut konnte es uns passieren, dass wir allesamt im Kerker landeten. Das war keineswegs unwahrscheinlich, wie Master Cuthbert uns wissen ließ. Ihm zufolge war Lord Howard ein extrem unangenehmer Zeitgenosse, der alle Konkurrenten ausschalten wollte. Master Cuthbert berichtete uns unter zahlreichen Niesern und Hustenattacken, dass Lord Howard von Ehrgeiz zerfressen sei und seit Langem darauf hinarbeite, der wichtigste und möglichst einzige Berater des Königs zu werden. Insofern sei es verwunderlich, dass Lord Wykes, an dessen Stuhl er schon seit längerer Zeit beharrlich sägte, in jüngster Zeit auf einmal wieder Oberwasser gewonnen habe.

»Das ist für Lord Howard ein völliges Rätsel«, sagte Master Cuthbert hustend. »Er hatte den König bereits so weit, Lord

Wykes einzukerkern. Aber dann … irgendetwas muss passiert sein. Seit Neuestem hält der König wieder große Stücke auf Lord Wykes. Unter all seinen Beratern ist er nun sein Favorit.«

»Das stimmt«, meinte Fatima, nachdem Master Cuthbert seine Schilderung abgeschlossen hatte und einen Moment lang durchschnaufte. »Der arme Howie kann es nicht verstehen. Er ist stinksauer auf Lord Wykes und würde ihn am liebsten tot sehen.«

»Wenn das nicht eine Ironie des Schicksals ist«, entfuhr es mir.

»Wieso?«, wollte Fatima wissen.

»Ach, nichts.« Dass Sebastiano ebenfalls Lord Wykes am liebsten tot gesehen hätte und somit quasi denselben Wunschvorstellungen nachhing wie Lord Howard, musste vorläufig mein Geheimnis bleiben. Es würde nur Verwirrung stiften, wenn ich damit herausrückte. Zumal Walter anwesend war. Der arme Junge war sowieso schon zutiefst verstört wegen all der Ereignisse um seinen Großvater. Obwohl ich mich selbst so erbärmlich fühlte wie selten zuvor in meinem Leben, konnte ich nicht umhin, seinen desolaten Gemütszustand zu bemerken.

Er hockte auf einem Schemel in der Ecke und hörte stumm unserer Unterhaltung zu. Einmal wischte er sich verstohlen über die Augen. Ich hätte ihm gern Mut zugesprochen, wusste aber nicht, wie ich es anstellen sollte, ohne ihn damit ins Zentrum der Aufmerksamkeit zu rücken – was ihm sicher noch mehr zugesetzt hätte.

Auch Ole sagte nicht viel, was aber hauptsächlich daran lag, dass er bis zur Halskrause mit Ale abgefüllt war. Er hatte mit den anderen Knappen gewürfelt und sich bei der Gelegenheit so richtig die Kante gegeben. Wenn er überhaupt zwischendurch mal die Augen aufmachte, blickte er so stumpf drein wie ein Maultier, das vergessen hatte, wohin es laufen sollte.

Jerry zerfleischte sich unterdessen mit Selbstvorwürfen. Er war davon überzeugt, dass er Sebastianos überflüssiges Eingreifen hätte verhindern können, wenn er nur früher geschaltet hätte. »Ich dachte zuerst, Sebastiano würde die Situation durchschauen«, sagte er niedergeschlagen. »Dass Lord Howards Benehmen auf ihn wie ein Übergriff wirken würde, konnte ich doch nicht ahnen!«

Fatima saß im Schneidersitz auf unserem Bett und ließ sich nichts entgehen. Ihre Augen leuchteten. »Sebastiano wollte mich retten«, sagte sie voller Wärme. »Er hat es nur für mich getan! Nur meinetwegen riskiert er seinen Kopf!«

»Er hätte es für jeden getan«, widersprach ich. Ein Hauch von Ärger stieg in mir auf. »Außerdem ist es mehr oder weniger deine Schuld. Denn wir hatten klipp und klar mit dir ausgemacht, dass du dich mit diesem Lord Howard nur *unterhältst*. Es war nicht die Rede davon, dass du dich von ihm betatschen lassen sollst.«

»So war es gar nicht«, sagte Fatima beleidigt. »Der Verschluss von meiner Halskette hatte sich zufällig gelöst, sie war mir in den Ausschnitt gerutscht.«

»Und da bot Lord Howard sich heldenhaft an, sie wieder herauszuholen«, meinte ich sarkastisch.

»Ganz genau. Es war völlig harmlos. Ich habe das nur inszeniert, um ihn redseliger zu machen.«

»Du hast geschrien!«, hielt ich ihr vor.

»Weil Lord Howard so kalte Hände hatte, damit hatte ich nicht gerechnet. Und in dem Moment kam Sebastiano angestürmt wie ein wilder Stier. So schnell, dass ihn nichts und niemand aufhalten konnte.« Fatimas Augen nahmen einen schwärmerischen Glanz an. »Er ist ein echter Held und fürchtet weder Tod noch Teufel!«

Ole öffnete ein Auge. »Wäre ich da gewesen, hätte ich ihn mit meinem Schwert durchbohrt«, lallte er.

»Wen?«, fragte Fatima. »Sebastiano?«

Sein Auge war wieder zugefallen. Vermutlich hatte er Lord Howard gemeint, aber das spielte keine Rolle, denn an der unseligen Situation änderte es nicht das Geringste.

»Hast du Lord Howard wenigstens noch Informationen entlocken können?«, wollte ich wissen.

»Natürlich. Er war beispielsweise gerade im Begriff, mir zu erzählen, wie sehr es ihn gefreut hatte, Lord Wykes bald hinter Schloss und Riegel zu haben, und wie unfassbar frustriert er war, als dieser es auf einmal schaffte, sich beim König wieder lieb Kind zu machen.«

»Ganz recht«, bestätigte Master Cuthbert. Er hielt inne und brach in bellendes Husten aus. »Lord Howard ist außer sich vor Zorn, aber er kann nichts ausrichten. Ein falsches Wort, und *er* könnte derjenige sein, der um seinen Kopf fürchten muss. Der König ist ein Mann schneller Entschlüsse, wenn jemand seine Sympathie verloren hat.« Master Cuthbert unterbrach sich und putzte sich schnaubend die Nase. Es klang wie eine verstopfte Posaune.

»Großvater ist nicht mehr wie vorher«, meldete Walter sich auf einmal mit leiser Stimme zu Wort. Ganz verloren saß er da, beide Arme um sich geschlungen, als könnte er sich auf diese Weise selbst trösten. »In den letzten Wochen muss etwas Schlimmes mit ihm geschehen sein.«

»Vielleicht hat die Aussicht auf Haft und Folter seinen Verstand beeinträchtigt«, sagte Fatima mit dramatisch gesenkter Stimme. »In manchen Kerkern geschehen die grausigsten Dinge. In den Verliesen des Sultans war es beispielsweise üblich, die Gefangenen mit giftigen Schlangen …«

»Ja, schon gut«, unterbrach ich sie. »Wir können es uns bildlich vorstellen.«

»Bei den Wikingern wurden manche Gefangene nackt ausgezogen und auf den zugefrorenen Fjord hinausgebracht«, nuschelte Ole. »Dort wurde dann ein Loch ins Eis gehackt.«

»Und dann?«, fragte Fatima. »Was geschah dann mit den Gefangenen?«

Ole gab nur ein durchdringendes Schnarchen von sich.

»Das ist noch gar nichts«, meldete sich Master Cuthbert, während er sich die triefende Nase abwischte und den schwarzen Umhang fester um sich zog. »In den Verliesen des Königs gibt es richtige Folterinstrumente. Zum Beispiel ein Gerät, das sich Streckbank nennt. Dort werden die Gefangenen mit langgezogenen Armen und Beinen auf eine Bank gefesselt, ehe man mithilfe eines Seils und eines hölzernen Drehgewindes …«

»Das reicht«, fiel ich ihm ins Wort. Mir wurde immer elender zumute. Die Vorstellung von Sebastiano auf einer Streckbank gab mir den Rest. Ich musste mich zusammenreißen und mir innerlich den Rücken stärken. Wenn ich es nicht tat – wer dann? Wir brauchten schleunigst einen Plan, und zwar einen guten. »Wo genau sind denn eigentlich die Verliese von Hampton Court?«

Master Cuthbert nieste. »Natürlich im tiefsten Keller des Schlosses.«

Nach einer Art Brainstorming hatten wir tatsächlich so was wie einen Plan. Genau genommen sogar zwei, nämlich Plan A und Plan B. Zuerst wollten wir es auf die einfache Art versuchen, dann auf die schwere. Plan A war in mehrere Alternativen unterteilt. Fatima war für die einfachste Variante zuständig. Da sie mit *Howie* schon so gut wie befreundet war (jedenfalls behauptete sie das), sollte sie schnellstmöglich bei ihm für gutes Wetter sorgen, damit er einsah, was für ein dummer Irrtum das alles war. Idealerweise würde er Sebastiano dann sofort auf freien Fuß setzen und die ganze Sache auf sich beruhen lassen.

Die nächste – auch noch zu Plan A gehörende – Alternative bestand darin, dass ich selber in Erscheinung trat, und zwar mit viel Geld. Auf unseren Missionen waren wir immer reichlich mit Gold ausgestattet, denn es kam häufig zu Situationen, in denen wir finanziellen Spielraum brauchten. Zweifellos war dies eine solche Situation. Lord Howard war laut Master Cuthbert zwar ziemlich reich, aber bestimmt hatte er wie die meisten reichen Leute nichts dagegen, noch reicher zu werden.

Falls er wider Erwarten unbestechlich sein sollte, gab es noch einen Zusatzvorschlag, der von Master Cuthbert stammte.

»Behauptet einfach, Ihr würdet sein dunkles Geheimnis an den König verraten, wenn er Lord Foscary nicht aus dem Kerker holt.«

»Welches dunkle Geheimnis?«

»Das spielt keine Rolle. Irgendeines wird er schon haben. *Jeder* hat eins.«

Mit welcher Methode wir es auch immer versuchten – es würde bis zum nächsten Tag warten müssen. Es war schon weit nach Mitternacht, und für den Fall der Fälle wollte ich für Plan B gerüstet sein. Der sah zwingend vor, dass wir alle hellwach, stocknüchtern und bis ins kleinste Detail vorbereitet waren, denn mehr als einen Versuch würden wir für die Umsetzung dieses Reserveplans nicht haben. Deshalb scheuchte ich alle ins Bett und versuchte anschließend auch selbst, ein bisschen zu schlafen.

In Anbetracht der schrecklichen Lage hätte ich schwören können, kein Auge zuzubekommen, aber irgendwann musste ich doch weggedämmert sein, denn ich wurde von schrecklichen Träumen heimgesucht. Ich wanderte orientierungslos in den Kellergewölben des Schlosses umher. Die Szenerie ähnelte stark denen in *Geschichten aus der Gruft* – dunkle, von Spinnennetzen durchzogene Gänge, Wände aus grob behauenem modrigem Stein, glitschiger Boden mit knöcheltiefen Pfützen, in denen Dinge schwammen, die *lebendig* waren, und schließlich eine endlose Reihe vergitterter Verliese. In einem davon saß Sebastiano und hoffte auf Rettung. Vielleicht hatte man ihn schon auf die Streckbank geschnallt oder ihn weit grässlicherer Folter unterzogen, so wie die anderen armen Häftlinge, die in all diesen Zellen hockten und mir wehklagend die Hände entgegenstreckten und mich mit verzweifelten Augen ansahen, wenn ich zu ihnen hineinschaute. Soweit sie nach den erlittenen Torturen überhaupt noch Hände und Augen besaßen.

Ich blickte durch die Gitterfenster zahlloser Zellen, aber in keiner fand ich Sebastiano. Dafür entdeckte ich zu meinem grenzenlosen Erstaunen Lord Wykes in einem der Verliese. Er hockte zusammengesunken in der Ecke und sah mich trübselig an.

»Lord Wykes!«, rief ich erstaunt. »Seid Ihr das etwa? Ich dachte, man hätte Euch gar nicht eingesperrt!«

»Der Schein trügt«, flüsterte er mit schwacher Stimme. »Ich bin ein Spielball fremder Mächte.«

»Ja«, sagte eine Stimme hinter mir, die mir sehr bekannt vorkam. »Schein und Sein lässt sich oft nicht auseinanderhalten. Wo das Auge sich täuschen lässt, wird auch der Verstand genarrt. Genau das ist der Sinn der Sache.«

Ich fuhr herum. Lord Wykes stand auf einmal hinter mir. Er sah weder krank noch ausgezehrt aus, sondern absolut fit, als hätte er nicht gerade eben noch drüben an der Wand vor sich hin gedarbt.

Seine Augen hatten einen bösen und besitzergreifenden Ausdruck angenommen. Gier blitzte darin auf. Er war wie verwandelt, und bei seinen nächsten Worten begriff ich, dass er doch der Mann aus meinen Albträumen war.

»Der Schlüssel«, sagte er. »Gib ihn mir!«

»Ich habe keinen Schlüssel!«

»Das werden wir ja sehen.« Er griff nach mir, und ich wich angstvoll zurück.

Dann war er plötzlich von einer Sekunde auf die andere verschwunden, ebenso wie die Zelle, und ich befand mich inmitten von grauweißem Nebel, der mich von allen Seiten umschloss. Ich spürte die Bedrohung, ohne sie zu sehen, und ich wusste, wenn ich nicht schneller als der Wind davonlief, wäre es um mich geschehen. Ich war nicht länger in dem Gang mit den Verliesen, sondern irgendwo im Nichts, wo es keine festen Bezugspunkte mehr gab, sondern nur die bevorstehende Auflösung aller Dinge – die finale Entropie. Dies war das Ende der Zeit, und wenn ich nicht den Weg zurückfand, war ich verloren. Meine Füße flogen nur so dahin. Ich rannte und rannte, bis mir die Luft wegblieb, doch dem Nebel konnte ich nicht entkommen.

Nach einer Weile merkte ich, dass ich nicht länger allein war. Das kleine Mädchen war neben mir. Ich sah es nicht wirklich, aber es schien als allgegenwärtige Präsenz an meiner Seite zu schweben.

»Hab keine Angst«, sagte es in meinen Gedanken. »Ich bin doch bei dir.«

Ich schluchzte auf, weil die Sehnsucht sich mit einer solchen Macht in meine Angst mischte, dass sie alles andere bedeutungslos werden ließ. »Wer bist du? Bist du mein Kind?«

»Nur, wenn du den Schlüssel findest.«

Schon wieder der Schlüssel! Alles hing von diesem Schlüssel ab! Wo konnte er denn nur sein? Wie sollte ich ihn finden?

»Du musst den dunklen Weg gehen«, sagte das kleine Mädchen, als hätte es meine Gedanken erraten. »Denn nur an seinem Ende wartet auf dich das Licht.« Sie hatte sich entfernt. Die Stimme in meinem Kopf war nur noch der Widerhall eines Wisperns. »Eines Tages«, flüsterte sie. »Eines Tages weißt du es. Dann kann ich bei dir bleiben.«

Ich wollte es. Ich wollte es so sehr! Doch sie verflüchtigte sich wie ein Windhauch im nahenden Sturm, und plötzlich war ich wieder allein.

Der Nebel war verflogen, ich hatte festen Boden unter den Füßen, doch die Gefahr war noch nicht gebannt, ich musste weiterlaufen, denn jetzt waren auf einmal Gestalten hinter mir her, die schrecklicher waren als meine bisher schlimmsten Albträume. Ihre Gesichter glichen Dämonenfratzen mit langen Fangzähnen, blutroten Augen und schwarzgefurchter Haut. Aus ihren Schädeln ragten Hörner, und der Dampf, der vor ihren gebleckten Zähnen kondensierte, hatte die Farbe und den Geruch von Schwefel.

Und sie jagten mich.

Sie waren dicht hinter mir und hatten mich fast erreicht. Mit ihren klauenbewehrten Händen griffen sie nach mir, ihr heißer Atem schlug mir ins Genick. Ich schrie in Todesangst auf – und erwachte.

Keuchend rang ich nach Luft und versuchte, mich zu orientieren. Einen panischen Moment lang dachte ich, in einem anderen, neuen Albtraum gefangen zu sein, denn ich hatte keine Ahnung, wo ich mich befand. Erst mit einiger Verzögerung erkannte ich meine Umgebung. Das Gemach in Hampton Court. Das hier war immer noch das königliche Schloss im Jahr 1540, und Sebastiano saß im Kerker. Ich lag in dem schmalen Bett in dem Zofenkämmerchen, in dem eigentlich er hätte schlafen sollen. Das große Bett nebenan hatte ich Fatima überlassen, um meine Ruhe zu haben. Und um sie nicht zu stören, falls ich wieder einen Albtraum bekam. Offenbar eine weise Entscheidung.

Fatima schien einen gesunden Schlaf zu haben, sie war nicht aufgewacht, obwohl mein eigener Schrei mir noch in den Ohren nachhallte.

Es war sehr früh am Tage, ich hatte nicht lange geschlafen. Die Sonne war noch nicht aufgegangen. Draußen vor den schweren Bleiglasfenstern graute gerade erst der Morgen. Ich suchte meine Nürnberger Taschenuhr heraus und schaute nach – halb sechs. Nun merkte ich auch, dass das Schloss bereits zum Leben erwacht war. Von den Gängen her hörte man schon die ersten Dienstboten rumoren. Kamine mussten angeheizt, Nachttöpfe ausgeleert und Waschschüsseln mit frischem Wasser gefüllt werden – die Knechte und Mägde hatten auch um diese Tageszeit schon jede Menge Arbeit.

Ich hätte sowieso nicht länger schlafen können und zog mich eilig an. Das schlichte Tageskleid ließ sich auch ohne Fatimas Hilfe schließen – die Schnüre befanden sich an den Seiten. Ich kämmte mich, steckte mir eine Haube ins Haar, tunkte ein Tuch in die Waschschüssel und fuhr mir hastig damit durchs Gesicht. Das musste reichen. Für Feinheiten hatte ich keinen Sinn. Die Sorge um Sebastiano brachte mich fast um den Verstand. Es kostete mich alle Beherrschung, die ich aufbringen konnte, um nicht in hysterisches Dauerheulen zu verfallen. Dass ich mich halbwegs tapfer hielt, verdankte ich Esperanza, der alten Bewahrerin, von der ich damals meine magische Katzenmaske bekommen hatte. Zu jener Zeit war sie noch in ihrer irdischen Erscheinungsform unterwegs gewesen – zwar nur selten und niemals dann, wenn man mit ihr rechnete, aber die wenigen Male, die sich unsere Wege gekreuzt hatten, war ab und zu ein bemerkenswerter Sinnspruch für mich abgefallen. Einer davon war mir letzte Nacht wieder in den Sinn gekommen. Er lautete: *Weinen kann man nach dem Unglück. Solange man es noch abwenden kann, weint man nicht, sondern handelt.*

Das hatte ich mir zur Devise gemacht. Nicht bewusst oder gar geplant, sondern ganz intuitiv. Ich hatte in der vergangenen Nacht Esperanzas knittriges, uraltes Gesicht vor Augen gehabt, ihre greisenhaft gekrümmte Gestalt, und mit einem Mal war es mir so vorgekommen, als hätte mich die weltumspannende Weisheit von Äonen durchströmt. Der Moment war nur ganz kurz gewesen, viel zu schnell hatte mich wieder Verzagtheit erfüllt, aber ich hatte die Magie dieser Erinnerung so deutlich gespürt wie das Jucken, das mich vor Gefahren warnte.

Esperanza war schon vor einer Weile in unbekannte Sphären gewechselt, in eine Existenz fernab von jeder Körperlichkeit, doch in meinen Gedanken und Empfindungen schien sie weiterzuleben. In welchen entlegenen Dimensionen sie sich auch immer aufhalten mochte – sie war nie ganz fortgegangen. Und eines Tages, wer konnte das schon sagen, würde sie vielleicht sogar zurückkommen.

Nachdem ich meine Morgentoilette beendet hatte, weckte ich Fatima und wartete, bis sie sich grummelnd und gähnend ebenfalls angezogen und zurechtgemacht hatte. Sie musste etwas mehr Sorgfalt auf ihr Äußeres verwenden, weil sie Lord Howard bezirzen sollte. Natürlich nur im Rahmen des Vertretbaren, dafür würde ich persönlich sorgen, denn ich wollte sie begleiten und alles überwachen. Schließlich war sie meine Schülerin, und ich trug die Verantwortung für sie. Diesmal würde er keine Gelegenheit haben, sie zu begrabschen.

»Vergiss nicht, was wir besprochen hatten«, ermahnte ich Fatima. »Du bist nett zu ihm. Aber aus mindestens drei Schritten Entfernung.«

Sie nickte gähnend. »Drei Schritte reichen bestimmt. Aus drei Schritten Entfernung kann ein Mann gut sehen.«

»Was meinst du damit? Was kann er sehen?«

»Mich«, sagte sie schlicht.

Aha. Na gut. Vielleicht schaffte sie es ja wirklich. Und falls er sich von ihrem Charme nicht einwickeln ließ, würde ich halt die besseren Argumente auspacken. Der Beutel mit dem Gold hing bereits beruhigend schwer an meinem Gürtel, gut versteckt unter dem Umschlagtuch, das ich mir um die Schultern geschlungen hatte.

Gemeinsam machten wir uns auf den Weg. Master Cuthbert hatte uns genau beschrieben, wo sich Lord Howards Gemächer befanden.

Auf unser Klopfen hin öffnete uns ein übernächtigt aussehender Kammerdiener, der behauptete, Lord Howard sei nicht zu sprechen, doch ein Goldstück aus meinem Beutel änderte seine Meinung schlagartig. Wenig später erschien ein grämlich dreinschauender Lord Howard. Er trug noch Nachthemd und Schlafmütze, offensichtlich hatte sein Kammerdiener ihn aus dem Bett geworfen. Seine Nase war auf doppelte Größe angeschwollen und schillerte in diversen Farbtönen zwischen Dunkelrot und Lilablau.

»Mein Kammerdiener sagte mir, es gehe um Leben und Tod«, sagte er verdrossen, während er sich an einer Kredenz aus einer Karaffe einen Becher Wein einschenkte und ihn runterkippte wie andere Leute zum Frühstück eine Tasse Kaffee. »Mir scheint, Anthony hat schamlos übertrieben.«

»Das ist streng genommen Ansichtssache«, entgegnete ich höflich. »Denn Ihr sagtet ja gestern selbst, dass meinem Gatten das Schafott droht. Dort wird man bekanntlich geköpft und ist anschließend tot. Also hat Euer Diener Anthony Euch die reine Wahrheit gesagt, als er Euch erklärte, es gehe um Leben und Tod.«

Fatima fiel mir ins Wort. »Howie, du wirst dieses verrückte Missverständnis doch nicht sinnlos aufbauschen wollen«, gurrte sie. Mit gesenktem Blick glitt sie auf ihn zu. Ihre Bewegungen waren die einer geschmeidigen Schlange. Mit einem Mal schien sie wesentlich weniger anzuhaben, als es auf den ersten Blick aussah. Ihr Schultertuch war herabgerutscht, und an der Stelle, wo vorhin noch ein hochgeschnürtes Leibchen gesessen hatte, schimmerte auf einmal nackte Haut hervor. Falls ich je Zweifel daran gehabt hatte, wieso ausgerechnet sie die Favoritin des Sultans von Konstantinopel gewesen war, wurden sie in diesem Augenblick restlos ausgeräumt. Lord Howard glotzte Fatima mit hervorquellenden Augen an und hatte sichtlich Mühe mit dem Atmen.

»Lass das«, sagte ich streng zu ihr. An Lord Howard gewandt, fuhr ich fort: »Mein Gatte bedeutet mir sehr viel. Vor allem lebendig. Daher wollte ich Euch vorschlagen …«

Er hörte überhaupt nicht zu, sondern starrte weiterhin Fatima an. Seine Augen traten immer mehr hervor, er fing an, nach Luft zu schnappen.

»Zieh dich wieder richtig an«, befahl ich Fatima. »Wir müssen das jetzt wirklich nicht übertreiben. Geld tut es auch.«

Sie zuckte mit den Schultern und rückte ihr Gewand zurecht.

Lord Howard schien es gar nicht zu registrieren. Er begann zu keuchen und hielt sich an der Anrichte fest. Der leere Weinpokal rutschte ihm aus der Hand und landete auf dem Boden. Der dort liegende Teppich verschluckte das Geräusch, aber dafür polterte es unüberhörbar, als Lord Howard zuerst gegen die Kredenz und dann gegen den hinter ihm stehenden Kleiderständer torkelte. Er versuchte, sich irgendwo festzuhalten, griff jedoch ins Leere.

»Oh mein Gott«, sagte ich erschrocken. »Mylord – fühlt Ihr Euch nicht wohl?«

Das war anscheinend noch milde ausgedrückt, denn im nächsten Moment sackte Lord Howard zu Boden und rührte sich nicht mehr. Seine Augen starrten blicklos gegen die Decke, seine Lippen hatten sich bläulich verfärbt.

»Ich würde sagen, er fühlt sich tatsächlich nicht wohl«, kommentierte Fatima das Geschehen. »Meiner Meinung nach ist er sogar tot.«

Lieber Himmel, er hatte einen Herzinfarkt erlitten! Ich stand einen Augenblick lang in Schockstarre da. Dann fiel mir all das ein, was sich in solchen Situationen für gewöhnlich bewährt hatte. Jetzt war Schnelligkeit angesagt. Ich rannte zu dem armen Lord Howard und sank neben ihm auf die Knie.

»Was hast du vor?«, wollte Fatima wissen.

»Schlagen mit der Faust auf Herz«, sagte ich entschlossen, während ich dem armen Mann das Hemd aufriss und ihm den Kopf in den Nacken drückte. »Atmen in Mund.«

Natürlich hatte ich – wieder einmal – *Herzmassage* und *Mund-zu-Mund-Beatmung* sagen wollen. Dass der intergalaktische Translator es umgewandelt hatte, konnte nur eines bedeuten: Jemand aus dieser Zeit befand sich in Hörweite. Und tatsächlich, als ich mich hektisch umschaute, sah ich Lord Howards Kammerdiener Anthony in der offenen Tür stehen. Er glotzte stumm zu uns herüber. Ich riss mich zusammen und wollte gerade die lebensrettenden Maßnahmen einleiten – wozu war ich ausgebildete Ersthelferin –, als Fatima mich unversehens von hinten bei den Schultern packte und von Lord Howard wegzog.

»Tu das nicht«, warnte sie mich. »Er ist mausetot und nicht mehr zu retten. Es muss ein sehr starkes Gift gewesen sein, sonst hätte es nicht so schnell gewirkt. Wenn du seine Lippen mit deinen berührst, stirbst du vielleicht auch.«

Entsetzt blickte ich zu ihr hoch. »Du glaubst, er wurde *vergiftet*?«

»Was sonst«, sagte sie, als wäre ein Giftmord das Normalste der Welt.

Ich wollte ihr nicht glauben – ich *konnte* ihr nicht glauben, denn Lord Howard einfach ohne Rettungsversuch sterben zu lassen, wäre ganz eindeutig unterlassene Hilfeleistung gewesen, und das war schließlich strafbar (obwohl ich nicht wusste, ob das für alle Zeiten galt; vermutlich wäre es bis zum 21. Jahrhundert auf jeden Fall verjährt) –, aber dann bemerkte ich, dass Anthony sich unauffällig davonschlich. Sein Gesichtsausdruck sprach Bände – Lord Howards plötzliches Dahinscheiden kam für ihn alles andere als unerwartet. Er hatte Bescheid gewusst, folglich war wirklich Gift im Spiel. Dagegen ließ sich mit Erster Hilfe nichts ausrichten, schon gar nicht, wenn jemand bereits tot war.

Erschüttert ließ ich mich auf die Fersen zurücksinken und schloss die Augen, um den erbarmungswürdigen Leichnam von Lord Howard nicht ansehen zu müssen. Wer hatte ihm nach dem Leben getrachtet? Gab es etwa einen Zusammenhang mit Sebastianos Einkerkerung?

»Wir sollten ebenfalls verschwinden«, drängte mich Fatima. »Und zwar schleunigst. Dieser Anthony hat mir ganz danach ausgesehen, als würde er uns anschwärzen wollen. Besser, wir sind nicht mehr hier, falls er die Wachen holt.«

Sie hatte recht. Keinem von uns wäre geholfen, wenn man uns auch noch in den Kerker warf, vor allem nicht Sebastiano. Außerdem war es jetzt höchste Zeit für Plan B.

Ich rappelte mich hoch, und gemeinsam liefen Fatima und ich so schnell wir konnten zu Master Cuthberts Gemach.

Bereits eine Stunde später befanden wir uns dort, wo wir hinwollten – in den Kellergewölben des Schlosses. Hier war es kalt, finster und feucht. An manchen Stellen ähnelte es ziemlich stark den Bildern aus meinem Albtraum, nur dass die Anzahl der Türen überschaubar war. Dafür gab es mehr Gänge, in denen wir uns sicherlich verlaufen hätten, wenn nicht Master Cuthbert als unser Führer bei uns gewesen wäre. Wir folgten ihm im Gänsemarsch durch das niedrige, modrig riechende Gewölbe. In der Hand hielt er eine Pechfackel, die durch ihr Flackern ein unheimliches Licht verbreitete. Hinter jeder Abzweigung schien etwas abgründig Böses zu lauern. Die ganze Zeit über kribbelte mein Nacken wie von einer ständigen, unterschwellig drohenden Gefahr.

Ole sicherte das Ende unseres kleinen Zugs. Mit gezogenem Schwert und einer zweiten Fackel stapfte er hinter uns her und war bereit, uns mit seinem Leben zu verteidigen. Jedenfalls hatte er das gesagt, bevor wir unter der Leitung von Master Cuthbert über die steilen Kellertreppen in die Dunkelheit hinabgestiegen waren.

Falls Ole noch verkatert war, merkte man es ihm nicht an. Nichts an seiner Haltung und seinen Bewegungen deutete darauf hin, dass er in der letzten Nacht wegen seines Vollrauschs kaum noch den Weg zu seiner Schlafstätte gefunden hatte. Ich hatte ihm gesagt, dass es um nicht mehr und nicht weniger als um Sebastianos Überleben ging und dass wir auf ihn zählten.

Master Cuthbert hatte trotz seiner schweren Grippe alles Menschenmögliche unternommen, um uns in diese verbotenen Gefilde des Schlosses bringen zu können. Hier hatte es sich wieder erwiesen, dass man gar nicht genug Gold dabeihaben konnte. Er hatte den Kellermeister, den Kerkermeister, den Meister der Wache und noch ein paar andere maßgebliche Leute bestochen, damit sie allesamt ein Auge zudrückten, während wir hier unten unterwegs waren.

Selbstverständlich hatte er ihnen nicht verraten, dass wir eine Befreiungsaktion planten. Seine Version bestand darin, dass wir im privaten Kreis von Lord Foscary Abschied nehmen wollten, bevor er mit dem nächsten Gefangenentransport in den Tower und von dort aus aufs Schafott verfrachtet wurde. Dass sich nicht nur Lady Foscary für dieses letzte Lebwohl angemeldet hatte, sondern auch Zofe, Knappe und zwei Brüder des Lords (Walter und Jerry), hatte eine Stange extra gekostet, wie Master Cuthbert uns bedauernd mitgeteilt hatte. Aber das war mir völlig gleichgültig. Ich hätte unsere gesamten Goldvorräte dafür hergegeben, dass wir beisammenbleiben konnten. Wenn nur einer von uns den königlichen Wachleuten in die Hände fiel, wären alle Anstrengungen umsonst gewesen. Noch hatte Anthony uns nicht die Wachen auf den Hals gehetzt, aber er konnte sich jederzeit dazu entschließen. Ehe es dazu kam, mussten wir alle weg sein.

Der Kerkermeister, ein großer, brutal aussehender Typ, nahm uns persönlich vor den vergitterten Verliesen in Empfang. Mit einem der riesigen Schlüssel seines gewaltigen, rasselnden Schlüsselbunds schloss er uns die Tür einer Zelle auf. »Es muss aber schnell gehen«, sagte er zu Master Cuthbert. »Ich habe den Wärter weggeschickt, doch beim nächsten Glockenschlag ist Wachablösung. Deshalb darf es nicht zu lange dauern.«

»Keine Sorge«, sagte Ole. »Es geht sehr schnell.« Dann schlug er den Kerkermeister mit einem krachenden Kinnhaken bewusstlos und stieß die Zellentür auf.

»Sicher wird er dafür noch mehr Geld verlangen«, sagte Master Cuthbert seufzend.

Ich achtete nicht auf ihn, sondern stürmte in die Zelle. Eine halbe Sekunde später lag ich in Sebastianos Armen und gestattete mir endlich, in Tränen auszubrechen.

Nur am Rande registrierte ich, dass er nicht der einzige Häftling in dem Verlies war. Ringsherum hockten auf schmutzigem Stroh noch vier andere Insassen, die ziemlich mitgenommen aussahen. Sie erhoben sich mit klirrenden Ketten und bestürmten Master Cuthbert, sie von den Fesseln zu befreien.

»Das übersteigt mein Budget«, sagte er entsetzt.

Jerry hatte dem Kerkermeister die Schlüssel abgenommen und öffnete das Schloss von Sebastianos Ketten. Im Licht der blakenden Fackel konnte ich sehen, dass die Haut an seinen Fußgelenken ganz rot und aufgescheuert war. Und weit und breit war weder eine Lampe noch eine Sitzgelegenheit zu sehen, nur nackter Steinboden und ein bisschen vergammeltes Stroh. Die Gefangenen hausten hier im Dunkeln angekettet wie Tiere. Für ihre Notdurft gab es einen einzigen verdreckten Kübel, der in einer Ecke vor sich hin stank und obendrein ziemlich voll war. An der Wand huschte eine Ratte entlang und verschwand in einem Loch in der Mauer.

»Mach die anderen auch los«, sagte Sebastiano zu Jerry.

»Ich werde schreckliche Schwierigkeiten bekommen«, jammerte Master Cuthbert. »Der Kerkermeister tötet mich, wenn er sieht, dass alle weg sind!« Er hustete erbärmlich und stützte sich an der Zellenwand ab. »Ich gehöre ins Bett. Hier unten hole ich mir noch den Tod. Ich glaube, ich habe hohes Fieber.«

»Wenn Ihr tot seid, kühlt Ihr von allein ab«, sagte einer von Sebastianos Mitgefangenen. Besonders mitfühlend klang es nicht. Ich konnte den Mann verstehen. Er musste schon ziemlich lange in diesem Verlies vor sich hin geschmachtet haben, sein von einem verfilzten Bart überwuchertes Gesicht wirkte ausgemergelt.

»Man sollte dem Kerkermeister die Gurgel durchschneiden,

dann kann er keine Forderungen mehr stellen«, schlug ein anderer Gefangener vor.

»Es würde ihm recht geschehen«, stimmte ein Mithäftling zu. »Ich kann gar nicht mehr zählen, wie oft er mich getreten hat!«

Cuthbert schien der Gedanke zu gefallen. »Dann könnte ich auch das Gold wieder an mich nehmen.« Er unterbrach sich kurz, um zu niesen. »Man weiß nie, wie man es noch brauchen kann.«

»Nein«, sagte Sebastiano. »Das Gold wird ihm helfen, Eure Rolle bei diesem Gefangenenausbruch zu vergessen. Er wird Euch sicher nicht verraten, denn dann käme ja heraus, dass er letztlich für unsere Flucht verantwortlich ist.« Mit gestrafften Schultern stand er da und blickte in die Runde. »Wie geht es jetzt weiter? Wir können ja nicht einfach bei helllichtem Tag hier rausspazieren. Ich nehme an, Ihr habt einen guten Fluchtplan, Master Cuthbert?«

Master Cuthbert erlitt einen weiteren Hustenanfall, ehe er antwortete: »Ob er gut ist, wird sich noch erweisen müssen. Es ist aber wohl der beste, der in der Kürze der Zeit zu schmieden war.«

»Es gibt einen Geheimgang, der hier rausführt«, sagte ich.

»Dann ist es wohl am vernünftigsten, wenn wir uns euch anschließen«, sagte einer der Gefangenen.

Niemand widersprach ihm.

Ich war einfach nur erleichtert, dass es Sebastiano gut ging. Auch wenn Master Cuthbert beteuert hatte, dass Sebastiano weder Hunger noch Durst gelitten und auch kein Folterknecht Hand an ihn gelegt habe, hatten mich schon bei der Vorstellung, ihn in einem Verlies angekettet zu wissen, schreckliche Ängste geplagt. Dass die räumlichen und hygienischen Verhältnisse noch miserabler waren als befürchtet, machte rückblickend alles nur noch schlimmer.

Mit leiser Stimme informierte ich Sebastiano über Lord Howards unvermutetes Dahinscheiden. Er runzelte besorgt die Stirn, sagte aber nichts. Um irgendwelche Mutmaßungen anzustellen, fehlte uns die Zeit. Denn erst einmal mussten wir dafür sorgen, dass wir hier heil und ungesehen herauskamen.

Sebastianos Mitgefangene schleppten den Kerkermeister in das Verlies, wo sie ihn gefesselt und geknebelt zurückließen. Ole war davon überzeugt, dass er frühestens in einer halben Stunde wieder zur Besinnung kommen würde, aber sicher war sicher. Bis zum nächsten Glockenschlag waren es nur noch ein paar Minuten. Solange der Kerkermeister keinen Alarm schlagen konnte, würde uns niemand verfolgen. Wir zündeten noch ein paar Fackeln an, die wir im Gang vor den Verliesen fanden, und machten uns eilig auf den Weg.

Für einen außenstehenden Betrachter musste unsere kleine Ausbrecherprozession ein merkwürdiges Bild abgeben. Master Cuthbert führte uns durch einen weit abgelegenen Teil des Schlosskellers. Mehrmals ging es treppab, und obwohl wir immer tiefer hinabstiegen, schien sich die uns umgebende Luft seltsamerweise zu erwärmen. Zugleich wehte von irgendwoher ein Geruch heran, der mir erschreckend bekannt vorkam.

Sebastiano roch es ebenfalls. »Schwefel«, sagte er. »Anscheinend gibt es hier unten eine Waffenkammer, in der Schießpulver hergestellt wird.«

»Wir sind bald da«, sagte Master Cuthbert. Mittlerweile wirkte er regelrecht apathisch. Er musste tatsächlich hohes Fieber haben. Mit jedem Schritt schien er schwächer zu werden. Immer wieder musste er sich beim Gehen an den Wänden festhalten. Schließlich konnte er sich kaum noch auf den Beinen halten. Er hatte außerdem begonnen, wirres Zeug vor sich hin zu murmeln. Voller Sorge fragte ich mich, ob wir ihm nicht zu viel zugemutet hatten. Doch selbst wenn das zutraf – es hätte keine Alternative gegeben. Ohne Bedenken hätte ich jedermanns Leben aufs Spiel gesetzt, um Sebastiano vor dem Schwert des Scharfrichters zu bewahren.

Sebastiano nahm Master Cuthbert die Fackel ab und legte sich den Arm des Mannes über die Schultern, um ihn auf diese Weise zu stützen. »Kommt, Sir. Lasst Euch helfen.«

»Dämonenchor und Höllentor«, murmelte Master Cuthbert.

»Was habt Ihr gesagt?«, wollte Sebastiano wissen.

»Teufelsblut und Satansbrut.«

»Ich frage mich, wo dieser Weg hinführt«, meldete sich einer von Sebastianos Mitgefangenen mürrisch zu Wort. »Mir kommt es fast so vor, als wären wir diesen Gang bereits einmal entlanggelaufen.«

Damit hatte er wahrscheinlich recht, aber ich verkniff mir jede Bemerkung dazu. An Sebastianos beunruhigter Miene erkannte ich, dass auch er befürchtete, Master Cuthbert könne im Fieberwahn die richtigen Abzweigungen nicht mehr von den falschen unterscheiden. Die Luft wurde zunehmend schwefliger, und die Temperatur stieg weiter an. Das ganze Ambiente wurde immer gruseliger. Hatten die Gewölbe dort, wo sich die Gefangenenverliese befanden, noch wie normale, wenn auch altertümliche Keller gewirkt, schienen sie hier unten den Katakomben eines Horrorfilms immer ähnlicher zu werden.

»In den Plänen des Schlosses ist dieser Bereich nicht verzeichnet«, sagte Jerry, der hinter mir ging.

»Deshalb ist es ja auch ein Geheimgang«, meinte Fatima. Das hörte sich völlig logisch an. Aber das ungute Gefühl, das Jerrys Bemerkung in mir verursacht hatte, blieb bestehen.

»Schwefeldampf und Todeskampf«, fabulierte Master Cuthbert mit heiserem Husten.

»Fieberdelirium«, konstatierte Sebastiano. »Er muss dringend ins Bett.«

»Es stinkt wirklich widerlich nach Schwefel«, sagte Fatima. »Ist das nicht giftig, wenn man zu viel davon einatmet?«

»Es könnte eine heiße Quelle sein«, meinte Walter eifrig. »Das könnte auch den Geruch und die steigende Wärme erklären. Mein Großvater besuchte einst solche Quellen, er hat mir davon erzählt.« Er hielt inne und lauschte. »Habt ihr das auch gehört?«

Ich blieb stehen. »Was denn?«

»Da! Eben hörte ich es wieder! Jemand ruft um Hilfe!«

Sebastiano befahl allen, still zu sein. Wir verharrten abwartend und spitzten die Ohren, und tatsächlich, von weither ertönte ein schwacher Hilferuf.

»Das ist Großvater!«, rief Walter aufgeregt. »Es ist seine Stimme!«

»Ja«, sagte Sebastiano langsam. »Du hast recht.« Er suchte meinen Blick. Über die rauchende Fackel hinweg sahen wir einander in stummer Zwiesprache an und dachten dasselbe: Es könnte eine Falle sein.

Walter hatte sich bereits in Bewegung gesetzt. »Wir müssen nach ihm suchen! Er ist in Not!« Und schon war er um die nächste Ecke gebogen.

»Walter!«, rief ich bestürzt. »Komm zurück!«

Doch er blieb verschwunden. Ich warf Sebastiano einen verzweifelten Blick zu. Er verstand sofort. Wir konnten Walter nicht einfach schutzlos gehen lassen!

»Ihr wartet hier«, sagte er. »Ich bin gleich zurück.«

»Nein«, sagte ich entsetzt – nicht nur darüber, dass er sich allein an Walters Fersen heften wollte, sondern hauptsächlich deshalb, weil mein Nacken plötzlich juckte. Und es war ein *schlimmes* Jucken. Das Perfide daran war nur – ich wusste nicht, ob es juckte, weil Sebastiano sich in Gefahr begab, oder deshalb, weil es eine Bedrohung bedeutete, dass ich ohne ihn hierblieb. Oder andersherum gefragt: War er dort in Gefahr oder ich hier?

Für das Dilemma gab es nur eine Lösung – ich musste ihm folgen. Ganz egal, wer von uns beiden sich auf Schlimmes gefasst machen musste: Ich wollte es mit ihm gemeinsam durchstehen. Wenn ihm irgendetwas passierte, würde ich es mir sonst niemals verzeihen können, untätig geblieben zu sein.

»Ihr wartet hier«, wiederholte ich kurz entschlossen Sebastianos Worte. »Ich bin gleich zurück.«

»Das hättest du wohl gern«, sagte Jerry. »Ohne uns läuft hier gar nichts mehr.«

»Korrekt«, pflichtete Ole ihm bei. »Wo ihr hingeht, gehen auch wir hin.«

»In diesem Fall bin ich ausnahmsweise ganz deiner Meinung«, erklärte Fatima.

»Wir gehen unter gar keinen Umständen wieder zurück«, widersprach der Häftling, der sich vorhin über Master Cuthberts mangelndes Orientierungsvermögen beschwert hatte und der anscheinend zugleich der Wortführer der anderen war. »Ihr könnt gern umkehren, wenn ihr wollt. Wir gehen weiter.« Zu Master Cuthbert sagte er aufmunternd: »Kommt, Sir, ich stütze

Euch. Ihr zeigt uns den Weg. Gerade vorhin habt Ihr doch gesagt, dass wir bald da sind. Haben wir es noch weit?«

»Krähenherz und Folterschmerz«, krächzte Master Cuthbert.

»Ihr sprecht im Fieberwahn. Wo geht es lang? Links oder rechts?«

Das war das Letzte, was ich von der Gruppe der Zurückbleibenden hörte, ehe ich rasch in die Richtung lief, in der zuerst Walter und dann Sebastiano verschwunden waren. Ole, Fatima und Jerry folgten mir auf dem Fuße. Ich war getrieben von der Angst, dass wir uns im Gewirr der seltsam verschachtelten Gänge verliefen, aber dann hörte ich von weiter vorn Sebastiano rufen. »Geht zur Seite, Mylord! Ich versuche, die Tür einzutreten!« Unmittelbar darauf folgten ein gewaltiges Krachen und dann ein Bersten wie von splitterndem Holz.

Als wir um die nächste Ecke bogen, sahen wir ihn gerade noch über die zerschmetterte Tür des Verlieses hinweg in die Zelle stürmen, dicht gefolgt von Walter, der die Fackel hielt.

»Großvater!«, rief er. Seine Stimme zitterte vor unterdrückten Emotionen.

»Ich kenne Euch nicht, junger Bursche, aber Ihr seid offenbar von freundlichem Wesen«, hörten wir Lord Wykes mit dünner, kraftloser Stimme antworten. »Schon deshalb, weil Ihr einer meiner Retter seid.«

»Du hast uns doch erzählt, er hätte dich bei eurer letzten Begegnung wiedererkannt«, sagte Sebastiano.

»Hat er ja auch«, sagte Walter verwirrt.

»Um warum jetzt auf einmal nicht mehr?«

»Ich weiß es nicht.«

Jerry hielt mich an der Schulter fest und sah mich fragend

an. Mir war klar, was er wissen wollte. Unwillkürlich fasste ich mir in den Nacken und schüttelte den Kopf. Zu meiner grenzenlosen Erleichterung hatte das Jucken nachgelassen. Ganz weg war es nicht, aber es bestand keine unmittelbare Gefahr mehr. Meine Entscheidung, Sebastiano zu folgen, hatte sich als richtig erwiesen.

Gemeinsam mit den anderen stand ich vor der nun türlosen Zelle und sah Walters verstörten Gesichtsausdruck. Auch Sebastiano sah aus, als würde er dem Braten nicht trauen. Zwischen seinen Brauen hatte sich eine tiefe Grübelfalte gebildet. Ihm war anzumerken, dass er auf der Hut war.

»Sollte ich diesen jungen Burschen denn kennen?«, erkundigte Lord Wykes sich verwirrt. »Ich sitze zwar schon seit etwa vier Wochen in diesem Loch, und mein Gesamtzustand ist nach dieser unmenschlichen Haft wahrlich nicht der beste. Aber auf mein Gedächtnis halte ich nach wie vor große Stücke.«

Er sah furchtbar aus. Abgemagert, heruntergekommen und verdreckt kauerte er in einer Ecke und blickte uns aus blutunterlaufenen Augen an.

»Von ihm geht keine Gefahr aus«, sagte ich. »Nimm ihm die Ketten ab, Walter.«

»Ich bin Euch zu tiefstem Dank verpflichtet«, meinte Lord Wykes, während er sich die zerschundenen Fußknöchel massierte. Er musste Schlimmes durchgestanden haben. Seine Zelle war noch um einiges kleiner und niedriger als jene, in der Sebastiano die Nacht verbracht hatte. Genau genommen sah sie aus wie die Zelle in meinem Traum. Dem Traum, in dem Lord Wykes in einer Ecke des Verlieses vor sich hinvegetiert und gleichzeitig hinter mir gestanden hatte. Unwillkürlich blickte ich über die Schulter zurück, aber da waren nur Ole, Fatima und Jerry.

»Könnt Ihr laufen?«, wollte Sebastiano von Lord Wykes wissen.

»Bis ans Ende der Welt, wenn es sein muss.« Mit Walters Hilfe rappelte der alte Mann sich mühsam vom Boden hoch.

»Nun, dann werden wir Euch wohl mitnehmen müssen.« Sebastianos Tonfall sagte mir, dass er immer noch eine Falle witterte. Wäre es nach ihm gegangen, hätten wir Lord Wykes einfach hier zurückgelassen und wären ohne ihn weiter gezogen.

»Walter, du kannst ihn beim Gehen stützen«, empfahl ich.

»Das tue ich gern.« In Walters Augen standen Tränen. Er liebte seinen Großvater aufrichtig. Für ihn musste es sehr schmerzlich sein, ihn so leiden zu sehen, ganz zu schweigen davon, dass er für den alten Mann ein Fremder war.

Blieb natürlich noch die Frage, wie Lord Wykes gesund und munter im Schloss herumlaufen und sich beim König einschleimen, aber gleichzeitig vier Wochen lang hier unten im Knast hocken konnte. Gerade so, als würde es ihn doppelt geben. Die Verbindung zu meinem Traum war nicht zu übersehen. Eine schreckliche Ahnung machte sich in mir breit.

»Wir müssen weiter«, sagte Sebastiano ungeduldig. »Es kann nicht mehr lange dauern, bis die Wachen den Kerkermeister entdecken und nach uns suchen.«

Er übernahm die Führung, während Ole wieder die Nachhut bildete. So schnell es uns mit dem geschwächten, nur stolpernd vorankommenden Lord Wykes möglich war, liefen wir zurück zu der Stelle, wo wir uns von Master Cuthbert und den übrigen getrennt hatten. Von ihnen war keiner mehr zu sehen. Sie hatten sich längst vom Acker gemacht.

»Hoffentlich finden wir ohne Master Cuthbert überhaupt

hier raus«, sagte Jerry besorgt. »Diese Gänge sind das reinste Labyrinth. Ich habe das Gefühl, wir bewegen uns dauernd im Kreis.«

»Horcht!«, sagte Walter. »Habt ihr das auch gehört?«

»Von wo kam es?«, wollte Sebastiano wissen.

»Von vorn.«

Anscheinend hatte Walter von uns allen die feinsten Ohren, denn schon wieder hatte er als Erster etwas Ungewöhnliches vernommen.

Wir gingen etwas langsamer und lauschten. Nun hörte ich es ebenfalls. Eine Art Heulen, das wie aus weiter Ferne herübertönte, fast zu leise, um wahrgenommen zu werden. Es war ein Geräusch, von dem man nicht sagen konnte, ob es von Menschen oder Tieren stammte. Oder vielleicht sogar von ganz anderen Wesen. Es klang irgendwie … hungrig. Mein Nacken schien von einem Moment zum anderen förmlich in Flammen zu stehen. Ich wollte etwas sagen, aber mein Hals war ausgetrocknet wie nach einem langen Marsch durch die Wüste. Jetzt merkte ich auch, wie heiß es auf einmal war – die Temperatur um uns herum schien sich schlagartig verdoppelt zu haben. Ein übelriechender Hitzeschwall schlug uns entgegen, und plötzlich war die Luft von einem unirdischen Summen erfüllt.

»Das ist ein *Portal*!«, flüsterte Jerry. »Es ist offen. Oh mein Gott, der Schwefelgestank, diese Hitze – das kommt von da!«

»Löscht sofort die Fackeln«, befahl Sebastiano. Die anderen beeilten sich, seiner Anweisung Folge zu leisten. Um uns herum erlosch das Licht. Doch es war nicht völlig dunkel. Rechts von uns drang aus einer Abzweigung ein phosphoreszierendes Glimmen hervor, das typische Licht, das beim Öffnen eines Zeitportals entstand, nur war dieses hier nicht weiß, sondern rötlich.

»Wir hauen ab«, informierte Sebastiano uns leise. »Langsam. Schritt für Schritt. Tastet euch an der Wand entlang, wenn ihr nichts seht.«

»Augenblick mal«, meinte Ole. »Ist das überhaupt der richtige Weg? Hier sind wir doch gar nicht hergekommen.«

»Egal. Hauptsache weg von hier.«

»Krötendreck und Höllenschreck«, krächzte es neben uns aus der Dunkelheit.

»Um Himmels willen, das ist Master Cuthbert«, wisperte ich. Fast wäre ich über ihn gefallen. Er hockte mit angezogenen Beinen an der Wand.

»Hat man Euch zurückgelassen?«, erkundigte ich mich flüsternd, während ich ihm mit Jerrys Hilfe auf die Beine half. Er glühte wie ein Backofen. Konnte ein Mensch so hohes Fieber haben? »Wo sind die anderen?«

Er nieste und erwischte mich voll im Gesicht. »Alle aufgefressen«, sagte er dann lapidar. »Bis auf die Gedärme. Die mögen sie nicht.«

Ich wischte mir die Tröpfchen von seiner Niesattacke ab. Ob das noch der Fieberwahn war? Nach Lage der Dinge wollte ich nicht meine Hand dafür ins Feuer legen, zumal ich vorhin ein paarmal auf etwas … Glitschiges getreten war. Mir wurde schlecht.

»Wovon zum Teufel redet er da?«, wollte Jerry wissen.

»Was hat er denn gesagt?«, fragte Fatima neugierig.

»Da kommt jemand«, flüsterte Walter mit vor Angst zitternder Stimme.

»Ich höre nichts«, sagte Ole.

»Pst, seid doch mal alle still!«, zischte Fatima. »Wie soll man etwas hören, wenn ihr ständig redet?!«

Ich musste nichts hören, denn ich wusste es auch so. Mein Nacken bescheinigte mir das Herannahen einer tödlichen Gefahr. Falls ich daran noch irgendwelche Zweifel gehabt hätte, verflogen sie spätestens in dem Moment, als ich die näher kommenden Stimmen vernahm.

»Wir müssen weg«, sagte ich leise zu den anderen. »So schnell wir können.«

»Zu spät. Wir müssen uns verstecken.« Master Cuthbert packte mich in einer unerwarteten Aufwallung geistiger Klarheit am Ärmel. »Rasch! Hier hinein!« Mit erstaunlicher Kraft zerrte er mich hinter sich her und drängte mich in einen stockfinsteren Seitengang, der sich jedoch nach wenigen Schritten als Sackgasse entpuppte. Wahrscheinlich hatte der Raum schon als Verlies gedient, denn an den Wänden konnte ich eingemauerte Ringe zum Befestigen von Ketten ertasten. Und unter meinen Füßen spürte ich geborstenes Holz. Es dauerte einen Moment, bis ich begriff, dass wir uns in der Zelle von Lord Wykes befanden. Irgendwie mussten wir auf unserem Irrweg durch die Gewölbe wieder hierhergelangt sein.

»Alle rein hier«, hörte ich Sebastiano leise sagen. Er war dicht bei mir. Von den anderen war nicht viel zu sehen, nur schwache Umrisse, die sich vor dem rötlichen Widerschein des in der Nähe befindlichen Portals abhoben. Es schien die ganze Zeit offen zu sein, ihm musste eine unglaubliche Macht innewohnen.

Die anderen drängten sich um mich herum. Wir mussten die Köpfe einziehen, weil wir uns sonst an der niedrigen Decke gestoßen hätten.

»Ole, hilf mir die Tür aufzuheben«, befahl Sebastiano. Gemeinsam wuchteten die Männer die schwere Holztür hoch und stellten sie senkrecht vor die Öffnung. Sie kriegten es nicht ganz genau hin, auf einer Seite blieb ein fingerbreiter Spalt, aber da es so finster war, würde es hoffentlich reichen, uns abzuschirmen. Fragte sich nur, vor wem.

Lord Wykes murmelte ein Vaterunser vor sich hin.

»Keine Angst, Großvater«, flüsterte Walter. »Wir sind alle bei dir und lassen nicht zu, dass dir ein Leid geschieht.«

»Kein Laut mehr, wenn ihr leben wollt«, zischte Master Cuthbert. Dann musste er husten, aber er hielt sich die Hand vor den Mund, um das Geräusch zu dämpfen. Ich betete im Stillen, dass er damit aufhörte, bevor wer auch immer hier vorbeikam.

Durch den Spalt konnte ich einen Teil des Gangs sehen. Fackellicht näherte sich und warf huschende Schatten auf die verwitterten Steinwände. Gleich darauf kamen drei Gestalten um die Ecke gebogen. Der Mann, der mit der Fackel in der Hand vorausging, war Anthony, der Kammerdiener des jüngst verstorbenen Lord Howard. Gleich hinter ihm folgte Barnaby, der bucklige Hofnarr. Den Abschluss des kleinen Zuges bildete Lord Wykes. Ich schnappte unwillkürlich nach Luft und presste mir die Hand auf den Mund, um den Überraschungslaut zu unterdrücken, der mir um ein Haar entwichen wäre. Sebastiano, der dicht hinter mir stand und über meinen Kopf hinwegspähen konnte, drückte fest meine Schulter – er sah dasselbe wie ich. Lord Wykes befand sich hier in der Zelle, er hockte irgendwo hinter uns auf dem Boden seines ehemaligen Gefängnisses. Gleichzeitig spazierte er gerade draußen den Gang entlang. Ich hatte längst begriffen, dass die Wahrheit ebenso banal wie einfach war: Der Lord Wykes da draußen war gar nicht Lord Wykes, sondern jemand anders, der sich für ihn ausgab.

Der Schock traf mich mit voller Wucht, als er vor dem Spalt vorbeiging und ich für den Bruchteil einer Sekunde einen Blick in seine kalten Augen erhaschte, denn in diesem Moment erkannte ich ihn wieder. Es gab unter den Alten wohl kaum jemanden, der die Kunst der Tarnung, Verwandlung und Täuschung so gut beherrschte wie er.

Der Mann draußen auf dem Gang war Mr Fitzjohn.

Teil 3

Wir warteten mit angehaltenem Atem, bis Mr Fitzjohn mitsamt Barnaby und Anthony weitergegangen waren und die Schritte der Männer auf dem Gang allmählich verhallten. Danach dauerte es noch eine ganze Weile, bis der rötliche Lichtschein versiegte und der Schwefelgestank nachließ. Erst dann wagten wir uns aus der Deckung und zündeten zwei der weggeworfenen Fackeln an. In dem Gang, aus dem das Glimmen gekommen war, deutete nichts auf übernatürliche Erscheinungen hin. Es lagen auch keine Gedärme oder ähnlich grausige Hinterlassenschaften herum. Der Schreck steckte uns trotzdem in den Gliedern, kaum einer machte den Mund auf, schon aus Sorge, dass vielleicht noch irgendwer (oder irgendetwas?) in der Nähe lauerte und uns hörte.

Sebastiano und ich waren die Einzigen, die durch den Spalt gesehen hatten, wer dort entlanggegangen war, aber wir hielten es für besser, dieses Wissen vorläufig für uns zu behalten. Wir mussten erst mal selbst begreifen, was Mr Fitzjohns plötzliches Auftauchen zu bedeuten hatte.

Unser Schweigen gab unterdessen den anderen reichlich Gelegenheit, ihrer Fantasie freien Lauf zu lassen.

»Ob es Höllenwesen waren, die dort an unserem Versteck vorbeigekommen sind?«, überlegte Walter. Er schnaufte vernehmlich unter der Last seines Großvaters, der kaum bei Bewusstsein war und mehr von ihm mitgeschleift wurde, als aus eigener Kraft zu gehen.

»Die Hölle existiert nicht«, sagte Sebastiano kurz angebunden. »Sie ist ein Ammenmärchen.« Er selbst schwitzte ebenfalls vor Anstrengung, denn er schleppte den armen Master Cuthbert mit, der ebenfalls zu schwach zum Laufen war. Nach der vorübergehenden Anwandlung von Umsicht, mit der er uns in das Versteck gelotst hatte, war er wieder ins Fieberdelirium gefallen und brabbelte sinnentleerte Sätze vor sich hin.

»Und woher kam der Schwefelgestank vorhin?«, wollte Fatima wissen. Wie ich trug sie eine der Fackeln, mit denen wir uns den Weg durch die Dunkelheit des anscheinend unendlich verzweigten Kellerlabyrinths ausleuchteten.

»Ich sagte doch schon, dass irgendwer hier unten Schwarzpulver herstellt«, erklärte Sebastiano. »Wahrscheinlich lagern in einem der Gewölbe ein paar Säcke von dem Zeug und verpesten die Luft.«

»Schwefelduft ist Teufelsluft«, sagte Master Cuthbert mit Reibeisenstimme.

Fatima stach unvermittelt mit der Fackel in die Luft. »Wir werden niemals hier herausfinden«, rief sie zornig. »An dieser Stelle sind wir schon einmal vorbeigekommen. Seht doch, mein Tuch. Ich habe es vor einer Weile fallen lassen, um Gewissheit zu erlangen. Und jetzt sind wir wieder hier! So kann es nicht weitergehen!«

»Wir brauchen einen Kompass«, sagte Sebastiano. Er blieb stehen und ließ den armen Master Cuthbert auf dem Boden Platz nehmen. Auch die anderen nutzten dankbar die Gelegenheit zu einer kurzen Rast. Lord Wykes lehnte sich gegen die Wand und schloss erschöpft die Augen. Lange würde er die Strapazen dieses anstrengenden Marsches nicht mehr mitmachen können.

»So einen Kompass wie in unseren Computerspielen?«, wollte Ole interessiert wissen.

»So ähnlich«, sagte Jerry. »Quasi eine Basisversion.«

»Ich weiß, was ein Kompass ist«, meldete sich Walter. »Aber ist es nicht sehr kompliziert, einen zu bauen?«

»Seht zu und lernt, dann wisst ihr beim nächsten Mal, wie es geht.« Jerry verwandelte sich aus dem Stand in eine Art Pfadfinderausbilder. »Zuerst brauche ich etwas Wasser und ein Gefäß.«

Ole hatte einen kleinen Trinkschlauch mit Ale dabei (das tat es auch), und Fatima stellte ihre runde, fest gewebte Haube als Behältnis zur Verfügung. Eine Haarnadel von ihr gab es als Dreingabe dazu, während Walter ein Stück von seiner Schuhsohle beisteuerte, auf dem die Nadel in der mit Ale gefüllten Haube schwimmen und sich nach Norden ausrichten sollte.

Während Jerry aus diesen Zutaten einen Schwimmkompass bastelte, wobei er die Nadel mithilfe seines Essdolchs magnetisierte, nahm Sebastiano mich möglichst unauffällig beiseite. Wir zogen uns ein paar Schritte von den anderen zurück, sodass wir wenigstens miteinander flüstern konnten, ohne dass uns jemand zuhörte. Er schloss mich für einen Moment fest in die Arme und sah mich dann eindringlich an.

»Wie geht es dir?«

»Jetzt wieder besser«, sagte ich. »Und was ist mit dir?«

»Wieder auf der Höhe, abgesehen davon, dass ich eine Dusche vertragen könnte und Hunger habe wie ein Bär.«

»Oje.« Daran hatte ich überhaupt nicht gedacht. »Wir hätten was zu essen einpacken sollen!«

»Das hat Zeit. Erst mal müssen wir aus diesem Keller raus. Und dann ganz aus der Gegend verschwinden. Dafür brauchen wir allerdings einen Plan.«

»Ich hoffe, du hast ein paar Ideen«, sagte ich ehrlich. »Meine eigene Planung reichte nämlich nur bis zu deiner Befreiung. Dass wir hier stundenlang in einer Art Labyrinth festsitzen und uns vor Mr Fitzjohn verstecken müssen, hatte ich nicht auf dem Schirm. Von diesem nach Schwefel stinkenden … Phänomen ganz zu schweigen.« Um ein Haar hätte ich *Höllenschlund* gesagt, aber ich wollte keine Spekulationen anstellen. Solange es nette, wissenschaftliche Namen für schreckliche Dinge gab, konnte man sich einreden, dass es nur halb so schlimm war. Zögernd fragte ich: »Was meinst du, ob deine vier Mitgefangenen einen Weg nach draußen gefunden haben?«

»Ich wünschte, ich wüsste es.«

»Die Nadel dreht sich wie verrückt«, hörte ich Ole sagen. »Als wäre Norden überall.«

»Oder nirgends«, meinte Jerry. Es klang sehr verunsichert.

»Pst«, zischte es hinter mir. »Ihr braucht meine Hilfe, sonst seid Ihr so gut wie tot.«

Ich wollte mich zu der Stimme umdrehen, aber Sebastiano packte mich und schob mich hinter sich. »Eine falsche Bewegung, und *Ihr* seid des Todes«, verkündete er angriffslustig. »Lasst Euch nicht davon täuschen, dass ich keine Waffe trage. Ich habe schon zahllose Männer mit bloßen Händen außer Gefecht gesetzt!«

»Das will ich gewiss nicht in Abrede stellen«, sagte Barnaby, der Hofnarr. Sein Tonfall war von ausgesuchter Höflichkeit. »Aber trotzdem werdet Ihr ohne meine Hilfe niemals aus diesem Keller herausfinden. Denn Ihr müsst wissen, dass es ihn in Wahrheit gar nicht gibt. Jedenfalls nicht in Eurer Welt.«

»In unserer Welt?«, wiederholte ich mit vor Entsetzen dünner Stimme, während ich hinter Sebastianos Rücken hervortrat.

Barnaby schenkte mir ein beruhigendes Zwinkern, als wären seine nächsten Informationen bloß eine unwichtige kleine Bagatelle. »Dieser Keller ist bereits Teil der Dämonenwelt. Einer der äußeren Kreise, um genau zu sein.«

Das war exakt der Moment, in dem solche tröstlichen wissenschaftlichen Bezeichnungen wie *Phänomen* oder *Manifestation* ihre beruhigende Wirkung schlagartig einbüßten. Ich wäre gern in Ohnmacht gefallen, doch ich wusste nicht, wie.

»Und mit Kreis *meine* ich Kreis«, fuhr Barnaby mit seinen Erklärungen fort. »Im Sinne von Bannkreis. Eine Art Zwischenwelt, wenn man so will. Ist man einmal drin, geht es nicht so leicht wieder hinaus. Außer man hat einen kundigen Führer, der zufällig den Weg kennt.« Er lächelte werbend. »Einen wie mich.«

»Ich traue Euch nicht«, teilte Sebastiano Barnaby knapp mit.

»Liegt es an meinen Warzen oder an meinen Witzen?«

»Es hat eher damit zu tun, mit welchen Leuten Ihr Euch herumtreibt«, erwiderte Sebastiano kühl.

Bedeutungsvoll fügte ich hinzu: »Wir haben Euch gesehen. Mit diesem Mann, den Ihr unter dem Namen Lord Wykes kennt.«

»Aber natürlich. Ich habe Euch ja auch gesehen, in Eurem Versteck. Oder vielmehr – gerochen. Sagte ich schon, dass ich eine sehr feine Nase habe?« Barnabys Nase zuckte bei diesen Worten und sah plötzlich noch mehr wie der Rüssel eines Schweins aus. »Und genau aus dem Grund bin ich auch zurückgekommen. Um Euch vor den Machenschaften dieses falschen Herrn zu beschützen, für den ich nicht länger tätig sein will. Wisst Ihr, es kommt selten vor, dass jemand wie ich eine Wahl hat. Aber nun, da sie sich mir bietet, packe ich die Gelegenheit beim Schopf und trage Euch meine Dienste an. Im Sinne einer längerfristigen Verpflichtung. Ihr werdet es nicht bereuen.«

»Und als was genau wollt Ihr uns dienen?«, fragte ich. »Etwa als Hofnarr?«

»Fürs Erste führe ich Euch aus dieser Zwischenwelt heraus. Danach … wer weiß. Ich könnte neue Witze lernen. Solche, die besser in Eure Zeit passen. Oder ich unterhalte Euch mit meinen Sangeskünsten. Meine Stimme umspannt mehrere Oktaven. Geige spielen und kochen kann ich auch. Ich habe viele Fähigkeiten. Und bitte nennt mich doch Barnaby.«

Ole näherte sich mit gezücktem Schwert. »Was will dieser Troll?«

»Uns helfen«, sagte Sebastiano langsam. Er schien fieberhaft nachzudenken. »Woher weißt du, dass wir nicht aus dieser Zeit stammen, Barnaby?«

»Ach, da, wo ich herkomme, schnappt man so dies und das auf«, erklärte Barnaby vage.

»Ich hatte dich schon einmal gefragt, woher du kommst«, sagte Sebastiano. »Du hast mir keine richtige Antwort darauf gegeben.«

»Tja, Ihr hättet mir vielleicht nicht geglaubt.«

Ich schluckte. »Kommst du etwa aus der … von *dorther*?« Mit dem Kopf deutete ich in die Richtung des Gangs, wo sich vor kaum einer Stunde unter schwefligem Gestank und rötlichem Glimmen das *Phänomen* aufgetan hatte.

»Wollen wir die Klärung dieser Frage nicht einfach auf später verschieben?«, fragte Barnaby leutselig. »Ich fürchte, sonst bleibt uns für einen Standortwechsel nicht mehr genügend Zeit.« Er zog eine Taschenuhr hervor und warf einen Blick darauf. »Hm, die Stunde ist fast vorbei. Ihr müsst wissen, dass sich das Portal in Intervallen öffnet. Und wer dann zufällig hier herumsteht …« Er machte eine Handbewegung, die ein bisschen so aussah wie ein zuschnappender Alligator.

Ole setzte ihm das Schwert an die Kehle. »Soll das eine Drohung sein, du buckliger Wicht?«

»Lass das«, sagte ich. »Von ihm geht keine Gefahr aus.«

»Sicher?«, fragte Sebastiano.

Ich nickte. Mein Nacken hatte sich bisher nicht gemeldet. Außerdem schien er die Wahrheit zu sagen. Ich wandte den Kopf und schnüffelte. Es fing wieder an, nach Schwefel zu stinken. Sebastiano roch es ebenfalls. Wir tauschten einen alarmierten Blick.

»Na gut, Barnaby«, erklärte Sebastiano. »Du bist engagiert. Bring uns auf dem schnellsten Wege hier raus.«

Nachdem geklärt war, dass Barnaby als unser Führer fungieren sollte, ging alles sehr schnell. Sebastiano zerrte Master Cuthbert auf die Beine, Walter und Jerry stützten Lord Wykes, Fatima und ich trugen die Fackeln, und Ole behielt Barnaby im Auge. Oder genauer: Er drückte ihm die Schwertspitze in den Rücken, nur für den Fall, dass er uns in einen Hinterhalt lockte. Auf diese Vorsichtsmaßnahme wollte Sebastiano nicht verzichten, und Ole schien genau die Art von Überzeugungskraft mitzubringen, vor der Barnaby Respekt hatte.

Der Hofnarr führte uns um drei Ecken, und dann standen wir plötzlich vor einer Tür. Ich hätte schwören können, dass wir schon ein halbes Dutzend Mal hier entlangmarschiert waren, ohne dass sich dort eine Tür befunden hatte, aber jetzt war sie da. Und sie war nicht mal abgeschlossen. Barnaby öffnete sie mit der größten Selbstverständlichkeit und bat uns, ihm zu folgen. Direkt hinter der Tür führte eine steile Stiege nach oben. Es war ziemlich beengt, von uns passte immer nur einer durch den schmalen Treppenschacht. Sebastiano hatte seine liebe Not, Master Cuthbert die Stufen hochzubugsieren, und für Walter und Jerry war es mit Lord Wykes im Schlepptau auch nicht viel einfacher. Ein ständiges unterdrücktes Fluchen und Stöhnen begleitete unseren Weg nach oben.

»Himmel, wie weit ist das denn noch?«, beschwerte sich Fatima.

»Wir sind gleich da«, sagte Barnaby. »Aber ich muss Euch zuvor noch über eine wichtige Sache in Kenntnis setzen. Nämlich darüber, wo dieser geheime Treppenaufgang endet.«

»Mein Schwert wird dein verlogenes Herz durchbohren, wenn dieser Weg uns nicht ans Ziel führt«, kündigte Ole an.

»Nun ja, Ziel – das müsste man erst mal begrifflich definieren«, meinte Barnaby.

»Mein Schwert wird es definieren, wenn es so weit ist«, informierte Ole ihn.

»Ich will es Euch ja erklären, bevor wir dort sind«, jammerte Barnaby. »Aber Ihr lasst mich nicht!«

»Raus mit der Sprache«, befahl Sebastiano ihm.

»Die Treppe mündet in einen weiteren Geheimgang. Und der führt geradewegs in die königlichen Gemächer. Oh, da sind wir ja schon.« Barnaby öffnete flink eine Tür, die unversehens vor uns auftauchte und das Ende der Treppe markierte. Er winkte uns in einen Gang, der deutlich luxuriöser aussah als die Kellergewölbe. Der Boden war sogar mit Teppichen ausgelegt, und man konnte auch ohne Fackellicht genug sehen. Im Mauerwerk waren in Abständen kleine Öffnungen eingelassen, durch die Tageslicht hereindrang.

»In welchen Bereich der königlichen Gemächer führt dieser Gang genau?«, wollte ich wissen.

»Ach, erwähnte ich das nicht?«

»Nein.«

»Äh … hm, bestimmt ist es völlig egal, um diese Tageszeit wird er gewiss woanders sein, deshalb können wir ganz unbesorgt …«

»Wo?«, fiel ich ihm ins Wort.

Barnaby öffnete eilfertig eine weitere Tür. »Da wären wir. Im Schlafzimmer seiner Majestät.«

Wir sahen sofort, dass Barnaby sich geirrt hatte. Nicht, was die Räumlichkeit an sich betraf – wir standen tatsächlich im königlichen Schlafgemach –, sondern in seiner Annahme, dass der König nicht anwesend sei. Heinrich war sogar sehr anwesend – er lag im Bett. Und er war nicht allein. Neben ihm ruhte eine Dame, die definitiv nicht seine aktuelle Ehefrau war. Zumindest *noch* nicht. Wenn mich nicht alles täuschte, würde sie demnächst seine Gattin Nummer fünf werden, sie sah den mir bekannten Porträts von Catherine Howard ziemlich ähnlich. Immerhin war der Zeitvertreib, dem die beiden sich gerade hingaben, nicht von der Sorte, die wirklich peinlich gewesen wäre (obwohl es auch so schon peinlich genug war) – Heinrich sang seiner Angebeteten etwas vor. Ich hatte gelesen, dass er seit jeher nicht nur mit Begeisterung Lieder komponierte und betextete, sondern sie auch mit Vorliebe selbst vortrug. Offenbar gab er sich diesem Hobby gerade voller Elan hin. Weil er so hingebungsvoll damit beschäftigt war, die Dame in seinem Bett mit einem Lied zu beglücken, merkte er zuerst gar nicht, dass eine ganze Schar unangemeldeter Besucher in seinem Schlafzimmer herumstand.

»Er hat ja wirklich eine ganz ordentliche Stimme«, bemerkte Jerry leise. »Ich dachte immer, das wären die Lobhudeleien gekaufter Chronisten.«

»Wir sollten schnell abhauen«, flüsterte ich. »Dann merkt er vielleicht gar nicht, dass wir hier waren.«

»Keine Chance«, gab Sebastiano ebenso leise zurück. »Alle Türen hier im Zimmer liegen in seinem Blickfeld.«

Nur nicht die, durch die wir hereingekommen waren. Seltsamerweise war sie überhaupt nicht mehr zu sehen. Dort, wo wir soeben diesen Raum betreten hatten, befand sich nun eine harmlos aussehende Wandtäfelung.

»Mist«, sagte Jerry. »Was machen wir denn jetzt?«

Barnaby trat vor und fing an zu singen. Er traf exakt den Ton einer perfekten Zweitstimme, die klangvoll und melodisch den sonoren Bariton des Königs untermalte. Der König war anscheinend zu überrascht, um mit seinem Gesang aufzuhören. Vielleicht war er aber auch einfach nur betört von Barnabys Gesang. Wir alle waren es. Er hatte wirklich eine absolut fulminante Stimme. Es hörte sich an wie beim Gänsehaut-Auftritt von Paul Potts bei *Britain's got Talent*.

Der König sang aus voller Kehle weiter, und Barnabys begleitende Stimme umjubelte und umschmeichelte den königlichen Song mit einer Hingabe und Effizienz, die ein goldenes Licht der Liebe rund um das gewaltige Himmelbett zum Erstrahlen zu bringen schien. Als das wundervolle Duett schließlich endete, hatte der König Tränen in den Augen. Auch die Frau seiner Träume (wer immer sie auch war) weinte vor Ergriffenheit.

Jerry fing an, Beifall zu klatschen, und wir anderen fielen stürmisch in den Applaus ein.

»Bei Gott, Barnaby!«, sagte der König voller Begeisterung. »Ich wusste gar nicht, dass du so schön singen kannst!«

»Nicht halb so schön wie Ihr, Euer Majestät.« Barnaby sank auf ein Knie und neigte das Haupt. »Eure Musikalität war der Leitstern meines bescheidenen Einsatzes.«

»Das müssen wir bald wiederholen!«, sagte der König. »Wie gut, dass du mein neuer Hofnarr bist!« Heinrich wirkte aufgeräumt und sehr zufrieden. Es schien ihn kein bisschen zu stören, dass ein Haufen Leute vor seinem Bett herumlungerte – im Gegenteil, es hatte ihm anscheinend gefallen, vor Publikum zu singen. Davon abgesehen waren solche Versammlungen vor königlichen Betten in historischer Zeit sowieso nichts Ungewöhnliches. Politik fand oft in den Schlafgemächern von Kaisern und Königen statt. Viele von ihnen hatten es gern warm und bequem, wenn sie über wichtige Regierungsgeschäfte redeten. Es hatte den Vorteil, dass sie sich direkt hinterher noch mal zu einem Schläfchen unter die Decke verkriechen konnten. Es gab sogar Majestäten, die ihren Beraterstab oder auswärtige Gesandten empfingen, während sie auf dem Klo saßen. Von daher erklärte sich vielleicht auch Heinrichs Gelassenheit.

Doch dann fiel sein Blick auf Lord Wykes.

»Du liebe Güte, seid Ihr das etwa, Wykes?«, fragte er erstaunt. »Was ist mit Euch geschehen? Heute beim Mittagsmahl wart Ihr doch noch putzmunter! Jetzt seht Ihr aus, als wäret Ihr unter die Räuber geraten!«

Lord Wykes stützte sich auf Walters Schulter ab. »Ihr habt mit einem Fremden gespeist. Ein Spion hat sich bei Hofe eingeschlichen und gibt sich für mich aus.«

Der König setzte sich trotz seiner Leibesfülle ruckartig auf und starrte ihn an. »Erklärt Euch!«

»Er hat mich entführen und einkerkern lassen, um sich in Eurer Nähe einnisten und dank seiner raffinierten Tarnung seine umstürzlerischen Pläne besser verwirklichen zu können.«

Der König verengte die Augen. »Woher weiß ich, dass es nicht umgekehrt ist? Dass nicht *Ihr* der falsche Wykes seid?«

»Fragt mich etwas, das nur ich selbst wissen kann. Und dann fragt beim nächsten Mal ihn dasselbe.«

Heinrich dachte kurz nach. »Was sagte ich zu Euch, als wir uns gestern über den anstehenden Umzug nach Whitehall unterhielten?«

»Das weiß ich leider nicht«, sagte Lord Wykes. »Ich saß gestern im Kerker. Genauso wie den ganzen vergangenen Monat. Fragt mich etwas aus der Zeit davor.«

»Ich weiß nichts, auf das nur Ihr die Antwort wisst«, versetzte der König. Seine gute Stimmung schien rapide zu verfliegen. Dann bemerkte er den bedauernswerten Master Cuthbert, den Sebastiano auf einen Hocker verfrachtet hatte, wo er mit herabhängendem Kopf vor sich hin fieberte.

»Ist das da etwa Cuthbert, mein Verwalter? Er sieht über alle Maßen mitgenommen aus. Wurde er ebenfalls eingekerkert und durch einen Spion ersetzt?« Heinrich kicherte, als fände er die Vorstellung höchst amüsant. Höflich stimmten wir in sein Lachen ein. Wenn der König scherzte, mussten alle es witzig finden.

»Ich weiß etwas, das nur wir beide beantworten können« meldete sich Lord Wykes noch einmal. »Was sagtet Ihr damals zu mir, als Ihr eine Locke in das Medaillon gesteckt habt, welches Mistress Boleyn auf dem Herzen getragen hat?«

»Ich will nichts über dieses Weibsstück hören«, brauste der König auf. »Oder wollt Ihr vielleicht das Schicksal der Hexe Boleyn teilen?«

»Nein, natürlich nicht. Verzeiht meine Taktlosigkeit, Euer Majestät«, sagte Lord Wykes demütig.

Der König besann sich. »Was sagte ich denn? Und wessen Locke war es?«

»Es war Euer eigenes Haar aus Eurer Kindheit. Und Ihr sagtet: Möge der Himmel mir diese Liebe auf ewig erhalten.«

Der König nickte abrupt, in düstere und zugleich schöne Erinnerungen versunken. »Bei Gott, wie sehr habe ich sie geliebt. Keine Frau vor ihr und keine nach ihr konnte mich zu so schwindelnden Höhen des Glücks führen. Und keine hat mich je in solch tiefe Verzweiflung gestürzt.« Er senkte den Kopf, dann herrschte er die Schönheit neben sich an: »Hol mir was zu essen. Und Culpepper soll kommen und mich ankleiden.«

»Aber …«

»Mach schon. Ich habe Hunger.«

Heinrichs Gespielin gehorchte ohne Widerworte, streifte sich einen seidenen Umhang über und huschte durch eine Seitentür aus dem Raum.

Dummerweise fiel der Blick des Königs als Nächstes auf Fatima. »Und wer bist du, schönes Kind?«

Fatima knickste geziert. »Mein Name ist Fatima, Euer Majestät. Ich bin die Zofe dieser hochwohlgeborenen Dame hier, Lady Foscary.«

»Ach ja«, sagte der König. Er runzelte die Stirn. »Kenne ich Euch?«, fragte er mich, ehe er sich an Sebastiano wandte. »Oder Euch und diese jungen Kerle da in Eurem Gefolge?«

»Ich fürchte, nicht«, sagte Sebastiano höflich. Im Fall des Königs konnten wir uns anscheinend auf den Zeitreise-Effekt bei Nichteingeweihten verlassen. Tief vergraben in seinem Unterbewusstsein hatte Heinrich vielleicht das Gefühl, uns von irgendwoher zu kennen, aber er konnte sich definitiv nicht an uns erinnern, genauso wenig wie Lord Wykes Walter als seinen Enkel wiedererkannte. Unser Aufbruch vor vier Wochen hatte uns zuverlässig aus seinem Gedächtnis gelöscht.

»Wie kommt Ihr überhaupt alle in mein Schlafgemach?«, wollte der König wissen. Seine Stimme nahm einen strengen Tonfall an. »Cuthbert, habt Ihr diese Leute etwa hier hereingelassen?«

Master Cuthbert hustete rasselnd. »Krötendreck und Mäusespeck.«

»Wie belieben?«, fragte der König stirnrunzelnd.

»Euer Majestät, dieser Mann ist schwerkrank«, sagte Sebastiano. »Er leidet unter enorm hohem Fieber.«

»Das beantwortet meine Frage nicht.«

»Wir waren zufällig im Keller Eures Schlosses.« Sebastiano fing an zu improvisieren, darin war er gut. »Wir wollten persönlich dafür Sorge tragen, dass der Wein, den wir als Geschenk für Eure Majestät mitgebracht hatten, dort einen gebührenden Platz findet. Bei dieser Gelegenheit erlitt Master Cuthbert einen Zusammenbruch. Wir wollten ihn auf schnellstem Wege zu Bett bringen.«

»Und da führte der schnellste Weg wohl zufällig durch mein Gemach.« Heinrich schüttelte belustigt den Kopf. »Ich sollte mich vielleicht öfter mal darum kümmern, wo all diese Geheimgänge enden, die es hier im Palast zu geben scheint.« Der König hatte offenbar Sinn für Humor, er war jedenfalls durchaus in der Lage, die komische Seite der ganzen Sache zu erkennen. Jedenfalls soweit er sich überhaupt noch darauf konzentrieren konnte. Ein Großteil seiner Aufmerksamkeit galt inzwischen Fatima. »Du bist ein liebreizendes Geschöpf, junge Fatima. Und dein Name … er gleicht eher einer orientalischen Orchidee als einer englischen Rose.«

Ich hatte den Eindruck, dass Fatima insgeheim die Augen verdrehte, aber sie spulte denselben Spruch runter wie beim letzten Mal. »Ich stamme tatsächlich aus dem Orient, Euer Majestät. Mein Vater war ein Kaufmann von der Schwarzmeerküste.«

»Wie hat es dich von dort in die Dienste von Lady Foscary verschlagen?«

»Meine Lady und mein Lord retteten mich einst aus den Fängen eines grausamen Sklavenhändlers.«

Bevor sie dieselbe Unterhaltung fortführen konnten wie beim letzten Mal, kam zum Glück Heinrichs Bettgenossin zurück. Ihr auf dem Fuße folgten ein Schönling von Kammerherr mit frischer Kleidung für den König sowie mehrere Diener, die tablettweise Essen hereinschleppten, welches sie gleich am Bett servierten. Heinrich machte sich ohne Umschweife darüber her. Wir nutzten die Gelegenheit, uns unter allerlei Verbeugungen und höflichen Empfehlungen aus dem Raum zu stehlen. Heinrich schien es egal zu sein, er hatte sich hingebungsvoll ins Futtern vertieft. Wir waren schon fast bei der Tür, als seine befehlsgewohnte Stimme uns innehalten ließ.

»Ihr habt Uns gut unterhalten«, teilte er uns mit vollem Mund und im *Pluralis Majestatis* mit. »Wir wünschen, Euch nächste Woche auf dem Ball in Whitehall zu sehen. Bringt Eure Zofe mit.«

Sebastiano bedankte sich höflich für die Einladung, und damit waren wir endlich entlassen.

Ich hatte die ganze Zeit über ein schwaches Jucken im Nacken verspürt – der Beweis, dass wir hier im Schloss weiterhin in Gefahr schwebten. Wir konnten nicht riskieren, länger hierzubleiben, also setzten wir alles daran, dass wir möglichst bald aufbrechen konnten. Nach außen hin wirkte unsere Abreise dennoch nicht überstürzt, denn gleichzeitig mit uns verließen auch andere Gäste Hampton Court. Der gesamte Hofstaat stand kurz vor dem Umzug in den Whitehall-Palast nach Westminster. Für die Leute war es Routine, denn der König besaß eine Menge Schlösser und nutzte sie gerne abwechselnd.

Barnaby erwies sich als überaus nützliche Verstärkung unserer Gruppe. Er sorgte dafür, dass Master Cuthbert ins Bett gesteckt wurde und endlich die dringend nötige Pflege erhielt, und außerdem beschaffte er uns einen fahrbaren Untersatz für unsere Reise nach London. Anders als auf der Hinfahrt stand uns nun eine bequeme Kutsche zur Verfügung, die von vier kräftigen Rössern gezogen wurde.

Während der Fahrt hatte ich den Vorhang ein Stück zurückgeschlagen und schaute in Gedanken versunken hinaus, während ich die Geschehnisse der letzten Stunden Revue passieren ließ.

Wir hatten den echten Lord Wykes aus dem Kerker geholt

und Mr Fitzjohn damit zum Rückzug gezwungen. Er war zusammen mit dem Kammerdiener Anthony verschwunden. Lord Howard war mittlerweile tot aufgefunden worden, und da sein Kammerdiener offensichtlich auf und davon war, unterstellte man ihm praktischerweise auch gleich den Mord. Anthony konnte sich folglich nicht mehr blicken lassen. Dasselbe galt für Mr Fitzjohn: Lord Wykes hatte seinen angestammten Platz als Berater des Königs wieder eingenommen. Mr Fitzjohn war somit aus dem Spiel.

Dennoch mussten wir damit rechnen, dass er beizeiten wieder auftauchen würde. Auch bei unserem letzten Abenteuer hatte er, nachdem wir ihn entlarvt hatten, wie eine Spinne in einem verborgenen Netz darauf gelauert, noch ein paar Trümpfe zum Einsatz zu bringen. Denn genau das war ja das Wandeln und Wirken zwischen den Zeiten für manche der Alten – ein großes strategisches Spiel. Für diese skrupellose Fraktion der Alten waren Bewahrer, Zeitwächter und Boten genau wie der Rest der Menschheit nichts weiter als Schachfiguren, die sie beliebig hin und her schieben konnten, und die Felder auf ihrem Spielbrett stellten die Jahrhunderte dar, in denen sie ihren unheilvollen Einfluss geltend machten. Sie manipulierten Herrscher, zettelten Kriege an, zerstörten die Ordnung des Zeitstroms. Harmonie und Gleichmaß waren ihnen zuwider, sie fanden Zerstreuung darin, alles durcheinanderzubringen.

Manche waren dabei auch getrieben von Rachegefühlen, weil sie mit anderen ihrer Art verfeindet waren und sich gegenseitig ausbooten wollten; einige hatten ihren Spaß daran, zu demonstrieren, dass sie gerissener und einfallsreicher waren als die Bewahrer, und wieder andere waren einfach bloß von Herrschsucht und Geltungsdrang besessen.

Bei Mr Fitzjohn war es wohl von allem etwas. Er würde garantiert nicht so schnell aufgeben. Doch diesmal würde er Zeit brauchen, um sich in der Umgebung des Königs eine neue Legende aufzubauen. Heinrich war jetzt auf der Hut, er würde jeden Einzelnen seiner Berater und hochgestellten Höflinge aufs Genaueste durchleuchten, und dabei würden, wie wir aus den Geschichtsbüchern wussten, tatsächlich noch einige prominente Köpfe rollen, ganz unabhängig davon, ob die Betreffenden wirklich eine Verschwörung geplant hatten oder nicht. Heinrich hatte eine geradezu paranoide Angst vor Betrug und umstürzlerischen Intrigen, und er sicherte sich gern nach allen Seiten ab, vorzugsweise mithilfe seines Scharfrichters.

Doch bei all diesen Überlegungen war mir klar, dass es Mr Fitzjohn um mehr ging als bloß um eine Machtposition am Hofe Heinrich des Achten. Die Stellung, die er sich dort hatte aufbauen wollen, war nur ein Mittel zum Zweck für seine eigentlichen Ziele. Und diese Ziele hatten mit *mir* zu tun. Ich selbst stand auf eine dunkle, rätselhafte Art im Zentrum seiner Pläne. Es ging um einen Schlüssel, den ich finden musste. Und auch das kleine Mädchen und der zukünftige Sebastiano waren geheimnisvolle Komponenten dieses undurchschaubaren Spiels. Mein Leben konnte davon abhängen, dass es uns gelang, diese Geheimnisse zu lüften.

Die Hochstimmung nach der gelungenen Befreiungsaktion war längst der Erkenntnis gewichen, dass unsere Probleme nicht mal ansatzweise gelöst waren. Ich hatte das Damoklesschwert, das über mir schwebte, nur für eine Weile aus den Augen verloren. Jetzt hatte ich es wieder im Blick. Und zugleich denjenigen, in dessen Hand es sich befand. Wir kannten endlich unseren Gegenspieler.

Und noch eins hatte ich begriffen – es funktionierte nicht, dass ich mich von Sebastiano fernhielt. Es würde niemals funktionieren, jedenfalls nicht dauerhaft. Ich spürte es mit einer so schlichten Selbstverständlichkeit, dass Zweifel daran gar nicht erst aufkommen konnten. Wir saßen Seite an Seite in der Kutsche, und seine Nähe und die tröstliche Wärme seines Körpers so dicht neben mir bestärkten mich mit jedem Atemzug und jeder Berührung in dem Wissen, dass wir für immer zusammengehörten. Er war die Liebe meines Lebens – er *war* mein Leben.

Es *musste* einfach einen Weg für uns beide geben, einen, der uns in eine gemeinsame Zukunft führte, auch wenn er momentan noch in einem Dickicht aus Rätseln und Unwägbarkeiten versteckt war.

Die Gedanken über versteckte Wege brachten mich wieder zu der Frage, was sich hinter diesem nach Schwefel stinkenden Portal im Keller von Hampton Court Palace verbarg. Allem Anschein nach hatte Mr Fitzjohn eine Weile in einer Art Dämonenreich zugebracht und dabei einen Weg gefunden, von einer Welt in die andere zu wechseln. Barnaby behauptete, er könne uns nicht mehr darüber verraten – wegen besagten Fluchs, der ihn am Reden hindere.

Ole hatte sich erboten, ihm die Wahrheit zu entreißen – er kenne da ein paar hilfreiche Methoden, jemanden zum Reden zu bringen –, aber das kam selbstverständlich nicht infrage.

Wir würden in unserer eigenen Trickkiste kramen müssen, um mehr herauszufinden. Doch wie auch immer wir es angingen – wir mussten auf der Hut sein.

In London waren wir auf uns gestellt, denn vor Ort gab es aktuell niemanden, der für die Unterstützung von Zeitwächtern zuständig war. Der hiesige Bote war im vergangenen Winter bei einem Brand ums Leben gekommen, und Master Cuthbert, der verbleibende Gehilfe in dieser Region, lag mit Grippe flach und würde wohl für mindestens eine Woche ausfallen. Wir konnten nur hoffen, dass sein Fieber bald sank und der scheußliche Husten keine Lungenentzündung nach sich zog.

Zum Glück reichten unsere Goldvorräte noch für eine halbwegs saubere und geräumige Unterkunft. Auch hierbei war Barnaby uns von unbestreitbarem Nutzen; es gelang ihm binnen kürzester Zeit, ein freies Haus in Westminster zu finden. Es lag nur einen Katzensprung von den Gärten entfernt, wo sich in der Zukunft Trafalgar Square befinden würde. Auch der Königspalast war ganz in der Nähe – für den Fall, dass wir tatsächlich Heinrichs Ball hätten besuchen wollen, hätten wir es gar nicht weit gehabt. Aber wir hatten nicht vor, so lange zu bleiben. Unser Plan sah vor, dass wir erst mal in unsere eigene Zeit zurücksprangen und dort in vertrauter (und hoffentlich sicherer) Umgebung darüber nachdachten, wie es weiterging. Vielleicht war ja auch José inzwischen wieder zurückgekehrt, dann wäre alles bedeutend einfacher.

Das Haus, das uns Barnaby besorgt hatte, hätten wir eigentlich gar nicht gebraucht, weil wir bereits in der kommenden Nacht ins einundzwanzigste Jahrhundert zurückreisen wollten. Doch wir hatten keine Gewähr dafür, dass das Portal auch außerhalb des Mondwechsels funktionierte. Es konnte sein, dass wir deswegen noch eine Weile hier festsaßen. Spätestens wenn wir versuchten, in unsere Zeit zurückzuspringen, würden wir es wissen. Und für den Fall, dass es nicht klappte, wollten wir ein

Dach über dem Kopf haben. Einzeln oder paarweise hätten wir sicher in irgendeinem Gasthaus Unterkunft finden können, aber für eine Gruppe von sieben Leuten wäre es vermutlich schwierig geworden. Außerdem hätten wir dabei womöglich unerwünschte Aufmerksamkeit erweckt, zumal einige von uns optisch aus jeder Menge hervorstachen und viele Blicke auf sich zogen. Fatima wurde von den Männern begafft, Ole von den Frauen und Barnaby von den Kindern. Letzteres nicht etwa, weil die Kinder Angst vor ihm gehabt hätten, im Gegenteil: Sie liefen ihm nach und wollten, dass er ihnen Kunststücke vorführte.

»Ich weiß nicht, woran es liegt«, sagte er. »Aber Kinder mögen mich.«

»Sie mögen deine Taschenspielertricks«, erklärte Jerry. »Vor allem, wenn du Bonbons hinter ihren Ohren hervorzauberst. Sie sind noch zu klein und naiv, um zu begreifen, dass du die Dinger im Ärmel versteckst.«

»Aber das stimmt nicht«, widersprach Barnaby. »Es ist wirklich Zauberei.«

»Ja, klar«, sagte Jerry gutmütig. »Du bist ein großartiger Sänger, ein großartiger Zauberer und ein großartiger Witzbold. Oh, ich vergaß – du kannst auch großartig Geige spielen. Was du natürlich noch unter Beweis stellen musst.«

»Jederzeit!«, versicherte Barnaby.

»Erinnere mich daran, sobald wir irgendwo eine Geige herumliegen sehen.«

Jerry mochte Barnaby, ganz im Gegensatz zu Ole, der von unausrottbarem Misstrauen gegenüber dem Hofnarren durchdrungen war. Er blieb beharrlich in Barnabys Nähe und hatte dabei meist die Hand am Waffengurt, als sei es ihm wichtig, im Ernstfall schnell das Schwert zum Einsatz bringen zu können.

Als ich Sebastiano darauf ansprach, räumte er ein, dass er selbst Ole darum gebeten hatte, Barnaby im Auge zu behalten.

»Ich traue diesem kleinen Witzbold nicht, ganz egal, wie schön er singen und Dinge organisieren kann. Dass wir ihn als Helfer angeheuert haben, war einer Notlage geschuldet. Bis jetzt hat er sich äußerst zuvorkommend verhalten. Aber das kann auch Taktik sein. Wer garantiert uns, dass er nicht immer noch mit Fitzjohn unter einer Decke steckt? Solange wir nicht wissen, woher er kommt, was er will und was er wirklich denkt, werde ich vorsichtig sein und ihn unter Beobachtung halten.«

Damit hatte er natürlich recht, auch wenn die Situation dadurch ziemlich angespannt war.

Das Haus, das uns vorübergehend als Quartier diente, war ein gutbürgerliches zweistöckiges Anwesen mit einem angebauten Hühnerstall, einem kleinen Gemüsegarten und einem eigenen Ziehbrunnen. Es gehörte einem Tuchhändler, der mit seiner Frau aufs Land gefahren war. Es wunderte mich, dass er sein Heim so bereitwillig an eine Gruppe völlig Fremder vermietet hatte, bis ich wenig später von Sebastiano erfuhr, wie viel Geld Barnaby dem Eigentümer geboten hatte. Bei dieser Summe würde wohl jeder mit Freuden sein Domizil räumen, um für ein paar Wochen mit Sack und Pack zu Verwandten zu ziehen.

»Aber so viel Gold hatten wir doch gar nicht mehr«, sagte ich erstaunt.

»Eben«, meinte Sebastiano schlicht. »Er hat es aus eigener Tasche bezahlt. Oder aus welcher auch immer.«

Danach konnte ich seinen Argwohn besser nachvollziehen. Barnaby hatte behauptet, über ausreichende finanzielle Mittel zu verfügen, doch als Sebastiano wissen wollte, woher die stammten, berief Barnaby sich prompt wieder auf den ominösen Fluch, der ihn am Reden hindere.

So kamen wir bei ihm nicht weiter.

Wir hätten ihn einfach wegschicken können, diese Möglichkeit stand uns natürlich jederzeit offen, doch Sebastiano wollte die Kontrolle über Barnabys Aktivitäten behalten. Falls er tatsächlich ein falsches Spiel spielte, würden wir auf diese Weise eher mitbekommen, was er plante. Und momentan war er das einzige Bindeglied zu Mr Fitzjohn, über dessen Pläne wir erst recht so viel wie möglich herausfinden wollten.

Davon abgesehen hielt sich mein Misstrauen gegen Barnaby in Grenzen. Anders als Sebastiano und Ole sorgte ich mich nicht, dass er ein heimtückisches Komplott ausheckte, denn ich hätte es gespürt, wenn Gefahr von ihm ausgegangen wäre. Sebastiano befürchtete zwar, dass Barnaby vielleicht auf irgendeine übernatürliche Art imstande sei, mein Nackenjucken zu unterdrücken, aber ich wusste, dass das nicht stimmte. Barnaby hatte vielleicht Geheimnisse (oder genauer: Er hatte *ganz sicher* welche), doch er war auch harmlos. Jedenfalls führte er nichts Böses gegen uns im Schilde.

Sebastiano seufzte, als ich ihm das sagte.

»Ach, Anna.«

»Was?«, gab ich zurück. »Findest du, dass ich zu vertrauensselig bin?«

»Nein, ich finde dich einfach nur zum Anbeißen.« Er streichelte sanft meine Wange. »Genau so, wie du bist.«

Ein wenig verzagt sah ich ihn an und hielt seine Hand auf meiner Wange fest. »Wir schaffen das doch alles, oder?«

»Das werden wir«, versprach er mir. »Bisher haben wir es immer hingekriegt, oder? Wir müssen nur dran glauben.«

Das tat ich auf jeden Fall. Was blieb mir auch übrig?

Um uns alle ein bisschen abzulenken, versuchte ich, den Rest des Tages mit etwas Bildung anzureichern. Schließlich sollten unsere Schützlinge möglichst viel lernen, und da wir nun schon hier in der Vergangenheit waren, bot sich die Gelegenheit an, ihnen was über diese Epoche beizubringen. Ich war zwar nicht wirklich in Unterrichtslaune, aber das war kein Grund, den Lehrerjob schleifen zu lassen. Also ging ich mit Fatima und Ole auf einen Spaziergang durch das London der Tudorzeit und erklärte ihnen den Baustil, die Mode und das innerstädtische Geschehen an praktischen Beispielen. Besonders interessiert wirkten die beiden allerdings nicht.

»Mal ehrlich«, sagte Fatima naserümpfend, nachdem wir uns durch das Menschengewimmel eines Markts gekämpft hatten. »Da waren wir damals in Konstantinopel schon weiter. Habt ihr gesehen, was sie hier an den Ständen verkaufen? Filzige Wolle, Schweinsköpfe und Holzschuhe. Bei uns auf dem Basar gab es ganze Ballen aus feinster Seide, Körbe voll edler Gewürze und Schuhe aus weichem Leder. Es gab parfümierte Öle und Seifen, Krüge aus Jade und Becher aus purem Gold.«

Damit konnte Ole nicht punkten, denn das Dorf, in dem er noch vor nicht allzu langer Zeit gelebt hatte, war bloß eine Ansammlung von einem Dutzend primitiver Holzhäuser, die sich die Anwohner mit ihren Nutztieren teilten, um es in den eisigen nordischen Nächten etwas wärmer zu haben. Für die Beleuchtung verbrannte man stinkenden Tran, und gegen die Kälte hängte man sich stinkende Felle um. Und um einen größeren Markt zu besuchen, musste man zuerst das halbe Land durchqueren. Der zivilisatorische Unterschied zwischen Fatima und Ole hätte gewaltiger nicht sein können.

Leider ließ Fatima kaum eine Gelegenheit aus, Ole das spüren zu lassen.

»Dir muss es hier im Vergleich zu deiner Heimat natürlich sehr fortschrittlich vorkommen«, sagte sie zu ihm.

Es war nicht zu übersehen, dass ihre Bemerkung ihn ärgerte, aber er schwieg.

Fatima setzte noch eins drauf. »Mir war es schon die ganze Zeit schleierhaft, wie man mit Schweinen und Schafen im selben Haus leben kann. Das muss doch infernalisch stinken!«

Ja, das tat es. Ich hatte es aus nächster Nähe gerochen, als Sebastiano und ich Ole rekrutiert hatten. Aber ich hielt es für klüger, das unerwähnt zu lassen. Es gab kaum ein Thema, auf das Ole so sensibel reagierte. Wenn es um Hygiene und Gerüche ging, war er äußerst empfindsam. Er hatte, man konnte es gar nicht anders sagen, seit seiner Ankunft in unserer Zeit einen regelrechten Körperpflegewahn entwickelt. Er duschte zweimal täglich, verbrauchte Unmengen von Shampoo und Deo, und am liebsten hätte er sich auch mehrmals täglich saubere Sachen angezogen, vorzugsweise frisch gebügelt und nach Weichspüler duftend. Es war beinahe so, als wollte er den ganzen Dreck und Gestank seines früheren Lebens immer und immer wieder wegwaschen.

»Findest du meinen Geruch etwa abstoßend?«, fragte er ruppig.

»Was? Nein!«, sagte Fatima überrascht. »Wie kommst du denn darauf?« Sie runzelte die Stirn. »Eigentlich riechst du sogar sehr gut.«

Er musterte sie mit verengten Augen. »Du machst dich über mich lustig.«

»Wieso unterstellst du mir das?«

»Ich habe mich seit zwei Tagen nicht gewaschen.«

»Wirklich?« Fatima hielt inne und schien zu schnuppern, dann schüttelte sie den Kopf. »Du riechst trotzdem nicht übel.«

»Du auch nicht«, entfuhr es ihm. Dann presste er die Lippen zusammen, als würde es ihn ärgern, dass ihm diese Bemerkung herausgerutscht war.

Doch Fatima hatte es sowieso nicht mitbekommen, denn sie wurde von dem Geschehen abgelenkt, das sich auf dem vor uns liegenden Platz abspielte. Zwei Büttel zerrten einen dürren, ängstlich aussehenden Mann hinter sich her, dem man Kopf und Hände mit zwei zusammengebundenen Brettern fixiert hatte, sodass er hilflos dazwischen gefangen war. Er wurde an einem Pfahl festgebunden. Alle Vorübergehenden konnten ihn nun nach Herzenslust bespucken und verhöhnen, wovon einige auch sogleich eifrig Gebrauch machten.

»Was soll dieser Unfug?«, wollte Ole wissen.

Ich seufzte, denn ich fand den ganzen Vorgang schrecklich entwürdigend, ganz egal, was der Mann angestellt hatte. Das war eine der Schattenseiten unserer Besuche in früheren Zeiten. Solchen rabiaten Gebräuchen standen wir machtlos gegenüber. »Das nennt sich Pranger. Es ist eine Strafe.«

»Wofür?«

»Meist für harmlosere Delikte. Prügeleien, Beleidigungen, kleine Betrügereien.«

»Und was passiert mit den Räubern? Stimmt es, dass man ihnen bei lebendigem Leib die Gedärme herausreißt?«

»Ach, darüber reden wir einfach ein andermal«, schlug ich fröhlich vor, denn mir wurde schon beim bloßen Gedanken daran ganz flau im Magen.

Allerdings mochte das auch damit zusammenhängen, dass

wir gerade an der Werkstatt eines Seifensieders vorbeikamen. Dem blubbernden Kessel entstiegen stinkende Dampfwolken und verpesteten die Luft. Um Seife zu erzeugen, musste zuerst der Rohstoff hergestellt werden, und der bestand aus Knochen und anderen Schlachtabfällen, die stundenlang zu einem zähflüssigen, übelriechenden Schleim einkochen mussten.

Mein Bedürfnis nach weiterem Anschauungsunterricht war gedeckt. »Ich glaube, wir gehen jetzt lieber wieder zum Haus zurück, was meint ihr? Es ist bald Zeit fürs Abendbrot, und heute Nacht geht es ja auch schon wieder heim nach Venedig.«

Die beiden hatten keine Einwände. Wenn es nach ihnen gegangen wäre, hätten wir schon längst wieder zurückspringen können. Sie wollten duschen, fernsehen und ins Internet. Genau wie ich.

Auf dem Rückweg kauften wir an einem Straßenstand ein paar Pasteten zum Abendessen, aber wie sich herausstellte, wäre das gar nicht nötig gewesen – Barnaby hatte für uns alle eine Mahlzeit zubereitet. Als ich mit Fatima und Ole eintraf, war er gerade mit dem Kochen fertig. Wir konnten uns direkt an den gedeckten Tisch setzen.

Es gab saftigen Rinderbraten mit perfekter Kruste, selbst gemachte Pasta und geschmortes Gemüse.

»Mehr war mir mit den einfachen Zutaten in der kurzen Zeit leider nicht möglich«, meinte Barnaby bescheiden.

»Es schmeckt ausgezeichnet«, sagte ich überrascht. Das war keine Schmeichelei. Ein Sternekoch hätte es nicht besser hinkriegen können.

»Scheint so, als wäre Barnaby tatsächlich ein großartiger Koch«, sagte Jerry grinsend.

Ole warf Barnaby einen argwöhnischen Blick zu. Möglicherweise fragte er sich, wo genau Barnaby das Kochen gelernt hatte. Und vor allem, *für wen* er dort gekocht hatte. Ich selbst fragte mich das ebenfalls, aber bevor meine Fantasie Purzelbäume schlagen konnte, lenkte ich das Gespräch lieber auf ein Thema, das unverfänglicher war.

»Was hast du mit Jerry denn da Schönes gebaut, Walter?« Ich deutete auf das Wandbord hinter mir, wo eine technisch aussehende Apparatur stand, die Ähnlichkeit mit einem Aquarium aufwies, nur dass nicht Fische darin schwammen, sondern kleine Glasballons. Walter und Jerry hatten sich in irgendwelche Tüfteleien gestürzt, während ich mit Ole und Fatima die Stadt besichtigt hatte.

»Ein Galileo-Thermometer«, sagte Walter stolz. »Die Ballons sind mit unterschiedlichen Gemischen von Flüssigkeiten gefüllt, die leichter sind als Wasser, deshalb schwimmen sie und können je nach ihrer Höhe die Temperatur anzeigen.«

»Natürlich brauchen wir für richtige Messanzeigen noch ein paar Referenzwerte«, sagte Jerry.

»Ist Galileo überhaupt schon geboren?«, fragte Sebastiano.

»Nein«, sagte Jerry. »Aber das spielt keine Rolle, weil er es in Wahrheit gar nicht erfunden hat. Es wurde nur nach ihm benannt, weil er als Erster wissenschaftlich beschrieben hat, dass sich die Dichte von Flüssigkeiten mit der Temperatur ändert.«

»Das hätte ich schon als kleines Kind beschreiben können«, warf Ole ein. »Jeder weiß, dass Wasser ein Gefäß zum Bersten bringen kann, wenn es gefriert. Also dehnt sich Wasser bei Kälte aus.«

»Dann muss es sich auch bei Hitze ausdehnen«, sagte Fatima. »Denn kocht Wasser in einem fest verschlossenen Topf, drückt es den Deckel weg.«

»Unser Thermometer macht sich das Archimedische Prinzip zunutze, bei dem Stoffe von unterschiedlicher Dichte eine unterschiedliche Steig- und Sinkkraft in Flüssigkeit aufweisen«, erklärte Walter.

»Unglaublich, was ihr alles wisst!« Ich blickte begeistert in die Runde. Wie klug und lernbegierig unsere Schüler waren!

Barnaby schien sich ein bisschen zurückgesetzt zu fühlen. »Ich könnte euch zur Entspannung nach dem Essen mit meiner Sangeskunst unterhalten.«

»Ein andermal«, wehrte Sebastiano ab. »Wir sollten uns jetzt alle ein bisschen ausruhen. Sobald es richtig dunkel ist, machen wir uns auf den Weg zum Portal.«

»Ich freue mich schon sehr auf das Leben in der Zukunft!«, sagte Barnaby eifrig.

»Du kommst nicht mit uns«, teilte Ole ihm herablassend mit. Barnaby warf zuerst mir und dann Sebastiano einen flehenden Blick zu, doch Sebastiano schüttelte ablehnend den Kopf.

»Ole hat recht. In unserem Leben ist kein Platz für dich. Ich hoffe, du hast dir darüber keine Illusionen gemacht. Bisher gab es überall dort, wo du aufgetaucht bist, nichts als Ärger, und das ist wirklich das Letzte, was wir brauchen können. Von deiner ungeklärten Beziehung zu Fitzjohn will ich gar nicht erst reden.«

»Mit anderen Worten, dir ist leider nicht so ganz zu trauen, alter Junge«, sagte Jerry nicht ohne Bedauern. »Das musst du verstehen. Wer freiwillig mit Fitzjohn abhängt, steht für uns zwingend unter Generalverdacht.«

»Deine Auslagen für uns bekommst du natürlich erstattet«, sagte ich rasch. »Da, wo wir herkommen, haben wir noch genug Gold vorrätig, das lassen wir dir bei nächster Gelegenheit zukommen.«

Tieftraurig ließ Barnaby den Kopf hängen.

Die restliche Mahlzeit verlief in angespanntem Schweigen.

»Ich glaube, diese Zurückweisung hat ihn sehr gekränkt«, sagte ich zu Sebastiano, nachdem wir beide uns in die Abgeschiedenheit unserer Schlafkammer im Obergeschoss zurückgezogen hatten. »Er hat anscheinend erwartet, dass er mit uns kommen kann.«

»Klar hat er das. Aber er muss verrückt sein, wenn er glaubt, dass wir ihn mitnehmen.«

»Er erscheint mir so … harmlos!«

»Das ist vielleicht der Trick an der ganzen Sache. Du weißt, wie abgebrüht Fitzjohn ist. Es könnte Teil seines Plans sein, dass wir uns erweichen lassen und Barnaby mitnehmen, damit der uns fleißig ausspionieren und hinterher seinem Herrn und Meister über alles Bericht erstatten kann.«

»Ich hatte den Eindruck, dass Barnaby sich wirklich von Fitzjohn losgesagt hat. Mir kam es sogar so vor, als sei er von Anfang an nur sehr widerwillig in seine Dienste getreten.«

»Sagt dir dein Nacken neuerdings auch, ob jemand lügt oder die Wahrheit sagt?«, erkundigte Sebastiano sich mit dem Anflug eines Lächelns. »Oder beruht das eher auf deiner Menschenkenntnis?«

So, wie er es sagte, klang es nach einem Synonym für *Leichtgläubigkeit*. Ein bisschen beleidigt setzte ich mich in den Lehnstuhl, der neben dem geöffneten Fenster stand. Draußen vorm Haus sah ich Barnaby, der einigen Nachbarskindern seine Zauberkunststückchen vorführte. Er hatte innerhalb kürzester Zeit eine Menge kleiner Fans gewonnen. Sie staunten mit offenem Mund, als er ein großes schwarzes Tuch schwenkte und plötzlich ein halbes Dutzend weißer Tauben darunter hervorflatterte.

»He, das ist wirklich richtig gut«, staunte ich. »Er könnte öffentlich damit auftreten!«

»Umso besser. Dann müssen wir kein schlechtes Gewissen haben, dass wir ihn hierlassen. Als Zauberkünstler hätte er jederzeit sein Auskommen.«

»Ich weiß nicht. In dieser Zeit können die Leute so was leicht mit Hexerei verwechseln.«

»Dann kann er immer noch als Koch oder Sänger jobben. Er wird schon klarkommen.«

»Interessiert dich denn gar nicht, was für ein Mensch er ist?«, fragte ich verwundert. »Möchtest du nicht mehr über seinen persönlichen Hintergrund erfahren?«

»Ich habe eine ziemlich genaue Vorstellung davon.«

»Wirklich?« Ich war überrascht. »Welche denn?«

»Er ist natürlich einer von den Alten.«

Verblüfft sah ich Sebastiano an. »Wie um alles in der Welt kommst du denn *darauf*?«

»Weil alles darauf hindeutet und weil es die einzige plausible Erklärung ist.« Sebastiano zählte die einzelnen Punkte an den Fingern ab. »Die Sperre wirkt nicht bei ihm. Jerry konnte ihm sogar einen Song von den Beatles vorsingen. Und diese Stimme – für mich hört sich das an, als hätte er mindestens tausend Jahre lang daran gearbeitet. Kein Normalsterblicher kann so singen. Ich wette, sein Geigenspiel fällt auch in diese Kategorie.«

»Und kochen kann er auch ganz ausgezeichnet«, meinte ich nachdenklich. Tatsächlich war an Sebastianos Theorie einiges dran. Das würde auch erklären, wieso Barnaby Mr Fitzjohn kannte.

»Und was hat es deiner Meinung nach mit diesem … *Phänomen* im Schlosskeller auf sich?«, fragte ich. »Da ist definitiv ein Portal!«

»Das bestreite ich doch gar nicht. Aber die Behauptung, es führe in eine Dämonenwelt, war natürlich ausgemachter Blödsinn. Das hat Barnaby nur gesagt, um uns ordentlich Angst einzujagen, damit wir ihn als Scout anheuern. Er hat einfach einen Vorwand gebraucht, damit er sich an unsere Fersen heften konnte.« Sebastiano grinste. »*Dämonen. Bannkreis. Zwischenwelt.* Ehrlich, hast du ihm diesen Schwachsinn wirklich abgekauft?«

»Aber wir haben doch alle den Schwefelgestank gerochen! Und außerdem war es *heiß*!«

»Und was schließt du daraus?«, fragte Sebastiano mit einer Mischung aus Zärtlichkeit und Belustigung. »Dass sich da unten im Keller von Hampton Court ein Portal zur … *Hölle* befindet?« Er machte eine dramatische kleine Pause vor dem Wort und ließ es absichtlich Furcht einflößend klingen.

Ich nickte stumm und kam mir ein bisschen dämlich vor.

»Das hast du die ganze Zeit echt geglaubt, oder?« Es klang mitleidig.

Ich nickte abermals und kam mir noch dämlicher vor. Sebastiano zog mich von dem Stuhl hoch und umarmte mich fest.

»Anna, du bist so unglaublich süß! Und ich bin verrückt nach dir. Keine Ahnung, wie ich es die ganze Zeit aushalte, die Finger von dir zu lassen!«

Im ersten Impuls wollte ich mich an ihn schmiegen, denn es fühlte sich unfassbar gut an, von ihm gehalten zu werden. Doch dann schob ich ihn ein Stück von mir weg.

»Okay«, sagte ich. »Dann bin ich jetzt sehr gespannt auf *deine* Theorie über das … *Phänomen.*«

»Ich tippe auf das Präkambrium. Sehr heiß, gigantische Vulkanausbrüche, viel Kohlendioxid in der Atmosphäre, außerdem Methan, Ammoniak, Schwefelwasserstoff …«

»Präkambrium?«, wiederholte ich perplex.

»Du weißt schon, die erdgeschichtliche Frühzeit, als die Erde sich erst entwickelte. So vor schätzungsweise drei bis vier Milliarden Jahren.«

»Ich weiß, was das Präkambrium ist. Aber …« Ich verstummte, denn mir fielen keine Gegenargumente ein.

»Es war der Anfang der Zeit, wenn man so will«, erklärte Sebastiano. »Anscheinend gibt es über ein Portal eine Verbindung dorthin.«

»Der Anfang der Zeit«, wiederholte ich langsam. Ich ließ es quasi auf der Zunge zergehen, denn es klang irgendwie … vernünftig. Plausibel und wissenschaftlich und vor allem sehr viel beruhigender als alles, was ich mir bis eben unter dem *Phänomen* vorgestellt hatte. Meine Erleichterung ließ sich kaum beschreiben. »Dann ist das mit der Dämonenwelt wohl wirklich Quatsch.«

»Aber so was von«, stimmte Sebastiano zu.

Ich umschlang ihn mit beiden Armen. »Ich bin ja so froh! Du kannst dir nicht vorstellen, wie sehr es mich belastet hat, dass da vielleicht irgendwo eine abartige Höllenwelt existiert, in der gefräßige Dämonen herumlaufen! Ich habe wirklich geglaubt, diese vier Männer, mit denen du im Verlies gesessen hast, wären irgendwie … verschlungen worden.«

»Sind sie vermutlich auch. Aber nicht so, wie du es dir vorgestellt hast. Wahrscheinlich sind sie einfach durch das Portal gelaufen und jetzt für immer in der Frühzeit der Erdgeschichte verschollen.«

Ich erschauderte. Die armen Männer!

Damit war zum Glück wenigstens dieses Rätsel gelöst.

»Anna, wir haben noch ein bisschen Zeit, bis wir aufbrechen müssen.«

»Ja, und?«

Sebastiano neigte den Kopf und küsste meinen Hals. Ich erschauerte erneut, aber diesmal vor Sehnsucht. »Wir sollten das besser nicht tun«, protestierte ich schwach.

»Nur ein Kuss.«

Gegen einen Kuss ließ sich nicht viel einwenden. Küssen war schließlich fast so harmlos wie Händchenhalten.

Ich kam erst wieder zur Besinnung, als wir beide mit ineinander verschlungenen Gliedmaßen auf dem Bett lagen, halb ausgezogen und so schwer atmend, als wären wir gerade im Begriff, den Weltrekord im 100-Meter-Sprint zu brechen – und dabei von einem lauten Klopfen an der Tür gestört wurden.

Oh mein Gott! Ich setzte mich hastig auf und zog mir mit zitternden Händen das Kleid zurecht. Das wäre beinahe schiefgegangen!

Was mit einem harmlosen Kuss losging (na ja, er war nicht wirklich harmlos gewesen, es hatte keinen Sinn, das runterspielen zu wollen), konnte exakt mit der Sache enden, die wir beide unbedingt vermeiden mussten. Jetzt begriff ich, was der zukünftige Sebastiano mit *vom Hals halten* gemeint hatte. Ich konnte mir selber nicht trauen!

Das Klopfen an der Tür hörte nicht auf.

»Wer ist da?«, rief Sebastiano ungeduldig. Er sprang aus dem Bett und riss die Tür auf.

Draußen stand Barnaby. »Verzeiht die Störung. Aber ich glaube, wir müssen reden.«

»Ich wüsste nicht, worüber. Es ist alles gesagt.«

Barnaby hüstelte und senkte die Lider über seine großen Glubschaugen. »Es ist vielleicht an der Zeit, einige Dinge klarzustellen. Beispielsweise über euren Feind, Mr Fitzjohn. Mir liegt nämlich viel daran, dass ich mit euch kommen kann.«

Sebastiano starrte ihn an. »Und wie willst du das erreichen?«

»Indem ich euch, so gut es geht, die Wahrheit sage.«

»Wir sind ganz Ohr.«

»Zuerst möchte ich mit dieser fantastischen Theorie aufräumen, dass man durch das Portal in Hampton Court ins Präkambrium gelangt.«

»Du hast uns belauscht!«, sagte ich entrüstet. Ich war ebenfalls aus dem Bett gestiegen und prüfte unauffällig, ob meine Kleidung wieder richtig saß.

»Das kommt auf die Betrachtungsweise an. Viele Dinge höre ich einfach von allein. Erwähnte ich schon, dass ich sehr feine Ohren habe?«

»Nein, du sprachst nur über deine feine Nase«, antwortete ich.

Sebastiano warf mir einen entnervten Blick zu, ehe er sich wieder mit drohender Miene an Barnaby wandte. »Ich hoffe, du hast ein paar gute Argumente dafür, dass du dein *feines* Ohr an die Tür gehalten hast! Sonst könnte ich sehr ungemütlich werden!«

»Ich sagte doch, ich habe nicht …« Barnaby sah die Gewitterwolken in Sebastianos Gesicht und zog leicht den Kopf ein. »Na schön, dann habe ich eben gelauscht. Aber das ändert nichts daran, dass es falsch ist!« Er hielt inne. »Nein, verflixt, das war falsch. Ich meinte *nicht*, dass das Lauschen falsch war. Sondern das, was ich belauscht habe. Äh, rein zufällig gehört habe.«

»Anna, kannst du für einen Moment rausgehen?«, fragte Sebastiano. »Ich möchte nicht, dass du zusehen musst, wie ich diesen lästigen Störenfried aus dem Fenster schmeiße.«

Barnaby wich mit ängstlichem Blick zurück.

»Keine Sorge«, beruhigte ich ihn. »Das würde er niemals tun.«

»Da wäre ich mir nicht zu sicher«, meinte Barnaby zweifelnd.

»Ich würde gern hören, warum die Theorie über das Präkambrium falsch sein soll«, sagte ich freundlich.

Sebastiano gab einen Laut des Unwillens von sich, aber das ignorierte ich, denn ich wollte *wirklich* wissen, was Barnaby dazu zu sagen hatte.

»Weil ich selbst der Welt hinter dem Portal entstamme und weiß, dass es sich nicht um ein frühes Erdzeitalter handelt. Sondern um ein Dämonenreich.«

»Das reicht«, teilte Sebastiano ihm mit. »Entweder verschwindest du jetzt durch diese Tür hier oder du nimmst den kürzeren Weg durchs Fenster.«

»Ich kann es beweisen«, sagte Barnaby eilig.

»Indem du tausend Eide schwörst oder so was? Vergiss es.«

»Nein, ich habe richtige Beweise. Sozusagen handfeste.«

»Ach. Und was ist mit dem Fluch, der dich angeblich daran hindert, Einzelheiten über deine Herkunft zu erzählen?«

»Ich habe an höherer Stelle eine Art Teildispens erwirkt.«

»Und das bedeutet?«

»Einiges kann ich euch erzählen. Anderes nicht.«

»Dann erzähl das Einige. Und behalte dabei ruhig das Fenster im Auge, denn es könnte dir schneller zum Verhängnis werden, als du denkst.«

»Also zunächst einmal – ich bin keiner der Alten, wie ihr irrtümlich glaubt.«

»Aha. Dann willst du uns allen Ernstes weismachen, du seist ein gewöhnlicher Mensch?«

»Nein, natürlich nicht. Denn das bin ich nicht.«

»Nicht?«, hakte ich verunsichert nach.

Barnaby schüttelte den Kopf. »Ich fürchte, was ich euch gleich sage, könnte euch vielleicht ein bisschen aufregen. Am besten setzt ihr euch beide auf das Bett. Für den Fall, dass einer von euch in Ohnmacht fällt.«

»Mir reicht's«, sagte Sebastiano zornig. »Du bist uns lange genug auf die Nerven gegangen. Raus jetzt. Verschwinde endlich, oder ich helfe nach.«

»Warte«, sagte Barnaby schnell. »Ich zeig's euch rasch. Beispielsweise das da.« Er zog seinen rechten Stiefel aus.

Das da war ein Huf.

»Oder das hier.« Er nahm seine Kappe ab, und zum Vorschein kamen Hörner.

Diesmal gelang es mir problemlos, in Ohnmacht zu fallen.

Zum Glück war Sebastiano so geistesgegenwärtig, mich aufzufangen, obwohl er mir später sagte, dass er in dem Augenblick zum ersten Mal in seinem Leben ebenfalls vor Schreck fast umgekippt wäre.

Barnaby hatte auch Flügel, die er uns zeigte, als ich nach ein paar Klapsern ins Gesicht wieder zu mir gekommen war. Sie waren ordentlich unter seiner Jacke zusammengefaltet, an der Stelle, die wie ein Buckel ausgesehen hatte. Es waren schwarze, ledrige Schwingen mit einer Spannweite, die von einer Wand des Zimmers zur anderen reichte. Um ein Haar wäre ich gleich noch mal in Ohnmacht gefallen. Sebastiano hielt mich zwar fest, aber trotzdem war ich kurz vorm Wegsacken.

»Bist du der Teufel?«, flüsterte ich benommen. »Der schreckliche Fürst der Finsternis?«

»Nicht doch.« Barnaby kicherte. »Ich bin nur ein ganz kleines Licht. Ein niederer Dämon aus dem siebten Kreis der Hölle.«

»Also gibt es die Hölle«, sagte Sebastiano. Es klang zutiefst erschüttert.

»Nun ja, manche von euch nennen es so. Ich erfahre erst allmählich, wie viele Mythen und Legenden sich um unsere Welt ranken. Dabei ist es eigentlich nur so eine Art abgelegenes Universum, jedenfalls von hier aus betrachtet. Es gibt ein paar Portale, aber die sind größtenteils ohne unser Zutun entstanden. Sie wurden entweder von den Alten oder von Menschen gemacht.«

»Menschen können auch Portale errichten?«, fragte Sebastiano ungläubig.

»Manche schon. Sogar viel bessere. Aber das wird sich erst in eurer Zukunft ereignen, deshalb kann ich euch darüber nichts sagen.«

»Wegen des Fluchs?«, wollte Sebastiano wissen. Es klang deutlich weniger skeptisch als zuvor.

»Ganz recht.«

»Na gut. Du bist also ein Dämon. Es gibt eine ... Dämonenwelt. Und was sollen wir jetzt mit diesem Wissen anfangen?« Sebastiano sah Barnaby gefasst an. »Was *willst* du überhaupt von uns?«

Barnaby wirkte überrascht. »Aber das habe ich euch doch schon mehrmals gesagt! Natürlich will ich euch helfen! Ich bin euer Beschützer!«

Er ließ uns noch einige weitere Informationen zuteilwerden, die wichtig für uns waren, da sie Mr Fitzjohn betrafen. Der war, nachdem wir ihn aus dem Jahr 1813 verbannt hatten, tatsächlich unfreiwillig in der Dämonenwelt gelandet. Dort hatte er sich dann jedoch nicht nur erstaunlich gut etabliert, sondern sich sogar mit einem höhergestellten Dämon namens Behemoth angefreundet, wobei Barnaby allerdings nicht ganz ausschließen wollte, dass die beiden sich womöglich von früher kannten. Jedenfalls hatte dieser Behemoth es Mr Fitzjohn ermöglicht, wieder in die Menschenwelt zurückzukehren. Dafür hatte er ihm die Benutzung des Portals gestattet, das nach Hampton Court führte. Damit alles reibungslos funktionierte, hatte er ihm Barnaby als Diener zur Seite gestellt, denn nur in Begleitung eines autorisierten Dämons war ein Durchtritt möglich, weil das Portal von speziellen Wächterdämonen geschützt wurde.

»Leider kommt es dabei immer wieder zu Interferenzen«, sagte Barnaby. »Wenn das Portal sich öffnet, entstehen Kräfte, die in beide Richtungen wirken.«

»Sind die vier Gefangenen während so einer Interferenz zufällig von diesen … Wächterdämonen erwischt worden?«, fragte ich. Dann hob ich schnell die Hand. »Ich will keine Einzelheiten, mir reicht ein Nicken.«

Barnaby nickte.

Ich holte tief Luft und versuchte mein Entsetzen zu verdrängen. Zugleich machte sich Erleichterung in mir breit, dass wir selbst diesem grausigen Schicksal entronnen waren. Da hatten wir ja wohl enormes Glück gehabt!

»Wie kannst du Mr Fitzjohns Diener sein, aber uns gleichzeitig beschützen wollen?«, stellte ich die Frage, die sich mir logischerweise als Nächstes aufdrängte. »Du weißt doch, dass er unser Feind ist.«

»Ich wollte nie Mr Fitzjohns Diener sein, aber als Behemoths Untergebener kann man keine freien Entscheidungen treffen. Das wurde erst anders, als ich diese Welt betrat. Plötzlich konnte ich wählen. Und ich traf meine Wahl.«

»Wer erteilte dir den Auftrag, uns zu beschützen? Und wovor genau?«

»Das gehört leider zu den verbotenen Informationen«, sagte Barnaby bedauernd.

Da war offenbar wieder der ominöse Fluch im Weg. Wichtig war an der ganzen Sache wohl, dass wir Barnaby mit in unsere Zeit nahmen, jedenfalls betonte er das immer wieder. »Wenn ich nicht bei euch bin, können schreckliche Dinge passieren!«

»Und welche zum Beispiel?«, wollte Sebastiano wissen.

»Es steht mir nicht frei, euch das zu sagen.«

»Aber es hat mit Mr Fitzjohn zu tun?«

»Mit ihm und mit anderen Gefahren.«

»Ach, es gibt noch andere Gefahren. Über die du uns aber natürlich nichts sagen darfst, was?«

Barnaby zuckte nur mit den ledrigen Flügeln, die er wieder

zu kleinen Bündeln zusammengefaltet und unter der Jacke versteckt hatte.

»Es sind aber Gefahren, die in der Zukunft auf uns lauern, oder?«, hakte Sebastiano nach. »Denn sonst wäre es ja völlig überflüssig, dass du uns dorthin begleitest.«

»Ganz recht«, stimmte Barnaby zu. »Dort warten Gefahren.«

»Dann wäre es doch vielleicht klüger, wenn wir vorerst hierbleiben, oder nicht?« Sebastiano warf Barnaby einen herausfordernden Blick zu. »Denn wenn die Gefahren in unserer Zeit auf uns lauern, wären wir hier zweifellos besser aufgehoben.«

Ich konnte ihn für seine raffinierte Fragetechnik nur bewundern. Jetzt würde dieser seltsame kleine Dämon Farbe bekennen müssen, wenn er nicht wollte, dass seine gesamten Aussagen wie ein Kartenhaus in sich zusammenfielen!

Barnaby seufzte und ließ den Kopf hängen. Dann glubschte er uns traurig an. »Ich will doch einfach bloß mit. Wenn ich hier in dieser Epoche bleibe, ist mein Schicksal vorgezeichnet. Bei Hofe muss ich mit dem dicken König singen und ihn bespaßen bis zum Überdruss, und zwischendurch muss ich Mr Fitzjohn dienen, wann immer er es befiehlt. Wenn alles vorbei ist und er seine Ziele erreicht hat, darf ich dann wieder bis ans Ende der Ewigkeit meinem Herrn und Meister Behemoth in der Dämonenwelt die Pantoffeln holen.« Er hielt inne, dann berichtigte er sich: »Die Sache mit den Pantoffeln ist nur eine Metapher.«

»Schon klar«, sagte Sebastiano geistesabwesend. »Der Kerl hat ja sicher Hufe.«

»In der Tat.«

Nachdenklich blickte Sebastiano den traurig dreinschauenden kleinen Dämon an. »Welche Ziele verfolgt Mr Fitzjohn eigentlich genau? Was weißt du darüber?«

»Er will einen Schlüssel in seinen Besitz bringen.«

»Und du weißt nicht zufällig, wo dieser Schlüssel sich befindet?«

»In der Zukunft«, sagte Barnaby.

»Du meinst, in unserer Zeit? In Venedig?«

»Ganz recht.«

»Und wo genau?«

»Er befindet sich in eurer Reichweite.«

»Heißt das, wir haben ihn schon irgendwo herumliegen und wissen es nur nicht? Du weißt nicht zufällig, wo wir ihn suchen sollen, oder?«

»Das kann nur die Zeit euch sagen.«

Sebastiano stöhnte frustriert.

Ich versuchte selbst mein Glück. »Angenommen, Mr Fitzjohn verfolgt uns in unsere Zeit – könnte er den Schlüssel dort vor uns finden?«

»Nein, das steht nicht in seiner Macht.«

Das klang doch schon mal ziemlich beruhigend.

»Wenn Mr Fitzjohn uns nicht in unsere Zeit folgen kann, gibt es eigentlich keinen plausiblen Grund, dich mitzunehmen«, befand Sebastiano. »Denn wenn er nicht dorthin kann, muss uns auch keiner vor ihm beschützen.«

»Ich sagte nicht, dass ihr dort vor ihm sicher seid. Sondern nur, dass er den Schlüssel nicht vor euch finden kann.«

»Na gut, dann erkläre uns doch bitte mal, was du genau für uns tun kannst, wenn wir dich mitnehmen«, warf ich ein. »Ich meine, welchen messbaren Mehrwert hätten wir von deiner Anwesenheit?« Einschränkend fügte ich hinzu: »Abgesehen von deinen Koch- und Gesangskünsten.«

»Ach, ich dachte schon, ihr fragt mich das nie.« Barnaby

wirkte erleichtert. »Ich kann die anderen Dämonen erkennen und eliminieren. Ganz egal, welche Gestalt sie annehmen – mir entgeht keiner.«

Sebastiano und ich wechselten einen zutiefst beunruhigten Blick. »Welche anderen Dämonen?«, wollte er von Barnaby wissen.

»Alle, die hinter euch her sind.«

Nach dieser scheinbar so beiläufig hingeworfenen Bemerkung Barnabys bestand natürlich noch mehr Erklärungsbedarf. Sebastiano ruhte nicht eher, bis er ihm weitere wichtige Informationen aus der Nase gezogen hatte. Anscheinend besaß besagter Behemoth ein ganzes Gefolge von dämonischen Sklaven, von denen er Mr Fitzjohn ein paar als zusätzliche Handlanger ausgeborgt hatte. Laut Barnaby waren die meisten völlig unwichtig (was schon etwas heißen wollte, weil er sich selbst für eines der niedersten Wesen der gesamten Dämonenwelt hielt) und besaßen obendrein auch kaum irgendwelche nennenswerten Fähigkeiten. Keiner von ihnen konnte beispielsweise singen oder Geige spielen, geschweige denn kochen. Die meisten konnten nicht mal sprechen. Das Einzige, was sie alle ziemlich gut beherrschten und worin sie Barnaby übertrafen, war die persönliche Tarnung – manche waren offenbar sogar so eine Art Gestaltwandler. Barnaby jagte uns mit seinen Erzählungen eine Heidenangst ein, die erst ein wenig nachließ, als er damit herausrückte, dass besagte Dämonen nicht etwa hinter uns her waren, um uns zu entführen und über Schwefelfeuer zu rösten, sondern zur Spionage, damit Mr Fitzjohn nichts verpasste. Vor allem nicht den Moment, in dem wir den Schlüssel fanden.

»Barnaby, hast du eine Ahnung, was es mit diesem Schlüssel eigentlich auf sich hat?«, fragte ich ihn. »Welche Türen kann man damit öffnen? Wohin kann man damit gelangen?«

»Überallhin«, sagte Barnaby schlicht. »Es ist ein magischer *Passepartout.*«

»Was meinst du damit?«

»Der Schlüssel öffnet alle Portale in alle Zeiten, an allen Orten, wo es einem beliebt. Und er kann Durchgänge zwischen den Welten schaffen, wo immer und wann immer man es will. *Dauerhafte* Durchgänge«, schloss Barnaby mit ehrfürchtiger Betonung.

»Na toll«, sagte Sebastiano. »Dann können sämtliche Dämonen aus deiner Welt hier jeden Tag zum Frühstücken vorbeischauen, oder wie?«

Ich sah ihn entsetzt an und wartete darauf, dass Barnaby ihm widersprach und ein Witzchen darüber riss, etwa: *Keine Sorge, die sind sowieso fast alle Vegetarier*. Aber es kam nur ein bedauerndes Achselzucken.

»Damit ist wohl klar, wieso Fitzjohn diesen Schlüssel unbedingt haben will.« Sebastiano blickte düster vor sich hin. »Er könnte damit zum unumschränkten Herrscher von Zeit und Raum werden. Eins steht fest – sobald wir diesen Passepartout gefunden haben, müssen wir ihn vernichten, damit keiner irgendwelchen Blödsinn damit anstellen kann.«

Wir entschieden, den anderen nichts von all dem zu sagen. Es hätte sie nicht nur in Angst und Schrecken versetzt, sondern bei dem einen oder anderen vielleicht sogar zu Kurzschlussreaktionen geführt. Besonders bei Ole.

»Ich bin klein und flink«, meinte Barnaby. »Notfalls könnte ich sogar wegfliegen. Aber bis ich die Flügel ausgepackt habe, hätte Ole sicherlich bereits vollendete Tatsachen geschaffen. Er ist sehr entschlussfreudig und reaktionsschnell.«

»Vor allem im Umgang mit Messer und Axt«, stimmte Sebastiano ihm zu.

»Und Fatima wird wahrscheinlich darauf bestehen, dass du ihr Juwelenschmuck und solchen Kram herbeizauberst, sobald sie merkt, dass du es wirklich kannst«, fügte ich hinzu. »Übrigens – hast du es schon mal mit Brillanten versucht?«

»Damit fangen wir gar nicht erst an«, sagte Sebastiano. »Wir brauchen keine Brillanten.«

»Ich hab ja nur gefragt«, entgegnete ich. »So rein theoretisch.«

Bei der Theorie beließen wir es dann auch, obwohl die Frage mich brennend interessierte. Natürlich nicht aus eigenem Antrieb – schließlich besaß ich ja bereits einen sehr hübschen Brillanten, nämlich meinen Verlobungsring. Solitär, lupenreiner Viertelkaräter, auf einem schmalen Weißgoldreif von zeitloser Schönheit. Ich hatte ihn in Venedig zurückgelassen, denn er war nicht alt genug, um die Zeitreise ins sechzehnte Jahrhundert zu überstehen, aber das änderte nichts daran, das er mein liebster Besitz war. Eigentlich hatten Sebastiano und ich schon längst heiraten wollen, doch irgendwie hatten wir es bisher nicht hingekriegt. Gerade als wir mit der Suche nach einer passenden Location für die Trauung angefangen hatten, war José mit seiner Idee für die Gründung einer Zeitreise-Akademie um die Ecke gekommen. Heiraten könnten wir auch hinterher noch, hatte er dazu angemerkt. Und dann war auch schon alles drunter und drüber gegangen bei der Rekrutierung unserer ersten Schüler, sodass wir die Hochzeitspläne für eine Weile zurückstellen mussten. An diesem Zustand würde sich nach dem rätselhaften Besuch von Sebastianos zukünftigem Ich wohl vorerst auch nichts ändern. Jedenfalls nicht, solange unsere Zukunft als Paar infrage stand und wir in diesem tiefen Sumpf aus Gefahr, Unwägbarkeit und Unsicherheit steckten. Allein bei dem Gedanken zerriss es mir das Herz.

Die anderen nahmen es unterschiedlich auf, als ich sie darüber informierte, dass Barnaby mit uns ins einundzwanzigste Jahrhundert reisen würde.

Jerry freute sich, denn er mochte Barnaby. »Witziger Knabe, dieser kleine Kerl. Furchtbar hässlich, aber dafür kann er ja nichts. Abgesehen davon macht er sein Aussehen mit seinem Schmorbraten mehr als wett. Und seine Zaubertricks sind auch nicht übel. Wenn ihr euch entschieden habt, ihm zu trauen, tu ich es auch.«

Ole brachte wie erwartet sein anhaltendes Misstrauen zum Ausdruck. »Ich kann nicht verstehen, warum ihr euren Entschluss umgeworfen habt und ihn mitnehmen wollt. Er steckt mit eurem alten Feind unter einer Decke! Seht ihn euch doch nur an, diesen verschlagenen kleinen Wicht! Seine tückischen Glotzaugen und dieses boshafte Grinsen! Merkt ihr nicht, dass er euch hinters Licht führen will? Seine Zaubereien zum Beispiel. Er will euch glauben machen, es seien nur Taschenspielertricks, aber ich sage euch, er ist mit dunklen Hexenkräften ausgestattet und wird die nächstbeste Gelegenheit nutzen, uns alle mit einem üblen Bann zu belegen. Er ist eines dieser Trollwesen aus *Utgard*, von denen unsere Großeltern uns erzählt haben – garstig, verwachsen und böse.«

Dass er damit der Wahrheit unbewusst ziemlich nahe gekommen war, konnte er natürlich nicht wissen. Möglicherweise beruhten die alten norwegischen Legenden über das mythische Land Utgard tatsächlich auf lange vergessenen Begegnungen mit Wesen aus dem Dämonenreich, wer konnte das schon sagen. Jedes Volk kannte seine eigenen uralten Sagen über Zwerge, Wichtel und Trolle und die verwunschenen Unter- oder Zwischenwelten, denen sie entstammten.

»Ich glaube, er ist einfach nur ein hässlicher Krüppel und sehr, sehr einsam«, sagte Jerry.

»Vielleicht hofft er, in unserer Zeit jemanden zu finden, der ihn trotz seines armseligen Äußeren liebt«, bemerkte Fatima. »Die einzige, wahre Liebe, die alles zum Guten wendet! So wie bei *Die Schöne und das Biest*!« Sie seufzte und schien sich an dieser romantischen Vorstellung zu erfreuen.

Ole warf ihr einen skeptischen Blick zu. »Hast du etwa auch so einen Unsinn geglaubt, als du mit Anna und Sebastiano in unsere neue Zeit gekommen bist?«

»Was für einen Unsinn meinst du genau?«, wollte Fatima stirnrunzelnd wissen.

»Dass dort die große Liebe auf dich wartet.«

»Natürlich nicht«, sagte sie lässig. »Wer glaubt schon an die einzige, wahre Liebe.«

»Sebastiano und ich«, warf ich ein. Diese spontane Bemerkung hätte ich mir jedoch besser verkniffen, denn Oles Reaktion verlieh der Situation zusätzliche Sprengkraft.

»Dafür geht ihr euch aber ziemlich oft aus dem Weg.«

»Das täuscht«, behauptete ich.

»Mein Angebot steht übrigens noch«, sagte Ole.

»Welches Angebot?«, fragte Sebastiano, der gerade mit Barnaby von draußen hereinkam. Er hatte noch ein Vier-Augen-

Gespräch mit ihm geführt, in der Hoffnung, weitere Informationen aus ihm herauszulocken. Ohne Erfolg, wie seinem enttäuschten Gesichtsausdruck zu entnehmen war.

»Nicht so wichtig«, sagte ich schnell. Fatimas Miene hatte sich bereits vor Zorn verdunkelt, alle Zeichen standen auf Sturm. Sie würde garantiert gleich einen hitzigen Streit vom Zaun brechen, wenn Ole nicht aufhörte, sich bei ihr unbeliebt zu machen. Und Sebastiano fand das Thema auch alles andere als amüsant.

»Können wir dann?«, erkundigte ich mich gespielt munter bei Sebastiano. »Draußen ist es dunkel, auf den Straßen ist es ruhig, unsere Sachen sind gepackt.«

Zum Glück ließ sich Fatima von ihrem Ärger ablenken. »Ja, lass uns aufbrechen. Ich will endlich duschen. Und das Staffelfinale von den *Gilmore Girls* gucken.«

»Welche Staffel schaust du gerade?«, fragte ich sie.

»Die zweite.«

Ich seufzte neidisch. Sie hatte noch so viele wundervolle Episoden vor sich!

Ole spielte mit seinem Messergriff herum. Seine ganze Haltung signalisierte Angriffsbereitschaft. »Findet ihr es nicht seltsam, dass dieser bucklige Gnom eure Unterhaltung über eine *Fernsehserie* anhören kann?«

»Was meinst du damit?«, fragte ich alarmiert zurück, aber ich hatte schon kapiert, worauf Oles Frage abzielte. Fatima und ich konnten in Barnabys Beisein über die *Gilmore Girls* sprechen, ohne dass die Sperre in Aktion trat. Logisch, dass das Oles Argwohn beflügelte! Hektisch zerbrach ich mir den Kopf, wie ich diese Situation entschärfen konnte.

»Na gut, dann müssen wir euch wohl die Wahrheit sagen«,

platzte ich heraus. »Barnaby ist kein Mensch. Er ist … einer von den Alten.«

Meine Notlüge schien zu funktionieren.

»Ich wusste es!«, rief Jerry. »Diese Stimme, diese Zaubertricks … das war viel zu gut, um echt zu sein!« Neugierig wandte er sich an Barnaby. »Bist du ein Freund von José? Habt ihr schon öfter zusammengearbeitet?«

»Ihr lasst euch von diesem Wicht einwickeln.« Ole hatte die Hand immer noch am Messergriff. »Er hat euch manipuliert. Euren freien Willen ausgeschaltet. Ihr habt mir selbst erzählt, dass die Alten so was können.«

»Es hat alles seine Richtigkeit«, sagte Sebastiano. »Barnaby kommt mit uns, und damit basta!«

»Du bist der Boss. Aber eines sollte dieser bucklige Bursche wissen.« Ole formte ein V aus Zeige- und Mittelfinger und deutete damit zuerst auf seine Augen, dann auf die von Barnaby und anschließend wieder auf seine eigenen. »Ich behalte dich rund um die Uhr genau im Blick, du glotzäugiger Schrat. Eine falsche Bewegung, und du bist tot, ganz egal, welcher Art von Alten oder Trollen du angehörst.«

»Ich werde mich in jeder Beziehung untadelig benehmen«, versprach Barnaby respektvoll. »Und du darfst mich gern weiterhin beleidigen, so viel du möchtest. Ich kann das vertragen.«

»Schön, dann können wir uns jetzt ja auf den Weg machen«, sagte ich erleichtert.

Sebastiano sah sich suchend um. »Wo ist eigentlich Walter?«

Dasselbe fragten wir uns eine gute Viertelstunde später immer noch. Wir hatten mehrmals das gesamte Haus durchsucht und ihn nicht gefunden. Wir hatten sogar im Hühnerstall nachgesehen und die bereits schläfrigen Hennen von ihren Sitzstangen hochgescheucht – von Walter keine Spur.

Er war ganz offensichtlich verschwunden.

Er hatte sich weder abgemeldet noch sonst wie durchblicken lassen, dass er noch rauswollte. Genau wie wir alle hatte er gewusst, dass wir ins einundzwanzigste Jahrhundert zurückspringen wollten. Er hatte sogar seine Sachen gepackt – nicht viel, nur einen kleinen Reisesack mit ein paar Kleidungsstücken zum Wechseln und ein ledergebundenes Büchlein.

Sebastiano schlug es auf und blätterte es durch. »Ein Tagebuch«, sagte er.

»Was ist ein Tagebuch?«, wollte Ole wissen.

»Da kann man hineinschreiben, was man jeden Tag so erlebt«, erklärte Barnaby.

»Hab ich etwa *dich* gefragt, du besserwisserischer Wicht?«, blaffte Ole ihn an. Dann runzelte er die Stirn. »Wozu sollte man Dinge in ein Buch schreiben, die man selbst erlebt hat?« Er dachte intensiv nach. »Es sei denn, man würde fürchten, sie zu vergessen. Leidet der arme Junge etwa an einer Form von Gedächtnisschwund?« Der logische Zusammenhang schien für ihn auf der Hand zu liegen. »Vielleicht ist ihm entfallen, dass wir heute Nacht zurückspringen wollen!« Er wandte sich an Sebastiano. »Am besten siehst du nach, ob er es aufgeschrieben hat.«

»Man führt nicht deswegen Tagebuch«, belehrte Barnaby ihn. »Sondern um seine Gedanken zu ordnen und die Ereignisse des eigenen Lebens für sich selbst zu dokumentieren. Und später, wenn eine gewisse Zeit verstrichen ist, in den Erinnerungen schwelgen und sie dadurch auffrischen zu können.«

Oles Brauen hoben sich fast bis zu seinem blond gelockten Haaransatz. »Führst du etwa auch Tagebuch, du missratener Hänfling? Dann könntest du nämlich jetzt Folgendes hineinschreiben: *Habe soeben fürchterliche Prügel von Ole bezogen. Hätte besser auf ihn hören und meinen vorlauten Mund halten sollen.*«

»Äh … Ich führe kein Tagebuch«, wandte Barnaby vorsichtig ein.

»Schluss mit dem Unsinn«, unterbrach Sebastiano das Geplänkel. Er hatte die letzten Seiten des Tagebuchs überflogen und sah ziemlich besorgt aus. »Wir teilen uns auf und fragen in der Nachbarschaft herum, wer Walter zuletzt gesehen hat. Vielleicht ergeben sich dabei ja Hinweise.« Er scheuchte alle mit einer Handbewegung hinaus. »Macht keinen Wirbel, sondern benehmt euch unauffällig. Wir treffen uns spätestens beim nächsten Glockenschlag wieder hier.«

Er gab mir ein Zeichen zu warten, während alle anderen eilig das Haus verließen.

»Steht was in dem Buch, über das wir uns Sorgen machen müssten?«, fragte ich beunruhigt.

Sebastiano nickte und zeigte mir die Stelle.

Das kleine Mädchen sagte, es könne eine Falle sein, weshalb ich hingehen und nachsehen soll. Aber ich darf nichts darüber verlauten lassen, weil es den Zeitstrang zerreißen könnte und dann alles schlimmer wäre als vorher. Sie sagte, jedes Eingreifen könne das bewirken, weshalb es manchmal besser sei, den Dingen ihren natürlichen Lauf zu lassen. Nicht für immer, sondern bis zu einem bestimmten Zeitpunkt. Sie nannte es den ›Punkt der Entscheidung‹. Sie sagte, ich würde wissen, wann es so weit ist.

»Das hat er heute geschrieben«, sagte Sebastiano. Er war blass. »Er hatte anscheinend wieder Kontakt zu … ihr.«

Ich schluckte mühsam, denn die Erinnerungen an meine Träume überfielen mich mit unvermittelter Macht. »Was meint er mit *Falle*? Das Portal zum Trafalgar Square?«

»Ich vermute es.«

»Also ist er dorthin gegangen? Und was ist, wenn das Mädchen … wenn sie recht hat?« Mein Magen krampfte sich zusammen. »Wenn ihm irgendwas passiert ist … Oh Gott, wir hätten besser auf ihn aufpassen müssen! Er ist doch noch fast ein Kind!«

»Er ist aber offensichtlich alt genug, um Geheimnisse vor uns zu haben«, sagte Sebastiano grimmig. Er steckte das Buch zurück in Walters Reisesack und ging zur Tür.

»Was hast du vor? Willst du zum Portal?«

»Natürlich.«

»Gut. Ich komme mit.«

Er schien mir widersprechen zu wollen, besann sich dann jedoch. Anscheinend war ihm eingefallen, dass ich ohne ihn völlig allein im Haus gewesen wäre.

Die anderen waren bereits dabei, die Nachbarn zu befragen. Fatima unterhielt sich nebenan mit einer Frau, die ein greinendes Baby auf dem Arm hatte. Ole redete mit einem fetten Glatzkopf in Mönchskutte auf der gegenüberliegenden Straßenseite, und Jerry interviewte ein älteres Ehepaar ein paar Häuser weiter. Barnaby war nirgends zu sehen, was wohl an seiner kleinen Statur lag; er war ja kaum größer als ein Fass Ale.

Sebastiano und ich schlugen die andere Richtung ein und

nahmen den Weg zu den Gärten, wo sich das Portal befand. Die Sonne war bereits vor einer Weile untergegangen, in die abendliche Dämmerung mischten sich bereits die ersten Schatten der herannahenden Nacht. Ein wenig Licht kam nur von den Kerzen und Öllampen, die hinter den umliegenden Fenstern brannten. Dort, wo in unserer eigenen Zeit in der Zukunft der Verkehr in mehreren Spuren durch die Stadt brauste, befanden sich hier nur beschauliche Gassen. Es gab weder Laternen noch Straßenschilder – die meisten Leute konnten sowieso nicht lesen. Über manchen Türen hingen bemalte Platten aus Holz oder Kupfer, an denen man erkennen konnte, dass sich dort eine Werkstatt oder ein Laden befand. Die etwas besseren Häuser besaßen Fenster mit Butzenscheiben. Bei den ärmlicheren Behausungen gab es höchstens mit Schweinsblasen vernagelte Öffnungen. Die Türen waren meist so niedrig, dass man beim Betreten des Hauses den Kopf einziehen musste, und die herabgezogenen Dächer waren teils mit Schindeln, teils mit Stroh gedeckt – ein Funkenschauer aus einem verrußten Kamin, und ganze Straßenzüge konnten in Flammen aufgehen. Aus den Geschichtsbüchern wusste ich, dass genau das in diesen Jahrhunderten häufig vorgekommen war. Feuersbrünste waren schreckliche Ereignisse – und sie wiederholten sich mit unerbittlicher Regelmäßigkeit. Im Jahr 1666 beispielsweise würde fast der gesamte alte Stadtkern von London in einem furchtbaren Flammenmeer untergehen, ein Ereignis, das später nur *Der große Brand von London* heißen würde. Jede größere Stadt konnte auf mindestens eines dieser verheerenden Unglücke zurückblicken – sogar Venedig, eine Stadt, die zu weiten Teilen im Wasser erbaut war.

»Da wären wir«, sagte Sebastiano.

Die vor uns liegende Grünfläche lag im Dunkeln. Das nach außen hin unsichtbare Tor befand sich direkt unter einer alten Eiche, deren Geäst sich düster in den Abendhimmel reckte. Das nahe gelegene Schloss zeichnete sich als wuchtige Silhouette im Hintergrund ab. Fackellicht warf huschende Lichtreflexe auf die hoch aufragenden Mauern der zahlreichen aneinandergebauten Palastgebäude, die in ihrer Gesamtheit eines der größten königlichen Domizile dieser Zeit bildeten. Irgendwo in der Nähe befanden sich Wachleute, und es würde bestimmt nicht lange dauern, bis sie auf ihrem Patrouillengang hier vorbeikamen. Wir hatten Gold dabei, das uns in einer brenzligen Situation sicher weiterhelfen würde, aber es wäre deutlich praktischer und unkomplizierter, gar nicht erst aufzufallen.

»Walter ist nicht hier«, stellte ich fest. »Es sei denn, er hat sich versteckt.«

»Walter?«, rief Sebastiano halblaut. Er ging auf die alte Eiche zu. »Walter, bist du da?«

Keine Antwort. Nicht mal ein Rascheln im Gebüsch.

»Er ist nicht hier«, meinte Sebastiano.

»Sag ich doch.«

»Spürst du irgendwas? Ich meine, im Nacken?«

»Nein. Nichts. Kein Jucken, *nada*.«

Vom nächstgelegenen Kirchturm war der Glockenschlag zur halben Stunde zu hören. »Wir müssen zurück. Die anderen warten sicher schon auf uns.«

»Ich will mich hier zuerst noch genauer umsehen«, sagte Sebastiano. Er fing an, in immer größeren Kreisen um den Baum herumzugehen, und ich dackelte hinter ihm her und hielt ebenfalls nach allen Seiten Ausschau, getreu dem Motto, dass vier Augen mehr sehen als zwei. Was in diesem Fall allerdings nur ein nutzloser Spruch war, denn es wurde immer dunkler. Man sah kaum noch, wohin man trat. Ich stolperte mehrmals über Grasbuckel und herumliegende Äste.

»Hier ist es stockfinster«, sagte ich. »Vielleicht sollten wir uns eine Laterne besorgen und dann weitersuchen.«

»Gute Idee.« Sebastiano blieb stehen. »Da drüben kommt jemand. Ein Mann mit einer Laterne. Ich werde ihn fragen, ob er sie mir verkauft.«

Der Mann, der sich uns näherte, war der dicke glatzköpfige Mönch, mit dem Ole sich eben unterhalten hatte.

Sebastiano winkte ihm. »He, Bruder Mönch! Könntet Ihr uns vielleicht eine kleine Gefälligkeit erweisen? Ich würde Euch für Eure Laterne gutes Geld bezahlen! Wir haben die unsrige leider zu Hause gelassen und fürchten, vom Wege abzukommen. Während Ihr ausseht, als würdet Ihr Euch hier bestens auskennen und auch ohne Licht heimfinden.«

Der Mönch kam noch näher. Er war wirklich sehr dick, mindestens so korpulent wie der König. Das wollte für diese Zeit schon was heißen, denn die meisten Leute waren viel zu arm, um sich den ganzen Tag mit Essen vollstopfen zu können. Außerdem hatten sie keine Zeit dafür, weil sie sehr hart arbeiten mussten und sich dabei viel bewegten. Richtig fett waren deshalb meist nur höherstehende Adlige. Und eben Mönche. Die konnten eine ruhige Kugel schieben, weil es gewissermaßen zu ihren klassischen Tätigkeiten gehörte – sie beteten fortwährend oder lasen in der Heiligen Schrift oder schrieben stundenlang biblische Texte ab. Zwischendurch gab es reichhaltige Mahlzeiten, denn die Klöster hatten oft den besten Zugang zu den Nahrungsmitteln, weil sie über eigene Viehbestände, Gärten und Feldwirtschaft verfügten. Die Mönche ließen die schmutzige

Arbeit von armen Knechten erledigen und hatten das ganze Jahr über satt zu essen, von ständigem Nachschub an Wein und Ale ganz zu schweigen.

Seit König Heinrich sich nach der Scheidung von seiner ersten Ehefrau vom päpstlichen Rom losgesagt und kurzerhand seine eigene Kirche mit sich selbst als Oberhaupt gegründet hatte, waren allerdings die meisten Klöster aufgelöst und ihre Besitztümer der Krone einverleibt worden. Dennoch gab es noch viele wohlbeleibte Mönche, auch wenn sie ihre besten Zeiten definitiv hinter sich hatten.

Was man von diesem Mönch allerdings nicht sagen konnte. Je näher er kam, desto fetter erschien er mir. Die dunkle Kutte schwang um elefantenartige Waden, und sein Vierfachkinn wabbelte in alle Richtungen. Er keuchte und schnaufte beim Gehen wie ein Blasebalg, und aus seinem offenen Mund drang Dampf wie bei einer altertümlichen Lok. Die Augen verschwanden fast zwischen all den Speckwülsten seines Gesichts, genauso wie die Ohren, die nur als Andeutungen von Knubbeln seitlich am Kopf zu erkennen waren.

Finde den Fehler!, rief mir eine innere Stimme zu, die ungewöhnlich panisch klang.

»Ach du Scheiße«, sagte Sebastiano.

Und dann fand ich den Fehler. Der Atem des Typs hätte nicht dampfen dürfen. Wir hatten Sommer, es war warm. Und jetzt, da der Mönch (?) uns fast erreicht hatte, war auch zu erkennen, dass die von ihm ausgeatmete Luft gelblich aussah. Und sie roch definitiv nach Schwefel, sogar auf zehn Meter Entfernung.

Dem Mönch schien selbst klar zu werden, dass er irgendwie fremdartig auf uns wirkte, denn er blieb ruckartig stehen. Er pustete sich kurz in die vorgehaltene Hand und schnüffelte.

Das Ergebnis versetzte ihn sichtlich in Rage, denn er stieß ein drohendes Grunzen aus und zeigte seine Zähne – von denen er entschieden zu viele hatte: Sie waren lang und spitz und ähnelten den Fängen eines Krokodils.

Mit einem Ratschen zog Sebastiano seinen Degen. Dann packte er mich am Arm und schob mich hinter sich.

»Rühr dich nicht von der Stelle, bis ich mit dem … Ding fertig bin«, befahl er.

»Vielleicht sollten wir wegrennen«, flüsterte ich. »Es sieht nicht sehr … schnell aus.«

»Das täuscht«, sagte eine Stimme hinter uns.

Erschrocken fuhr ich herum und presste eine Hand auf mein jagendes Herz. »Meine Güte, Barnaby! Wo kommst du denn plötzlich her?«

»Ich hab oben im Baum gesessen.«

Der falsche Mönch ließ ein unmenschlich klingendes Fauchen hören und zeigte dabei noch mehr Krokodilzähne.

Ich wollte Barnaby gerade fragen, ob der Mönch vielleicht ein Dämon sei (wobei ich mir das bei genauerem Nachdenken freilich auch selbst hätte beantworten können, denn welcher Mönch hatte schon Zähne wie ein Krokodil und atmete Schwefeldampf aus?), als Letzterer sich mit einem lauten Zischen auf uns stürzte. Sebastiano stellte sich ihm mit gezücktem Degen in den Weg, aber der Mönch erreichte uns gar nicht. Er war vielleicht noch fünf Schritte von uns entfernt, da schnellte Barnaby wie von einem Trampolin hoch und flog mit ausgebreiteten Schwingen über uns hinweg, direkt auf den fetten Krokodils-Mönch zu. Alles, was danach kam, passierte in einer so blitzartigen Abfolge, dass das menschliche Auge (also meins) dem Geschehen kaum folgen konnte. Barnaby schien sich irgendwie an dem Wesen festzuklammern, mit allem, was er besaß – Zähne, Krallen (?), Schwingen, und dann wirbelte und zuckte alles durcheinander, begleitet von Knurren, Winseln und wütendem Zischen. Ich sah das Krokodilmaul geifern und ins Leere schnappen. Ein paar gelbliche Tropfen flogen durch die Gegend. Zwei oder drei davon landeten auf meinem Handrücken, es sah aus wie eine Mischung aus Eiter und Schwefelschleim – und es brannte scheußlich. Hastig wischte ich es an meinem Umhang ab.

Barnabys ledrige schwarze Schwingen knatterten durch die Luft und erzeugten dabei einen ohrenbetäubenden Krach. Das Zischen des dämonischen Mönchs steigerte sich zu einem Kreischen – und brach auf einmal ab.

Barnaby landete mit einem eleganten Flügelschlag dicht vor uns auf dem Boden. Der Mönch war verschwunden. An der Stelle, wo er soeben noch in einem heillosen Wirrwarr aus Flügeln, spitzen Krallen, fetten Gliedmaßen und gebleckten Fängen herumgezappelt hatte, lag nur noch seine schwarze Kutte. Daneben stand die Laterne, die erstaunlicherweise die ganze Zeit gebrannt hatte.

»Wo ist er hin?«, stammelte ich. »Wer … was war das?«

»Welche Frage soll ich zuerst beantworten?«

»Meine«, sagte Sebastiano mit Entschiedenheit. »Wo ist Walter?«

»Hier oben«, klang es verzagt aus der Baumkrone der alten Eiche, und im nächsten Moment kam Walter in einem Schauer von Blättern den Stamm herabgerutscht. »Entschuldigt bitte, dass ich mich einfach davongestohlen hatte. Ich wollte rechtzeitig wieder zurück sein, aber dann …« Er verstummte schaudernd.

»Dann tauchte Malmouth plötzlich aus dem Portal auf, und Walter suchte sein Heil auf dem Baum«, ergänzte Barnaby.

»Ich wollte wieder runterklettern, als das Wesen sich entfernt hatte, aber dann erschien Barnaby und meinte, es würde wiederkommen, und oben auf dem Baum sei es sicherer für mich. Er sagte, ihr beiden würdet ohnehin gleich herkommen, nachdem ihr in mein Tagebuch geschaut habt.«

»Kannst du etwa auch die Zukunft voraussagen?«, fragte ich Barnaby.

»Nein, nur lesen und gut kombinieren. Und sagte ich nicht schon, dass ich eine feine Nase habe? Es war nicht schwer, den Jungen zu finden.«

Walter atmete tief durch und erschauderte abermals. »Da ihr es nun sowieso schon wisst, kann ich auch darüber sprechen. Das Portal können wir nicht mehr benutzen. Jemand hat es in Besitz genommen und umgelenkt. Am anderen Ende könnten nun Wesen wie dieses … Malmouth warten.«

»*Er*«, verbesserte Barnaby. »Malmouth ist ein Er, darauf legt er großen Wert.«

»Wohin hast du ihn verschwinden lassen?«, wollte Sebastiano wissen.

»Gar nicht. Er ist noch irgendwo hier in der Gegend.«

Als ich mich erschrocken umblickte, fügte Barnaby beruhigend hinzu: »Keine Sorge, er kann niemandem mehr was tun. Außer vielleicht einer zwei Mikrometer großen Amöbe, die ihm zufällig über den Weg läuft. Er ist jetzt so winzig, dass man schon ein sehr gutes Mikroskop bräuchte, um ihn noch zu sehen.«

»Du hast ihn *verkleinert*?«, erkundigte Sebastiano sich verblüfft.

»Das Schrumpfen ist eine meiner bevorzugten Dämonen-Eliminierungsmethoden. Ich habe euch ja versprochen, dass ich sie euch vom Hals halte.«

Beklommen suchte ich mit Blicken den Boden ab. Ob dieses Biest irgendwo da unten …

»Er ist wirklich *sehr* klein«, sagte Barnaby. »Eigentlich sogar eher im Nanometerbereich, würde ich sagen.«

»Woher kennst du überhaupt den Unterschied zwischen Nanometer und Mikrometer?«, wollte Sebastiano wissen. Unüberhörbares Misstrauen schwang in seiner Stimme mit.

»Jerry hat sich mit mir über solche Dinge unterhalten. Ich bin sehr wissbegierig und lernbeflissen.«

»Das kleine Mädchen …«, sagte ich leise zu Walter. »Was hat es sonst noch zu dir gesagt?«

Er zuckte ein wenig betreten mit den Schultern. »Nichts. Sie hat auch nicht richtig mit mir gesprochen, es war mehr so eine Art … Wachtraum. Ich war kurz eingenickt, und da war sie auf einmal bei mir und sprach mit mir. Als ich wieder zu mir kam, war sie fort.«

»Kommen noch mehr von diesen Typen aus dem Portal?«, fragte Sebastiano Barnaby.

»Heute wahrscheinlich nicht mehr. Aber möglich wäre es. Wir sollten vielleicht über einen Standortwechsel nachdenken.« Barnaby faltete seine Flügel wieder ordentlich zusammen und zog sich seine Jacke darüber. Im nächsten Moment sah er wieder vollkommen harmlos aus, wie ein zu klein geratener Hofnarr mit Buckel und unförmigen Stiefeln.

Auf dem Rückweg zum Haus steckte mir das Entsetzen über den unerwarteten Angriff noch in den Knochen, aber es wurde rasch von den drängenden Fragen verdrängt, die sich mir wegen Walters Tagebucheintrag stellten. Ich war von dem verzweifelten Wunsch erfüllt, mehr über das kleine Mädchen zu erfahren. Vage Sehnsucht mischte sich in Regungen von Furcht und Verlassenheit, die aber zugleich so unbestimmt waren, dass ich sie nicht vollständig ergründen konnte. Es war beinahe, als würden Sorgen und Ängste aus anderen Zeiten wie ein Echo meine aktuellen Gefühle überlagern und ergänzen, angestoßen von Ereignissen, die sich erst noch zutragen würden – oder auch nicht. Denn über all diesen seltsam diffusen Empfindungen lag bleierne Ungewissheit, ein großes, dunkles *Vielleicht*. Ein Vielleicht, in dem es mich nicht mehr geben würde. Ich hatte es in den gequälten Gesichtszügen des zukünftigen Sebastiano gesehen. Hatte es aus den mitleidigen und traurigen Worten des kleinen Mädchens in meinen Träumen herausgehört.

Alles schien von jenem geheimnisumwobenen Schlüssel abzuhängen. Er war Lösung und Rettung zugleich. Ich musste ihn nur finden.

In dem Haus, das wir von dem Tuchhändler gemietet hatten, warteten die anderen bereits ungeduldig auf uns. Sie waren sichtlich erleichtert, dass wir Walter gefunden hatten.

Ole traktierte den armen Jungen mit allerlei Fragen.

»Was für ein Gemüse hat uns dieser Troll zum Schmorbraten serviert?«

»Es waren gedünstete Rüben«, warf Barnaby ein. »Mit etwas *Vinho de Lamego* und frischer Sahne verfeinert. Nicht zu vergessen ein Hauch von Safran.«

Ole musterte ihn drohend. »Dich habe ich nicht gefragt. Ich wollte es von Walter wissen.«

»Es gab Rüben«, sagte Walter.

Ich ging dazwischen. »Ole, ich habe gesehen, dass du vorhin in der Nachbarschaft mit einem dicken Mönch gesprochen hast. Was hat er zu dir gesagt?«

»Nichts. Der Kerl war taubstumm.«

»Woran hast du das gemerkt?«

»Er hat auf seine Ohren gezeigt. Missgebildete Auswüchse übrigens. Kein Wunder, dass er damit nichts hört. Außerdem wohnt er gar nicht in der Nachbarschaft, er kam da anscheinend gerade nur zufällig vorbei.« Er wandte sich an Walter. »Wer ist der Namensgeber für das Ballon-Thermometer, das da drüben auf dem Kaminsims steht?«

»Galileo. Wieso stellst du mir diese Fragen, obwohl du die Antworten doch selber kennst?«

»Er will sich vergewissern, dass du nicht an Gedächtnisschwund leidest«, sagte Fatima.

»Wieso glaubt er das?«

»Weil er oft die dämlichsten Erklärungen für die besten hält.«

»Was willst du damit sagen?«, wollte Ole mit zusammengezogenen Brauen wissen. »Denkst du, ich bin zu dumm, um den Sinn eines Tagebuchs zu begreifen? Ich könnte auch eines führen, wenn ich es wollte!«

Fatima kicherte bloß. Ich selbst hatte Mühe, nicht einzustimmen. Trotz unserer ernsten Lage fand ich die Vorstellung von Ole mit Tagebuch saukomisch.

Ole straffte sich und deutete mit dem Finger auf Fatima. »Du wirst schon sehen, Weib!«

Sebastiano kam von draußen herein. Sein Hemd stand bis zum Hosenbund offen, sein Gesicht war erhitzt. Er sah so umwerfend aus, dass mein Mund ganz trocken wurde und ich schnell wegschauen musste, ehe die anderen mir meine unzüchtigen Gedanken vom Gesicht ablesen konnten.

Er hatte hinterm Haus Holz gehackt, um den Kopf freizukriegen. Wenn er sich körperlich richtig auspowerte, schärfte das seine Fähigkeiten zum Lösen von Problemen – zumindest war das seine persönliche Überzeugung. Wenn man danach ging, wie sehr er sich in der letzten Stunde abgerackert hatte, musste es – abgesehen von dem extragroßen Stapel Kaminholz – eine ganze Menge gebracht haben.

Er strich sich mit beiden Händen das Haar aus der Stirn und lenkte damit meinen Blick auf seine breite Brust und das Sixpack unterhalb der Rippen. Diesmal konnte ich nicht wegsehen, es ging einfach nicht. Er war so … *wow*! Wie hatte ich es eigentlich die ganze Zeit ausgehalten, ohne …

»… ein paar Wochen brauchen wir auf jeden Fall«, sagte er.

Ich riss mich zusammen und versuchte, mich zu konzentrieren. Anscheinend hatte er beim Holzhacken einen Plan geschmiedet und war jetzt dabei, ihn uns zu erläutern.

»Zuerst per Schiff über den Ärmelkanal, dann zu Pferde quer durch Frankreich und von dort mit ein paar Packtieren zu Fuß über die Alpen nach Italien und weiter nach Venedig.«

»Und von da aus können wir nach Hause zurückspringen?«, fragte Ole.

Sebastiano nickte. »In Venedig gibt es mindestens ein Tor, das wieder funktioniert – das in Santo Stefano.«

»Eigenhändig von José und mir neu eingerichtet und justiert«, bestätigte Jerry.

»Und in Frankreich?«, fragte Walter. »Gibt es da kein Portal?«

»Noch nicht wieder in Betrieb«, sagte Jerry. »Immer nur eins nach dem anderen. José war viel unterwegs in der letzten Zeit, dadurch zieht sich alles etwas hin.«

»Ihr wollt offensichtlich alle so schnell wie möglich weglaufen«, meldete Ole sich zu Wort. »Hat denn keiner das Bedürfnis, endgültig diesen hinterhältigen Schurken Fitzjohn in die Schranken zu weisen?«

Ich hatte auf jeden Fall das Bedürfnis und Sebastiano garantiert auch, aber in manchen Situationen war pragmatisches Handeln einfach vernünftiger. Und gesünder. Vor allem, wenn einem plötzlich Wesen mit langen Zähnen und giftigem, schwefligem Atem begegneten. Doch das ließ ich lieber unerwähnt. Ole wäre womöglich erst recht in Kampflaune geraten, wenn er erfahren hätte, dass Dämonen im Spiel waren. Bis jetzt wussten nur Sebastiano und ich über Barnabys wahre Herkunft Bescheid. Und natürlich Walter, der die ganzen Umstände überraschend gefasst aufgenommen hatte – was allerdings daran lag, dass Barnaby ihn, während sie gemeinsam in der Baumkrone gehockt hatten, über seine wahre Natur aufgeklärt hatte. Offenbar hatte er Walter damit kaum erschüttern können – nicht nach allem, was zuvor im Keller von Hampton Court geschehen war.

»Dieser Mr Fitzjohn mag ein mächtiger Alter sein, aber gemeinsam sind wir stark«, fuhr Ole fort. »Ihr habt ihn schon einmal besiegt. Warum sollten wir es nicht ein weiteres Mal schaffen? Nur Feiglinge laufen davon!«

»Wir wissen doch gar nicht, wo er sich versteckt hält«, wandte Walter ein.

»Wir müssen nur warten, dann kommt er schon«, bemerkte Fatima. »Weil er etwas von euch will.« Sie deutete mit dem Kinn auf mich und Sebastiano. »Er hat heute versucht, euch reinzulegen, nicht wahr? Er hat das Portal in eine Falle verwandelt, um euch zu schnappen, habe ich recht? Deshalb können wir es nicht für die Rückreise benutzen. Es stimmt gar nicht, dass es nicht mehr funktioniert.«

Walter warf ihr einen vorwurfsvollen Blick zu. »Du hast in meinem Tagebuch gelesen!«

Sie zuckte mit den Schultern. »Alle haben es gelesen, wieso nicht auch ich?«

»*Ich* hab's nicht gelesen«, sagte Ole mit gewittriger Miene. »Was steht drin? Ich will es wissen! Gleiches Recht für alle!«

»Es ist ein *Tagebuch*«, erklärte ich. »Das ist absolut privat und vertraulich. Es gehört zum geheimsten Lebensbereich eines Menschen.« Zu Walter sagte ich: »Ich werde dir ein neues Tagebuch besorgen, mit einem Schloss dran.«

»Dann muss er aber gut auf den Schlüssel aufpassen«, sagte Ole sarkastisch.

»Ich will nicht, dass andere mein Tagebuch lesen.« Walter reckte ungewohnt kämpferisch das Kinn. »Den Schlüssel trage ich dann bei mir. Den nimmt mir keiner weg.«

Seine Bemerkung rührte etwas in meinem Inneren an und klang auf seltsame Weise nach, doch ich wurde rasch abgelenkt, denn nun zog Sebastiano wieder meine Aufmerksamkeit auf sich.

»Ich lasse mir ja gern alles Mögliche vorwerfen, aber gewiss nicht, dass ich feige bin!« Er hakte seine Daumen in den Hosenbund und stolzierte in der Wohnstube auf und ab wie ein Offizier, und dazu passten auch seine folgenden Ausführungen. »Um mächtige und schlaue Feinde wie Fitzjohn zu besiegen, braucht es etwas mehr als Muskelschmalz und eine gute Schwerthand.« Er bedachte Ole mit einem bezeichnenden Blick. »Ich verlasse mich in solchen Fragen gern auf eine ausgefeilte Strategie. Ein besonnener und erfolgreicher Feldherr kennt nicht nur seine Truppenstärke, sondern auch die jeweils beste Taktik für Angriff und Verteidigung. Bevor er in die Schlacht ziehen kann, muss er vorbereitet sein. Er muss die Pläne und Schwachstellen des Gegners auskundschaften! Und genau das habe ich vor.«

»In Venedig im einundzwanzigsten Jahrhundert«, meinte Ole süffisant.

Sebastiano überging die respektlose Bemerkung, aber ich merkte, wie es in ihm brodelte. Es setzte ihm sichtlich zu, dass Ole ihn für feige hielt, daran konnte auch das ganze militärische Gerede über besonnene Feldherrentaktik und erfolgreiche Schlachtpläne nichts ändern. Der Punkt war: Wir hatten gar keinen Plan. Nicht den allerkleinsten. Außer man hätte es als Plan gewertet, dass wir uns so schnell wie möglich in Sicherheit bringen wollten, indem wir in unsere angestammte Umgebung zurückkehrten, in der Hoffnung, dass uns dort irgendwas wirklich Schlaues einfallen würde. Frei nach dem Motto: Kommt Zeit, kommt Rat.

Bisher wussten wir ja nicht mal genau, ob es noch eine bestimmte Zeitwächter-Aufgabe für uns gab, geschweige denn welche. Wir hatten Lord Wykes aus dem Kerker befreit und Mr Fitzjohn damit als hinterhältigen Doppelgänger entlarvt. Er hatte sich sozusagen in den Untergrund zurückziehen müssen. Aber wir kannten ihn, er heckte bestimmt längst den nächsten tückischen Plan aus – der leider den Nachteil hatte, dass wir nicht genau wussten, worauf er abzielte. Bis jetzt war nur klar, dass es um einen magischen Schlüssel ging, mit dem man angeblich alle Portale in alle Zeiten (und mindestens in eine nach Schwefel stinkende Dämonenwelt) öffnen konnte, und dass wir besagten Schlüssel finden mussten, ehe Mr Fitzjohn ihn sich schnappte. Wobei der obskure Behemoth ein weiterer unberechenbarer Player in diesem Spiel um Macht und Herrschaft war, ohne dass dabei ersichtlich war, wie er und Mr Fitzjohn zueinander standen. Waren sie das verschworene Dreamteam oder einfach nur eine Zweckgemeinschaft auf Zeit?

Und war unsere kleine Truppe vielleicht in Wahrheit nur ein versprengtes Häuflein von Fahnenflüchtlingen, die panisch vor den siegreichen Angreifern davonrannten? Das von Sebastiano heraufbeschworene Bild, wonach wir uns nur in die Deckung zurückzogen, um einen neuen, eigenen Vorstoß vorzubereiten, wollte sich bei mir nicht so richtig verfestigen. Es fühlte sich eher nach einem ziemlich ausgeprägten Waterloo an. Was hatte Wellington damals vor der Schlacht gegen Napoleon gleich noch gesagt?

»Wer ist Wellington?«, fragte Fatima.

Anscheinend hatte ich ein paar meiner Gedanken vor mich hingemurmelt. »Nicht so wichtig«, sagte ich zerstreut. Und überhaupt. Ich sollte aufhören, in derart kriegerischen Bildern zu denken. Nur weil Sebastiano davon angefangen hatte, musste ich nicht auch in dieses Muster verfallen. Es klang so … gewalttätig. Das war nicht nur kontraproduktiv, sondern völlig überflüssig. Denn alles fühlte sich nur noch halb so bedrohlich an, wenn man in freundlicheren und friedlicheren Begriffen dachte. Zum Beispiel, dass wir uns nicht hinter die Frontlinie zurückfallen ließen, sondern stattdessen einfach bloß gemütlich nach Hause zurückkehrten, um mal wieder richtig auszuspannen. Und anschließend würden wir auch keine schlagkräftigen Schlachtpläne entwickeln, sondern uns ein paar coole Tricks ausdenken. Wir würden nicht unsere Waffenarsenale inspizieren, sondern nachschauen, was wir noch so an nützlichen Requisiten auf Lager hatten. Und wenn das alles geklärt war, würden wir nicht zum Angriff auf den Feind blasen, sondern engagierte, konkurrenzbasierte Projektentwicklung betreiben.

»Wellington war ein berühmter Feldherr aus meiner Zeit«, sagte Jerry. »Er errang in der Schlacht von Waterloo den Sieg über Napoleon.«

»Da lässt du was Wichtiges weg«, warf ich ein. »Ohne Blücher hätte er das nämlich nie geschafft.«

»Wer ist Blücher?«, fragte Ole.

»Ein preußischer Feldherr, der Wellingtons Truppen zu Hilfe eilte, als diese unter Napoleons Artilleriebeschuss unterzugehen drohten.« Zur Erklärung für Fatima, Ole und Barnaby setzte ich hinzu: »Preußen war früher ein Teil von Deutschland. Das ist das Land, aus dem ich komme.«

»Artillerie?« Ole wandte sich mir interessiert zu. »Können wir dort hin? Uns diese Schlacht aus der Nähe ansehen?«

»Jedenfalls wäre Wellington ohne den Beistand von Blücher der Übermacht von Napoleon nicht gewachsen gewesen«, fuhr ich fort, ohne auf seine Frage einzugehen. »Er hat es selbst gesagt, kurz vor der entscheidenden Schlacht. Mit einem ganz berühmten Spruch.«

»Der Spruch ist nicht verbürgt«, sagte Jerry kritisch. »Wir waren schließlich nicht dabei.«

»Das könnten wir ändern«, schlug Ole mit leuchtenden Augen vor.

Jerry lachte. »Feldforschung mal wörtlich genommen, was?«

»Wie lautete denn nun der Spruch von Wellington?«, fragte Fatima.

»Ich wünschte, es wäre Nacht oder die Preußen kämen«, sagte Sebastiano.

Fatima war verwirrt. »Wieso willst du, dass die Preußen kommen?«

»Nicht ich. Wellington hat das gesagt. Obwohl der Spruch auch ziemlich gut auf unsere Lage passt.« Sebastianos Stimme klang müde, und plötzlich sah er sehr erschöpft und niedergeschlagen aus. Impulsiv stand ich auf, um zu ihm zu gehen. Ich wollte seine Hand nehmen, ihn umarmen, ganz egal, was. Hauptsache, ich konnte ihm nah sein.

»Nacht haben wir schon«, meinte ich gespielt fröhlich, während ich mich in seine Arme schmiegte. »Fehlt nur noch Blücher. Vielleicht schwirrt er ja irgendwo hier in der Gegend rum.«

In diesem Augenblick hörten wir ein Geräusch an der Hintertür. Jemand machte sich daran zu schaffen. Ole fackelte nicht lange. Er zog seinen Dolch und riss die Tür auf. Weil er mir mit seiner großen, breiten Gestalt die Sicht versperrte, konnte ich nicht sofort sehen, wer draußen stand. Aber diese kratzige Stimme mit dem leicht spöttischen Unterton hätte ich unter Tausenden wiedererkannt.

»Generalfeldmarschall Blücher wie befohlen zur Stelle«, ließ sich José vernehmen.

Er war wieder da.

Es dauerte eine Weile, bis wirklich alle begriffen hatten, dass José nichts mit Blücher zu tun hatte, sondern bloß zufällig von draußen einen Teil unserer Unterhaltung mit angehört und ihn dramaturgisch treffend in seinen Auftritt eingebaut hatte. Das entsprach seiner Art von Humor, der manchmal ein bisschen trocken ausfiel. Davon abgesehen hätte der Zeitpunkt seines Auftauchens gar nicht besser gewählt sein können, denn José war sozusagen die Antwort auf all meine Gebete. Ich war vor lauter Erleichterung in Tränen ausgebrochen und wäre ihm sogar um ein Haar um den Hals gefallen – wenn ich nicht im letzten Moment bemerkt hätte, dass er verletzt war. Er trug den linken Arm in einer Schlinge, und um seinen Oberschenkel war ein Verband gewickelt, auf dem Blutflecken zu sehen waren.

»Was ist passiert?«, fragte ich erschrocken.

Er schüttelte nur den Kopf, womit alles gesagt war. Oder genauer: *nicht* gesagt. Offensichtlich ging es wieder einmal um eine Sache, über die wir nichts erfahren durften. Entweder, weil es unser eigenes Schicksal betraf und wir es deshalb selbst herausfinden mussten (da ein Zuviel an Informationen bekanntlich den Zeitstrom negativ beeinflussen konnte), oder weil es ihm in Wahrheit einfach bloß zu lästig war, es uns zu erzählen. Eins von beidem war es bestimmt, und ebenso sicher konnten wir davon ausgehen, dass es keinen Sinn hatte, José deswegen auszufragen. Er würde es uns ja doch nicht sagen.

Aber im Moment war das nicht so wichtig. Entscheidend war, dass er wieder zurück war. Mitsamt der Zeitmaschine. Sie stand im Schutz der Dunkelheit hinterm Haus im Gemüsebeet, ein schäbiger kleiner Schuppen, der sich unauffällig in die Umgebung einfügte. Falls jemand von den Nachbarn sich über die Veränderung zwischen den Bohnenstangen und Kohlköpfen wunderte, spielte es trotzdem keine Rolle – er würde ihr Auftauchen ebenso wieder vergessen wie ihr Verschwinden. Und uns alle gleich mit.

Wir zögerten unseren Aufbruch keine Sekunde länger hinaus. Das Haus war aufgeräumt, die Küche gesäubert, die Miete im Voraus bezahlt. Uns hielt hier nichts mehr. Wir gingen mit José hinaus und drängten uns nacheinander in die Zeitmaschine, in dem frohen Bewusstsein, uns in ein paar Minuten wieder richtig zu Hause fühlen zu können.

Barnaby räusperte sich, als er hinter mir in den Schuppen schlüpfte. »*Signore*, ich habe mich noch nicht vorgestellt«, sagte er ehrerbietig zu José. »Mein Name ist Barnaby Eusebius Hezekiel. Bis vor Kurzem war ich der Hofnarr des Königs und freue mich, meinen Wirkungskreis mit Annas und Sebastianos Erlaubnis ab sofort in die Zukunft verlegen zu dürfen. Hoffentlich auch mit Eurer Billigung.« Er verbeugte sich artig. »Euer ergebener Diener, Signore.«

José musterte ihn mit seinem gesunden Auge, das im flackernden Schein des mitgeführten Windlichts ein unheimliches Leuchten aufwies. »Ich weiß, wer du bist. Du darfst mich José nennen. Aber sei gewarnt, Barnaby Eusebius Hezekiel. Ich kenne dich besser, als du denkst.«

Barnaby wirkte für einen Augenblick beunruhigt, fast sogar … ertappt. Er zog den Kopf ein und machte sich noch kleiner, als er ohnehin schon war.

»Solange du dich innerhalb der zulässigen Grenzen bewegst, hast du nichts von mir zu befürchten«, teilte José ihm nicht unfreundlich mit. »Aber überschreitest du sie auch nur ein einziges Mal, wirst du von meiner Hand sterben.«

So, wie er es sagte, hätte man fast meinen können, es wäre

bereits geschehen. Auch Barnaby schien das so zu empfinden, denn er schrumpfte noch mehr in sich zusammen, als hätte er sich gerade aus Versehen selber ein Stück verkleinert.

»Ich werde alle maßgeblichen Grenzen beachten«, versicherte er.

»Du kannst mich gerne mit der Überwachung der Einhaltung dieser Grenzen beauftragen, José«, bot Ole an. »Und mit der Vollstreckung der angedrohten Strafe gleich dazu.«

»Da hörst du es«, sagte José zu Barnaby.

»Ich spüre schon seinen Dolch im Nacken«, erklärte Barnaby im Ton tiefster Demut. »Nie würde ich eine Grenze überschreiten, die Ole überwacht.«

»Machst du dich etwa lustig über mich, du nichtsnutziger Zwerg?«

»Niemals«, beteuerte Barnaby.

Jerry zog die Tür des Schuppens hinter uns zu. »Alle Mann an Bord und bereit zum Sprung?« Er wandte sich dem schwarz schimmernden Kontrollblock zu. »Es geht los.«

Ich klammerte mich an Sebastiano und kniff die Augen zu, obwohl ich wusste, dass ich das gleißend helle Licht damit nicht ausblenden konnte, denn es war überall, auch in meinem Kopf. Kälte breitete sich aus und kroch tief unter die Haut. Die Umgebung fing an zu vibrieren, bis das Geräusch in ein Dröhnen überging und dann schlagartig mit einem alles übertönenden Knall endete. Es war geschafft.

»Willkommen im einundzwanzigsten Jahrhundert«, sagte Jerry zu Barnaby. Wir waren wieder zu Hause.

Bereits nach kurzer Zeit kam es uns vor, als wären wir nie weg gewesen. Schon seltsam, wie surreal sich innerhalb von Stunden das in der Vergangenheit Erlebte anfühlte und wie schnell man sich wieder an all die kleinen und großen Annehmlichkeiten des Lebens in seiner eigenen Zeit gewöhnt hatte und sie als selbstverständlich empfand. Es gab warmes Wasser zum Duschen, frisch gewaschene Handtücher, klimatisierte Schlafzimmer und einen vollen Kühlschrank. Entfernungen spielten keine Rolle, und man musste nicht reisen, um Kontakt mit Menschen in anderen Ländern zu haben. Ich konnte mit meinen Eltern in Frankfurt skypen und mit meiner Freundin Vanessa, die gerade in den USA war, Handynachrichten austauschen.

Sommerliche Stimmung prägte das Stadtbild von Venedig, die Touristen schoben sich schwitzend durch die vollgestopften Gassen von San Marco und bevölkerten die Ausflugsboote. Die Vaporetti knatterten über den Canal Grande, und durch die Kanäle glitten die schwarzen Gondeln, geschickt gesteuert von den einheitlich in gestreifte Hemden und helle Hüte gekleideten Bootsführern.

José ging zum Arzt und ließ seine Wunden behandeln. Eine Erklärung, wie es zu diesen Verletzungen gekommen war, blieb er uns nach wie vor schuldig. Außerdem bekamen wir ihn kaum zu Gesicht. Gemeinsam mit Jerry nahm er weitere Verbesserungen und Feineinstellungen an der Zeitmaschine vor, und zwischendurch war er immer wieder mitsamt der Maschine für mehrere Stunden verschwunden, ohne uns vorher Bescheid zu geben oder gar Genaueres über seine Unternehmungen zu erzählen.

Unseren Schülern hatten wir für zwei Tage unterrichtsfrei gegeben – sie sollten die aufregenden Ereignisse, die hinter ihnen lagen, erst einmal in Ruhe verarbeiten. Wenn sie von all den Geschehnissen auch nur annähernd so durch den Wind waren wie ich, würden sie sämtliche Erholung brauchen, die sie kriegen konnten.

Jeder entspannte sich auf seine Weise. Sebastiano trainierte wie ein Verrückter und vergoss dabei literweise Schweiß. Er war kaum von der Hantelbank wegzubringen. Zwischendurch boxte er wie besessen auf den armen Sandsack ein.

Ole trainierte ebenfalls und duschte hinterher jedes Mal endlos lange, aber hauptsächlich blockierte er den Fernseher im Portego, wo er vor der angeschlossenen Konsole saß und sich mit Ballerspielen durch den Tag zockte – gelegentlich auch zusammen mit Walter, der aber den größten Teil seiner Freizeit lieber zum Lesen nutzte oder sich mit seinem neuen (verschließbaren) Tagebuch befasste, das ich ihm besorgt hatte.

Fatima übte mit unerwartetem Eifer Schreiben und Lesen. Und sie hatte ihr Faible fürs Fotografieren entdeckt. Ich hatte ihr eine alte Digitalkamera zum Ausprobieren und Üben gegeben. Damit knipste Fatima alles Mögliche, hauptsächlich jedoch ihre eigenen Outfits in unterschiedlichsten Zusammenstellungen. Mehr oder weniger beiläufig ließ sie fallen, dass sie irgendwann gern selber über Mode bloggen wolle. Sie fand, dass die meisten der einschlägigen Websites nicht wirklich gut waren, und sie war der Überzeugung, dass sie es besser konnte.

Ich glaubte es ihr unbesehen. Ihr zäher Wille und ihre ungewöhnliche Durchsetzungskraft hatten mich von Anfang an stark beeindruckt. Fatima besaß eine höchst bemerkenswerte Persönlichkeit, und wer in ihr nur das wunderschöne junge Mädchen sah, konnte manche Überraschung erleben. Etwa wenn sie im Übungsraum ihre Wurfmesser auf die Zielscheibe schleuderte und mit neun von zehn Klingen ins Schwarze traf. Sogar Ole hörte dann mit seinem Krafttraining auf und sah ihr mit offenem Mund zu (wobei sein Interesse natürlich nicht bloß ihrer Treffsicherheit galt).

Barnaby vertrieb sich auf seine eigene Weise die Zeit. Anfangs hatte Ole ihn noch auf Schritt und Tritt bewacht, es aber bald aufgegeben, als er bemerkt hatte, dass Barnabys vorrangiges Interesse Gemäldegalerien, alter Kirchenkunst und historischen Ausstellungsstücken galt. In Venedig war all das mit nur wenigen Schritten zu erreichen. Da die Stadt als herausragendes Weltkulturerbe ein einziges großes Museum war, würde Barnaby wahrscheinlich Jahre brauchen, bis er alles gebührend bewundert hatte. Ole war schnell dahintergekommen, dass er sich dabei unweigerlich zu Tode langweilen würde, daher zog Barnaby regelmäßig allein los, bewaffnet mit diversen Audioguides und Dauerkarten, die ich ihm gleich als Erstes besorgt hatte, damit er kreuz und quer mit dem Vaporetto herumfahren konnte und zu allen wichtigen Sehenswürdigen freien Zutritt hatte. Mit wachsender Begeisterung durchstreifte der kleine Dämon die Museen und Kirchen Venedigs und konnte gar nicht genug davon bekommen. Voller Ehrfurcht schilderte er uns beim gemeinsamen Abendessen die unvergleichliche Farbgebung in den Gemälden Tizians und den kraftvollen Pinselschwung von Tintoretto. Ganz zu schweigen von der monumentalen Architektur der Basilika und den meisterlichen Fresken in diversen Kirchen.

Und er ging in die Oper. Mit Tränen in den Augen kam er anschließend von der Vorstellung nach Hause und erklärte, seine Berufung gefunden zu haben. Er wollte die Rolle des Othello einstudieren und sich einen Termin zum Vorsingen im *La Fenice* geben lassen, sobald er herausgefunden hatte, wer dort dafür zuständig war.

Es fiel nicht schwer, sich von seinem Enthusiasmus mitreißen zu lassen, denn nichts davon wirkte gekünstelt oder berechnend. Man musste Barnaby einfach ins Herz schließen. Aber trotzdem blieb im Hintergrund immer ein leiser Zweifel, ob wir ihm wirklich vorbehaltlos trauen konnten. Nicht nur, weil er nun einmal war, was er war und aus einer ebenso fremdartigen wie furchterregenden Welt stammte. Sondern auch wegen Josés seltsamer Äußerung über das Einhalten von Grenzen. Sebastiano hatte von ihm wissen wollen, was genau er damit gemeint hätte, und vor allem, woher er Barnaby kannte. Doch offenbar war auch das eine Frage, die José uns nicht beantworten wollte. Er ließ uns lediglich eine weitere, nicht minder kryptisch klingende Erklärung zuteilwerden.

»Ihr habt nichts von ihm zu befürchten – vorläufig. Er belügt euch nicht, verschweigt jedoch vieles. Er wird euch das Leben retten. Aber euch auch in Gefahr bringen. Der Zeitstrom um ihn herum ist in Teilen dunkel und unergründlich, doch er schützt auch gleichzeitig den euren. Deshalb darf er nicht unterbrochen werden.«

Daraus konnten wir uns dann selbst irgendwelche Theorien zusammenstricken, denn mehr war José zu dem Thema nicht zu entlocken.

Das Verhältnis zwischen Sebastiano und mir blieb angespannt. Wir schliefen weiterhin in getrennten Zimmern und gingen uns mehr oder weniger aus dem Weg. Und das nicht ohne Grund: Natürlich war das Auftauchen von Sebastianos künftigem Ich Anlass für die allererste Frage gewesen, mit der wir José gleich nach unserer Rückkehr bestürmt hatten, und zu unserem Entsetzen hatte er uns mitgeteilt, dass wir auf den zukünftigen Sebastiano hören sollten.

»Es gibt unterschiedliche Variablen, was ihn betrifft«, hatte Josés Erklärung gelautet. »Eine davon könnte so aussehen, dass er eine Art temporärer Nebenfluss im Zeitstrom bleibt, der bald wieder mit dem Hauptstrom verschmilzt, wodurch alle darin enthaltenen und für euch negativen Verwicklungen rückwirkend entfallen.«

»Hieße das, der zukünftige Sebastiano wäre dann … ausgelöscht?«, fragte ich schmerzlich berührt.

»Nein, das ist nicht der richtige Ausdruck dafür«, sagte José. »Er hätte niemals existiert.«

Über die andere Variable musste er nicht viel sagen, dafür reichte ein Satz. »Im ungünstigen Fall würde dieser Nebenfluss den Hauptstrom beeinflussen und auf irreversible Weise verändern.« Ernst blickte er Sebastiano an. »Dann würdest du erleben, was er erlebt hat. Du wärst in Zukunft er.«

»Und ich wäre dann wohl nicht mehr da«, sagte ich leise.

Darauf erwiderte José nichts. Sein Schweigen war auch eine Antwort.

»Wäre es besser gewesen, wenn ich Lord Wykes getötet hätte?«, wollte Sebastiano mit gequälter Miene wissen. »Wäre die Prognose dann günstiger?«

»Nein«, sagte José zu unserer Überraschung. »Ihr habt eine ähnlich günstige Alternative gewählt, indem ihr Fitzjohn gezwungen habt, seine Rolle als Lord Wykes bei Hofe aufzugeben und unterzutauchen. Damit ist alles wieder offen.«

»Aber ich darf nicht mehr mit Anna zusammen sein, wenn

ich ihr Leben nicht in Gefahr bringen will. Oder gibt es etwa auch dazu eine akzeptable Alternative?«

»Ja, die gibt es immer«, meinte José, womit er uns abermals in Erstaunen versetzte. »Man muss sie nur kennen.«

Sebastiano musterte den einäugigen alten Mann mit unverhüllt drohendem Blick. »Du wirst uns diese Alternative nennen, José. Oder Anna und ich sind hier ab sofort aus der ganzen Nummer raus, und du siehst uns nie wieder. Gute Jobs gibt es überall auf der Welt. Und damit meine ich *irgendwelche* Jobs, nicht den Job als Zeitwächter. Wenn wir wollen, können wir jederzeit was anderes finden.«

»Aus diesem Spiel kann man nicht aussteigen«, sagte José sanft. »Ich dachte, das wüsstet ihr. Außerdem kennt ihr die Alternative schon.«

»Wirklich?«, gab Sebastiano höhnisch zurück. »Vermutlich besteht sie darin, dass wir einfach bloß den *Schlüssel* finden müssen.« Er spie das Wort förmlich hervor.

»Ganz recht.«

»Und wo sollen wir diesen verdammten Schlüssel suchen?«, rief Sebastiano, jetzt ernstlich wütend.

»Nicht wo, sondern *wann*«, korrigierte José.

»Also wann?«

»Das ist eine weitere Variable«, sagte José. »Deren genaue Entwicklung hängt wiederum allein davon ab, was in der nächsten Zeit geschieht.«

»Worüber du uns natürlich nichts verraten kannst.« Ich starrte ihn an, hin und her gerissen zwischen zorniger Rebellion und hilfloser Verzweiflung.

»Doch. Euch steht eine wichtige Aufgabe bevor.« Mit dieser Antwort verblüffte er uns abermals. »Ihr müsst bald wieder zurück ins Jahr 1540. Am Hof von Heinrich dem Achten ist die Hölle los.«

Wenn irgend möglich steigerte diese Ankündigung noch das belastende Gefühl von Anspannung und Unsicherheit. Aber wenigstens hatten wir damit etwas, worauf wir unsere Hoffnung setzen konnten. Es gab für Sebastiano und mich eine Chance auf eine gemeinsame Zukunft, und wir würden alles geben, um sie zu nutzen.

Den genauen Zeitpunkt unseres nächsten Einsatzes konnte José uns allerdings nicht nennen. Das würde uns der Spiegel erst zeigen, wenn es so weit war, deshalb blieb uns fürs Erste nichts anderes übrig, als zu warten. Nach zwei Tagen machten wir mit dem Unterricht weiter, schließlich betrieben wir eine Akademie und mussten neue Zeitwächter ausbilden. Irgendwas war nämlich immer am Zeitstrom zu korrigieren. Reisende mussten aus der Gegenwart in die Vergangenheit gebracht werden, wo sie ihrerseits Aufgaben übernehmen sollten. Wichtige historische Persönlichkeiten mussten vor schädlichen Einflüssen oder Angriffen bewahrt werden, damit der optimale Lauf der Geschichte sich unbeeinträchtigt entfalten konnte.

Eines Tages würden Ole, Fatima und Walter ohne unsere Begleitung zu diesen Missionen aufbrechen. Wir hatten für die Ausbildung ein Jahr veranschlagt, höchstens anderthalb – das war deutlich länger, als wir selbst dafür gebraucht hatten, aber sie hatten ja auch ein paar Jahrhunderte an Wissensvorsprung aufzuholen. Gemessen daran machten sie erstaunlich schnelle

Fortschritte, was ich als sehr beruhigend empfand. Je eher sie selbstständig eigene Aufgaben übernehmen konnten, desto weniger Sorgen mussten wir uns um sie machen.

Es verschaffte mir ein Gefühl von Zufriedenheit, ihnen Wissen zu vermitteln, welches ich mir selbst in teilweise mühsamer Eigenregie und oft nach dem *Trial-and-Error*-Prinzip angeeignet hatte. Aber ich spürte auch die Verantwortung, die dieser Lehrerjob mit sich brachte. Wir mussten unsere Schüler auf alle möglichen Ernstfälle und Gefahren vorbereiten. Einen Erste-Hilfe-Kurs hatten wir bereits mit ihnen absolviert, doch das reichte nicht. Unsere Schützlinge kamen aus Zeiten, in denen heutige antiseptische Standards völlig unbekannt waren. Die geringste Unachtsamkeit bei der Behandlung einer offenen Wunde konnte binnen weniger Tage zum Tod führen. Fatima, Ole und Walter hatten alle drei in ihrer Zeit schon Menschen an Blutvergiftung und Wundbrand sterben sehen, aber auf die wahre Ursache – eindringende Keime – wären sie nicht einmal im Traum gekommen.

Unter meiner Anleitung stellten sie Fiebertränke und Salben aus Kräutern her, die wir gemeinsam im Garten eines alten Klosters besorgten. Die Anlage war schon vor vielen Jahren zu einem Hotel umfunktioniert worden, aber die Kräuterbeete gab es immer noch. Der Besitzer, ein Freund von Sebastianos Vater, hatte nichts dagegen, wenn wir uns ab und zu für unseren Bedarf bei ihm eindeckten. Ich zeigte meinen Schülern die wichtigsten Heilkräuter und ließ sie alles selbst pflücken, damit sie jede einzelne Pflanze genau betrachten und sich deren Aussehen und Bezeichnung einprägen konnten. Anschließend bereiteten wir in der Küche unseres Palazzos unterschiedliche Tinkturen zu.

Ich war mit Feuereifer bei der Sache und fühlte mich in meine Zeit als Apothekenhelferin im 15. Jahrhundert zurückversetzt. Damals hatte ich hier in Venedig mein erstes großes Zeitreiseabenteuer erlebt und dabei Sebastiano kennen und lieben gelernt.

Während ich gedankenverloren in einem großen Topf auf dem Herd eine Emulsion aus Honig, Öl und Koriander anrührte, kam Barnaby vorzeitig von seiner nachmittäglichen Besichtigungstour nach Hause.

»Na, du bist ja früh zurück«, sagte ich.

Er hatte vorgehabt, im Dogenpalast an der Geheimgang-Führung teilzunehmen. Bereits im Vorhinein hatte er von den raffiniert getarnten Wegen geschwärmt, die hinter den großen öffentlichen Sälen lagen und zu verborgenen Archiven, intimen Gemächern und sogar zu versteckten Folterkammern führten.

»Wie war es denn? Wie hat dir die Führung durch die Geheimgänge gefallen?«

»Gut«, sagte er.

Ich wartete darauf, dass er uns eine ausführliche und enthusiastische Schilderung zuteilwerden ließ, aber er war ungewohnt wortkarg. Er kam zu mir an den Herd und schnüffelte an der Emulsion.

»Essen?«, fragte er.

»Medizin«, antwortete ich.

»Du könntest uns helfen, wenn du schon mal da bist«, meinte Fatima.

»Gut«, sagte Barnaby.

Das weckte bei Ole und Fatima sofort freudige Zustimmung, weil es ihnen Gelegenheit gab, ihre Arbeit an Barnaby zu delegieren und sich so vor dem Rest der Stunde zu drücken. Anscheinend fanden sie den Unterricht wesentlich weniger anregend als ich selbst. Nur Walter hielt tapfer die Stellung und passierte einen frisch aufgekochten Kräutersud durch ein Sieb, aber ihm war deutlich anzusehen, dass er auch lieber freigehabt hätte. Also erklärte ich die Stunde für beendet, woraufhin er ebenfalls erleichtert den Rückzug antrat.

»Wie es aussieht, beschränkt sich deine Hilfe aufs Saubermachen und Abwaschen«, sagte ich zu Barnaby. »Die spannenden Einzelheiten der Salbenherstellung werden dir also fürs Erste verborgen bleiben. Hier, du kannst schon mal die Töpfe einweichen. Ich räume die Reste vom Grünzeug weg. Renata soll keinen Schock kriegen, wenn sie das nächste Mal wiederkommt. Hm, Renata kennst du ja noch gar nicht. Hatten wir sie schon erwähnt? Sie ist unsere Köchin. Momentan hat sie ein paar Tage frei, aber dann lernst du sie selbst kennen. Sie kocht wirklich gut. Apropos Kochen, ich hätte langsam Hunger. Magst du vielleicht eine Kleinigkeit für uns zubereiten?«

»Essen?«

»Ja, das wäre großartig«

»Gut.«

»Du bist ein echter Schatz, Barnaby.« Ich nahm seine Schürze vom Wandhaken und warf sie ihm über die frei stehende Anrichte hinweg zu, ehe ich mich wieder den Kräuterabfällen widmete. Als ich mich anschließend zu ihm umdrehte, schrak ich zusammen, denn er stand plötzlich auf meiner Seite der Anrichte und hielt mir eine Schale mit köstlich aussehenden Keksen hin.

»Wow«, sagte ich und sog den Duft durch die Nase ein. »Die riechen ja fantastisch! Wann hast du die denn gebacken? Habe ich gar nicht mitbekommen!«

Ich nahm einen Keks und biss hinein. Er schmeckte noch viel besser, als er roch. Der Geschmack war … himmlisch. Unübertroffen, genial, unvergleichlich. »Das ist ja sagenhaft«, meinte ich verzückt kauend. »Diese Kekse sind der Hit, Barnaby! Ganz großes Kino!«

»Gut«, sagte er.

Die Schürze hatte er auf dem Fußboden liegen lassen.

»Barnaby, was soll das?«, fragte ich irritiert. »Echt jetzt, wie bist du denn heute drauf?«

»Gut.« Er rülpste das Wort förmlich heraus.

»Barnaby, also wirklich! Kannst du dich nicht mehr anständig mit mir unterhalten?«

»Essen«, sagte er krächzend, dann ging er einfach auf seinen krummen, kurzen Beinen aus der Küche.

Ich zuckte mit den Schultern, aß noch ein paar Kekse und brachte dann selbstlos das restliche halbe Dutzend nach oben zu Sebastiano. Er hatte sich in unser gemeinsames Wohnzimmer zurückgezogen (das jetzt außerdem sein Schlafzimmer war) und arbeitete dort am Schreibtisch ein paar Unterlagen durch. Ich sah, dass er historische Quellen aus dem Jahr 1540 studierte. Über das Leben von Heinrich dem Achten existierten ziemlich genaue Aufzeichnungen. Seine Schlösser, seine Marotten, seine Krankheiten und seine Reisen – es gab nur wenig, das nicht penibel überliefert war, sei es aus der Sicht seiner persönlichen Schreiber oder der von anderen Zeitgenossen. Offenbar wollte Sebastiano für unseren bevorstehenden Einsatz kein Risiko eingehen und sich bestmöglich vorbereiten. Sofort bekam ich ein schlechtes Gewissen. Ich hatte zwar fast alle verfügbaren Chroniken schon selbst gelesen, aber es hätte sicher nicht geschadet, sie noch ein bisschen genauer zu studieren, statt unten in der Küche mit unseren Schülern Salbe zu kochen.

»Was hast du da?«, fragte Sebastiano. Er hob den Kopf und schnupperte. »Das riecht ja unglaublich gut!«

»Kekse.« Ich hielt ihm die Schale hin. »Die musst du probieren. Hat Barnaby gebacken.«

»Genau das Richtige nach der ganzen öden Arbeit«, sagte Sebastiano und nahm einen Keks. Genüsslich biss er davon ab. »Hammer. Die sind wirklich erstklassig.« Der Keks verschwand innerhalb einer Sekunde in seinem Mund, und gleich darauf hatte er einen zweiten und einen dritten verdrückt. »Die besten Kekse, die ich je gegessen habe«, meinte er mit vollem Mund. »Was ist da drin? Mandeln? Honig?«

»Keine Ahnung.« Ich schnappte ihm den letzten Keks weg und aß ihn selber, während er sich den vorletzten einverleibte.

Ich sah ihm beim Essen zu. Himmel, allein ihn dabei zu beobachten, wie er einen Keks verdrückte, brachte in meinem Magen eine Million Schmetterlinge zum Flattern! Er war einfach so unerhört attraktiv. Ohne jede Frage der bestaussehende Mann der Welt. Ach was, aller Zeiten! Sebastiano war … der Inbegriff all dessen, was ich je gewollt hatte.

»Du siehst so toll aus«, entfuhr es mir.

Er erwiderte meinen Blick unverwandt. »Und du erst. Du bist die schönste Frau der Welt.«

»Ich liebe dich«, sagten wir beide einstimmig.

Mein Herz klopfte so laut wie Donner. Ich spürte, wie das Blut durch meine Adern raste, und plötzlich schien die ganze Welt Kopf zu stehen. Das Luftholen funktionierte nicht mehr richtig, und ich stolperte, weil ich den einen Schritt, der mich von Sebastiano trennte, so überstürzt zurücklegte, dass ich nicht auf meine

Füße schauen konnte. Er hatte sich so hastig erhoben, dass der Schreibtischstuhl zurückrollte und mit Karacho gegen das Regal dahinter knallte. Es störte uns beide kein bisschen. Im nächsten Moment lagen wir einander in den Armen, und ungefähr zwei Sekunden später nebenan der Länge nach auf unserem Bett.

»Anna«, stöhnte Sebastiano. »Ich kann nicht aufhören.«

»Dann hör nicht auf.«

Und mein Wunsch war ihm Befehl.

Er küsste mich so intensiv, dass ich fast ohnmächtig wurde vor Leidenschaft, und alle hinderlichen Kleidungsstücke verschwanden binnen Augenblicken von unseren Körpern. Mein Verlangen nach Sebastianos Berührungen war so stark, dass ich nicht mehr richtig denken konnte. Irgendwo, ganz tief drinnen, versteckt in einem sehr unwichtigen und weit entfernten Winkel meines Hinterkopfs versuchte eine störende kleine Stimme, mich zu kritisieren, aber sie kam nicht zu Wort. Dafür war das, was Sebastiano da gerade mit mir anstellte, einfach viel zu gut. Seine Hände schienen überall gleichzeitig zu sein, und in meinem fieberhaften Verlangen, ihn ebenfalls anzufassen und zu streicheln, knetete ich rastlos die harten Muskeln an seinem Rücken.

Mein Verstand und mein Körper schienen nicht mehr mir selbst zu gehören. Gut, murmelte es in meinem Inneren. Gut, gut, gut!

Dann sahen meine halb geöffneten Augen über Sebastianos Schulter hinweg einen schattenhaften Umriss auf dem großen Kleiderschrank hocken, und mir wurde klar, dass das *Gut-gut-gut*-Gemurmel gar nicht aus meinem Inneren kam, sondern von dem Schatten oben auf dem Schrank.

»Sebastiano«, stammelte ich entsetzt.

»Hm?«, brummte er bloß, während er mich weiter mit Küssen bedeckte.

»Da ist jemand auf dem Schrank und sieht uns zu! Oh mein Gott, es ist Barnaby!«

Abrupt sprang Sebastiano aus dem Bett und marschierte auf den Kleiderschrank zu, wo er sich ungeachtet seiner Nacktheit drohend aufbaute.

»Barnaby!«, brüllte er. »Komm sofort da runter, damit ich dich erwürgen kann!«

Die Tür zu unserem Schlafzimmer wurde aufgestoßen, und eine kleine, bucklige Gestalt mit zu krummen Beinen und zu großen Füßen kam hereingestürmt.

Ich sah das glubschäugige, warzige Gesicht und war geschockt. Wie konnte Barnaby ins Zimmer kommen, wenn er bereits oben auf dem Schrank saß?

»Weg da, ich übernehme das!«, schrie der Barnaby neben meinem Bett Sebastiano an. Der Barnaby auf dem Schrank gab nur ein gutturales Grunzen von sich. Es klang wie: *Gut essen.* Und dann zeigte er sehr spitze und sehr lange Zähne, zwischen denen ein böses Fauchen hervordrang.

Erst da kapierte ich es. Das Wesen auf dem Schrank war ein fremder Dämon. Einer von der Sorte, die eine andere Gestalt annehmen konnte. In dem Fall die des echten Barnabys.

Ich kreischte vor Panik laut auf, während Sebastiano sich schützend vor das Bett stellte, in dem ich mit angezogenen Beinen kauerte.

Der richtige Barnaby entfaltete mit einem kurzen Knattern seine ledrigen Schwingen und flog auf den Schrank, wo er sich auf den Gestaltwandler stürzte und sich knurrend in ihm verbiss.

»Essen«, kreischte der dämonische Eindringling. »Gut!«

Anscheinend war er weniger widerstandsfähig als der fette Mönch, denn es dauerte keine drei Sekunden, bis er verschwand. Barnaby kam unmittelbar darauf vom Schrank herabgeflattert und faltete seine Schwingen wieder ordentlich ein. Flink zog er seine Jacke wieder an, ein locker sitzendes Teil aus festem flaschengrünen Stoff, und ebenso rasch setzte er seine Mütze wieder auf, die bei der wilden Aktion zu Boden gefallen war. Keinen Moment zu früh, denn im nächsten Augenblick kam Ole ins Zimmer gestürzt, in der einen Faust seine Streitaxt und in der anderen ein Schwert. Es war sein Bidenhänder und eigentlich viel zu groß, um mit einer Hand geführt zu werden, aber Ole schwang es mit Leichtigkeit.

»Tod dem Troll!«, brüllte er, während er dazu ansetzte, Barnaby zu köpfen.

Der duckte sich blitzartig und machte einen Satz rückwärts. Die Schwertklinge zerteilte mit einem surrenden Geräusch die Luft genau an der Stelle, wo Barnaby gerade noch gestanden hatte. Ole brüllte erneut auf und setzte nach. Diesmal holte er mit der Axt aus, und ich war davon überzeugt, dass er treffen würde. Er hatte seinen eigenen Bekundungen zufolge bei einer solchen Attacke noch nie einen Gegner verfehlt, jedenfalls nicht mehr als einmal.

»Stopp!«, rief Sebastiano. »Runter mit den Waffen! Das ist ein Befehl!«

Ole war in Rage, das war nicht zu übersehen, aber der militärische Drill und die vielen Waffenübungen, die Sebastiano ihm bereits hatte angedeihen lassen, schienen gefruchtet zu haben, denn er gehorchte umgehend und ließ Axt und Schwert sinken.

Doch sein Misstrauen war ungebrochen. »Hat dieser Troll

dich behext und dir damit den Geist verwirrt?«, fragte er mit einem gefährlichen Knurren in der Stimme, das seine Kampfbereitschaft signalisierte.

»Im Gegenteil. Er hat gerade noch rechtzeitig einen gefährlichen Zauber aufgedeckt.« Sebastianos Antwort fiel knapp aus, fasste aber die Realität korrekt zusammen. Die Begierde vernebelte mir immer noch das Gehirn, aber allmählich setzte mein Denkvermögen wieder ein. Der falsche Barnaby hatte uns mit Keksen versorgt, die aus Zutaten bestanden, von denen einige zweifellos nicht von dieser Welt waren. Gäbe es für Liebesdrogen eine Skala von eins bis zehn, hätten diese Kekse mit Leichtigkeit eine glatte Zwanzig abgestaubt.

Ole zog auch ohne genaueres Hintergrundwissen die richtigen Schlüsse. Er musterte zuerst Sebastiano und dann mich mit neu erwachter Aufmerksamkeit. »Ihr seid beide nackt und im selben Bett. War es ein Liebeszauber?«

Ich raffte die Bettdecke an mich und hielt sie mir schützend vor meine Blöße.

»Ich habe schon andere nackte Weiber gesehen«, teilte Ole mir großzügig mit. »An deinem Körper ist nichts, wofür du dich schämen müsstest, Anna. Im Gegenteil, du bist von liebreizender Gestalt, wenn du unbedeckt bist!«

»Raus!«, sagte Sebastiano nur. Es klang drohend.

Halb gekränkt, halb verständnisvoll zuckte Ole mit den Schultern, ehe er Sebastianos Anweisung befolgte und das Zimmer verließ. Barnaby wollte ihm hinterhertrotten, aber Sebastiano hielt ihn zurück.

»Du nicht. Mach die Tür zu. Von innen.«

Barnaby gehorchte seufzend, dann wandte er sich zu uns um. »Sicher habt ihr viele Fragen.«

»Darauf kannst du wetten.« Sebastiano zog sich mit eckigen Bewegungen an. »Woher kam dieses Biest? Durch welches Tor?«

»Ich weiß es nicht. Aber das werde ich noch herausfinden. Irgendwie muss sie ja durchgeschlüpft sein.«

»Sie?«, erkundigte ich mich schaudernd.

Barnaby nickte. »Sie heißt Radith und ist eine Meisterin der feinen Küche. Auch mir hat sie einiges beigebracht.« Als er Sebastianos zornerfüllte Miene bemerkte, fügte er eilig hinzu: »Ich selber verwende nur natürliche oder naturbelassene Zutaten. Von magischen Ingredienzen, die sich auf die Potenz oder die Fleischeslust auswirken, halte ich nichts. Übrigens müsst ihr euch über die Dauer des Zaubers keine Gedanken machen. Er hält nur sehr kurz an.«

Offenbar traf das zu. Von der Erregung, die mich vorhin noch so machtvoll durchströmt hatte, war nichts mehr zu spüren. Irgendwelche Risiken und Nebenwirkungen schien es auch nicht zu geben, abgesehen davon, dass mir die Kekse wie Blei im Magen lagen – was allerdings auch daran liegen konnte, dass ich jetzt über ihre Wirkung Bescheid wusste.

Wie hatte ich überhaupt so dämlich sein können, auf die dürftige Tarnung dieser Dämonin reinzufallen? Auch wenn sie rein äußerlich wie ein exaktes Ebenbild von Barnaby ausgesehen hatte, war der Unterschied so offensichtlich gewesen, dass ich es auf der Stelle hätte erkennen müssen: Barnaby konnte quasseln wie ein Lexikon, während das Fake anscheinend nur zwei menschliche Wörter beherrschte – *gut* und *essen*.

»Diese Radith …« Ich erschauderte erneut, diesmal, weil es mich gruselte. »Hast du sie geschrumpft? Ist sie jetzt da oben auf dem Schrank?«

Barnaby nickte. »So klein, dass sie sogar aus der Sicht einer Schnupfenbazille nicht größer ist als eine Staubmilbe.«

Das fand ich immer noch zu groß. »Ich möchte, dass du den Schrank obendrauf sehr gründlich abwischst, Barnaby. Mehrmals. Mit viel Haushaltsreiniger. Und hinterher steckst du das Tuch in eine Tüte und bringst es ...« Ich überlegte. Was war weit genug weg für etwas von der Größe einer Staubmilbe? »Bring es zum Lido.«

»Gut«, sagte Barnaby.

Ich zuckte zusammen. »Ach, und bitte benutze dieses Wort für eine Weile nicht, ja?«

»G...gerne«, stimmte Barnaby zu, ehe er sich zum Gehen wandte.

Sebastiano runzelte ungehalten die Stirn. »Wo willst du hin?«

»Lappen und Haushaltsreiniger holen.«

»Zuerst will ich wissen, wer das Ding geschickt hat. Auf wessen Kappe gehen diese Kekse?«

»Ich tippe auf Behemoth. Radith gehört zu seinem Gefolge und ist allein seinem Befehl unterworfen. Aber es kann natürlich auch sein, dass er und Mr Fitzjohn gemeinsame Sache machen.«

»Hört sich für mich plausibel an«, sagte Sebastiano nachdenklich. »Sie verfolgen ja beide dasselbe Ziel.«

»Welches denn?«, fragte ich. Dann fiel es mir wieder ein. Sie waren natürlich hinter dem Schlüssel her. Aber was versprachen sie sich denn bloß davon, Sebastiano und mich mit Zauberkeksen aufeinander heißzumachen?

Und dann sah ich in Sebastianos ernstes, schönes Gesicht und begriff endlich, was er längst verstanden hatte. Sie wollten, dass wir ein Kind bekamen. Das kleine Mädchen. Unsere Tochter. Nur wir allein konnten sie auf diese Weise aus dem konturlosen, traumgebundenen Nirgendwann in die reale Zeit bringen. Indem wir sie zeugten, hätten wir sie gleichzeitig gefunden und zu uns geholt.

Sie war der Schlüssel.

Teil 4

José gab sich unbeteiligt, als wir ihn mit unserer Erkenntnis konfrontierten. Er behauptete, es wäre kontraproduktiv gewesen, uns zu früh zu viele Details zu verraten. Auf manche Dinge müssten wir nun mal selber kommen. Dasselbe gelte für die Entscheidungen, die nur wir allein treffen könnten, da wolle er sich nicht einmischen. Wir würden schon selbst wissen, wann es so weit sei.

Seine Bemerkungen erinnerten mich an die Passage in Walters Tagebuch, die seinen Traumdialog mit dem kleinen Mädchen geschildert hatte.

... weshalb es manchmal besser sei, den Dingen ihren natürlichen Lauf zu lassen. Nicht für immer, sondern bis zu einem bestimmten Zeitpunkt. Sie nannte es den ›Punkt der Entscheidung‹. Sie sagte, ich würde wissen, wann es so weit ist.

Der Punkt der Entscheidung. Wann würden wir ihn wohl erreichen? Oder wissen, wann es so weit war? Aktuell schien dieser Punkt noch in unbekannter Ferne zu liegen. Immerhin wussten wir jetzt, worum es bei der Sache mit dem Schlüssel – besagtem Passepartout – in Wirklichkeit ging. Anscheinend dachten Fitzjohn und seine dämonischen Unterstützer, dass ein künftiges Kind von Sebastiano und mir mit besonderen Zeitreise-Gaben ausgestattet sein würde, weshalb sie es gar nicht erwarten konnten, dass wir es bekamen. Vermutlich, um es uns dann schnellstmöglich wegzunehmen. Zum Glück hatten wir dabei auch noch ein Wörtchen mitzureden. Schließlich war es immer noch unsere Entscheidung, ob wir Eltern werden wollten oder nicht.

Sebastiano hatte sich zum Übernachten vorsorglich ins Mezzanin zurückgezogen und sich dort eine Isomatte ausgerollt.

Ich hatte Probleme mit dem Einschlafen. Unruhig wälzte ich mich in meinem einsamen Bett hin und her und versuchte, aus den Ereignissen des Tages schlau zu werden. Das kleine Mädchen schien im Mittelpunkt vieler Interessen zu stehen – obwohl es überhaupt nicht existierte. Noch nicht. Vielleicht auch nie. Und wenn doch, wann denn dann? Die Realität der Gegenwart schien sich allein durch mein Denken in unterschiedliche, fragile Variablen aufzulösen, sie mischte sich mit Wahrscheinlichkeiten und Möglichkeiten auf eine Weise, die mein Gehirn in ein einziges großes Fragezeichen verwandelte. Pausenlos wechselnde *Was-wäre-wenn*-Fragen wirbelten durch meinen Kopf, und auf keine einzige davon schien es eine plausible oder gar beruhigende Antwort zu geben. Die Vorstellung, dass vielleicht irgendwo im Zimmer noch die dämonische Mikrobe unterwegs war, erwies sich als zusätzliches Einschlafhindernis, weshalb ich nach einer Weile ins Wohnzimmer umzog und mich auf dem Sofa ausstreckte. Der Schrank sah zwar blitzsauber aus, denn Barnaby hatte reichlich Meister Proper und Unmengen Wasser zum Einsatz gebracht, aber mein Unbehagen hatte er auch mit der Scheuerseite seines Schwamms nicht wegwischen können. Er hatte mir geschworen, dass besagte Radith nun garantiert verschwunden sei – angeblich war ein einziger Tropfen Putzwasser für sie so gewaltig wie für uns der Atlantik. Doch als er auf meine leicht erschrockene Frage nach ihren Schwimmfähigkeiten erwidert hatte, dass sie sich notfalls selbstverständlich jederzeit in einen Fisch verwandeln könne (wenn auch in diesem Fall in einen sehr, sehr winzigen), war ich mir nicht mehr ganz so sicher, ob sie wirklich im Putzeimer gelandet war. Etliche Tropfen waren bei der ganzen Reinigungsaktion nämlich auch auf dem Fußboden gelandet. Niemand konnte folglich mit letzter Gewissheit sagen, ob sie nicht noch in der Nähe herumschwamm oder -kroch. Hier drüben auf dem Wohnzimmersofa fühlte ich mich jedenfalls deutlich weniger beobachtet als im Bett.

Die Läden waren nicht ganz zugeklappt. Durch den schmalen Spalt in der Mitte fiel silbernes Mondlicht. Es hätte mich schockieren sollen, dass auf einmal das kleine Mädchen auf der Fensterbank saß, aber es fühlte sich kein bisschen erschreckend oder seltsam an, im Gegenteil – fast kam es mir so vor, als hätte ich es erwartet. Natürlich wusste ich auf einer bestimmten Ebene meines Unterbewusstseins, dass ich mittlerweile eingeschlafen war und dass sie nicht real bei mir war, doch das störte mich nicht, denn jetzt war sie hier und konnte mit mir sprechen. Zu meinem Bedauern konnte ich sie wieder nicht richtig sehen, denn immer, wenn ich meine Augen genau zu der Stelle lenken wollte, an der sie sich befand, lösten sich ihre Umrisse auf und verwischten sich wie auf einem Bild, das aus Nebel und sanften Farben gemalt war. Doch ihre süße, wundervolle Präsenz spürte ich trotzdem. Mir entwich ein Seufzer stummer Zufriedenheit. Mit einem Mal fühlte ich mich glücklich.

»Wie schön, dass du mich besuchen kommst.«

»Ich freue mich auch.«

»Wann kannst du richtig bei mir sein?«

»Das kann ich dir nicht sagen, weil es eine Frage der Zeit ist.«

Richtig – dort, wo sie sich befand, gab es ja keine Zeit. Sie war im Nirgendwann, der Welt der Träume und des Unbewussten. Trotzdem sehnte ich mich nach ihr, denn sie würde vielleicht eines Tages mein Kind sein.

»Ich weiß jetzt, dass du der Schlüssel bist«, erklärte ich. »Aber es ist nicht sicher, dass wir dich jemals finden können. Alles ist so unklar und ungewiss. Ich könnte sterben, wenn wir zur falschen Zeit das Falsche tun.« Meine Stimme klang plötzlich sehr verzagt, fast so, als wäre ich das kleine Mädchen und nicht sie. »Ich wüsste so gern, wann ich mich endlich entscheiden darf und ob meine Entscheidung dann die richtige ist. Ob es bald oder eines Tages oder womöglich nie sein wird.«

»Der Spiegel wird es dir zeigen«, sagte sie mit ihrer zauberhaft hellen Kinderstimme, deren Klang mein Herz vor Zuneigung überquellen ließ. »Aber vorher wird er dir sagen, was du auf dem bevorstehenden Einsatz tun musst. Er wird es nur dir allein zeigen, niemandem sonst.«

»Wann sagt er mir das denn?«, fragte ich, ganz außer Acht lassend, dass sie ja kein *Wann* kannte.

Doch zu meiner Überraschung antwortete sie: »Wann immer du es willst.«

»Ach? Dann gehe ich am besten gleich hin, oder?«

»Das kannst du tun. Aber er zeigt es nur dir, denn es ist allein dein Weg. Niemand darf erfahren, was du siehst. Sonst wird es nicht geschehen, und der Punkt der Entscheidung kann nicht kommen.«

»Oh, wirklich? Wenn das so ist, halte ich dicht, darauf kannst du dich verlassen.« Ich glitt geräuschlos vom Sofa herab und schwebte zur Tür. Meine Füße berührten den Fußboden überhaupt nicht, was ich erstaunlich und zugleich erfreulich fand, denn diese Art der Fortbewegung war schließlich nicht alltäglich, sondern eindeutig magisch. Irgendwo tief drinnen war mir selbstverständlich klar, dass ich nicht wirklich schwebte, sondern es nur träumte, aber das minderte den Effekt nur unwesentlich.

Das kleine Mädchen war verschwunden, es kam nicht mit mir nach unten ins Mezzanin, was mich ein bisschen traurig stimmte. Aber ich war davon überzeugt, sie bald wiederzusehen, und sei es nur in einem Traum wie diesem. Ich schwebte die steinerne Wendeltreppe hinab. Meine Hand fuhr leicht über den dicken geflochtenen Strick, der als Geländer diente, genau wie in den früheren Jahrhunderten. In regelmäßigen Abständen wurde die Kordel durch runde, aus Messing gehämmerte Löwenköpfe geführt, die aus der Wand ragten. Die Struktur des Hanfstricks fühlte sich unter meinen Fingerspitzen völlig echt an, eine bemerkenswerte Empfindung für einen Traum.

Das Piano nobile lag in nächtlicher Stille da. Ich warf einen Blick in den riesigen Portego. Über die zum Kanal hin gelegene Loggia fiel bleicher Mondschein in den Saal. Das von der Wasseroberfläche des Kanals widergespiegelte Licht malte geisterhafte Kringel auf den Deckenstuck. Kein Laut war zu hören. Alle im Haus schliefen tief und fest. Beruhigt ging ich weiter die Treppe hinab.

Im Mezzanin wäre ich auf dem Weg zum Spiegel trotz meines magischen Schwebegangs beinahe über eine schlafende Gestalt gestolpert – Sebastiano ruhte dort auf seiner Isomatte. Ihn hatte ich bei dieser nächtlichen Aktion ganz vergessen! Er bewegte sich unruhig in seinem Schlafsack, als ich vorsichtig über ihn hinwegschwebte, aber zum Glück wachte er nicht auf.

Der Spiegel stand in einer Ecke des Requisitenraums, im hinteren Teil des Zwischengeschosses. Für einen unbefangenen Betrachter sah er aus wie ein schlichter, von einem schmucklosen Holzrahmen eingefasster Drehspiegel, wie er in jeder Bühnenumkleide hätte herumstehen können. Kein Einbrecher wäre je auf die Idee gekommen, ihn zu klauen, denn der Rahmen war wurmstichig und die Oberfläche stellenweise blind.

Zu meinem Erstaunen rutschte das Tuch, mit dem wir das Glas abgehängt hatten, ohne mein Zutun herunter, und für eine Sekunde sah ich mich selbst in dem Spiegel – eine zierliche, nicht sonderlich große Frauengestalt in einem weißen Shorty mit Spaghettiträgern. Schmales Gesicht, langes blondes Haar, die Augen geschlossen. Es kam mir schon ein wenig eigenartig vor, dass ich mich mit geschlossenen Augen sehen konnte, aber dann fand ich es ganz natürlich, denn ich schlief ja schließlich, und da hatte man normalerweise die Augen zu.

Im nächsten Moment löste sich mein Spiegelbild in rauchigem Nebel auf, und die gläserne Oberfläche wurde stumpf. Dann geriet sie in Bewegung – die Show begann. Es zeigten sich Gott sei Dank keine Risse, wie bei der letzten Aktivität des Spiegels, oder sonstige seltsame Bilder, bei denen man erst langwierig interpretieren musste, was sie überhaupt bedeuteten. Diesmal erschienen die künftigen Ereignisse in einem einzigen, etwas in die Länge gezogenen Schwarzweißbild, so ähnlich wie ein Handy-GIF. Die Bewegung als solche umfasste nur ein paar Augenblicke des Geschehens, eigentlich war es nur eine Art eingefangene Zeitschleife, die sich immerzu wiederholte und jedes Mal dasselbe zeigte: mich selbst und das, was ich dort tat. Oder vielmehr tun würde, denn dort im Spiegel wurde mir ein Teil meiner Zukunft gezeigt.

Die Anna im Spiegel packte einen Mann beim Hals und stach mit einem spitzen Gegenstand, den ich nicht genau erkennen konnte, auf ihn ein. Danach brach die Wiedergabe ab. Mehr kam nicht.

Wie in Trance sah ich mir die Bildschleife wieder und wieder an und versuchte, Einzelheiten wahrzunehmen. Die Menschen im Hintergrund, ihre Kleidung, ihre Bewegungen. Die ganze Umgebung, in der sich die Sequenz abspielte.

»Was zum …!«

Der Ausruf hinter mir ließ den Spiegel schlagartig schwarz werden. Das Bild war verschwunden.

Ich kam ruckartig zu mir und fuhr herum. Durch die plötzliche Bewegung geriet ich ins Taumeln und hätte um ein Haar den Spiegel umgeworfen, wenn Sebastiano mich nicht rechtzeitig festgehalten und an sich gezogen hätte.

»Um Himmels willen, was treibst du denn mitten in der Nacht hier unten?«, wollte er wissen.

»Keine Ahnung«, murmelte ich. »Ich habe geträumt.« Der letzte Teil meiner Aussage entsprach sogar der Wahrheit. Doch ich würde mich hüten, über diesen Traum zu sprechen. Und noch mehr hütete ich mich davor, ihn nicht ernst zu nehmen. Ich war zwar froh, dass ich wach war und Sebastianos tröstliche Umarmung spürte. Aber gleichzeitig hätte ich gern weitergeschlafen, um das Bild noch einmal genauer betrachten zu können, obwohl ich es schon in vielfacher Wiederholung angesehen hatte. Nur für den Fall, dass mir doch einige Einzelheiten entgangen waren. Unwillkürlich schloss ich die Augen, aber ich konnte den Spiegel nicht mehr sehen. Da war nur absolute Schwärze hinter meinen Lidern.

»Anna, komm zu dir.« Sebastiano fasste mich bei den Schultern und betrachtete mich besorgt. »Verdammt, du bist ja immer noch richtig weggetreten! Stehst da vor dem Spiegel wie ein Geist mit geschlossenen Augen!« Er blickte über meine Schulter selbst hinein. »Seltsam. Das Tuch ist runtergefallen. Oder hast du es weggezogen? Hast du irgendwas da drin gesehen?« Gleich darauf schüttelte er in Beantwortung seiner eigenen Frage den Kopf. »Nein, wie denn auch. Du hattest ja die Augen zu. Ein Wunder, dass du dir auf der Treppe nicht den Hals gebrochen hast! Außerdem bist du völlig ausgekühlt. Du fühlst dich an wie ein Eisklumpen.«

Jetzt merkte ich es auch. Der Steinfußboden war tatsächlich unangenehm kalt unter meinen nackten Fußsohlen, und meine Arme und Beine waren von Gänsehaut überzogen. Fröstelnd drückte ich mich an Sebastiano, der mich automatisch fester hielt.

»Warte. Gleich wird dir wärmer.« Er holte seinen Schlafsack und hängte ihn mir wie einen Umhang über die Schultern. Das weiche Material war noch warm von seinem Körper, und dem wattierten Gewebe entströmte Sebastianos unverwechselbarer Geruch. Unwillkürlich sog ich diesen verlockenden Duft tief durch die Nase ein und fragte mich dabei beunruhigt, ob die Kekse wirklich völlig frei von Nachwirkungen waren. Denn in diesem Moment hätte ich nichts lieber getan, als zusammen mit Sebastiano den Kuschelfaktor im Inneren dieses Schlafsacks zu testen.

»Hör auf, mich so anzuschauen«, befahl er mir. »Ich sehe dir an, was du denkst!«

»Daran denke ich gar nicht«, behauptete ich lahm.

Er schnaubte nur irgendwas vor sich hin. Verärgert über sich selbst fügte er hinzu: »Es fehlt noch, dass du jetzt unter die

Schlafwandler gehst! Ich verbringe den Rest der Nacht wieder oben im Wohnzimmer, dann höre ich es wenigstens, wenn du aus Versehen herumgeisterst.«

»Das Sofa ist schon besetzt«, informierte ich ihn.

»Von wem?«

»Von mir. Du kannst gerne das Bett haben.«

»Ah. Der Dämon auf dem Kleiderschrank.« Er grinste verständnisvoll. »Hat Barnaby nicht gründlich genug geschrubbt? Hast du Angst vor Bazillen?«

»Diese spezielle Bazille könnte theoretisch noch da sein.«

»Mit einer ungefähren Wahrscheinlichkeit von eins zu einer Milliarde, würde ich sagen. Von den Größenverhältnissen ganz zu schweigen.«

»Du kannst ja gern mit dieser Mikrobe im selben Zimmer pennen«, erklärte ich hoheitsvoll. »Ich ziehe einen einhundertprozentig dämonenfreien Schlafplatz vor.«

Er widersprach zum Glück nicht, sondern brachte mich nach oben. Auf eine süße, kavaliersmäßige Art – er hob mich auf seine Arme und trug mich die Treppe hoch. Oben setzte er mich ab und gab mir einen Kuss auf die Wange. »Schlaf gut und träum was Schönes. Aber nichts, das dich herumwandern lässt, versprochen?«

»Ich streng mich an.«

Ich verzog mich aufs Sofa, und er nahm das Bett im Schlafzimmer in Beschlag. Eine Weile lauschte ich auf die Geräusche von nebenan. Das Rascheln der Laken, ein kurzes Knarren des Bettgestells, das Quietschen der Sprungfedern, als Sebastiano sich herumdrehte. Er schlief am liebsten auf der linken Seite. Normalerweise hätte ich jetzt vor ihm gelegen, den Kopf unter sein Kinn geschmiegt, seine Lippen in meinem Haar. Ich hätte seinen Herzschlag an meinem Rücken gespürt, und meine Hand hätte in seiner gelegen, bis wir eingeschlafen wären.

Bald, dachte ich. Bald würde der Punkt der Entscheidung kommen, und dann würde die Zukunft wieder leuchtend und klar vor uns liegen. Ich musste vorher nur noch jene eine Sache erledigen, die alles wieder in Ordnung bringen würde. Der Spiegel hatte es mir gezeigt. Es war eine schreckliche Aufgabe, doch wenn ich sie nicht erfüllte, würde das nicht nur meinen eigenen Tod besiegeln, sondern auch das Ende des Zeitstroms und aller darin lebenden Menschen, die ich kannte und liebte. Denn die Alternative zu den vom Spiegel angeordneten Korrekturen war stets eine Aufsplitterung und ein Auseinanderfallen der Zeit selbst. Möglicherweise hatte es sogar bereits angefangen, das war nicht auszuschließen. Die so sehr gefürchtete Entropie konnte schon einsetzen, ehe man mit aller Kraft versuchte, sie zu verhindern. Verpasste man den alles entscheidenden Einsatz, war der Effekt nicht mehr umzukehren, wodurch der Zeitfluss, in dem das eigene Leben ablief, für immer versiegen konnte.

Ich hätte mein Handy nehmen und googeln können, ob sich an den mir bisher bekannten historischen Abläufen etwas verändert hatte, und falls ja, in welchem Ausmaß. Doch ich wagte es nicht, aus Sorge, allein mit einer solchen Kontrolle negativen Einfluss auf den Zeitstrom auszuüben.

Ich würde tun, was ich tun musste, auch wenn es die schwerste und schlimmste Tat meines Lebens war.

Ich würde Heinrich den Achten töten.

Aus Oles Tagebuch

Das hier ist der erste Eintrag in meinem eigenen Tagebuch. Ich habe eine Methode gefunden Dinge zu notieren obwohl ich nicht gut schreiben und lesen kann. Die Methode nennt sich Diktierprogramm und ist ein Teil von Jerrys Laptop. Er hat mir gezeigt wie es geht und wie man Dateien verschlüsselt sodass sie wirklich privat sind. Nicht mal Jerry kann lesen was ich schreibe. Oder genauer was das Diktierprogramm für mich schreibt. Ich bin voller Ehrfurcht für diesen geheimnisvollen Zauber obwohl es laut Jerry nichts weiter als Technik ist. Er hat wohl recht denn das Programm ist nicht in der Lage am Ende des Satzes den Punkt von allein zu setzen den muss man mitdiktieren. Kommas kann es auch nicht aber wer braucht die schon. Ich nicht.

Barnaby ist wirklich ein Troll. Jetzt weiß ich es sicher denn ich habe gesehen wie er auf dem Weg ins Obergeschoss auf der Treppe seine Jacke auszog und seine dämonischen Flügel ausbreitete und dann hörte ich wie Anna oben um Hilfe schrie. Sebastianos Befehl hat mich davon abgehalten den Troll zu töten aber ich kann es jederzeit nachholen. Sicher hätte ich es trotz Sebastianos Befehl bereits getan. Ein einziger unbeobachteter Moment hätte mir gereicht wenn José es mir nicht zusätzlich verboten hätte. Er ist mit den dunklen Mächten im Bunde und hat mitbekommen dass ich mehr gesehen habe als die anderen wissen. Er meinte dass wir Barnaby brauchen doch das wird mich nicht davon abhalten den Troll trotzdem zu töten wenn er auch nur die kleinste verdächtige Bewegung macht. Etwa auf dem bevorstehenden Einsatz. In einer Stunde geht es los. Wir sollen alle mitkommen auch der Troll. Heute in aller Frühe hat José uns aus den Betten gescheucht und uns befohlen sofort unsere Sachen zu packen. Ich war aufs

Angenehmste überrascht von seinen zusätzlichen Anweisungen. Wir dürfen nämlich auch Waffen mitnehmen. Sogar viele. Meine Tasche ist sehr voll und so schwer dass nur ein Mann wie ich sie tragen kann. Auch Fatima hat sich bewaffnet. Sie trägt ihre Wurfdolche in einem albernen kleinen Samtbeutel an der Hüfte. Ich habe ihr angeboten einen speziellen Gurt für sie anzufertigen in dem sie alle auf einmal in geeigneter Reihenfolge unterbringen kann. Das würde ihr das Ziehen und Werfen sehr erleichtern. Sie wollte mich zuerst anfahren wie immer aber dann hat sie mich nachdenklich angesehen und mich aufgefordert so einen Gurt für sie zu machen. Ich habe sie gefragt was ich dafür kriege worauf sie sagte entweder einen Kuss oder einen Tritt in meine Weichteile je nachdem wie ihr der Gurt gefällt. Ich werde ihr den Gurt machen.

Aus Walters Tagebuch

Ole weiß jetzt auch, dass Barnaby ein Dämon ist. Er hat ihn deswegen beinahe umgebracht. Ich habe es mit angehört, obwohl ich mich nicht in Annas und Sebastianos Schlafkammer getraut habe, als Ole sich dort auf Barnaby stürzte. Ich schäme mich sehr für meine Feigheit. Ob ich wohl jemals lernen werde, eine Waffe zu führen, ohne dass sie mir aus der Hand fällt, ehe ich sie überhaupt zum Einsatz bringen kann?

Wir alle sollen Waffen mitnehmen, wenn wir heute Mittag ins Jahr 1540 zurückkehren. Ich habe lange darüber nachgedacht, was zu mir passt, und mir schließlich einen besonders schönen und gut gespitzten Federkiel aus der Requisitenkammer geholt und ihn mir an den Hut gesteckt. Natürlich hat Ole sich nach Kräften über meine Gänsefeder lustig gemacht und mich als Tussi bezeichnet, eine Beschimpfung, die ich noch nicht kannte, die aber an Verachtung vermutlich kaum zu übertreffen ist. Ich habe ihm stolz mit den Worten Edward Bulwer-Lyttons geantwortet, ein Autor, der dreihundert Jahre nach meiner Geburt wirkte und sich im Schöpfen kluger Sinnsprüche als Mann von zeitloser Weisheit erwies: ›Die Feder ist mächtiger als das Schwert.‹

Darauf wusste Ole nichts zu erwidern außer einem verdrießlichen Grunzen.

Sosehr ich seine Haltung in solchen Fragen verurteile, habe ich mich indessen dennoch entschlossen, mich bei unserem Einsatz in seiner Nähe zu halten, denn nie sah ich einen Mann mit größerer Genauigkeit und Wucht eine Streitaxt schleudern. Vorhin übte er im Trainingsraum ein letztes Mal vor unserem Aufbruch das Werfen. Er zielte auf die Scheibe, die Fatima immer benutzt. Seine Axt sauste mindestens dreißig Schritte quer durch den gesamten großen Raum und spaltete den Dolch, den Fatima dort nach ihrer letzten Übung stecken gelassen hatte – mitten im Schwarzen.

Auch bei ihr würde ich mich angesichts ihrer hohen Treffgenauigkeit im Ernstfall gut aufgehoben fühlen. Aber sie ist nur ein Mädchen, und wenn ihre Messer alle geworfen sind, bleiben ihr nur noch ihre schönen Augen. Ole hingegen hat gewaltige Fäuste – und Schultern so breit wie eine Tür. Er kann mit reiner Muskelkraft eine Schneise der Vernichtung durch die Linien der Feinde schlagen.

Die große Frage ist nur: Wer sind unsere Feinde? Gegen wen sollen wir unsere Waffen richten? Das vermochte José uns nicht zu sagen. Er schien es zu wissen, aber entweder erscheint es ihm aufgrund seiner großen, in vielen Jahrhunderten erworbenen Weisheit nicht opportun, uns ins Bild zu setzen, oder er will uns auf die Probe stellen.

Darüber hinaus kommt es mir so vor, als ob die arme Anna unter besonders starker Anspannung steht. Ob es an der gestrigen Auseinandersetzung in ihrem Schlafgemach liegt? Ich würde zu gern erfahren, was sich dort abgespielt hat und warum sie um Hilfe schrie. Doch sie zu fragen wäre gewiss sehr indiskret und schlechtes Benehmen. Ich habe mir ein Herz gefasst und mich bei Ole danach erkundigt, aber er hat mich nur drohend angesehen und mir mitgeteilt, dass ich meine neugierige Nase in andere Dinge stecken möge. Es sei denn, ich sei auf eine Tracht Prügel aus, womit er mir sogleich dienen könne, falls ich darauf Wert legte. Das konnte ich getrost verneinen und stellte keine weiteren Fragen.

Anna ist sehr blass, wirkt aber äußerst gefasst. So wie jemand, der ein Martyrium auf sich nehmen muss, um andere zu retten. Womöglich ist es wirklich so, und sie weiß mehr, als sie erkennen lässt. Auch Sebastiano scheint diesen Verdacht zu hegen, denn ich hörte mehrmals, wie er sie mit Fragen bedrängte. Eine davon bezog sich auf den Spiegel. Offenbar argwöhnte er, sie könnte darin etwas gesehen haben, ›trotz geschlossener Augen‹, wie er es formulierte. Doch sie hatte daraufhin nur stumm den Kopf geschüttelt.

Ich frage mich schon die ganze Zeit, was zwischen ihnen steht. Es muss etwas Ernstes sein, denn sie haben es sich so zu Herzen genommen, dass sie stets in getrennten Zimmern nächtigen, obwohl sie bereits verlobt sind. Ein Verlöbnis ist in dieser neuen Zeit, so habe ich mir sagen lassen, einer Ehe so gut wie gleichzusetzen. Und die beiden sind, das kann keiner übersehen, einander in tiefer Liebe zugetan. Was ist geschehen, dass dieser Schatten auf ihre unverbrüchliche Einigkeit fallen konnten? Mir scheint, das kleine Mädchen hat vielleicht damit zu tun. Ich habe das Kind während meines letzten Traums danach gefragt, aber es konnte mir darauf keine richtige Antwort geben. Gerade die Dinge, die für einen selbst von wirklich brennendem Interesse sind, scheinen für das Kind nur am Rande von Belang zu sein.

Anna meinte, das Kind sei im ›Nirgendwann‹ und suche einen Weg in die richtige Welt. Ich finde diese Einschätzung sehr treffend und klug, wenngleich ich mich nicht in der Frage festlegen mag, ob es gut für Anna und uns alle wäre, wenn dieses Unterfangen gelänge. Fatima meinte gar, es könnte uns allen den Tod bringen. Sie sagte dies nicht abfällig, sondern eher auf eine ganz gedankenverlorene Weise, als wir beide zufällig allein im Raum waren. Ole war bereits auf sein Zimmer gegangen, und ich wollte mich ebenfalls gerade zurückziehen, als sie mich auf meine Träume von dem Kind ansprach. Weder Fatima noch Ole haben bisher von dem Kind geträumt; von uns dreien bin ich der Einzige. Sie wollte von mir wissen, wie oft ich das kleine Mädchen im Traum gesehen hätte, worauf ich wahrheitsgemäß entgegnete, dass es mir bisher zweimal begegnet sei – einmal in Hampton Court vor meiner Rekrutierung und einmal im Haus des Tuchhändlers in Westminster. Darauf hatte Fatima gemeint, es werde alles darauf hinauslaufen, dass das Kind aus diesen Träumen in die richtige Welt strebe und uns damit ins Verderben stürzen könne. Auf meine erstaunte Frage, wieso sie dieser Meinung sei, entgegnete sie nur knapp, ich solle kein Esel sein und das Augenfällige übersehen – nämlich, dass dieses Kind nicht nur die Tochter von Anna und Sebastiano sei, sondern außerdem auch genau das, worum sich das böse Spiel der verborgenen Mächte drehe: der vielbeschworene, geheimnisvolle Schlüssel.

Ich muss gestehen, dass sie mir damit eine völlig neue Sicht auf die Dinge ermöglicht hat. Vielleicht können Frauen manchmal einfach schärfer denken als Männer, einhergehend mit ihrer Fähigkeit, schneller und mehr zu reden. Der Anschauung in meiner Herkunftszeit liegt solch eine These freilich ferner als die Erde der Sonne, aber so wie das geozentrische Weltbild ein Konstrukt fehlgeleiteter Philosophie und falscher Physik war, so nötig erscheint mir auch eine Auseinandersetzung mit dem nicht minder einseitig begründeten Urteil großer Denker über die weibliche Intelligenz. Ob ich es wagen könnte, eine aufklärerische Streitschrift über das Thema bei Hofe vorzulegen? Natürlich nur, sofern ich noch häufiger in meiner Heimatzeit zu tun habe. Ich könnte mich dabei etwa der Hilfe von Lady Catherine Parr versichern. Sie ist überaus gebildet und beherrscht mehrere Sprachen. Den Chroniken zufolge wird sie sogar selbst erfolgreiche Traktate schreiben. Zudem wird sie, was sie jetzt noch nicht weiß, nach der bevorstehenden Hinrichtung von Lady Howard in Bälde die sechste und letzte Gemahlin Seiner Majestät werden und dadurch zu einer Dame von allerhöchstem Rang und Einfluss aufsteigen.

Ich muss nun zum Ende kommen, denn wir wollen bald aufbrechen, und ich will noch rasch ein gutes Versteck für meinen Tagebuchschlüssel suchen, da ich ihn nicht mit in die Vergangenheit nehmen kann. Auch meine Aufzeichnungen will ich in einem geheimen Winkel verbergen, denn ich fürchte, Fatima könnte jede Hemmung verlieren, wenn sie das Tagebuch zufällig irgendwo herumliegen sieht. Ob Ole ihr ebenfalls eine Tracht Prügel androhen würde, wenn er ihrer maßlosen Neugier gewahr würde?

Der Einfachheit halber kehrten wir wieder in das Haus des Tuchhändlers zurück, für das wir die Miete schließlich bereits entrichtet hatten. Ich fühlte mich die ganze Zeit so elend, als hätte man mich zu meiner eigenen Hinrichtung eingeladen. Ständig überlegte ich hin und her, ob sich die Anweisung des Spiegels nicht irgendwie umgehen ließ. Doch das Bild darin hatte an Deutlichkeit nichts zu wünschen übrig gelassen. Es hatte mich bei der Tat gezeigt, also würde ich sie begehen. In einer anderen Einstellung hätte der Spiegel mir vielleicht die Folgen vorgeführt, die sich aus dem Unterlassen der nötigen Maßnahme ergeben würden und die sich oft auf erschreckende Weise ähnelten. Es waren Bilder von menschenleeren Geröllhalden in einer zerstörten Welt. Oder Bilder von Krieg, von Verwüstung und albtraumhafter, ewiger Einsamkeit inmitten von Ruinen.

Dass ich all diese Zusammenhänge kannte, änderte allerdings nicht das Geringste an meiner Angst davor, das Unausweichliche zu tun.

José schien meine tiefe Niedergeschlagenheit nicht zu entgehen. Nachdem wir mit der Zeitmaschine im Garten des Tuchhändlers im Jahr 1540 gelandet waren, nahm er mich auf dem Weg zur Hintertür des Hauses kurz zur Seite.

»Ich weiß, dass du deine Aufgabe im Spiegel gesehen hast«, sagte er leise. »Und ich sehe, dass du Angst davor hast.«

Um ein Haar wäre ich mit der Frage herausgeplatzt, ob es nicht vielleicht eine Alternative zur Erfüllung besagter Aufgabe gebe, und sei es auch nur eine klitzekleine. Denn es bedeutete einen beträchtlichen Unterschied, jemanden wie Heinrich den Achten unsympathisch zu finden (was ich schon deswegen tat, weil er ständig Leute enthaupten ließ) oder ihn umzubringen (wovor ich mich entsetzlich fürchtete).

»Stell dich dieser Angst«, riet José mir. »Und überwinde sie. Dann wirst du erkennen, dass nicht immer alles so ist, wie es scheint.«

Über diesen kryptischen Ratschlag, den er mir mehr oder weniger zwischen Tür und Angel zuraunte, musste ich eine Weile nachdenken, doch ich konnte auch die Hoffnung spüren, die José damit in mir geweckt hatte. Wie üblich wusste er vermutlich deutlich mehr, als er zugeben wollte, und wenn ich darauf vertraute, dass er recht hatte (was sowieso immer der Fall war), würde vielleicht am Ende doch kein Blut an meinen Händen kleben.

Im Haus des Tuchhändlers konnten wir nicht bleiben. Da wir nach der Anmietung in unsere eigene Zeit zurückgereist waren, würde er sich nicht mehr daran erinnern, dass er es uns überlassen hatte. Womöglich fragte er sich bereits, wieso er überhaupt beschlossen hatte, seine Verwandten zu besuchen. Er konnte jederzeit zu der Überzeugung kommen, dass es zu Hause viel schöner war. Wir mussten folglich damit rechnen, dass er schon bald seine Siebensachen für die Rückkehr zusammenpackte. José schickte gleich nach unserer Ankunft einen berittenen Boten nach Hampton Court, wo Master Cuthbert vermutlich immer noch seine Grippe auskurierte, aber hoffentlich mittlerweile so weit genesen war, um uns wunschgemäß in die Londoner Residenz des Königs einzuschleusen. Wären wir zwischenzeitlich nicht für ein paar Tage in unsere eigene Zeit zurückgekehrt, sondern hier im London des Jahres 1540 geblieben, hätten wir uns problemlos auf König Heinrichs persönliche Einladung berufen können – schließlich hatte er uns befohlen, zu seinem Sommerball zu erscheinen. Aber durch unseren Zeitsprung hatte er inzwischen genau wie beim letzten

Mal alles wieder vergessen, was im Zusammenhang mit unserer kleinen Truppe stand. Er würde sich an nichts erinnern können, auch nicht an besagte Einladung. Das bot uns den Vorteil, unsere persönlichen Biografien ein bisschen aufzuhübschen. Nicht meine oder Sebastianos (wir waren immer noch Lord und Lady Foscary aus Essex), sondern die von Fatima und Ole. Sie waren nun bereit, anspruchsvollere Rollen und damit auch mehr Verantwortung zu übernehmen. Immerhin war dieser Einsatz auch Teil ihres Unterrichts. Für unseren Aufenthalt im Schloss sollte Ole sich in einen normannischen Ritter und Fatima sich in eine orientalische Prinzessin verwandeln.

»Ich werde Juwelen brauchen«, sagte sie aufgeregt, als wir bei einem gemeinsamen Abendessen im Haus des Tuchhändlers die Einzelheiten erörterten. »*Wertvolle* Juwelen.«

»José wird ein bisschen Schmuck besorgen«, sagte ich. »Aber erwarte bloß nicht zu viel. Juwelen kosten ein Vermögen, und das Geld der Akademie wächst nicht auf Bäumen.« Ich wusste, dass José gerade in solchen Dingen ein echter Sparfuchs war, deshalb würde Fatima sich zwar angemessen, aber nicht übertrieben herausputzen können. Außerdem hätte es keinen guten Eindruck gemacht, wenn sie sich mit mehr Klunkern behängt hätte als der Monarch selbst.

Sebastiano und ich saßen gemeinsam mit Fatima, Ole und Walter beim Abendbrot und sprachen über die Vorbereitungen des Einsatzes. Die Details unserer eigentlichen Aufgabe konnten wir nicht besprechen, weil ich die Einzige war, die Informationen darüber besaß, gleichzeitig aber nichts davon verraten durfte.

Sebastiano war ungewohnt schweigsam, er redete kaum. Hin und wieder bedachte er mich mit prüfenden Seitenblicken, als wollte er ergründen, was ich vor ihm verbarg. Er kannte mich einfach zu gut.

José war gemeinsam mit Jerry unterwegs, um die Zeitmaschine an einem sicheren Ort zu verstecken, der einerseits abgeschieden genug lag, andererseits aber auch möglichst rasch vom Palast aus zu erreichen war, falls sich unser Aufbruch nach Erledigung unserer Aufgabe überstürzt vollziehen musste. Außerdem wollten die beiden sich um das Portal kümmern, das Mr Fitzjohn bei unserem letzten Aufenthalt in einen Durchgang für Dämonen verwandelt hatte – José wollte es sicherheitshalber schließen.

»Bekomme ich eine richtige Rüstung?«, erkundigte Ole sich bei Sebastiano. »Und einen Helm mit Federbusch?«

»Ich denke, das lässt sich machen«, meinte Sebastiano. Es klang ein wenig geistesabwesend, als hätte er momentan ganz andere Probleme im Kopf herumzuwälzen als die Frage nach Helmen mit Federbüschen.

»Und ein Pferd, einen Schild und eine Lanze? Vor dem Ball finden Ritterspiele statt. Darf ich beim Tjosten mitreiten?«

»Warum nicht«, sagte Sebastiano zerstreut.

»Aber das kann er doch gar nicht«, wandte ich ein.

»Was?«, fuhr Ole auf. »Wer behauptet das?«

»Ich«, teilte ich ihm mit. »Tjosten ist nichts, was man einfach von allein beherrscht. Man muss es trainieren. Genau wie tanzen.«

»Wisse, Weib, dass ich alles kann, wenn ich es will«, erklärte Ole. »Sogar Tagebuch schreiben.«

»Ich glaube dir ja gerne, dass du Tagebuch schreiben kannst. Aber nicht tjosten. Du kannst es nicht, weil du es noch nie gemacht hast.«

»Daran sieht man wieder, dass du nur ein Weib bist«, meinte er herablassend. »Von den Fertigkeiten eines Ritters verstehst du nichts. Wer so wie ich reiten und eine Lanze bedienen kann, kann auch tjosten, das gebietet schon die Logik des gesunden Verstandes.«

»Du hast jetzt schon wieder zweimal *Weib* zu mir gesagt. Wenn das so weitergeht, sollten wir dich vielleicht doch besser wieder als Pferdeknecht ausgeben, denn wisse, Ole«, ahmte ich seine Ausdrucksweise nach, »das Wort *ritterlich* kommt nicht von ungefähr.«

»Damit hat Anna sehr recht«, warf Walter ein. »Die wichtigste Eigenschaft eines Ritters ist seine Ritterlichkeit. Natürlich muss er auch ein schneidiger Reiter sein und gut fechten können. Aber wer in der Minne ein Rüpel ist, kann niemals ein aufrechter und ehrenvoller Ritter werden.«

»Was zum Henker meinst du mit *Minne*?«, wollte Ole misstrauisch wissen.

»Die Minne ist ein fester Bestandteil der höfischen Kultur«, erläuterte Barnaby ihm ungefragt, während er mir noch ein Stück seines exquisiten in Rotwein geschmorten Bratens servierte und zusätzlich ein liebevoll gebundenes Sträußchen Petersilie als Garnitur an den Rand meines Speisebretts legte. »Minne ist ein Sammelbegriff für feines, ehrbares Benehmen eines hochgestellten Herrn, vor allem gegenüber Damen. Plumpheit im gesellschaftlichen Umgang mit dem schönen Geschlecht gilt als zutiefst unritterlich. Dergleichen lässt sich auch durch meisterliches Tjosten nicht wettmachen.«

Oles Faust krampfte sich um den Griff seines Essdolchs. Er starrte zuerst auf das Petersiliensträußchen auf meinem Speisebrett und dann in Barnabys arglos-freundliches, warziges Gesicht. »Habe ich dich um deine Meinung gefragt, Troll? Willst du, dass ich dir deine vorlaute Zunge abschneide? Führte ich meine Unterhaltung mit dir oder mit Walter? Was hast du dich da einzumischen?«

»Ich hätte es dir nicht besser erklären können«, sagte Walter schüchtern.

»Schluss mit dem Unfug«, mischte sich Sebastiano mit unvermittelter Entschlossenheit in die Unterhaltung. »Ole kann tjosten, wenn ihm danach ist. Ich sorge dafür, dass ihm alles dafür zur Verfügung steht, was er braucht. Und seine mangelnde höfische Kompetenz wird sich schon irgendwie durch seine fremdländische Herkunft erklären lassen. Normannen gelten ohnehin als Grobiane.«

»Ich *kann* mich höfisch benehmen, wenn ich es will!«, trumpfte Ole auf.

Fatima kicherte, und Ole warf ihr einen wütenden Blick zu. »Habe ich nicht tanzen gelernt, genauso wie du?«, herrschte er sie an.

Nun kicherte sie erst recht. »Das ist nicht dein Ernst. So wie ich? Das lernst du in hundert Jahren nicht.«

»Er hat sich sehr bemüht und beherrscht immerhin die Grundschritte.« Ich fühlte mich berufen, Ole in Schutz zu nehmen, obwohl er mich gerade noch so gönnerhaft abgekanzelt hatte, denn ich wusste genau, dass er in Wahrheit die ganze Zeit nur versuchte, seine innere Unsicherheit zu überspielen. Die beste Methode dafür war aus seiner Sicht immer noch, den Obermacho raushängen zu lassen. Irgendwann würde er dieses Verhalten schon noch ablegen, aber vermutlich nicht von heute auf morgen. Schließlich war er ein waschechter Wikinger. Vor nicht mal einem Jahr war er noch mit Fellen behängt am Ufer seines Heimatfjords entlanggestapft und hatte das Nordlicht am Himmel für die spiegelnden Rüstungen der Walküren gehalten, Mythengestalten aus den Götterreich seines Volkes.

Wir beendeten unser Mahl mit einem Dessert der Extraklasse – eine Komposition aus schaumiger Weincreme an knusprigen Mandelbällchen. Ich verzehrte meine Portion mit größtmöglicher Andacht und verdrängte geflissentlich alle unerwünschten Assoziationen. Zum Beispiel solche, die in Richtung *Henkersmahlzeit* gingen, sei es nun meine oder die des Königs, der vielleicht (oder eher sehr wahrscheinlich, da es sich um seine Lieblingsbeschäftigung handelte) gerade in diesem Augenblick drüben in seinem Palast saß und sich mit allen möglichen Appetithäppchen vollstopfte.

»Barnaby, wie kann man eigentlich dort, wo du herkommst, so ausgezeichnet Kochen lernen?«, wollte Fatima wissen, während sie sich ein paar Mandelkrümel von den Fingern schleckte. »Hat man denn als Dschinn im Reich der Dämonen so etwas wie eine Küche?«

Barnaby ließ den Kopf hängen. »Du weißt es also ebenfalls«, stellte er ergeben fest. »Alles andere hätte mich auch sehr gewundert.«

Ole sah Sebastiano und mich an und hob abwehrend die Hände. »Von mir hat Fatima es nicht erfahren. Sie hat mich zwar gefragt, wieso Anna in ihrer Schlafkammer herumgeschrien hat, aber ich habe es ihr nicht verraten. Ich habe ihr auch nicht gesagt, dass Anna und Sebastiano nackt im Bett lagen, als Barnaby dort hereinplatzte und mit seinen hässlichen schwarzen Rückenlappen herumflatterte.« Er verzog angewidert das Gesicht. »An Annas Stelle hätte ich beim Anblick dieser grausigen Flügel auch geschrien.«

»Schwingen«, verbesserte Barnaby.

»Sie lagen nackt im Bett?« Fatima machte kugelrunde Augen. »Und Barnaby hat wirklich Flügel?«

»Schwingen«, korrigierte Barnaby.

Ole betrachtete Fatima verärgert. »Ich dachte, du wüsstest es!«

»*Jetzt* weiß ich es. Jedenfalls, dass Barnaby Flügel hat.« Sie lächelte Ole verschmitzt an. »Bis gerade eben wusste ich nur, dass er ein Dämon ist, ein Dschinn.«

»Woher?«, wollte ich wissen.

»Ich hab's erraten.«

»Das ist nicht wahr«, sagte ich ihr auf den Kopf zu.

Sie wurde rot. »Ich weiß es von Walter.«

Befremdet ließ Walter seinen Löffel sinken. »Das ist gelogen! Ich habe ihr kein Sterbenswörtchen verraten!«

Fatima zuckte mit den Schultern, und man sah förmlich, wie der Argwohn in Walters Zügen in offene Empörung umschlug. »Du hast schon wieder in meinem Tagebuch gelesen!«

»Das ist deine eigene Schuld«, behauptete sie. »Wenn du nicht fähig bist, es ordentlich zu verstecken, brauchst du dich nicht zu wundern, wenn ich reinschaue. Schon deshalb, weil du solche dämlichen Dinge über mich hineinschreibst.«

»Aber ich habe es doch abgeschlossen!«

»Der Schlüssel war genauso stümperhaft versteckt wie das Tagebuch.«

»Fatima, das war ein schwerer Vertrauensbruch«, hob ich an, doch Ole unterbrach mich. »Was hat er denn über dich geschrieben, Fatima?«

»Das geht dich nichts an. Ich frage dich ja auch nicht, was du über mich in *dein* Tagebuch schreibst.«

Ole starrte sie an. »Woher weißt du, dass ich ein Tagebuch schreibe?«

»Ach, schreibst du eins? Gut zu wissen.«

Ole erhob sich mit zusammengezogenen Brauen vom Tisch, richtete sich zu seiner vollen, ehrfurchtgebietenden Größe auf und blickte drohend auf Fatima hinunter. »Weib, manchmal glaube ich, dir könnte eine Tracht Prügel nicht schaden.«

»Nur zu«, sagte Fatima zuckersüß. »Der letzte Mann, der das versucht hat, starb unter schrecklichen Qualen.«

An dieser Stelle der Debatte schlug Sebastiano mit der Faust auf den Tisch und erklärte die Unterhaltung für beendet. Ich hätte Fatima gern noch darüber belehrt, dass ihr Verhalten absolut indiskutabel war und dass sie eine Strafe verdient hatte (wobei ich keine Ahnung hatte, welche; das sollte ich mir vorher vielleicht genauer überlegen), aber dazu wäre ohnehin keine Zeit gewesen, denn gleich darauf kehrten José und Jerry zurück. Sie hatten die Zeitmaschine an unauffälliger Stelle unweit des Schlosses deponiert, und auch das von Mr Fitzjohn umfunktionierte Portal war jetzt außer Betrieb.

Da nun zwangsläufig alle Mitglieder unserer Zeitreisetruppe über Barnabys Herkunft Bescheid wussten, gab es keinen Grund mehr, sich in diesem Punkt Geheimhaltung aufzuerlegen. Also stellte ich José die naheliegende Frage.

»Was glaubst du – sind hier in den Tagen unserer Abwesenheit wohl noch mehr von diesen Wesen durch das Portal gekommen?«

Zu meinem Schrecken entgegnete José: »Eine Menge. Das ist auch der Grund, warum wir so viele Waffen mitgenommen haben. Wir werden alle Hände voll zu tun haben, um sie uns vom Leib zu halten.«

Ich reagierte mit Entsetzen auf diese Information. »Du meinst, wir müssen sie töten? So ähnlich wie bei … *Buffy*?«

»Cool«, sagte Fatima. »Dazu würde ich gern kniehohe Lederstiefel tragen. Und eine enge schwarze Korsage.«

»Das ist absurd«, erklärte ich. »Wir reden hier von Lebewesen!«

Ole hieb seinen Essdolch in die Tischplatte. »Die oder wir!«, rief er. Im Gegensatz zu mir schien er von Josés Mitteilung regelrecht begeistert zu sein.

»Durch Messerstiche oder Schwerthiebe kann man sie nicht töten«, warf Barnaby ein. »Man kann sie damit nur zwingen, sich augenblicklich an einen unbeobachteten Ort zu flüchten, wo sie sich zuerst in ihre angestammte Gestalt zurückverwandeln und dann in die Dämonenwelt verschwinden, um dort ihre Verletzungen auszuheilen.«

Diese Erklärung beruhigte mich ein wenig. Die Vorstellung, dass wir wie eine Horde blutrünstiger Dämonenjäger durch das nächtliche London streiften und massenweise Wesen von Barnabys Art niedermetzelten, fand ich ausgesprochen verstörend.

»Und was passiert, wenn uns ein Dschinn erwischt, bevor wir ihn erwischen?«, wollte Fatima wissen.

»Nichts Gutes«, sagte José. »Rechnet jederzeit mit dem Schlimmsten.«

»Aber worauf haben die Trolle es denn überhaupt abgesehen?«, fragte Ole. »Warum sind sie hier? Was wollen sie?«

»Sie sind hinter Anna her«, erwiderte José schlicht. »Ihr alle müsst sie beschützen.«

Zusätzlich zu meinen anderen Sorgen hatte ich jetzt also noch ein weiteres Problem am Hals. Ich fragte mich, wieso ich nicht schon früher davon erfahren hatte. Möglicherweise hatte José mich nicht beunruhigen wollen. Oder er hatte genauso wenig Bescheid gewusst wie wir alle, das kam tatsächlich gelegentlich vor. Die Devise für uns alle lautete jedenfalls, die Augen offen zu halten. Und zwar ständig und überall. Barnaby hatte strikte Anweisung, mich auf Schritt und Tritt zu bewachen, und auch Sebastiano sollte immer ganz dicht in meiner Nähe bleiben. Den anderen war befohlen worden, eine Art Bewachungsring um uns herum zu bilden und auf diese Weise möglichst zu verhindern, dass überhaupt Dämonen zu mir vordringen konnten.

Was diese Biester genau von mir wollten, war unklar, allerdings lag auf der Hand, dass es mit dem kleinen Mädchen zusammenhing.

Eine von Barnabys Theorien lautete, dass ein konkurrierender Dämonenfürst Wind von der ganzen Sache bekommen hatte und mich ausschalten wollte, damit der machthungrige Behemoth sich den Schlüssel nicht verschaffen konnte. Eine andere Theorie handelte davon, dass Behemoth hinter Mr Fitzjohns Rücken sein eigenes Süppchen kochte und mich für irgendwelche miesen Forderungen als Geisel benutzen wollte, um Fitzjohn zu erpressen.

Auf die Frage, um welche miesen Forderungen es dabei wohl gehen könnte, wiegte Barnaby unbestimmt den Kopf und meinte, da gebe es unzählige Möglichkeiten, angefangen bei der Forderung, mehr und bessere Portale zwischen der Dämonen- und der Menschenwelt zu schaffen bis hin zur Einrichtung einer Klinik für Plastische Chirurgie.

»Plastische Chirurgie?«, vergewisserte ich mich verblüfft.

»Ganz recht. Die meisten Dämonen sind sehr hässlich.«

»Oh«, sagte ich belämmert. »Ich hatte ja keine Ahnung, dass ihr das selber auch so seht.«

Er nickte betrübt. »Vor allem, seit es den einen oder anderen Menschen in unsere Welt verschlagen hat und wir direkte Vergleiche anstellen können. Einer dieser Besucher ist ein besonders schöner Mann. Viele von uns möchten genauso aussehen wie er.«

»Äh … heißt er vielleicht Reginald und hat große Ähnlichkeit mit Ken?«

»Ken?«

»Der schöne blonde Freund von Barbie.«

»Die kenne ich leider auch nicht. Aber du hast recht, der Mann hat blondes Haar und heißt Reginald. Ist er dir bekannt?«

Ich nickte mit leichten Gewissensbissen. Ich selbst hatte bei unserem Londoner Einsatz im Jahr 1813 den guten Reggie mitsamt meiner Katzenmaske zur Hölle geschickt, wo er dann offenbar genauso wie sein früherer Arbeitgeber Mr Fitzjohn zielgenau gelandet war – beziehungsweise in der Dämonenwelt, die sich weitgehend mit dem Bild deckte, das Normalsterbliche wie ich mit dem Begriff *Hölle* verbinden.

»Ich hoffe, er hat es nicht allzu nett und kuschelig bei euch«, sagte ich.

»Du scheinst ihn nicht zu mögen.«

»*Nicht mögen* ist stark untertrieben. Er hat versucht, mich umzubringen. Mehrmals.«

»Das ist empörend«, stellte Barnaby fest. »Doch ich will ehrlich sein. Die meisten meiner Art würden nichts dabei finden, Menschen zu töten. So ein Verhalten würde ihn bei unseresgleichen höchstens noch beliebter machen.«

Na toll. Anscheinend hatte Reggie sich unter den Dämonen einen richtigen Fanclub zugelegt. Ich unterdrückte ein frustriertes Seufzen. Wieso hatte ich diesen bösartigen Schönling nicht einfach auf den Mond gewünscht? Da hätte er lange nach neuen Freunden suchen können.

Bald darauf wurde es Zeit, zu Bett zu gehen, denn vor uns lag ein aufregender, gefährlicher Tag, an dem wir alle topfit sein mussten. Ich teilte mir mit Fatima eine Schlafkammer, und Barnaby hielt draußen vor der Tür Wache. Sebastiano hatte sich am Fuß der Treppe ein behelfsmäßiges Nachtlager hergerichtet, und Ole und Jerry lösten sich mit nächtlichen Kontrollgängen rund ums Haus ab. Walter hatte ebenfalls angeboten, einen Teil des Wachdienstes zu übernehmen, aber das war von den anderen abgelehnt worden. Sie hatten alle kein besonders großes Zutrauen in seine Kampftüchtigkeit, was man ihnen wohl nicht verdenken konnte.

José wiederum hielt bei der Zeitmaschine Wache. Sie war zwar so eingestellt, dass kein Unbefugter sie bedienen und damit durch die Zeit springen konnte, was aber nicht hieß, dass man sie nicht wegschleppen konnte. Irgendwohin, wo man nicht mehr so leicht an sie herankam, zum Beispiel auf ein Schiff, das weit aufs Meer hinaussegelte und dann zufällig unterging.

Ich versuchte mit aller Macht, solche Schreckensszenarien zu verdrängen und endlich einzuschlafen, aber mein Grübeln hielt mich wach. Außerdem redete Fatima im Schlaf. Wahrscheinlich plagte sie sich mit ihren eigenen Problemen herum, auch wenn sie im Gegensatz zu mir den Vorteil hatte, all das in ihren Träumen verarbeiten und somit wenigstens nebenher schlafen zu können.

»Der Gurt erfüllt meine Erwartungen«, murmelte sie. »Komm und hol dir deine Belohnung.« Dann entwich ihr ein sehnsüchtig klingender Seufzer. Offenbar war der Traum doch nicht so übel.

Früh am nächsten Morgen traf Master Cuthbert ein. Er war die halbe Nacht durchgeritten und entsprechend erledigt. Sein langes Gesicht war ganz bleich und spitz vor Müdigkeit. Die Grippe hatte er noch nicht vollständig auskuriert. Er hustete heiser vor sich hin, und auch seine Stimme klang noch sehr verschnupft. Seine Augenringe waren fast so dunkel wie sein Umhang. Dankbar nahm er die Medizin entgegen, die ich für ihn eingepackt hatte – zerkrümelte Schmerztabletten mit einem Wirkstoff, der schon diverse Zeitsprünge in die Vergangenheit recht zuverlässig überstanden hatte. Master Cuthbert hätte sie wahrscheinlich mit ein paar Vorkenntnissen und den Gerätschaften der königlichen Apotheke selbst aus den in der hiesigen Natur vorkommenden Pflanzen herstellen können, wenn er sich dafür interessiert hätte. Aber in dieser Zeit vertrauten die Leute eher vermeintlichen Universalheilmitteln wie Aderlass, Schröpfkur und Räucherpfanne.

Während wir eine Kleinigkeit zu uns nahmen und uns mental auf den bevorstehenden Auftritt bei Hofe vorbereiteten, machte Master Cuthbert sich nach einer kurzen Unterredung mit José wieder auf den Weg, um alles Erforderliche für unsere Ankunft im Palast in die Wege zu leiten. Wie die letzten Male sollte er uns standesgemäße Gemächer organisieren, unser Gepäck abholen lassen (mitsamt einem Teil unserer Waffen, die wir unmöglich alle am Körper tragen konnten) und uns als Gäste ankündigen. All das würde er mit der gewohnten Bravour erledigen, denn genau das war sein Metier. Er war weder über unsere Aufgabe im Bilde (die kannte ja außer mir und höchstens noch José sowieso keiner), noch wusste er über das zusätzliche Problem Bescheid, das sich wegen des von Mr Fitzjohn manipulierten Zeitportals ergeben hatte. Mit anderen Worten, er hatte keine Ahnung, dass ich den König erstechen musste und dass sich Kreaturen bei Hofe herumtrieben, die unter ihrer menschlichen Hülle Ausgeburten der Hölle waren. Derartige Informationen hätten ihm vermutlich bloß einen neuen Fieberschub beschert. Und eine schwere Nervenkrise, so wie ich gerade eine durchmachte. Ein Schauer des Widerwillens überlief mich, als ich vor unserem Umzug ins Schloss mein Gepäck auf alles hin abcheckte, das sich vielleicht als Waffe verwenden ließ. Nicht gegen die Dämonen (um die sollten sich gefälligst die anderen kümmern), sondern gegen den armen, todgeweihten Heinrich, der von meiner Hand sterben sollte.

Ich versuchte mich mit dem Gedanken zu trösten, dass er in den kommenden acht Jahren, die er nach den mir bekannten Geschichtsbüchern eigentlich noch vor sich gehabt hätte, bloß noch fetter und kränker und biestiger geworden wäre. Demnächst würde er Thomas Cromwell köpfen lassen, einen seiner treuesten Weggefährten. Mistress Howard, seine nächste Ehefrau – Kopf ab. Und nach ihr würden noch Zehntausende folgen! Allein bei der gewaltigen Zahl konnte einem übel werden. Warum sollte ich diese vielen Menschenleben nicht retten, indem ich tat, was ich tun musste? Heinrich war ein Despot. Ein Tyrann. Ein mordlustiger, launischer Widerling.

Aber dieses Wissen löste mein Problem trotzdem nicht. Meine Hände hörten nicht auf zu zittern. Wieso hatte der vermaledeite Spiegel ausgerechnet mich für die furchtbare Rolle einer Attentäterin ausgewählt? Und überhaupt, womit würde ich es denn eigentlich tun? Im Spiegel hatte mein Unterarm in der gezeigten Perspektive den größten Teil der Waffe verdeckt, ich hatte nur das lange, spitze Ende gesehen, das ich ruckartig in Heinrichs fetten Hals gestoßen hatte. Seine Augen waren vor schierem Entsetzen hervorgequollen. Mit diesem gruseligen Einzelbild hatte die Sequenz zum Glück geendet.

Klar war bei der Frage nach der Tatwaffe nur eins: Um eine reguläre Waffe hatte es sich nicht gehandelt. Es war ein Gegenstand, den ich dafür zweckentfremdet hatte. Der Stab von einer Haarspange? Nein, zu kurz. Hutnadel? Möglich, aber wahrscheinlich zu dünn. Rastlos ging ich den Inhalt meiner Gepäckkiste durch. Schließlich stieß ich auf den Gegenstand, der optisch zu dem Ding auf dem Bild passte, welches mir der Spiegel gezeigt hatte. Es war eine Miederstange, hell, lang und ziemlich spitz, wie ich feststellte, als ich sie aus dem verstärkten Oberteil des Ballkleids herauszog, das ich am Abend tragen würde. Tief durchatmend starrte ich die Mordwaffe an. Ich würde sie wohl am besten im Ärmel verbergen, dann hatte ich sie gleich griffbereit, wenn es so weit war. Ich würde mir einfach vorstellen, dass Heinrich nicht Heinrich war, sondern ein … Kuchen im Backofen. Ich musste nur kurz mit diesem spitzen Ding in ihn hineinstechen und prüfen, ob er schon durch war. Ich musste …

Nein. Es ging nicht. Ich konnte es nicht. Der Spiegel hatte sich geirrt.

Ohne zu zögern, ging ich nach unten und suchte nach José. Ich fand ihn im Garten, wo er Kirschen pflückte. Er aß sie direkt aus der Hand, seine Finger waren ganz rot vom Kirschsaft.

Genauso rot, wie meine Finger aussehen würden, nachdem ich Heinrich erstochen hätte. Ich hatte das Blut im Spiegel gesehen. Nicht viel, aber genug davon.

»Ich kann's nicht tun«, informierte ich José. »Und wenn die Welt in Scherben fällt.«

»Klingt wie die Zeile aus einem Lied«, meinte er.

»Es ist mir egal, wie es klingt. Ich mach's nicht.«

»Natürlich machst du es. Sagte ich dir nicht, dass nicht immer alles so ist, wie es scheint?« Er hob die Hand, als ich dazu ansetzte, ihn mit Fragen zu bombardieren. Sein gesundes Auge musterte mich streng. »Du weißt, dass wir nicht darüber sprechen dürfen. Das könnte alles ruinieren, bevor es überhaupt losgeht.«

»Aber …«, hob ich verzweifelt an.

»Ich kann dir nur noch ein weiteres Mal sagen: Nichts ist, wie es scheint.« Ein Hauch von Ungeduld lag in seiner Stimme. »Nimm es doch einfach mal wörtlich, ja? Dann wirst du sehen, dass alles ganz leicht geht.«

Mit diesen Worten drehte er sich um und ging zurück ins Haus. Barnaby, der während meines Gesprächs mit José höflich im Hintergrund gewartet hatte (er klebte wirklich wie ein Schatten an mir), fragte mich, ob er irgendwas für mich tun könne.

»Ja«, sagte ich geistesabwesend. »Mir beim Denken helfen.« Josés letzte Anregung hatte etwas bei mir in Gang gesetzt. Es war, als wollte ich eine Schraube in ein sperriges, rostiges Gewinde drehen. *Nimm es wörtlich. Nimm es wörtlich.*

»Wenn nichts ist, wie es scheint«, sagte ich langsam. »Was ist das?«

»Oh, ein Rätsel«, sagte Barnaby erfreut. »Ich *liebe* Rätsel! Aber dieses ist leicht.«

»Dann sag mir die Lösung.«

»Wenn nichts ist, wie es scheint, ist es anders.«

»Was?«

»Anders, als es scheint.«

»Nenn mir ein Beispiel.«

Barnaby grinste mich mit seinen schiefen, verwachsenen Zahnreihen an. »Nimm nur mich.«

»Du bist … anders?«

»Das auch. Aber hauptsächlich bin ich das beste Beispiel für des Rätsels Lösung. Ich sehe aus wie ein Mensch, bin aber in Wahrheit ein Dämon, stimmt's?«

»Ja, ein Dämon«, sagte ich matt, während in meinem Kopf ein sprühendes Feuerwerk der Erleuchtung hochging. Mir wurde ganz schwindlig vor tief empfundener Erleichterung. Jetzt war auf einmal *wirklich* alles ganz leicht. Ich würde nicht Heinrich umbringen. Sondern ein Ding, das sich für ihn ausgab. Und das würde ich nicht mal töten, sondern nur … verjagen. *Das* war in Wahrheit meine Aufgabe!

Ich bedachte Barnaby mit einem breiten, dankbaren Lächeln. »Du bist wirklich ein richtig guter Kumpel, Barnaby.« Ich hielt ihm die Hand zum Abklatschen hin, und zu meiner Freude patschte er fröhlich dagegen. Jetzt konnte nichts mehr schiefgehen.

Der Whitehall-Palast in Westminster war ein gigantisches Schloss, noch ein paar Nummern größer als Hampton Court. Mit allen dazugehörigen Gebäuden ähnelte es eher einer kleinen Stadt als einem herkömmlichen Palast. Angeblich hatte es tausendfünfhundert Zimmer. Kein Wunder, dass der König manchmal die Übersicht über seine unzähligen Gäste und den ausufernden Hofstaat verlor.

Heinrich hatte auch diesem Anwesen umfangreiche Verschönerungs- und Umbauarbeiten angedeihen lassen und dabei an nichts gespart. Die Vorstellung, dass in etwa hundertfünfzig Jahren der ganze Komplex nahezu vollständig einem Großfeuer anheimfallen würde, tat einem in der Seele weh. Doch in diesem Jahrhundert strahlte alles noch in frischer Pracht, einschließlich der Gärten und anderen Außenanlagen. Für die Ritterspiele, die an diesem Nachmittag stattfanden, gab es einen eigens angelegten Turnierplatz. Scharen von Besuchern drängten sich hinter den Absperrungen und auf den Tribünen. Sie erfreuten sich an den pompösen Festzügen und der mit vielen bunten Wimpeln und flatternden Bannern geschmückten Umgebung. Ringsumher erfüllte der schmetternde Klang von Fanfaren die Luft und machte es einem teilweise unmöglich, das eigene Wort noch zu verstehen. Die Leute schrien und lachten durcheinander und genossen die sommerliche Wärme. An manchen Stellen waren Sonnensegel aufgespannt worden, die für ein wenig Schatten sorgten. Knappen führten gepanzerte Streitrösser in die mit Sand ausgestreuten Areale. Harnische, Schilde und Lanzen wurden in offenen Zelten für den Kampf bereitgelegt. Pagen reichten Erfrischungen, und Stallknechte beseitigten die überall herumliegenden Pferdeäpfel.

Heinrich saß mit seiner aktuellen Königin hoch oben in einer mit Schranken zum Turnierplatz hin abgegrenzten Loge, über der ein in den Farben der Tudors – grün und weiß – gestalteter und mit vielen Troddeln und Quasten verzierter Baldachin schwebte. Um die beiden herum saßen und standen diverse Höflinge, Günstlinge und Berater. Ich erkannte Lord Wykes, der nach seiner harten Zeit im Kerker immer noch ein bisschen schwach und müde wirkte, aber keinerlei Anzeichen von Resignation oder Unlust erkennen ließ. Er schien wieder einen festen Platz an der Seite des Monarchen zu haben.

In unmittelbarer Nähe der Königin war Mistress Howard zu sehen, die derzeit noch Anna von Kleves Hofdame war, aber bald als Ehegattin Nummer fünf den Thron an Heinrichs Seite erobern würde. Kein guter Platz für eine Frau. Ich betrachtete ihren schlanken schneeweißen Hals über ihrem großzügigen Dekolleté und schauderte.

Heinrich selbst hing schlapp in seinem Prunksessel und starrte gelangweilt in die Gegend. Er würdigte die Königin keines Blickes. Wenn es nach ihm gegangen wäre, hätte sie wohl längst ihre Sachen packen können. Und dabei bestand ihr einziges Verbrechen darin, dass sie ihm nicht schön genug war.

Unsere Gruppe hatte auf einer der Zuschauertribünen Platz gefunden. Barnaby und Sebastiano scannten wachsam die Gegend ab. Bislang gab es keinen Dämonenalarm, aber theoretisch hätten sich Dutzende in der Menge herumtreiben können. Dummerweise erkannte man sie erst, wenn sie auf einen losgingen, und das hatte heute bisher keiner versucht.

Nachteilig wirkte sich dabei auch aus, dass mein persönliches Warnsystem bei diesen dämonischen Gestaltwandlern nicht zu funktionieren schien – mein Nacken meldete sich nicht, wenn sie in der Nähe waren. Das Jucken hatte sich zwar schon früher manchmal als störanfällig erwiesen, und als Alarmanlage taugte es ohnehin nur eingeschränkt, aber in diesem Fall hätte es schon was gebracht, wenn es mir wenigstens die Anwesenheit dieser furchterregenden Geschöpfe signalisiert hätte.

Die Ritterspiele nahmen unterdessen ihren Lauf. Es sah genauso aus wie in dem Film *Ritter aus Leidenschaft* – zwei voll gepanzerte, tollkühne Recken auf herausgeputzten Schlachtrösser galoppierten zu beiden Seiten einer langen Schranke aufeinander zu und versuchten, sich gegenseitig mit Lanzen aus dem Sattel zu stoßen. Der Sieger erhielt nicht nur den Jubel der Menge und tosenden Applaus, sondern auch ein Säckchen Gold und einen Lorbeerkranz aus den Händen der Königin.

Master Cuthbert hatte ein paar Beziehungen spielen lassen müssen, damit Ole zum Wettkampf zugelassen werden konnte, denn die Teilnehmerplätze waren begrenzt und entsprechend begehrt, aber letztlich hatte alles problemlos geklappt.

»Jetzt kommt gleich Ole dran«, sagte Fatima. Sie saß neben mir auf einem gepolsterten Hocker und reckte aufgeregt den Hals, um besser sehen zu können. »Oh, schau nur, Anna! Wie prächtig und feurig sein Ross aussieht! Wie edel, breitschultrig und kraftvoll! Es ist eines Prinzen wahrlich würdig!«

Jerry, der bei dieser Darbietung als Oles Knappe fungierte, führte gerade ein massiges, mit Federbüschen und Samtschabracken behängtes Riesenpferd in die Arena. Ole stapfte hochgerüstet hinterdrein und warf siegreiche Blicke nach allen Seiten. Sein polierter Brustharnisch blinkte in der Sonne, und seine goldenen Locken und das ebenmäßige, markante Gesicht zogen unweigerlich sämtliche Blicke der anwesenden Damenwelt auf sich. Ich hörte Fatima neben mir verstohlen aufseufzen. Es war so klar wie nur irgendwas, dass sie mit ihrer letzten Bemerkung eigentlich nicht das Ross gemeint hatte, sondern den Prinzen. Ole war eindeutig der Star in der Manege, ein Normannenfürst wie aus dem Bilderbuch.

Er ließ sich unter einigem Geklapper und diversen Verrenkungen sowie unter Verwendung eines hölzernen Aufstiegspodestes von Jerry auf den Gaul helfen, ehe er seinen ebenfalls mit riesigen Federbüschen verzierten Helm aufsetzte und sich die Lanze reichen ließ, ein mindestens drei Meter langes und armdickes Ungetüm, dessen Griff in einem gepanzerten Schild steckte. Ole hampelte ein bisschen damit herum, bevor er es richtig unter Kontrolle hatte. Sogar auf die Entfernung war zu sehen, dass sich in Jerrys Miene mehr Skepsis als Zuversicht zeigte. Oles Gesicht konnte ich nicht mehr sehen, weil er schon das Visier heruntergeklappt hatte und dadurch erst recht Probleme mit dem Sortieren seines Tjost-Equipments bekam.

Oles Gegner machte sich am anderen Ende der Reitbahn für den Zweikampf bereit. Beim Besteigen des Rosses und Anlegen von Helm und Lanze stellte er sich wesentlich geschickter an als Ole.

»Du hättest das nicht erlauben dürfen«, sagte ich über die Schulter zu Sebastiano, der dicht hinter mir stand.

»Es ist doch nur ein Schaukampf. Bis jetzt sind hier alle, die vom Pferd gefallen sind, wieder aufgestanden.«

»Er könnte sich trotzdem verletzen.« Besorgt betrachtete ich die schweren eisenbeschlagenen Lanzenspitzen.

»Manche Dinge verstehen Männer nur auf die harte Tour. Ich kann ihn nicht in Watte packen. Hätte ich es verboten, wäre es für ihn eine Beleidigung seiner Männlichkeit gewesen. Er ist ein zu allem entschlossener, bärenstarker Wikinger mit unglaublichen Reflexen, er kriegt das hin.«

Er musste lauter sprechen, weil die Rösser sich mit wuchtigem Hufschlag in Bewegung setzten und die Anfeuerungsrufe aus der Menge zu ohrenbetäubendem Lärm anschwollen. Sand und Lehmbrocken flogen hoch, als die Gäule aufeinander zudonnerten.

»Was ihm an Erfahrung abgeht, kann er vielleicht durch seine Reaktionsschnelligkeit wettmachen«, rief Sebastiano mir ins Ohr. »Und es gibt ja immer noch so was wie eine Außenseiter-Chan… Äh, na ja, vielleicht beim nächsten Mal.«

Ole war von seinem Gegner mit einem punktgenauen Lanzenstoß aus dem Sattel gehoben worden und mit scheppernder Rüstung auf dem Boden gelandet. Während der Sieger im Jubel der Menge badete und zur Tribüne geritten kam, um seine Belohnung in Empfang zu nehmen, versuchte Ole, sich wieder hochzurappeln. Doch er schaffte es nur mit Jerrys Hilfe, der dazu alle Kraft aufwenden musste.

»Er kommt nicht von allein wieder hoch«, sagte Fatima. Es klang entsetzt. »Er muss verletzt sein.«

»Nein, ihm fehlt nichts«, sagte Sebastiano. »Ihr habt keine Vorstellung, wie schwer so eine Rüstung ist. Seht ihr – es ist alles in Ordnung.«

Und tatsächlich, Jerry hatte den Daumen gehoben, ein Zeichen, das nur für uns bestimmt war und das er offensichtlich vorher mit Sebastiano vereinbart hatte. Anscheinend hatte Sebastiano sich doch mehr um Ole gesorgt, als er zugeben wollte, denn er sah ziemlich erleichtert aus. Später erfuhr ich, dass schlimme Verletzungen und sogar Todesfälle beim Tjosten gar nicht so selten vorkamen.

Schwer auf Jerrys Schulter gestützt humpelte Ole zu einem der Zelte, ein Anblick, der mir auf den Magen schlug.

»So *ganz* in Ordnung sieht das nicht aus«, meinte ich beunruhigt.

»Ich gehe mal nachsehen.«

Sebastiano stieg von der Tribüne und ging zu den Zelten hinüber.

Und genau in diesem Moment spürte ich die Anwesenheit des kleinen Mädchens.

Ich drehte mich um und sah das Kind gerade noch aus den Augenwinkeln durch eine offene Tür in einem der Palastgebäude verschwinden. Ohne nachzudenken erhob ich mich, um dem Mädchen zu folgen. Es war hier! In der Realität! Bisher hatte ich es immer nur in meinen Träumen gesehen, und jetzt war es zum ersten Mal in der Wirklichkeit aufgetaucht! Die Chance, es endlich richtig zu sehen, war noch nie so nah gewesen!

Doch genau wie in meinen Träumen bekam ich es nicht richtig zu Gesicht. Jedes Mal konnte ich nur schemenhaft einen blonden Schopf und ein weißes Kleidchen ausmachen, das kurz darauf um die nächste Ecke verschwand. Ich lief wie besessen die Gänge entlang, erklomm Treppen, durchquerte Gemächer, passierte Empfangszimmer, Musik- und Gebetsräume, verirrte mich in Kleiderkabinetten und Wirtschaftskammern, die ganze Zeit verzweifelt bemüht, das Kind nicht aus den Augen zu verlieren. Ich musste ihm folgen!

Irgendwo im zweiten (oder dritten?) Stock sah ich es ein letztes Mal in einem dämmerigen Gang verschwinden, der weit abseits von den repräsentativen Sälen lag und zu kleinen Schlafgemächern führte, die für weniger erlauchte Gäste vorgesehen waren. Durch eine Zimmertür direkt neben mir hörte ich leise Stimmen. Von dem Mädchen keine Spur. War sie dort hineingegangen? Der Flur endete hier, es ging nicht weiter. Sie musste in der Nähe sein!

Zögernd trat ich näher und lauschte den Stimmen hinter der Tür. Zwei Männer schienen sich zu unterhalten.

»Es ist tatsächlich kein Unterschied festzustellen«, sagte der eine. »Nicht mal aus der Nähe. Das Ding sieht exakt so aus wie der König! Und es stinkt sogar genauso! Diese Dämonen haben wirklich ganz erstaunliche Begabungen!«

»Das ist doch nichts weiter als eine Art Mimikry«, meinte der andere. »Eine Fähigkeit, die viele niedere Lebewesen beherrschen. Fische, Echsen, Insekten – jeder Zoologe könnte dir das sagen.«

»Aber trotzdem ist es für unsere Zwecke eine gute Sache, oder nicht?«, merkte der erste Mann leicht beleidigt an.

»Es ist ein billiger Notbehelf. Uns wäre besser damit gedient, wenn diese Dinger richtig sprechen könnten. Aber mehr als ein paar einfache Worte kann man ihnen leider nicht beibringen.«

Ich wagte hier draußen auf meinem Horchposten kaum zu atmen. Längst hatte ich die beiden Männer an ihren Stimmen erkannt. Es waren Mr Fitzjohn – und Reginald! Er war tatsächlich hier. Irgendwie musste er es geschafft haben, aus der Dämonenwelt zu entkommen. Aber im Grunde war das nicht weiter verwunderlich – ich wusste ja inzwischen, dass es Portale von dort in unsere Welt gab. Wenn Mr Fitzjohn einen Weg gefunden hatte, sprach vieles dafür, dass Reggie denselben benutzte, zumal die beiden sich schon bei früheren Gelegenheiten als teuflisches Gespann betätigt hatten.

»Die Sprache ist ein Problem«, räumte Reggie ein. »Von daher ist Ihre Idee mit dem Schlaganfall eine wirklich gute Lösung. Viele Leute können nach so einem Ereignis nicht mehr sprechen, sie liegen stumm wie Fische im Bett und müssen gepflegt werden. Wir tauschen dieses fette Ding hier gegen den echten König aus und versenken ihn zusammen mit Lord Wykes in der Themse. Dann können Sie als Lord Wykes neu durchstarten und für den armen Pflegefall von König die Regierungsgeschäfte übernehmen. Warum haben wir das alles nicht schon längst auf diese Weise geregelt?«

»Weil der eigentliche Plan ein ganz anderer war«, versetzte Mr Fitzjohn kühl. »Und den verfolge ich weiter, wie du weißt.«

»Wenn dieses dämliche Weibsstück uns nur nicht jedes Mal dazwischenfunken würde«, sagte Reggie zornig. »Ich hätte ihr den Hals umdrehen sollen, als ich die Gelegenheit dazu hatte!«

»Du weißt, dass das momentan äußerst kontraproduktiv wäre, und ich hoffe, du hältst dich an unsere Spielregeln und vermasselst nicht alles. Anderenfalls ist dein Leben keinen Pfifferling mehr wert, weder aus meiner Sicht noch aus der von anderen.«

»Irgendwann mache ich es trotzdem«, verkündete Reggie. »Die verfluchte Katzenmaske erinnert mich schließlich jeden Tag daran, welche Rechnung ich mit dem Weibsstück noch offen habe.«

»Hast du die Maske etwa immer noch bei dir? Du weißt doch, dass sie nur dem wahren Besitzer gehorcht. Andere können nichts damit anfangen.«

»Aber das Weibsstück auch nicht, solange ich das Ding sicher in der Hosentasche habe. Außerdem ist es ein Souvenir.« Reginald hielt inne und gab ein angeekeltes Schnauben von sich. »Bah, wie dieses Wechselwesen stinkt! Das ist ja kaum auszuhalten!« Es folgte ein Geräusch, als hätte jemand in einen Sandsack geboxt, begleitet von einem protestierenden Quieken.

»Hör auf mit dem Unsinn, Reginald«, sagte Mr Fitzjohn ärgerlich.

»Dann soll das Ding endlich aufhören, so streng zu riechen«, meinte Reggie patzig.

»Das kann es nicht. Es simuliert den Geruch des Königs in entkleidetem Zustand. Wie du weißt, leidet er an offenen Geschwüren, die riechen nun mal. Wir werden es noch etwas mit Heinrichs Lieblingsduftwasser parfümieren und in frisch gewaschene Gewänder stecken. Dann ist die äußerliche Übereinstimmung vollkommen.«

»Es müssen genau die gleichen Gewänder sein, die auch der König trägt, oder?«

»Dafür ist gesorgt. Es gibt perfekte Kopien von allem. Auch von dem Schmuck, den der König trägt.«

»Und es bleibt dabei, dass der Austausch heute Abend auf dem Ball stattfindet?«, wollte Reggie wissen. »Sobald der König das erste Mal für kleine Jungs muss?«

»Ganz recht. Während er zum Abtritt geht, schicken wir das Wechselwesen an seiner Stelle zurück in den Saal. Wo es alsbald zuckend und publikumswirksam mit einem Schlaganfall zusammenbricht, wie wir es mit ihm eingeübt haben.«

»Und in dem allgemeinen Aufruhr, der dann einsetzt, schnappen wir uns den König, wenn er gerade vom Abtritt kommt«, ergänzte Reggie zufrieden. »Und Lord Wykes? Wann greifen wir uns den?«

»Um den kümmern wir uns erst nach dem Austausch.«

Reggie kicherte, der ganze Ablauf schien absolut nach seinem Geschmack zu sein. »Am meisten freue ich mich auf das dumme Gesicht von dem blöden Weibsstück. Der Moment, in dem sie merkt, dass diese ganze Dämonennummer nur ein ausgefeiltes Ablenkungsmanöver von uns war, damit sie alle keinen Wind von dem eigentlichen Plan bekommen!«

»Ich würde es vorziehen, wenn du sie nicht dauernd mit solchen Schimpfnamen belegst«, erklärte Mr Fitzjohn. »Sie ist in diesem Spiel ein Gegner, dem man auf Augenhöhe begegnen sollte.«

»Unter der Gürtellinie liegt mir mehr.«

»Wirklich, Reginald?« Aus Mr Fitzjohns Stimme klang verhaltener Spott. »Dann kann ich dir nur raten, bei deinen künftigen Begegnungen mit ihr sehr sorgsam auf deine Weichteile zu achten.«

Ich kam zu mir, als mir jemand rechts und links Ohrfeigen verpasste.

»Aua«, murmelte ich.

»Gott sei Dank«, hörte ich Fatima erleichtert ausrufen. »Du bist wieder bei Bewusstsein!«

Ich bezwang mein Schwindelgefühl und öffnete die Augen. Fatima beugte sich über mich. Ihre dicke Juwelenkette baumelte direkt vor meiner Nase hin und her.

»Habe ich Sehstörungen?«, fragte ich mit schwacher Stimme. Ich hätte schwören können, dass die Steine an der Kette, die Barnaby ihr besorgt hatte, höchstens halb so groß gewesen waren, als ich sie das letzte Mal gesehen hatte.

»Du bist ohnmächtig geworden«, informierte Fatima mich, als wäre das die Antwort auf meine Frage. »Ohne jede Vorwarnung umgekippt. Ist dein Kleid zu eng? Diese steifen Mieder sind wirklich furchtbar, oder? Man fühlt sich richtig eingeklemmt, wie von Brettern.«

Bei mir schien das mit den Brettern zu stimmen, denn im Rücken hatte ich auf jeden Fall welche. Wir befanden uns noch auf der Tribüne, und ich lag der Länge nach ausgestreckt auf den harten Holzbohlen. Jemand hatte mir etwas Weiches unter den Kopf gelegt – Walters zusammengerolltes Wams. Er stand im Hemd neben Barnaby und winkte irgendwem hektisch zu.

»War ich die ganze Zeit hier?«, fragte ich Fatima.

Sie runzelte erstaunt die Stirn. »Sicher.«

»Ich bin also nicht aufgestanden und weggegangen?«

»Nein, natürlich nicht.«

Folglich hatte ich alles nur geträumt. Das kleine Mädchen, die Suche, das Herumirren in den Gängen und Gemächern des Palastes. Mir schwirrte der Kopf, und ich versuchte, Klarheit in meine Gedanken zu bringen. Und die waren ziemlich alarmierend. Denn ich wusste ja, dass manche meiner Träume nicht nur Fantasiegebilde waren. Vor allem nicht die Träume, die von dem kleinen Mädchen handelten. Außerdem passte meine Vision perfekt zu alldem, was ich dank Josés Andeutung und Barnabys Rätselhilfe bereits zuvor herausgefunden hatte – der König sollte durch einen Dämon ausgetauscht werden. Hinter diesem Plan steckten tatsächlich Mr Fitzjohn und, wer hätte das gedacht, mein alter Widersacher Reggie. Und ich war dazu ausersehen, ihnen schon wieder in die Suppe zu spucken und den von ihnen eingeschleusten Pseudokönig durch einen beherzten Stich unters Doppelkinn ins Dämonenreich zurückzuschicken.

Reggie würde toben! Wenn jemand Anlass hatte, sich auf ein dämliches Gesicht zu freuen, dann ich mich auf das seine!

Ohne besondere Schwierigkeiten setzte ich mich auf, während Fatima mir Luft zufächelte. Walter hatte mit dem Winken aufgehört, und nun sah ich auch, wem es gegolten hatte – Sebastiano kam hastig auf die Tribüne und zog mich in seine Arme.

»Was ist passiert?«

»Ich bin umgekippt. Das Kleid war wohl zu eng.«

»Hat jemand versucht, hier raufzukommen?«, wollte Sebastiano von Barnaby wissen.

»Niemand. Sie trauen sich nicht, denn sie wissen, dass ich sie in Staubkörner verwandle, wenn sie in meine Nähe kommen.«

»Ich glaube, wir sollten uns nicht so verrückt machen«, meinte ich. »Habt ihr schon mal in Betracht gezogen, dass diese ganze Dämonensache vielleicht nur so eine Art Ablenkungsmanöver sein könnte?«

»Wie kommst du denn darauf?«, fragte Sebastiano erstaunt.

»Ach, war bloß so ein Gedanke«, meinte ich vage.

»Wovon sollen wir denn abgelenkt werden?«, wollte Walter wissen.

»Keine Ahnung. Von dem, was unsere Feinde wirklich vorhaben und was wir irgendwie verhindern sollen, nehme ich an.«

Natürlich wusste ich genau, was sie vorhatten und wovon wir abgelenkt werden sollten – von dem fetten Dämon, den Fitzjohn und Reggie an Heinrichs Stelle zum König machen wollten. Aber das konnte ich den anderen natürlich nicht sagen, weil ich ihnen nichts über meine Aufgabe verraten durfte.

»Du solltest dich lieber ausruhen«, sagte Sebastiano. Er stützte mich fürsorglich. »Ich bringe dich in unsere Gemächer.«

»Ich gehe auch mit«, erklärte Fatima. »Dieses Tjosten ist schrecklich langweilig.«

Klar war es das – jetzt, nachdem Ole ausgeschieden war.

»Wie geht es unserem Wikinger?«, erkundigte ich mich.

»Geprellte Rippen, geprelltes Knie, geprellte Schulter«, zählte Sebastiano Oles Verletzungen auf. »Nichts, was ihn vom Kämpfen abhalten könnte. Jerry will ein heißes Bad für ihn organisieren. Bis zum Essen ist Ole wieder voll auf der Höhe, so viel steht fest.«

»Oh, seht mal, der König zieht sich ebenfalls in den Palast zurück«, sagte Walter. »Anscheinend findet er die Ritterspiele auch langweilig.«

Der Zufall wollte es, dass wir dem Herrscher genau in dem Moment über den Weg liefen, als er den Turnierplatz verließ. Umgeben von seiner Dienerschaft und ein paar elegant herausgeputzten Höflingen blieb er auf dem Weg zu seiner Sänfte stehen und stützte sich dabei auf seinem schweren vergoldeten Stock ab.

»Wen haben wir denn da?«, sagte er. Die Frage richtete sich an Sebastiano, der unschwer als männliche Autorität aus unserer Gruppe hervorstach. Schon an seiner Kleidung war zu erkennen, dass er ein Edelmann von Rang und Namen war. Saphirblaues, perlenbesticktes Wams, gutsitzende Beinkleider, federgeschmücktes Samtbarett – er sah aus wie ein Männermodel für den coolsten Renaissance-Look.

»Lord und Lady Foscary aus Essex, Euer Majestät. Und diese junge Frau hier ist unser Mündel. Wir entbieten Euch unsere tiefste Dankbarkeit und sind glücklich, als Gäste hier bei Hofe weilen zu dürfen!« Sebastiano zog schwungvoll den Hut und verneigte sich formvollendet, während Fatima und ich in einen Hofknicks versanken. Barnaby versuchte reflexhaft, sich hinter meinem weit ausladenden Rock zu verstecken, doch der König achtete gar nicht auf ihn. Zum einen hätte er ihn – so wie uns alle – ohnehin nicht wiedererkannt, egal wie toll die beiden das letzte Mal im Duett gesungen hatten. Zum anderen war sein

Blick an Fatima hängen geblieben, die wieder einmal den Mittelpunkt seiner Aufmerksamkeit bildete.

»Woher stammt Ihr, schönes Kind?«, wollte Heinrich von Fatima wissen, bevor er dieselbe Platte wie letztes Mal abspielte. »Ihr habt aus Unserer Sicht mehr von einer orientalischen Orchidee als von einer englischen Rose.«

Fatima verzog keine Miene. »Ich stamme tatsächlich aus dem Orient, Euer Majestät. Mein Vater war ein König von der Schwarzmeerküste.« Diesmal klimperte sie nicht mit ihren Wimpern, sondern mit der Juwelenkette. Anscheinend war es ihr ein Bedürfnis, die Zofen-Legende ein für alle Mal zu begraben. Ich hatte Verständnis dafür, fragte mich aber immer noch, wieso mir die Kette so viel dicker und prunkvoller vorkam als vorher. Davon abgesehen machte Fatima als Prinzessin wirklich eine hervorragende Figur. Sie war nach der neuesten französischen Mode gekleidet, ein Traum in Samt und golddurchwirkter Seide, und der Fächer, mit dem sie ständig vor sich herumwedelte, diente einzig dazu, die Blicke auf ihr Dekolleté zu lenken. Heinrich hätte tot sein müssen, um ihr nicht auf der Stelle ein weiteres Mal zu verfallen.

»Euer Vater ist ein König?«, staunte er. »Kenne ich seinen Namen?«

»Das ist nicht anzunehmen, Euer Majestät«, mischte Sebastiano sich ein. »Er ist schon lange verstorben, sein Reich untergegangen, seine Familie getötet oder unterjocht. Diesem jungen Mädchen gelang die Flucht, doch dann fiel sie skrupellosen Menschen in die Hände. Wir konnten sie befreien und nahmen sie als Mündel aus dem Morgenland mit zu uns.«

»Lord und Lady Foscary retteten mich aus den Fängen eines grausamen Sklavenhändlers«, fügte Fatima hilfreich hinzu.

»Darüber müsst Ihr Uns alles erzählen«, sagte Heinrich mit Nachdruck. »Heute Abend auf dem Fest. Wir wünschen mit Euch an der königlichen Tafel zu speisen.«

Damit war die ungeplante kleine Privataudienz beendet, und Heinrich stapfte schwergewichtig davon, um in seine Sänfte zu steigen.

Nachdenklich blickte ich ihm hinterher. Was für ein eigentümlicher Zufall, dass wir ihm begegnet waren und dass sich die Frage nach der Sitzordnung heute Abend auf so elegante Weise schon im Vorfeld des Banketts geklärt hatte!

Doch natürlich war es gar kein Zufall, sondern einfach nur der vorbestimmte Ablauf im Zeitstrom, dessen Details ich bisher bloß nicht gekannt hatte. Ich wusste nur durch das Bild im Spiegel, dass wir heute Abend an Heinrichs Tisch sitzen würden. Immerhin war jetzt klar, wie es dazu gekommen war. Wie sinnfällig sich alles nach und nach zusammenfügte!

Ein Hauch von Siegesbewusstsein keimte in mir auf, als wir in unsere Gemächer zurückkehrten. Jetzt musste nur noch alles so ablaufen, wie der Spiegel es mir gezeigt hatte. Die Party konnte beginnen!

Da ahnte ich noch nicht, dass meine Gedanken ein gutes Beispiel für ein altbekanntes Sprichwort waren:

Man soll den Tag nicht vor dem Abend loben.

Für den König gehörte Futtern und Feiern zusammen. Der Bankettsaal des Palastes war von überwältigenden Ausmaßen und bot reichlich Raum für die Schlemmerpartys, die Heinrich so schätzte, vor allem, seit Essen mehr oder weniger zu seinem Hauptlebensinhalt geworden war. Für den nötigen Nachschub sorgten ganze Heerscharen von Köchen, die tagein, tagaus nichts anderes zu tun hatten, als erstklassige Mahlzeiten auf den Tisch zu bringen. Ständig für über tausend Leute zu kochen stellte in dieser Zeit eine logistische Meisterleistung dar, vor allem angesichts der Tatsache, dass man hier von Begriffen wie *geschlossene Kühlkette* oder *Vakuumverpackung* noch nie was gehört hatte.

Die Vorliebe Heinrichs für gutes, reichhaltiges Essen war wohl auch einer der Gründe, warum er so viele Schlösser besaß und häufiger von einem zum anderen weiterzog. Die Vorratshaltung für einen so gewaltigen Hofstaat musste eine echte Herausforderung sein. Unfassbare Mengen von Rindern, Schweinen, Ziegen und Lämmern sowie Fisch und Federvieh verschwanden binnen Tagen in den Mägen von Heinrich und seinem gewaltigen Tross, manchmal schneller, als all diese Nahrungsmittel auf natürliche Weise nachwachsen konnten. Sobald alle verfügbaren Essensvorräte aus den umliegenden Ländereien aufgebraucht waren (die einfachen Leute dort wollten ja schließlich auch noch eine Kleinigkeit zu sich nehmen), wurden auf dem Schloss die Sachen gepackt und das nächste Domizil angesteuert, wo die gemästeten Ochsen schon darauf warteten, in der Pfanne zu landen.

Nicht selten geriet das Tafeln zum Gelage, etwa zu besonderen Anlässen – und davon schien es viele zu geben. An diesem Abend etwa wurde für das Festbankett alles aufgefahren, was die Palastküche hergab. Die Tafeln bogen sich förmlich unter Platten und Schüsseln mit Spießbraten aller Art, egal ob von Ochse, Ferkel, Lamm, Ziege oder Hammel. Dazu gab es Forelle, Karpfen, Aal, Krebse. Und natürlich Geflügel: Huhn, Ente, Gans, Fasan, Taube. Das Ganze jeweils auf unterschiedliche Weise zubereitet – gebraten, gegrillt, gedünstet oder gekocht. Und weil das Auge bekanntlich auch mitisst, waren die Speisen höchst fantasievoll angerichtet. Da thronten unter anderem ganze gebratene Tiere auf den Servierplatten, mit Äpfeln im Maul und Glasmurmeln anstelle der Augen. Oder große Fische, die über und über von Blattgold überzogen waren, als wären sie gerade erst aus einem Märchensee auf des Königs Speisetafel geschwommen.

Beilagenmäßig war die Auswahl weit weniger umfangreich. In dieser Zeit schätzte man es, sich an Fleisch satt essen zu können. Außerdem war die Art, wie das Gemüse gewürzt wurde, sehr gewöhnungsbedürftig – das meiste davon war süß, weil man es mit reichlich Zucker zubereitete. Dasselbe traf auch auf einige der Fleischgerichte zu. Zucker im Essen galt als Zeichen von Wohlstand, weil nur die reichen Leute sich welchen leisten konnten. Von orientalischen Gewürzen wie Safran, Zimt oder Muskat ganz zu schweigen. Dergleichen kostete in dieser Zeit ein Vermögen, weil es von weither importiert werden musste, und da man im Hause Tudor großen Wert auf hochherrschaftliche Küche legte, wurde sehr großzügig mit diesen Gewürzen umgegangen und entsprechend viel davon auf die königlichen Speisen gestreut – nicht unbedingt, damit es besser schmeckte, sondern um zu zeigen, dass man es hatte.

»Du bist richtig grün um die Nase«, bemerkte Sebastiano.

»Ach, ich habe heute nicht so viel Appetit.« Ich starrte den großen schneeweißen Schwan an, der eine Armlänge von mir entfernt auf dem Tisch hockte und mit traurigen, aus Backpflaumen bestehenden Augen meinen Blick erwiderte. Dass er zum Essen dort stand, hatte ich erst gemerkt, als jemand ein Stück davon absäbelte und der Dame neben sich auf den Teller legte. Offenbar hatte man nach dem Braten des Schwans kunstvoll das komplette Federkleid wieder drangebastelt.

Sebastiano hatte kein Problem mit dem Schwan. Er saß zu meiner Linken und ließ sich ein Stück gegrillten Ochsenbraten schmecken. Nebenher äugte er immer wieder aufmerksam in die Runde. Er schien nach wie vor eine Attacke zu erwarten. Von meiner Theorie, dass die ganzen Dämonen, die durch das manipulierte Portal gekommen waren und sich angeblich hier im Palast herumtrieben, uns lediglich ablenken sollten, hielt er nicht viel. Er hatte nicht nur mich, sondern auch die anderen aus unserer Gruppe zu maximaler Wachsamkeit aufgefordert. Walter, Jerry und Ole saßen nicht mit bei Tisch, sondern hatten sich gemeinsam mit José und Barnaby unter die übrigen Gäste gemischt, die sich lärmend, trinkend und lachend in der näheren Umgebung der königlichen Tafel und den angrenzenden Sälen aufhielten. Rechts neben mir saß Fatima, die lustlos auf ihrem Speisebrett herumstocherte. Das Essen schien ihr genauso wenig zu schmecken wie mir. Allerdings wurde sie auch dauernd vom König abgelenkt, der nur zwei Stühle weiter am Kopf der Tafel auf seinem thronartigen Lehnstuhl saß und ganz genau wissen wollte, wie Fatimas Leben bei den grausamen Sklavenhändlern gewesen war. Für seine üblichen Günstlinge schien er sich kaum noch zu interessieren, nicht mal für seine Fast-Verlobte Catherine Howard. Die Königin war gar nicht erst zum Dinner aufgetaucht; es hieß, dass sie schon ihren Umzug auf irgendein anderes Schloss vorbereitete, wo sie dann baldmöglichst die Scheidungspapiere unterschreiben sollte.

»Das Leben bei den Sklavenhändlern war sehr qualvoll«, behauptete Fatima gerade. »Es gab nur einmal am Tag einen winzigen Schluck Wasser, aber dafür umso mehr Peitschenhiebe.«

»Diese Wüstenvölker im Herzen Afrikas sind überaus grausam«, warf die Dame mit dem Schwanenbraten von gegenüber ein. »Ihnen fehlt es an jeglicher Kultur.«

»Das Schwarze Meer liegt nicht in Afrika«, informierte Fatima sie. »Sondern am nördlichen Rand von Vorderasien.«

»Ihr seid eine Frau von Bildung und Verstand!«, stellte Heinrich erfreut fest.

»Euer Majestät seid zu gütig«, meinte Fatima bescheiden.

»Hoffentlich wurde Eure zarte Haut nicht durch die Peitschenhiebe verletzt«, erwiderte der König besorgt.

»Sprach der Mann, der die Frauen reihenweise köpfen lässt«, murmelte Sebastiano.

»Die Sorge Euer Majestät ehrt mich ungemein«, sagte Fatima, während sie mit den monströsen Juwelen um ihren Hals spielte. Ich starrte ungläubig die Edelsteine an der Kette an. Inzwischen kamen sie mir dreimal so groß vor. Mindestens. Es handelte sich um Schmucksteine in unterschiedlichen Facetten und grünlicher Färbung, von Jade über Opal und Turmalin bis hin zu lupenreinen Smaragden. *Gigantischen* Smaragden.

»Eine wunderbare Kette«, sagte Heinrich bewundernd. »Konntet Ihr sie auf Eurer Flucht aus dem Palast Eures Vaters retten?«

Als hätte Fatima nur auf so eine Äußerung gewartet, nahm sie die Kette ab und schob sie dem König hin. »Euer Majestät würdet mir eine große Ehre erweisen, wenn Ihr diese Kleinodien als bescheidenes Geschenk aus meiner Hand annehmen würdet! Was für eine Freude es für mich wäre, wenn Ihr sie gleich hier und jetzt tragen könntet!«

Heinrich konnte nicht widerstehen. Er hatte ein Faible für alles, was schön und teuer war. »Wir danken Euch, Prinzessin! Diese Juwelen werden Wir in Ehren halten!« Er wickelte sich die Kette kurzerhand ums Handgelenk wie ein mehrreihiges Armband, dann hob er für alle Leute in der Nähe deutlich sichtbar die Hand. »Seht ihr diesen herrlichen Schmuck? Die liebreizende Prinzessin aus dem Morgenland hat ihn mir verehrt, und wir geloben, dass wir ihn mindestens bis zur Zwölften Nacht tragen werden! Das wollen wir mit einem Umtrunk besiegeln!« Energisch winkte er seinen Mundschenk herbei, der beflissen Heinrichs Trinkpokal füllte. Mein eigener Becher war noch randvoll, denn ich hatte schon nach dem ersten Schluck festgestellt, dass ich von diesem Gesöff nichts runterkriegen würde. Heinrichs Lieblingsgetränk zum Essen bestand nämlich aus gebuttertem Bier, und er kippte reichlich davon runter. Irgendwann zeigte es Wirkung. Heinrich stemmte mühsam seine gewaltige Leibesfülle aus dem Lehnstuhl hoch. »Wir sind gleich zurück.« Er verschwand durch eine Tür in der Nähe der Tafel.

Jetzt war es so weit. Gleich würde ein Dämon Heinrichs Platz auf diesem Stuhl einnehmen. Er würde ganz genauso aussehen und riechen wie der König. Nach außen hin würde es nicht den kleinsten Unterschied geben, außer dass das Wechselwesen nicht sprechen konnte. Aber das würde niemandem auffallen, denn sobald es anfing, wie geplant einen Anfall zu simulieren, waren Worte sowieso überflüssig.

Ich saß da wie unter Strom. Meine Hände zitterten ohne Unterlass. Mein Nacken meldete sich mit einem heftigen Jucken. Jetzt ging es gleich um alles oder nichts! Mit einem raschen Griff zog ich die Miederstange aus dem Ärmel meines Kleides, eine hübsche Kreation aus elfenbeinfarbener Seide. Ich hatte das Herausziehen vorher mehrfach geübt, denn wenn es losging, musste alles wie am Schnürchen klappen.

Sebastiano war vom Tisch aufgestanden, er unterhielt sich mit Walter. Der Junge sah sehr fesch aus mit seinem neuen Brokatwams und dem eleganten Barett, an dem eine schöne, große Gänsefeder steckte. Eigentlich passten Fasanenfedern besser zu dieser Art von Aufmachung, zumal Gänsefedern eher zum Schreiben benutzt wurden. Aber trotzdem wirkte es auch so recht nett.

Ich starrte ihn an. Genau dort, wo er jetzt stand, hatte er auf dem Bild im Spiegel auch gestanden. Direkt vor Sebastiano, unmittelbar hinter meinem Stuhl. Auch auf dem Bild im Spiegel hatten die beiden sich unterhalten, exakt an derselben Stelle, nur dass das Bild ohne Ton gewesen war, während ich jetzt alles hören konnte.

»... sehr viele hier in unmittelbarer Nähe«, sagte Walter gerade besorgt. »Sie sammeln sich, als wollten sie gleich losschlagen. Barnaby hat schon zwei von ihnen geschrumpft, und Jerry hat ebenfalls einen mit einem Stich seines Degens gezwungen, sich zu verflüchtigen, aber sie lassen sich kaum noch abschrecken. Drei von ihnen haben versucht, Ole zu packen. Sie sahen aus wie Kammerdiener und zogen ihn mit vereinten Kräften hinter den Vorhang eines Alkovens.«

»Ich nehme an, jetzt sind sie weg«, sagte Sebastiano.

»Natürlich. Er hatte in jeder Hand einen Dolch, sowie einige Reservemesser im Stiefel. Aber sie rücken im Dutzend nach.«

Ich hätte Walter und Sebastiano beruhigen können, denn aus meinem letzten Traum wusste ich ja, dass all das nur ein Ablenkungsmanöver war. Heinrich – oder genauer: sein dämonisches Double – würde jeden Moment auftauchen. Dann musste ich meine ganze Kraft und allen Mut zusammennehmen und meine Fähigkeiten als Zeitwächterin unter Beweis stellen.

Irgendwas zwang mich dazu, Walter erneut anzuschauen. Alles an ihm sah auf den ersten Blick so aus wie im Spiegel. Dennoch, irgendwas stimmte nicht an dem Bild. Mein Nacken juckte immer stärker.

Finde den Fehler!, schrie es in meinem Inneren. Etwas an Walter war anders! Aber was?!

In diesem Augenblick kam der König zurück.

Er ließ sich ohne Umschweife auf seinen Stuhl fallen, griff sich ein Stück Brot von seinem Speiseteller und stopfte es sich in den Mund. Er kaute und schluckte – und dann begann der angebliche Anfall.

Wie von der Tarantel gestochen sprang ich von meinem Stuhl auf. Paralysiert vor Schreck starrte ich das Ding auf Heinrichs Lehnstuhl an. Es würgte und zuckte erbärmlich und griff sich mit beiden Händen an den Hals. Oh mein Gott, es sah so echt aus! Mit aller Entschlossenheit umfasste ich meine Miederstange und machte einen Schritt auf das Ding zu. Sobald ich zugestochen hatte, würde es an einen unbeobachteten Ort fliehen, um wieder seine wahre Gestalt anzunehmen und in die Dämonenwelt zu verschwinden. Was die Leute wohl denken würden, wenn der vermeintliche König plötzlich mit einer Miederstange im Hals aufsprang und wegrannte? Vor allem – was würden sie von *mir* denken? Möglicherweise nichts Gutes. Aber darauf konnte ich jetzt keine Rücksicht nehmen.

Und dann sah ich die grünen Juwelen an seinem Handgelenk.

»Oh mein Gott, Heinrich!«, schrie Mistress Howard.

»Er hat einen Erstickungsanfall!«, kreischte die Frau mit dem Schwanenbraten.

Der König würgte und zuckte mit hervorquellenden Augen. Das Jucken in meinem Nacken wurde zu einem fast unerträglichen Brennen. Und dann begriff ich, was los war. Es hatte gar keinen Austausch gegeben, der König war wirklich der König. Das, was hier ablief, war keineswegs eine Simulation.

Und jetzt fand ich endlich auch den Fehler. Auf dem Bild im Spiegel hatte keine Feder an Walters Hut gesteckt.

Die Stange fiel mir aus der Hand und verschwand unterm Tisch. Ich zog blitzschnell die Feder aus Walters Hut, brach sie in der Mitte entzwei und beugte mich mit dem angespitzten Kiel über den König. Mit einer Hand schob ich die wabbelnden Massen seines Kinns nach oben, ertastete mit dem Daumen die Lage des Kehlkopfs und rammte ihm zwischen zwei Knorpeln den Federkiel in die Luftröhre. Es sickerte etwas Blut heraus, aber nicht allzu viel. Der Atemfluss kam sofort wieder in Gang. Durch den Federkiel wurde pfeifend Luft in die Lungen gesogen. Der König starrte mich mit weit aufgerissenen Augen an.

»Majestät, Ihr müsst ganz still halten und den Mund öffnen, damit ich Euch das Brotstück aus dem Hals holen kann!«, schrie ich ihn an. »Erst dann könnt Ihr wieder richtig atmen!«

Mehrere Wachen umringten uns mit drohend erhobenen Spießen, doch schon war Master Cuthbert zur Stelle und hielt sie zurück.

»Lady Foscary will den König nicht töten, sondern ihn retten!«

»Ihr dürft Euch jetzt nicht bewegen, Majestät! Auch nicht, wenn's wehtut.« Es kostete mich ein bisschen Überwindung, den aufgequollenen Brotklumpen aus Heinrichs Schlund zu pulen. Meine Finger waren nicht lang genug, ich musste eine Bratenzange zu Hilfe nehmen. In meinen Erste-Hilfe-Kursen war alles ein bisschen einfacher gewesen, denn die Übungspuppen hatten weder gestöhnt noch dermaßen aus dem Hals gestunken. Heinrich besaß zum Glück genügend Selbstbeherrschung, die Prozedur reglos über sich ergehen zu lassen, obwohl sie höllisch schmerzhaft und beängstigend für ihn sein musste.

Schließlich war es geschafft. Das Jucken in meinem Nacken hatte aufgehört. Das Brotstückchen war draußen, ich zog den Federkiel aus der Luftröhre, und Heinrich hustete sich kräftig die Kehle von den letzten noch verbliebenen Bröckchen frei. Sein Mundschenk klopfte ihm zwischen die Schulterblätter, und zwei eilends herbeigeeilte Leibärzte diagnostizierten übereinstimmend eine bedrohliche Enge im Hals des Monarchen, die augenblicklich mit einem Aderlass behandelt werden müsse.

Die von mir angewendete Methode schien ihnen zum Glück nicht unbekannt zu sein, ich würde mir also keine Anklage wegen Hexerei oder dergleichen einhandeln. Einer der beiden Ärzte erwähnte sogar kurz angebunden, er selbst habe dies bereits einen Bader bei Kranken mit Halsbräune tun sehen. Wenn ihm an meiner Tracheotomie überhaupt irgendwas seltsam oder ungewöhnlich vorkam, dann höchstens, dass eine Lady im Seidenkleid sie durchgeführt hatte.

Während der König in Begleitung der Ärzte und mithilfe von ein paar Dienern fortgebracht wurde, sank ich erschöpft und aufgewühlt auf meinen Stuhl zurück. Jetzt verstand ich auch, was José *wirklich* gemeint hatte. Es war tatsächlich nichts so gewesen, wie es schien. Nur auf völlig andere Weise, als ich angenommen hatte. Der Spiegel hatte mir zwar den genauen Ablauf der Geschehnisse gezeigt. Aber die von mir angenommenen Hintergründe passten kein bisschen dazu.

Der geplante Austausch des Königs hatte nicht geklappt, warum auch immer. Einen Anfall hatte er trotzdem bekommen, wenn auch keinen Schlaganfall, sondern einen Erstickungsanfall, der dann aber dank meines Einsatzes glimpflich ausgegangen war. Heinrich würde sein vorgezeichnetes Leben weiterführen. Niemand anderes würde seine Stelle einnehmen oder die Regierungsgeschäfte an sich reißen können. Das mochte man positiv oder negativ bewerten (die Leute, die in den kommenden acht Jahren noch unter seiner Herrschaft aufs Schafott oder an den Galgen kamen, würden es sicher weniger toll finden) – der Zeitstrom würde jedenfalls in der Balance bleiben, die Ordnung war bewahrt worden. Ich hatte meine Aufgabe exakt so erfüllt, wie der Spiegel es vorhergesagt hatte. Eigentlich hätte ich sehr zufrieden mit mir sein können.

Doch ich hatte schon die ganze Zeit gespürt, dass irgendetwas ganz und gar nicht stimmte. Und zwar nicht wegen des unterbliebenen Austauschs des Königs. Sondern weil ich seit meinem überstürzten Erste-Hilfe-Einsatz nichts mehr von Sebastiano gehört und gesehen hatte. Auch nicht von Fatima, Walter und den anderen. Als ich mich zu ihnen umwandte, waren sie spurlos verschwunden.

Völlig konfus wandte ich mich an Master Cuthbert, der einzige Mensch in der Nähe, der wusste, dass ich hier mit einer Gruppe Zeitreisender in einer geheimen Mission unterwegs war.

»Habt Ihr gesehen, wohin sie gegangen sind, Master Cuthbert? Haben sie irgendwas gesagt?«

Er rang verstört die Hände. »Ich fürchte, sie wurden entführt. Als der König seinen Anfall erlitt und Ihr ihm zu Hilfe eiltet, erschienen mit einem Mal mehrere Männer auf der Bildfläche, die Lord Foscary mit vorgehaltener Waffe zum Mitkommen zwangen. Sie verbargen die Waffen, damit niemand von den Gästen sie bemerkte, aber ich sah sie trotzdem, weil es mir seltsam erschien, dass Lord Foscary plötzlich mit ihnen fortging. Lady Fatima und der junge Walter mussten ebenfalls mit. Sie sahen zutiefst verängstigt aus. Ich wagte nicht einzuschreiten, denn Lord Foscary gab mir ein Zeichen, nichts zu tun und bei Euch zu bleiben.«

»Und Ole? Barnaby? José? Jerry?«

»Der Hofnarr lief hier vorhin noch irgendwo herum. Die anderen habe ich nirgends gesehen.« Master Cuthbert versuchte, sich zu fassen. »Es geschehen seltsame Dinge auf diesem Bankett. Ich glaube, es bewegen sich Wesen unter uns, wie ich sie in meinem Fieberwahn im Schlosskeller von Hampton Court erblickt habe. Böse, dämonische Geschöpfe, die menschliche Gestalt angenommen haben und dunkle Ziele verfolgen.«

Ich verriet ihm nicht, dass er damit wohl leider recht hatte, denn ich war viel zu sehr damit beschäftigt, über die möglichen Hintergründe nachzudenken. Was mir allerdings über alle Maßen schwerfiel, weil ich vor lauter Angst um Sebastiano und die anderen beinahe verging.

»Der König wird Euch sicher reich belohnen für Euren heldenmütigen Einsatz«, sagte Master Cuthbert mit scheuer Hochachtung. »Ihr habt sein Leben gerettet!«

Ich nickte nur geistesabwesend. Auf Heinrichs Dank legte ich keinen Wert. Auch wer ihn zum Freund hatte, musste unweigerlich damit rechnen, irgendwann einen Kopf kürzer zu sein. »Ihr kennt nicht zufällig die Männer, die Lord Foscary zum Mitgehen gezwungen haben, oder?«

»Nein, leider nicht«, sagte Master Cuthbert bedrückt. Seine Miene hellte sich auf. »Oh, seht nur! Da drüben ist der Hofnarr! Vielleicht weiß er mehr!«

Tatsächlich, dort stand die kleine, bucklige Gestalt am Rand des Gedränges in einem der benachbarten Säle! Ich raffte mit beiden Händen den Saum meines Kleides hoch und rannte los, um Barnaby zu erwischen, ehe er in der Menge verschwinden konnte. Überall standen aufgeregt tuschelnde Höflinge und Gäste herum, die kein anderes Thema kannten als den Erstickungsanfall des Königs. Als ich mich durch das Gewühl schob, schnappte ich im Vorbeigehen ein paar Brocken aus der brodelnden Gerüchteküche auf.

»… vielleicht ein schnell wirkendes Gift …«

»… konnte aber auf eigenen Beinen laufen und sah schon wieder sehr lebendig aus, als er in seine Gemächer geführt wurde …«

»… wird es sowieso nicht mehr lange machen, wenn er weiter so schlingt …«

»… war bestimmt eine Gräte von dem Fisch, mein Arzt hat mir auch von Grätenfisch abgeraten …«

Dann wichen die Leute vor mir zur Seite, als wäre ich Moses und hätte das Rote Meer geteilt.

»Das ist die Frau, die den Hals des Königs durchbohrt hat.«

»Sie hat ihn gerettet, wie ich hörte …«

»… könnte Zauberei im Spiel sein …«

»… wirkt eigentlich ganz normal …«

Ich achtete nicht auf das Gerede, sondern hielt weiter nach Barnaby Ausschau. Endlich entdeckte ich ihn in der Ecke eines Alkovens. Er drückte sich an der Wand herum und blickte sich verunsichert nach allen Seiten um.

»Barnaby!« Ich eilte zu ihm. »Gott sei Dank, da bist du ja! Um Himmels willen, was ist denn nur passiert?«

»Ach, Anna!« Sein warziges Gesicht legte sich in kummervolle Falten. »Sebastiano wurde während des ganzen Tumults um den König entführt, und Walter und Fatima wurden ebenfalls gezwungen mitzugehen. Sie hatten keine andere Wahl.«

»Waren es Dämonen?«

»Nein, es waren gedungene Schergen von Fitzjohn. Ihr Anführer war niemand anderer als der blonde Reginald, und er hatte ein Druckmittel: Einer der von ihm befehligten Männer hatte sich während des Aufruhrs unter die Wachen gemischt und einen Spieß direkt auf deinen Rücken gerichtet. Sebastiano wagte um deinetwillen nicht, es auf einen Kampf ankommen zu lassen.«

In meinem Magen schien sich ein Eisklumpen zu bilden. Ich musste mich an der Wand abstützen.

»Und wo sind José, Ole und Jerry?«, fragte ich mit zitternder Stimme.

»Ole wurde im Kampf gegen die Dämonen schwer verwundet. Er muss dringend in ein Krankenhaus. José und Jerry haben ihn zur Zeitmaschine gebracht.«

Das Eis in meinem Magen zersplitterte in tausend winzige Stücke, die sich in meinem gesamten Körper verteilten.

»Seither haben die Dämonen sich zurückgezogen«, fuhr Barnaby fort.

Natürlich, dachte ich benommen. Sie hatten ja jetzt, was sie wollten. Ihr Angriff hatte gar nicht vom Austausch des Königs ablenken sollen. Sondern von der Entführung Sebastianos. Offenbar war ich mal wieder von völlig falschen Voraussetzungen ausgegangen.

»Was sollen wir denn jetzt bloß tun?«, flüsterte ich.

»Wir könnten Sebastianos Spur folgen.«

»Aber wie denn?«

Barnaby deutete auf sein rüsselartiges Riechorgan. »Erwähnte ich nicht schon, dass ich eine sehr feine Nase habe?«

Während ich Barnaby durch ein Gewirr verzweigter Gänge und über zahlreiche Treppen und Flure in einen anderen Flügel des Schlosses folgte, überkam mich ein eigenartiges Déjà-vu-Gefühl, das immer stärker wurde und sich schließlich zu einem echten Wiedererkennen verfestigte. Mir wurde klar, dass dies genau derselbe Weg war wie in meinem Traum auf der Tribüne. Offenbar waren Sebastiano und die anderen in das Gemach verschleppt worden, wo Mr Fitzjohn und Reggie ihre konspirative Unterredung geführt und das Wechselwesen auf den Austausch vorbereitet hatten. In den Gängen war es noch dunkler als in meinem Traum. Die Abstände, in denen es Seitentische oder Wandhalter mit Kerzenkandelabern gab, wurden immer größer. Bediensteten oder anderen Gästen waren wir schon seit einer ganzen Weile nicht mehr begegnet.

Ich ging langsamer. War das nicht bereits der Flur, den mir das kleine Mädchen im Traum gezeigt hatte? Der Gang vor uns lag im Dunkeln, weit und breit brannte keine Kerze. Wir hätten einen Leuchter mitnehmen sollen.

Ob Sebastiano unter Bewachung stand? Falls ja, sollte ich mir wohl allmählich einen Plan überlegen, ihn zu befreien. Dazu würde ich professionelle Hilfe benötigen. Allein mit Barnaby konnte ich keinen Trupp bewaffneter Männer überwältigen. Hier würde mir sicherlich Master Cuthbert weiterhelfen. Er musste so schnell wie möglich ein paar schlagkräftige Söldner für mich anheuern, mit denen ich notfalls eine Befreiungsaktion durchführen konnte.

Blieb allerdings immer noch die Frage, was Mr Fitzjohn und Reggie überhaupt von Sebastiano wollten.

»Das ist doch sonnenklar«, sagte Barnaby, als ich ihn danach fragte. »Sie wollen euch erpressen.«

»Aber womit denn? Was wollen sie?«

»Den Schlüssel natürlich«, beantwortete Barnaby meine Frage. »Es läuft alles darauf hinaus, dass du das Kind bekommen sollst. Deshalb brauchen sie nicht nur Sebastiano, sondern auch dich. Euch beide zusammen.«

Verwirrt blieb ich stehen. »Aber wie soll denn diese Erpressung funktionieren? Sie können uns doch nicht zwingen …« Ich brach ab, denn mein Nacken juckte plötzlich so heftig, dass ich aufschrie.

»Natürlich können wir«, kam Reginalds Stimme vor mir aus der Dunkelheit. Dann wurde es heller, und er trat mit einer Kerze in der Hand aus dem Zimmer heraus, in dem er mit Mr Fitzjohn seine dunklen Pläne ausgeheckt hatte. »Ihr werdet es sogar liebend gern tun. Vor allem, wenn ihr zusammen eingesperrt seid und erst wieder freikommt, wenn ihr endlich … na, du weißt schon.«

»Niemals«, stieß ich hervor.

Reggies hübsches Ken-Gesicht verzog sich zu einem breiten Grinsen. »Ich vergaß zu erwähnen, dass ihr nicht etwa bei Wasser und Brot eingesperrt werdet. Sondern bei hervorragendem Wein und leckeren … *Keksen.*« Er kicherte ungehemmt. »Jetzt müsstest du mal dein Gesicht sehen, Anna! Auf genau diesen dämlichen Ausdruck habe ich mich die ganze Zeit unbändig gefreut! Auf diese eine Sekunde, in der du kapierst, dass wir dich ausgetrickst haben!« Er wandte sich an Barnaby. »Vielen Dank, dass du das Weibsstück weisungsgemäß hergebracht hast. Wir stehen in deiner Schuld.«

Geschockt fuhr ich zu Barnaby herum. »Du …!?«

Er zuckte mit den verwachsenen Schultern. »Ich hielt es für richtig.«

»Du hast mich angelogen!«

»Nichts war gelogen, nur ein Teil verheimlicht.«

Automatisch musste ich an Josés Worte denken. *Er belügt euch nicht, aber er verschweigt vieles. Er wird euch das Leben retten. Aber euch auch in Gefahr bringen.*

»Nichts ist, wie es scheint, Anna«, sagte Barnaby mit betrübter Miene.

»Ja, sieht ganz so aus«, sagte ich tonlos. »Ich dachte, du seist ein Freund, aber in Wahrheit bist du ein Verräter.«

Himmel, wie hatte ich mich bloß so sehr in ihm täuschen können!

»Ich hatte dir vertraut!«, rief ich. »Du wusstest die ganze Zeit, dass sie Sebastiano nur entführt haben, um mich herzulocken! Dass es eine Falle ist! Wie konntest du da bloß mitmachen!«

»Weil er alle nur erdenklichen Befehle befolgen würde, wenn er dadurch die Möglichkeit hat, in unserer Welt zu leben«, sagte Reggie zufrieden.

»Ich tat es nicht auf Befehl von irgendwem«, widersprach Barnaby. »Sondern auf den Rat von jemandem aus meinen Träumen.«

»Was für Träume?«, wollte Reggie irritiert wissen.

Ich starrte Barnaby an. »Du meinst …?«

Er nickte kaum merklich. »Wie ich schon sagte. Nichts ist, wie es scheint.«

Fast wäre ich vor Erleichterung in Tränen ausgebrochen. Er stand doch auf meiner Seite!

»Anna?«, kam es aus der offenen Tür. »Bist du das?«

Das war Sebastianos Stimme! Ohne nachzudenken stürmte ich an Reggie vorbei in das Zimmer. Reggie hinderte mich nicht daran, im Gegenteil – er hielt mir sogar die Tür auf. Dann folgte er mir hinein und verriegelte sie von innen. »Willkommen im Liebesparadies.«

Sie hatten Sebastiano an Händen und Füßen gefesselt und ihn in einen Sessel gesetzt. Damit er nicht aufstehen konnte, hatten sie zusätzlich einen Strick um seinen Hals gelegt, der um die Sessellehne geschlungen war. Ich fiel vor ihm auf die Knie und presste aufschluchzend meinen Kopf an seine Brust.

»Es tut mir so leid!«, stammelte ich. »Ich habe zu spät kapiert, was sie vorhatten!«

»Wem sagst du das«, murmelte er in mein Haar.

»Was für eine rührende Wiedersehensszene«, sagte Reggie süffisant. Er deutete auf eine Anrichte, wo eine Karaffe und eine Schale Gebäck standen. »Was haltet ihr von einer Runde Vino mit Keksen, damit ihr das richtig feiern könnt? Ich würde euch dann sogar für eine Weile hier allein lassen, wegen Privatsphäre und so weiter.«

»Du kannst tausend Jahre darauf warten, dass wir deine Kekse essen«, fauchte ich ihn an.

»Du wirst dich wundern, was der Mensch alles isst, wenn er erst mal richtigen Hunger hat«, versetzte er. »Davon kann ich ein Lied singen, glaubt mir. Ihr könnt euch nicht vorstellen, welchen Fraß es mancherorts zu essen gibt. *Niemand* kann sich das vorstellen!« Er schien kurz würgen zu müssen, offenbar in Erinnerung an besonders eklige Mahlzeiten.

»Sprichst du von deinen kulinarischen Erfahrungen in der Dämonenwelt?«, erkundigte Sebastiano sich mit kaltem Spott. »Was gab es denn da immer so zum Frühstück? Gekochten Krötenschleim und Schlangenköpfe? Molchaugen und Krähenhirn?«

Das kam bei Reggie gar nicht gut an. Er stürmte auf Sebastiano los und schlug ihm die Faust ins Gesicht. Ich versuchte noch reflexartig, ihn daran zu hindern, aber er schubste mich einfach beiseite.

»Ihr könnt die Kekse gleich essen oder nächste Woche, wenn ihr richtig Kohldampf schiebt. Das ist mir völlig egal. Irgendwann *werdet* ihr essen, so viel steht fest. Und trinken sowieso. Wir haben die Droge natürlich auch in den Wein getan.« Reggie lächelte mit schmalen Lippen. »Wusstet ihr, dass der Mensch nicht willentlich verdursten kann, wenn er etwas Trinkbares in der Nähe hat? Der Überlebensinstinkt ist stärker als die Selbstbeherrschung. Essen kann man sich verkneifen. Aber Trinken nicht.«

Aus Sebastianos Nase lief Blut. Ich tupfte es ihm vorsichtig ab. »Reggie, du bist immer noch genauso ein Mistkerl wie früher.«

»Nein, das stimmt nicht«, widersprach er. »Ich bin jetzt noch ein viel böserer Mistkerl.« Er lachte, als hätte er einen guten Witz gemacht.

»Was ist mit Fatima und Walter?«, wollte ich wissen. »Warum habt ihr sie überhaupt mitgenommen? Hättet ihr sie nicht einfach in Ruhe lassen können? Sie haben euch doch nichts getan!«

Das sah Reggie anscheinend anders, denn er lief vor Wut rot an. »Das hübsche kleine Miststück hat uns den Austausch versaut. Sie hat den König mit ihren Juwelen markiert und damit die Übereinstimmung mit dem Wechselwesen ruiniert.«

»Glaubst du etwa, sie hat das absichtlich gemacht?«, fragte ich fassungslos.

»Hat sie«, warf Sebastiano beiläufig ein. »Es waren besondere Juwelen. Barnaby hat sie extra für Fatima … ähm, gemacht. Der König konnte zu diesen Preziosen nicht nein sagen. Es war Fatimas Aufgabe, dafür zu sorgen, dass er sie als Geschenk von ihr annimmt und sie an Ort und Stelle anlegt.«

Konsterniert hörte ich ihm zu. Zumindest war jetzt geklärt, wieso mir die Juwelen jedes Mal voluminöser und prächtiger vorgekommen waren – anscheinend hatte es sich um eine sich selbst vergrößernde Sorte gehandelt.

»Wieso wusste ich denn nichts von Fatimas Aufgabe?«, fragte ich.

Sebastiano hob nur vielsagend die Brauen, und ich verstand. Von *meiner* Aufgabe hatten die anderen ja schließlich auch nichts gewusst. Anscheinend war die Art unseres Einsatzes diesmal etwas anders strukturiert gewesen als sonst – frei nach dem Motto *Jeder für sich und allein gegen alle*. Hoffentlich hatte wenigstens José den Überblick behalten und das Ganze koordiniert, denn sonst saßen wir wohl unrettbar in der Falle.

»Wo habt ihr Fatima und Walter hingebracht?«, wollte ich von Reggie wissen.

Er deutete auf eine Verbindungstür. »Zufällig sind sie gleich nebenan. Sie wurden geknebelt, damit sie unsere Unterhaltung nicht stören. Wir überlegen noch, welche Foltermethoden wir bei ihnen anwenden, um euch das Essen schmackhafter zu machen. Je lauter ihre Schmerzensschreie zu euch herüberschallen, desto eher werdet ihr zu den Keksen greifen.«

»Auch andere Leute werden die Schreie hören! Sie werden in Scharen zusammenlaufen!«

Sebastiano schüttelte den Kopf. »Wir sind nicht mehr im Schloss«, sagte er leise zu mir. »Dieser Trakt hier gehört zu jener … Zwischenwelt. So wie im Keller von Hampton Court.«

»Keiner kommt rein, keiner raus«, bestätigte Reggie. »Außer natürlich, man hätte einen guten Führer, der zufällig den richtigen Weg kennt.«

»Wie zum Beispiel Barnaby«, meinte ich. »Der steht noch draußen vor der Tür.«

»Klar steht er dort.« Reggie lachte schadenfroh. »Denn er soll euch bewachen. Als treuer Diener von Mr Fitzjohn, dessen Spion er die ganze Zeit war.«

»Wo ist Mr Fitzjohn überhaupt?«

»Ich bin hier.« Die Verbindungstür ging auf, und Mr Fitzjohn erschien. Er ging zu der Anrichte und schenkte aus der

Karaffe zwei Gläser voll. Der Wein funkelte im Kerzenlicht wie flüssiger Rubin.

»Ein sehr guter Jahrgang«, meinte er. »Der beste der letzten hundert Jahre. Und wie die Kekse schmecken, wisst ihr ja schon.« Er streckte mir ein Glas entgegen und hielt mir gleichzeitig die Schale mit den Keksen hin. Ich schlug ihm beides aus den Händen. Die Kekse flogen durch die Gegend, und das Glas zerbrach in einer Weinpfütze auf dem Boden. Ein Teil des Weins spritzte mir ins Gesicht, und ich wischte mir die Tropfen hastig mit dem Handrücken ab, ängstlich bemüht, nichts davon in den Mund zu bekommen.

»Es gibt ein ganzes Fass davon«, informierte Mr Fitzjohn mich. »Versteht ihr denn nicht, dass wir es nur gut mit euch meinen? Euch soll kein Leid geschehen.« Er lächelte verbindlich. »Habe ich nicht meine Loyalität bewiesen, indem ich Lord Howard aus dem Weg räumen ließ? Dass dieser selbstsüchtige Dummkopf Sebastiano einkerkern ließ, verdiente Strafe. Eure Feinde sind auch meine Feinde.«

»Ich denke, Sie haben ihn nur deshalb vergiften lassen, weil er als Berater des Königs Ihr Konkurrent war. Durch seinen Tod wollten Sie bloß Ihre eigene Stellung bei Hofe festigen.« Ich sah Mr Fitzjohn herausfordernd an. »Daraus ist ja nun leider nichts geworden.«

Mr Fitzjohn verzog keine Miene. »An meinen eigentlichen Plänen ändert das nichts.«

»Und wie soll das mit diesen *Plänen* genau funktionieren?«, wollte Sebastiano von ihm wissen. »Müssen wir das, was wir tun sollen, so oft machen, bis es geklappt hat?«

»Gewiss«, sagte Mr Fitzjohn.

»Wir haben nicht nur ein ganzes Fass von dem Wein, sondern auch jede Menge Kekse«, erklärte Reggie. »Und wenn sie alle sind, backen wir neue.«

»Und danach?«, fragte ich Mr. Fitzjohn. »Werde ich dann als Brutmaschine bis zur Geburt eingekerkert, damit Sie sich anschließend sofort das Kind unter den Nagel reißen können?«

»Über diese Frage wurde noch nicht entschieden«, meinte Mr Fitzjohn. Es klang seltsam ausweichend.

»Angenommen, es gäbe irgendwann wirklich ein Kind – glauben Sie ernsthaft, es wäre eine Art magischer Passepartout? Ein Mensch, der von ganz allein durch die Zeiten wandeln oder Tore nach überallhin errichten kann?« Ich versuchte, meine Angst und meine Verzweiflung mit Hohn zu kaschieren. »Wie kommen Sie bloß auf einen derart absurden Gedanken?«

»Sei doch nicht so dämlich«, sagte Reggie. »Ihr seid nicht die Einzigen, die Mittel und Wege haben, um in die Zukunft zu sehen.«

»Die Zukunft ist nicht in Stein gemeißelt«, widersprach Sebastiano ruhig. »Und überhaupt – was denkt eigentlich dieser Oberdämon Behemoth darüber? Weiß er, was hier läuft?«

»Natürlich«, sagte Mr. Fitzjohn. Doch in seinen Augen flackerte es kurz auf, und plötzlich wusste ich, dass er log.

»Sie versuchen, ihr eigenes Ding durchzuziehen«, stellte ich fest. »Ohne Behemoth. Was er wohl dazu sagt, wenn er hört, dass Sie den Schlüssel für sich allein wollen?«

»Was sollte er denn schon sagen?«, gab Mr Fitzjohn zurück.

»Zum Beispiel könnte er wirklich sauer auf Sie werden, weil Sie ihm seine … Gastfreundschaft mit solcher Heimtücke vergelten«, erklärte Sebastiano. »Er könnte Sie aufspießen und über einem kleinen Höllenfeuer garen.«

»Und Sie könnten nicht mal davor weglaufen«, ergänzte ich.

»Ohne seine Zustimmung können Sie aus dieser Zwischenwelt nicht raus. Sie wären auf ewig hier gefangen. Das wäre wirklich blöd für Sie, oder?«

»Das alles ist ein großes Spiel, und wir sind die Spieler«, versetzte Mr Fitzjohn. Es sollte salbungsvoll klingen, aber ich hörte einen besorgten Unterton heraus. Es gefiel ihm überhaupt nicht, dass wir diesen Teil seines Plans durchschaut hatten. Das war auch der Grund, warum er immer mehrere Pläne in petto hatte – für einen Plan A gab es immer auch einen Plan B oder sogar C.

Dass er sich als Machthaber an die Spitze eines Königreichs setzen wollte, war schon früher vorgekommen – anscheinend war es der Inbegriff seiner Träume, ein Land zu regieren, und weil er es auf herkömmlichem Wege niemals schaffen würde, versuchte er es mit Tricks und Intrigen und notfalls auch mit roher Gewalt. Wenn er damit andere Alte wie José ausmanövrieren und aus dem Spiel kicken konnte, machte es seinen Sieg umso süßer. Sein Größenwahn schien keine Grenzen zu kennen, denn er schreckte nicht einmal davor zurück, ein unschuldiges zukünftiges Kind in seine Machtpläne einzuspinnen. *Mein* Kind.

Eher würde ich sterben, als es ihm zu überlassen!

»Ihr beiden seid keine Spieler«, stellte Reggie richtig. »Ihr seid bloß die Figuren, die hin und her geschoben werden.« Wie um seine Worte unter Beweis zu stellen, stieß er mich erneut zur Seite und schlug Sebastiano ein weiteres Mal hart ins Gesicht. Seine Faust traf den Kieferknochen mit einem hässlich knirschenden Geräusch, und ich schrie entsetzt auf.

»Lass den Blödsinn«, fuhr Mr Fitzjohn Reggie an. »Wir brauchen ihn unversehrt.«

»Ich weiß. Deshalb halte ich mich ja auch zurück. Wenn es nach mir ginge, hätte ich meine Stiefelspitze benutzt. Und zwar an einer Stelle, wo es *richtig* wehtut. Na ja, aufgeschoben ist nicht aufgehoben.«

»Du kannst dich gern abreagieren. Aber bitte da, wo es uns mehr nützt.« Mr Fitzjohn öffnete die Verbindungstür. »Nimm ihnen die Knebel ab, damit sie schreien können. Aber gestalte das Ganze nicht allzu blutig. Man sollte sie nicht sinnlos verstümmeln.«

Durch die offene Verbindungstür konnte ich Fatima und Walter sehen. Auf dieselbe Weise gefesselt wie Sebastiano saßen sie nebeneinander auf zwei Sesseln. Bei unserem Anblick bäumten sie sich in ihren Fesseln auf und stöhnten laut unter ihren Knebeln.

Mit einer nachlässigen Bewegung zog Reggie einen langen Dolch aus seinem Messergurt. Er packte mich und riss mich von Sebastiano weg, der wütend aufbrüllte.

»Lass sie los, du Schwein! Du bist tot, wenn ich dich in die Finger kriege!«

»Keine Angst, ich tu ihr nichts. Sie soll bloß aus nächster Nähe zuschauen. Hm, was kommt zuerst? Vielleicht steche ich dem Jungen ein Auge aus. Ich wette, das steigert ihren Appetit auf ein paar Kekse ganz enorm.« Reggie lachte keckernd, und in diesem Moment wirkte er so grausam und unerbittlich, dass mich ein Frösteln überlief.

Ich hätte vielleicht versuchen können, gegen ihn zu kämpfen und ihm irgendwie das Messer wegzunehmen. Aber meine Selbstverteidigungskräfte waren noch nie die besten gewesen. Gegen Reggie hatte ich schon mehrmals den Kürzeren gezogen. Ich konnte es nur noch mit Worten probieren.

»Reggie, willst du es dir nicht noch mal überlegen?«, fragte ich flehend. »Es gibt immer einen Weg zurück!«

»Du meinst, weg von der dunklen Seite der Macht? So wie Darth Vader alias Anakin Skywalker, der sich vom bösen Imperator losgesagt hat? Ich lasse die Prinzessin frei, und alles wird gut?«

»Ja!«, stimmte ich eifrig zu. »Du musst das hier nicht machen, weißt du!«

»Dann pass mal auf, wie meine persönliche Version einer guten Story aussieht.« Er stieß mich direkt vor Fatima zu Boden, dann fasste er ihr ins Haar und bog ihr gewaltsam den Kopf zurück. »Ich wollte schon immer mal die Nase einer Prinzessin abschneiden.«

»Stopp!«, schrie ich. »Sonst bleibt mir keine andere Wahl!«

Doch er hörte nicht auf mich. Die Dolchspitze näherte sich Fatimas Nase. Sie wand sich wie von Sinnen in ihren Fesseln, aber Reggie hinderte sie daran, ihren Kopf wegzudrehen.

Mr Fitzjohn hatte mich besser verstanden.

»Die Maske!«, brüllte er. »Sie muss irgendwie rausgefunden haben, dass du sie bei dir hast! Wirf sie weg! Sonst schickt sie dich damit fort!«

Reggie zuckte zusammen. *Jetzt* kapierte er es auch. Hastig fummelte er mit der freien Hand in seiner Hosentasche herum und hatte die Maske schon halb herausgezogen, aber er schaffte es nicht mehr, sie loszuwerden.

»Ins Präkambrium mit dir, Reggie.« Aufschluchzend fügte ich hinzu: »Es tut mir unendlich leid, wirklich!«

Ein gleißendes Lichtflimmern umgab Reggie von allen Seiten. Ein stummer Schrei entrang sich seinen Lippen. Aus seinen weit aufgerissenen Augen leuchteten Wut und Angst. Im nächsten Moment löste er sich in Nichts auf, und der Dolch landete klappernd neben mir auf dem Boden. Die Maske hatte meinen Befehl genauso befolgt wie früher. Reggie hätte es besser wissen müssen. Warum hatte er bloß nicht auf mich hören wollen?

Meine Augen waren voller Tränen, ich konnte kaum etwas sehen, aber ich wusste, was zu tun war, denn die Gefahr war noch nicht gebannt. Ich ergriff das Messer und säbelte die Fesseln um Fatimas Handgelenke auf. Die Klinge war rasiermesserscharf und ging durch den Strick wie durch Butter.

Hinter mir hörte ich Mr Fitzjohn. Er näherte sich im Laufschritt. Doch ich konnte mich nicht umdrehen, denn Fatima musste diese Fesseln loswerden, das war unsere einzige Chance. Meine Panik entlud sich in einem atemlosen Schrei, als die Stricke endlich durchtrennt waren.

Fatima nahm mir den Dolch weg, und ich duckte mich so tief ich konnte. Zischend flog das Messer über mir durch die Luft, als Fatima es auf Mr Fitzjohn schleuderte. Das Geräusch endete abrupt in einem harten, dumpfen Schlag, und an dem wilden Triumph in Fatimas Augen sah ich, dass sie getroffen hatte. Dicht hinter mir stürzte Mr Fitzjohn mit einem erstickten Laut zu Boden.

Als ich mich zu ihm umwandte, war er bereits tot.

Barnaby brachte uns aus der Zwischenwelt heraus zurück in den richtigen Palast. Es schien für ihn nicht weiter schwierig zu sein – er öffnete wie im Keller von Hampton Court einfach irgendeine Tür, und wir fanden uns in einem Geheimgang wieder, von dem aus wir einen Saal erreichten, in dem ein halbes Dutzend Bediensteter mit Aufräum- und Putzarbeiten beschäftigt war. Sie blickten kaum hoch, als wir vorbeigingen. Niemand schenkte uns auf unserem Weg aus dem Schloss besondere Beachtung. Wir verließen den Palast auf schnellstem Wege – hier hielt uns nichts mehr.

Wir gingen durch die nächtliche Dunkelheit zum Haus des Tuchhändlers zurück, um in Ruhe zu besprechen, wie es weitergehen sollte. Zu unserer Überraschung und unendlichen Erleichterung wurden wir dort von José empfangen. Die Zeitmaschine hatte er wieder im Garten abgestellt.

»Wie geht es Ole?«, wollte Fatima als Erstes wissen, bevor jemand anders die Frage stellen konnte.

»Sehr gut. Er wartet schon mit Jerry zu Hause auf uns.«

Ich war verwirrt. »Aber … ich dachte, er wäre schwer verwundet!«

»Es war seine Aufgabe, eine Verletzung vorzutäuschen, damit ich mit ihm und Jerry verschwinden konnte, ohne weitere Truppen von Dämonen auf den Plan zu rufen. Ich brauchte seine Rückendeckung, um die Zeitmaschine in Sicherheit zu bringen. Ein paar von Fitzjohns Leuten haben versucht, sie wegzuschleppen. Wir konnten sie gerade noch daran hindern.«

»*Meine* Rückendeckung war dir wohl egal«, sagte Sebastiano grollend zu José.

»Nein, denn du hattest ja deine eigene Rückendeckung – Anna. Und Anna hatte Barnaby.«

»Und mich«, erklärte Fatima.

»Und dich«, stimmte José lächelnd zu. »Du hast deine Aufgabe bravourös gemeistert. Genau wie ihr anderen auch.«

»Anscheinend hatten wir alle unterschiedliche Aufgaben«,

stellte Walter fest. »Jeder hat seinen Teil beigetragen, damit am Ende alles gelang.« Er sah leicht verwundert aus.

»So ist das nun mal in einem richtig guten Team«, meinte José. »Man kann nicht immer jeden einzelnen Spielzug planen. Aber solange alle auf derselben Seite kämpfen, lassen sich auf dem Weg zum Sieg sämtliche Probleme lösen.«

»Haben wir das Spiel denn gewonnen?«, fragte ich.

»Diese Runde – ja.«

»Soll das heißen, es gibt eine Rückrunde?«, wollte Sebastiano wissen.

»Nun ja, ihr seid Zeitwächter, oder nicht?« José zwinkerte uns mit seinem gesunden Auge zu. »Der nächste Job wird bestimmt nicht lange auf sich warten lassen.«

Wir stellten keine weiteren Fragen.

Nach unserer Rückkehr ins einundzwanzigste Jahrhundert machte José sich mit Jerry auf, um sämtliche in Betrieb befindlichen Portale so zu justieren, dass es keinerlei Verbindungen mehr zur Dämonenwelt gab. Anschließend fühlten wir uns bedeutend sicherer. Und da Mr Fitzjohn nicht mehr lebte und Reggie im Präkambrium verschollen war, brauchten wir auch aus dieser Richtung keine Übergriffe mehr zu befürchten.

Ein paar interessante Details gibt es trotzdem noch zu berichten. Ich konnte es natürlich wie immer nach unseren Einsätzen nicht lassen und googelte nach möglichen Veränderungen im Lauf der Geschichte. Auf den üblichen Seiten fand ich nichts Auffälliges, aber in den Tiefen von Google Books entdeckte ich schließlich eine uralte Chronik, die sich mit den zahlreichen Krankheiten von Heinrich dem Achten befasste. Unter anderem wurde dort kurz erwähnt, dass der König sich einmal bei einem Bankett verschluckt hatte und durch einen zufällig anwesenden Feldscher mit dem Kiel einer Gänsefeder vor dem Ersticken bewahrt worden war.

So viel zu meinem heroischen Einsatz, der es nur als winzige und obendrein noch falsche Randnotiz in die Annalen der Geschichtsschreibung geschafft hatte.

Dafür fand ich bei weiterem Stöbern eine Bilddatei mit einem Gemälde, das mir vorher nicht bekannt gewesen war. Es zeigte Heinrich in seinen späten Jahren, einen Koloss von Mann in edler Gewandung – und mit einer gewaltigen grünen Juwelenkette, die mehrfach um sein Handgelenk geschlungen war. Ungläubig las ich die Ausführungen zu dem Bild.

Heinrich VIII.

Maler: unbekannt.

Die auf dem Gemälde dargestellten, außergewöhnlich großen Juwelen sollen dem Herrscher im Jahr 1540 von einer orientalischen Prinzessin geschenkt worden sein.

Aus Walters Tagebuch

Heute habe ich eine vertragliche Vereinbarung mit Fatima getroffen. Nur eine mündliche, aber sie schwört, dass es auf jeden Fall gilt. Fatimas Teil besteht darin, dass sie mich nie wieder hänseln wird und mich jederzeit gegen Oles rüpelhafte Art in Schutz nimmt. Im Gegenzug übernehme ich die Korrektur von Rechtschreibfehlern in ihrem Blog. Ein Blog ist auch so eine Art Tagebuch, allerdings ein öffentliches, das jedermann ohne Einschränkung im Internet lesen kann. Sie schreibt allerlei seltsame Dinge hinein, über Mode, Schminke und Schmuck sowie über ihre jeweiligen damit verknüpften inneren und äußeren Befindlichkeiten. So lautete ihr heutiger Eintrag beispielsweise:

›Zu diesem heißen grünen Top trage ich heute passende #Juwelen (hihi, ratet mal, ob die echt sind ☺), die den Look erst so richtig zur Geltung bringen. Klar, dass ich dazu auch noch mal den weißen Schlabberrock von neulich aus dem Schrank geholt habe – weiß und grün sind für mich die Sommerfarben überhaupt! Weiß und grün waren übrigens auch die Lieblingsfarben von #Frauenversteher Heinrich dem Achten – noch einer, der total auf dieses Outfit abfahren würde ☺)‹.

Fatima garniert ihre Einträge gern mit lachenden Gesichtern und Hashtags (was es damit genau auf sich hat, habe ich immer noch nicht herausgefunden), und die von ihr verwendeten Fotos fertigt sie häufig selbst mit dem Handy. Seit sie ein Handy besitzt, ist sie niemals ohne das Gerät zu erblicken. Ich habe auch eines bekommen, finde es aber mühsam, mich damit zu befassen. Vielleicht wird es besser, wenn ich mehr Freunde gefunden habe. Bisher habe ich nur Anna, Sebastiano, José, Jerry, Barnaby, Fatima und Ole als Kontakte in meiner Adressliste stehen. Wir schreiben uns manchmal Nachrichten in einer WhatsApp-Gruppe, die Anna gegründet und ›Die Akademie der Zeitreisenden‹ genannt hat.

Aus Oles Tagebuch

Sie behauptet die grünen Edelsteine sind nicht echt aber ich glaube sie lügt weil ich hörte wie sie den Troll überredet hat ihr genau dieselben wie für das Bankett zu zaubern. Sie sagt wenn ich es Anna oder Sebastiano verrate oder Barnaby beschimpfe wirft sie mir ein Messer ins Herz wie Fitzjohn. Natürlich ist das auch gelogen aber ich will sie nicht ärgern. Sie hat gefragt wie weit ich mit dem Messergurt bin. Ich bin fast fertig es fehlen nur noch ein paar Nieten. Letzte Woche hat sie auf dem Foto in ihrem Blog eine Nietenjacke angehabt und dazu geschrieben dass sie auf Nieten steht. Ich bin gespannt ob ihr der Gurt gefällt. Wenn ja muss sie mich küssen.

Danach

In meinen Träumen sah ich das kleine Mädchen nicht mehr, doch jedes Gefühl, jede einzelne Regung, die mich bei den Begegnungen mit ihr erfüllt hatte, bewahrte ich unauslöschlich in meiner Seele. Sebastiano und ich sprachen nicht darüber, eine unerklärliche Scheu hielt uns davon ab. Stattdessen planten wir endlich unsere Hochzeit. Der Termin im Oktober stand bereits, die Einladungen würden in den nächsten Tagen rausgehen. Es sollte eine traditionelle Feier werden, aber im kleinen Rahmen bei uns im Palazzo.

Barnaby hatte versprochen, die Gäste zu bekochen. Er würde sich allerdings noch mit Renata über die Details des Menüs einigen müssen. Das Verhältnis zwischen den beiden wies einige Merkwürdigkeiten auf. Renatas Gekicher klang in Barnabys Gegenwart beispielsweise oft anders als sonst. Manchmal hatte ich den vagen Eindruck, dass die beiden einander schon früher begegnet waren. Das war eine Sache, die ich noch klären wollte, irgendwann, wenn ich wieder den Kopf frei hatte.

Ich musste immer noch oft an den anderen, den zukünftigen Sebastiano denken. Es war genau das eingetroffen, was José mir dazu erklärt hatte – dieser Nebenfluss der Zeit war verschwunden, den anderen Sebastiano würde es niemals geben. Doch seine düstere, verzweifelte Einsamkeit in der Nacht seines Besuchs hatte sich mir ebenso eingeprägt wie die Erinnerung an das Mädchen. Als Zeitreisender musste man lernen, mit dem Phänomen zu leben, dass auch fiktive Menschen ihre Spuren hinterlassen können, und sei es nur in den Herzen anderer.

In einer der folgenden Nächte wurde ich aus unerklärlichen Gründen wach. Ich war allein, Sebastiano war aufgestanden und aus dem Zimmer gegangen. Die Fensterläden standen offen, und der Mond schwebte als silbrige Scheibe über dem Kanal. Eine unbestimmte Sehnsucht trieb mich aus dem Bett und nach unten ins Mezzanin. Etwas sagte mir, dass Sebastiano dort war. Diesmal träumte ich nicht. Meine nackten Füße berührten bei jedem Schritt den Boden, doch mir war kein bisschen kalt in dieser mondhellen, lauen Spätsommernacht.

Ich fand ihn vor dem magischen Spiegel, der eine wundervolle Märchenlandschaft zeigte. Zuckerweiße Wolken leuchteten vor einem klaren Himmel, und die Wiese im Vordergrund des Bildes war getupft von unzähligen bunten Sommerblumen.

Das kleine Mädchen erschien von der Seite und trat mitten in das Bild hinein. Alles war ein wenig verschwommen, die Einzelheiten konnte man nur erahnen. Das zauberhafte Gesichtchen, das blonde Haar. Und das Lächeln, das sich anfühlte wie warme Sonnenstrahlen.

Das Kind sah uns an und streckte die Hand aus. Der kleine Finger schien das Glas von der anderen Seite des Spiegels zu berühren, und unwillkürlich legte ich meinen Zeigefinger an die Stelle, zeitgleich mit Sebastiano. Sein Finger traf mit meinem auf der Oberfläche des Spiegels zusammen, und ich hätte schwören können, dass wir beide für den Bruchteil einer Sekunde keine glatte Fläche, sondern warme Haut berührten. Eine Empfindung von unbeschreiblicher Süße und Liebe strömte von der anderen Seite des Spiegels in mich über, ich konnte kaum atmen, weil es mich so intensiv und unvermittelt traf. Und an der Art, wie Sebastiano die Luft einsog, erkannte ich, dass es ihm ebenso erging.

Im nächsten Augenblick verschwamm das Bild noch stärker und löste sich in sanftem Nebel auf. Mehr hatte uns der Spiegel in dieser Nacht nicht zu zeigen.

Doch wir hatten genug gesehen, und das Wissen darüber, dass es eines Tages wahr werden würde, erfüllte uns mit stummer und überwältigender Freude.

Arm in Arm gingen wir die Treppe hinauf. Von der Loggia aus betrachteten wir in einvernehmlichem Schweigen den Mond. Seine Konturen verloren sich in einem milchigen Schleier, doch ein wenig abseits davon sah man am Nachthimmel die Sterne funkeln.

Ende

Noch was zum Schluss …

Ein kleines Nachwort der Autorin

Wer sich jetzt fragt, ob es mit *Time School* weitergeht – auf jeden Fall. Ein zweiter und dritter Band sind schon in Planung.

Manche Leser überlegen in diesem Zusammenhang vielleicht, warum mit *Time School* eine neue Reihe gestartet wurde, statt einfach mit einem vierten Band beziehungsweise weiteren Fortsetzungen an die im Baumhaus-Verlag erschienene *Zeitenzauber*-Trilogie anzuschließen. Die Erklärung ist ganz einfach (abgesehen davon, dass eine Trilogie immer nur aus drei Büchern besteht und das Erscheinen des letzten Bandes bereits Jahre zurückliegt): Es hätte schlichtweg nicht gepasst. Obwohl die Figuren aus der *Zeitenzauber*-Trilogie wieder mit an Bord sind, verfolgt *Time School* als eigenständiges Spin-off doch einen anderen, neuen Schwerpunkt – es geht nicht mehr nur ums Zeitreisen, sondern vor allem auch um die Akademie als Mittelpunkt der Story. Hier werden bei *Time School* die Fäden neuer Abenteuer geknüpft, hier finden sich Schüler aus unterschiedlichen Epochen zusammen, und wenn sie nicht gerade den Zeitwächter-Job erlernen oder gemeinsam mit Anna und Sebastiano die Welt retten müssen, zanken, kabbeln und verlieben sie sich.

Ich persönlich habe mich auch verliebt – in die neuen Figuren aus *Time School*. Deshalb freue ich mich jetzt schon unglaublich auf ihre nächsten Abenteuer in allen möglichen Zeiten.

Das Wichtigste aber zum Schluss, für all die wunderbaren, Fantasy-begeisterten Leser, die Anna, Sebastiano und den Rest der Crew auch auf den kommenden Zeitreisen begleiten wollen – danke, dass es euch gibt und dass ihr diese Geschichten möglich macht! Ohne euch wäre *Time School* nichts außer Worten auf Papier.

Die Autorin im Januar 2017

Fortsetzung folgt …

Band 2 der Reihe

TIME SCHOOL

Auf ewig mein

erscheint im Frühjahr 2018.

Intrigen, Lügen und Geheimnisse

Mary E. Pearson
DER KUSS DER LÜGE
Die Chroniken der
Verbliebenen
Band 1
Aus dem amerikanischen
Englisch von
Barbara Imgrund
560 Seiten
ISBN 978-3-8466-0036-8

Lia ist die älteste Tochter im Königshaus Morrighan. Gerade mal 17 Jahre alt, soll sie mit einem Prinzen verheiratet werden, den sie noch nie in ihrem Leben gesehen hat. Doch das Mädchen entscheidet sich, ihr bisheriges Leben hinter sich zu lassen. Sie flieht und heuert weit entfernt von zu Hause in einer Taverne an. Dort lernt sie zwei Männer kennen, die sofort ihre Aufmerksamkeit erregen. Was sie nicht weiß: Die beiden sind auf der Suche nach ihr. Einer wurde ausgesandt, um die Königstochter zu töten. Und der andere ist ausgerechnet jener Prinz, den sie heiraten sollte. Schnell fühlt Lia sich zu beiden hingezogen ...

one by Lübbe

Lias Weg geht weiter – Band 2 der Chroniken der Verbliebenen

Mary E. Pearson
DAS HERZ DES VERRÄTERS
Die Chroniken der Verbliebenen
Band 2
Aus dem amerikanischen Englisch
528 Seiten
ISBN 978-3-8466-0042-9

Seit Lia in den feindlichen Palast verschleppt wurde, muss sie um ihr Leben fürchten. Rafe ist zwar an ihrer Seite, aber hier kann auch er sie nicht mehr beschützen. Der Komizar von Venda will Lias Tod – und erst als Kaden ihm verrät, dass Lia die Gabe der Vorsehung besitzt, steigert das in den Augen des Feindes Lias Wert. Sie gewinnt Zeit – doch was sagt ihr der Blick in die Zukunft? Lia muss wichtige Entscheidungen treffen und einen Weg finden, um endlich ihrem Gefängnis zu entfliehen …

one by Lübbe